日暮倚修竹

龙柒 作品

北京燕山出版社

这是他们第一次相遇时的场景。

暮光笼罩了白孔雀，朝阳绚烂了冷月。

目录

CONTENTS

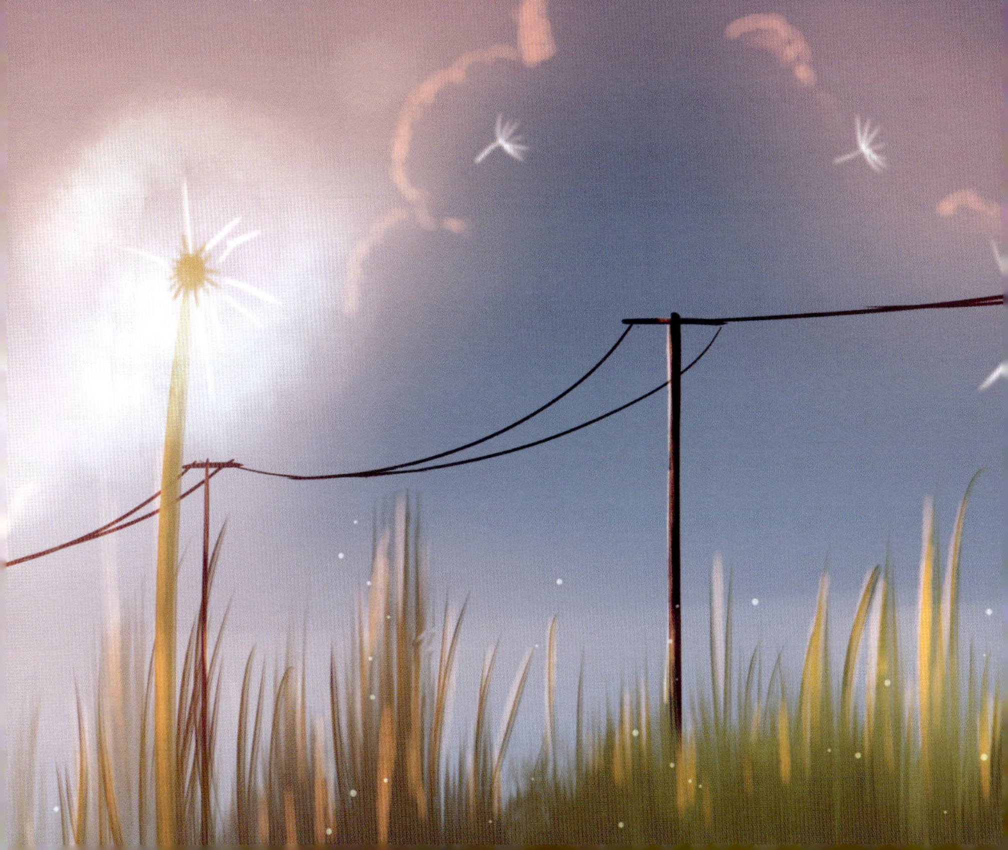

命运是公平的，
残忍地夺走了他一半人生，
又赐予他新的一半。

第一章
童 年

　　齐暮最初是叫齐木的。

　　他还没出生就随了老齐家风风火火的急性子，才八个月就非得从娘胎里出来。可倒好，一落地是个四斤半的早产儿。乍看到儿子时，齐大山吓了一跳，浑身青紫青紫的，还能更丑一些吗？

　　他只看了这么一眼，孩子就被护士抱去了新生儿重症监护室，睡在一个保温箱里，谁都不让看。

　　乔瑾刚生完，满头虚汗地问丈夫："孩子怎么样？"

　　齐大山其实心里慌得要命，但不想让媳妇儿担心，就只说："挺好，是个儿子，长大了随你，肯定好看。"

　　乔瑾松了口气，眼皮打架，道："好不好看不重要，健康就行。"

　　齐大山心疼媳妇儿，哄她道："你快休息吧，孩子不要紧，有医生看着呢，比咱们还仔细。"

　　齐暮在保温箱里一住就是半个月，这半个月可把齐大山同志给累坏了，既要照顾妻子，又要揪心儿子，公司还有一大堆事要忙，把他折腾得瘦了三四斤。

等到儿子平安地从保温箱里抱出来，齐大山看到这黄不溜秋丑不拉唧的孩子，心里虽然嫌弃他不随他娘，但他终于松了口气。

当天他就去拜访了一位大师，求了个名字。

大师说齐暮是火命，木生火，让他选个带"木"的名字。

齐大山做事向来快准狠，一眼就相中了"木"字，就这个了。只名里带"木"字旁怎么能够？既然缺木，就来个全乎的！

于是齐大山儿子的第一个名字诞生了，叫齐木。

然而这个名字只用了三个月，倒不是乔瑾受不了丈夫的品位，也不是乔老爷子嫌名字太俗，而是齐大山自个儿不乐意了。

齐木回家三个月，闹得乔瑾日夜不安。

他一个四斤半的早产儿，精力充沛得像一只小老虎，饿了号，饱了号，睡前号一号，醒了更要号两号。乔瑾的身体本就还没恢复，被他这么号来号去，整个人都瘦得脱了形。

齐大山笨手笨脚帮不上忙，又十分心疼媳妇儿，只能再去拜访大师，求个心理安慰。

这次他换了个大师，这位的名气更大一些。

大师一听"齐木"这名字，沉吟道："不妥，令夫人是土命，这木克土。"

齐大山一听急了，问："那怎么办？我儿子还缺木。"

大师道："令郎不是缺木，他是火命，木助火，但助火的不只是木，火也能助火……"大师叽里呱啦说了一堆，齐大山是一点儿听不懂，不过老齐很懂行，把那快撑爆的大红包往大师手里一塞，大师眼皮一跳，立马给了他准信："暮，这个字非常适合令郎。"

"暮？"齐大山虽然没文化，但也能觉出这个字不好，"这不是'傍晚'的意思吗？我儿子刚出生，你就让他日暮西山？"

大师赶紧解释道："'暮'指的是傍晚的太阳。太阳在五行中属火，朝阳太凉，正阳太盛，夕阳刚刚好。而且'暮'又和'木'字谐音，既能避开令夫人的土命，又温补了令郎的火命，最合适不过。"

听起来如此有道理，齐大山欣然接受。

他一边向大师道谢，一边给助理打电话，说："给我举报一下西胡同的刘真君，那是个神棍。"

大师吓了一跳，拿着红包的手抖了抖。

齐大山转头喜笑颜开地对他道："大师莫惊，您是真大师，我不举报您。"

大师干笑，心突突跳。都说齐大山是地痞无赖出身，他看此事不假！

这位大师估计是没干过什么太坏的事，齐大山给儿子换了名字后，日子顺畅了，就没再找他。

齐木从此就叫齐暮了。

只可惜这傍晚的太阳也没压住他，齐暮从小就显露出了源自他老爹的火性，那就是个小炮仗，他在哪里，哪里就得"炸"。

一岁打遍公园无敌手，两岁有了一帮"小弟"围着转，三岁去了幼儿园更是称雄称霸，小小年纪便成了整个幼儿园的知名人物。

连园长路过小一班时都会随口问一句："今天齐暮有没有调皮呀？"随后园长就来了一句东北腔的"哎呀妈"——那是被齐暮手里的大蜘蛛给吓的。

齐暮升入中班时，所有幼儿园老师都表示：让我带中一班？辞职了解下。

好在这时候齐大山事业突飞猛进，小公司一跃成为大集团，规模如此之大，小城市是装不下他了，公司总部定在 B 市，齐家也举家搬迁。

齐暮与同学老师分别时，全园夹道送他，个个热泪盈眶。

看到大家如此不舍，齐大山十分感动地说："儿子啊，你这样很好，咱们在社会上混，人脉很重要。"

四岁奶娃认真点头。

一旁听了个明明白白的幼儿园警卫差点儿摔个跟头：还人脉呢……您儿子这是混世魔王，走了举园狂欢！

幼儿园老师们终于不用在辞职和献身事业之间做抉择了！

来到B市，齐大山自认不差钱，也不想亏待儿子，更为了日后帮孩子积累人脉，他把齐暮送进了B市名气最大的"贵族"幼儿园。

当然幼儿园不叫这名，只是大家心知肚明——反正能来这儿上学的，非富即贵，跟"普通"二字毫无干系。

儿子转学这件事让乔瑾忧心忡忡，她一边给儿子整理小书包，一边嘱咐他道："要好好听老师话，好好和同学们相处，受委屈了回来告诉妈妈，不要惹事。"

齐暮点点头，奶声奶气地说："妈妈放心，我最喜欢幼儿园了。"他和别的小朋友不一样，他觉得幼儿园真有趣，人多热闹，老师们还喜欢嗷嗷叫。

乔瑾叹口气，还想嘱咐嘱咐，齐大山道："男子汉大丈夫，哪能连这点儿适应能力都没有。"

乔瑾瞪丈夫一眼，齐大山在外是"山大王"，回来是"妻管严"，赶紧压低声音哄媳妇儿："你要学会放手，儿子不能娇养，以后会吃亏的。"

乔瑾明白这道理，于是拍拍齐暮的小手，依依不舍道："宝宝加油。"

齐暮甜甜一笑："嗯！"他会加油的，希望新同学们不是爱哭鬼。

齐大山是粗养孩子的家长典范，齐暮第一天去幼儿园，齐大山把他放在停车场，让他自己走去大门口。

幼儿园虽然不让家长进去，但一般家长都是停好车后，仔细将孩子送到门口，看着老师领走才放心。齐暮这是第一次入园，按理说齐大山把他送进教室都是可以的。但齐大山不，他相信儿子是没问题的。

齐暮还真是一点儿问题都没有。

他刚出生那会儿青紫青紫的，丑得要命，如今长开了，那叫一个白嫩可爱。

其实当年青紫青紫的是因为皮太薄，憋了气才那样，后来出黄疸也是丑不拉唧的，等黄疸退了，立马白得像嫩豆腐。他五官随了乔瑾，双眼皮大眼睛，笑起来要多可爱有多可爱，半点儿不像齐大山那粗汉模样，当然性格是随了个十成十。

他生得秀气，穿得干干净净，背着个小书包走起路来也可爱，看着还真是很讨人喜欢。

齐大山没走，虽然他人没过去送，但也得目送，儿子毕竟才四岁，万一丢了他到哪儿哭去？

陆陆续续来了不少小朋友，都有人牵着，冷不丁看到一个自己上学的小朋友，无论家长还是同学都不禁多看了齐暮几眼。

齐暮落落大方，有人看他，他就冲人笑，俨然一个小天使。

他走到一半，意外看到一个和他一样自己上学的小孩儿。

齐暮觉得这是个爷们儿（他爸告诉他的），于是几步走上前，跟他打招呼道："你好啊！"

"爷们儿"被吓了一跳，小小的身体微颤，却不回头径直向前走。

齐暮追了上去，脸凑过去看他，这一看齐暮惊叹道："妹妹，你长得真好看！"

真的是非常好看——发黑如墨，肤白如玉，小小的脸庞上有着比洋娃娃还要精致的五官。

齐暮自己是双眼皮，所以他很喜欢单眼皮，他觉得"小妹妹"的眼睛好看极了，眼尾长长的，自然垂落，显得柔弱又无助。

这模样就像落在鼓面上的槌，一下子敲醒了齐暮的怜悯心，激起了他骨子里的保护欲。

齐暮看呆了，等回过神时他的漂亮"小妹妹"已经走没影儿了。

人走了，名字还没问到，齐暮不仅不失望，反而露出了小虎牙。幼儿园真好，有好玩的小伙伴，还有漂亮的"小妹妹"。

齐暮背着小书包，走进幼儿园，开始了新的征程。

刚到新环境，按理说会很难融入，小张老师也比较关注齐暮，看他跑来跑去，还挺适应的，她很快就放心了，不再盯着他看，心里还想着：挺好，是个省心的孩子。

半小时后，活动区传来了震天哭号声。

小张老师心一惊，率先想到的是：转校生被欺负了！

她从学习区赶过来，问道："怎么了？许小鸣你不可以欺负新同学。"

小张老师刚说完，许小鸣号得更响了，她愣了下，这才反应过来，哭的不是齐暮，而是许小鸣。

"怎么了？许小鸣你哭什么？"

许小鸣边号边控诉："他打我！"

小张老师立马看向他左手边的小胖子道："方俊奇你干吗打许小鸣？"

方俊奇嘴巴一撇，"哇"的一声也哭了出来："我没有！"

许小鸣一看"小弟"被冤枉，赶紧补充道："是新同学打我！"他还记不住齐暮的名字。

小张老师愣了下，看向一旁坐得规规矩矩的小朋友，白白嫩嫩的，天真烂漫如小天使一样，诧异道："齐暮，你……"

她犹豫了一下，觉得不太可能，但还是问了问："你打许小鸣了吗？"

许小鸣一脸悲愤地看向齐暮，大有"他不承认我就哭个天昏地暗"的架势。

老齐家的男人向来是敢作敢当的铁血硬汉，齐暮大眼睛一弯，小虎牙一龇道："打了。"

小张老师："……"

许小鸣："……"

方俊奇："……"

这么诚实？这么干脆？这么习以为常吗？

许小鸣继续号："老师你看，他承认了，就是他打我！"

小张老师隐隐觉得这情况不太妙，转校生似乎并不像表面上看起来这么乖巧，但毕竟是第一天入学，总得再观察一二，她问齐暮："你为什么打他？"

许小鸣不乐意了，小声嘟囔："他就是爱打人。"还别说，小鸣同学一眼就看穿了齐暮的本质。

不过好汉不吃眼前亏，齐暮这个惯犯哪会这么快暴露自己。他缓缓道："我的画笔被他弄坏了。"

许小鸣略心虚地说："我……又不是故意的。"

小张老师是成年人，一眼就看明白了是怎么回事，许小鸣是班上的小霸王，最爱欺负人，估计看齐暮是新面孔，想来欺负欺负，她瞪了许小鸣一眼，道："不许欺负新同学。"

说完又看向齐暮，声音温柔了许多："有什么问题就告诉老师，不可以打小朋友哦。"

齐暮答应得十分迅速："嗯！"不打不打，绝对不当着老师的面打。

小张老师一走，许小鸣又鼻子不是鼻子，眼不是眼了："你敢打我，我……"

他话没说完，齐暮又一拳招呼过来。

许小鸣"哎哟"一声，气哭了："你又打我，我要告……哎哟哟……"

齐暮给他两拳后道："你怎么这么爱哭？"

许小鸣："……"

齐暮认真道："你不哭，我就不打你了。"

许小鸣气炸了，这辈子（就四年）还没人敢打他，他撸着袖子道："我打……"

"老师，"齐暮起立立正道，"许小鸣打我。"

拳头还没伸过去的许小鸣呆住了，一脸见了鬼的表情。

小张老师快步走来，拉着许小鸣到一边，一通晓之以理、动之以情的教育。

许小鸣百口莫辩，瞥见笑出小虎牙的齐暮，幼小的心灵受到了巨大冲击：这世上怎会有如此无耻之徒？！

等许小鸣脱离老师的"魔音穿耳"回来时，齐暮还拍拍他肩膀道："咱们扯平了。"

许小鸣恨不得尖叫："扯平什么？？？"

齐暮道："你告我一次状，我告你一次，平了。"

说得如此有道理，许小鸣真是目瞪口呆了。

齐暮还一脸嫌弃道："以后别告状了，男人的事，拳头解决。"

许小鸣被噎得连午饭都吃不下了，看来这次他是踢到铁板了。

齐暮征服了许小鸣这个中三班的小浑蛋，成了新的小浑蛋。

小张老师其实已经看穿了他的本性，当然也只会睁一只眼，闭一只眼，她才舍不得离开这么个工资高、福利好、别人挤破头都进不来的幼儿园。

齐暮的幼儿园称霸之旅十分顺畅，可惜再没看到过那个漂亮的"小妹妹"。

乔瑾问儿子："幼儿园还好吗？有没有交到好朋友？"

齐暮道："有的。"

乔瑾松了口气，追问道："叫什么呢？"

齐暮掰着手指说："许小鸣、方俊奇、李宏、江义……"

乔瑾诧异道："这么多呀？"

齐暮点点头道："我很受欢迎的。"

"真棒！"乔瑾亲亲儿子的小脸蛋儿。

许小鸣、方俊奇、李宏、江义这帮被齐暮收拾过的"好朋友"都在家里打了个喷嚏：呜呜呜，有齐暮在的幼儿园好可怕，不想去了！

这几天乔瑾去外地写生，齐大山负责接送儿子。其实他们完全可以像幼儿园其他父母那样雇人接送孩子，但是乔瑾不同意，对于孩子的养育，她主张父母参与，再忙也要把该做的事做到。

齐大山全听媳妇儿的。

大山同志毕竟是个集团老总，忙起来时常无法脱身，所以来接儿子的时间比较晚。

齐暮倒是无所谓，在哪儿都是玩，他蛮喜欢幼儿园的。

这天下午五点半了，齐大山还没过来，齐暮的"好朋友"都走光了。他无聊得很，就趁着老师没注意偷偷溜了出去。

幼儿园大得很，户外不仅有滑梯、跷跷板、秋千这些游乐设施，还有个小动物园，养了几只孔雀，时不时会开屏。齐暮以前那幼儿园里可没这个，他挺感兴趣的，就想溜去看看。

他走到一半，看到前头有一群人。

有人好啊，齐暮最爱热闹了，他拐了个弯，不去看孔雀了，打算去认识下新朋友。

走近后他听到了他们的嚷嚷声——

"他妈妈是神经病！"

"神经病生的孩子也是神经病！"

"他是个小神经病！"

"神经病就是这样的，胆小又怕事，跟哑巴一样。"

神经病是什么？齐暮不懂，妈妈说了，不懂就要问，于是他凑了过去，打算好好问一问。

他看到了那个瘦瘦小小、可怜巴巴的身影。

是"漂亮妹妹"！虽然"她"低着头，但齐暮一眼就认出了，不会有错，这就是他惦记了好久的"小妹妹"。

齐暮喜滋滋地冲上去，想着这次一定要问出"她"的名字。

谁知他还没靠近，那几个围着"漂亮妹妹"的小孩儿就开始欺负人了。

"你们说神经病怕不怕痛？"

"肯定不怕，他傻乎乎的，什么都不懂。"

"我们试试吧？"

"好啊，好啊。"

一个个子高一些的男孩儿拿起石子就要扔过去，齐暮一看火了：居然欺负女生，这能忍？

齐暮捞起旁边的一个大皮球丢了过去。

"哎哟……"那高个儿男孩儿中招了，转头看过来，"你干吗？！"

齐暮上前，一把拉住"小妹妹"的手，道："不许欺负'她'。"

"你谁啊？"小孩儿们一脸不可思议，"他是个神经病，你竟然碰了神经病。"

"神经病是会传染的，你也会变成神经病的！"

听到这话，被齐暮握住的"小妹妹"用力缩了缩手，齐暮却不松手，他虽然还不懂"神经病"是什么意思，但显然这不是个好词，他道："我不管，反正都不许欺负'她'。"

齐暮常年"征战"，是公园一霸，早就练出了一身"霸王之气"。幼儿园的小朋友别看年纪小，但判断力还是有的，哪个好惹，哪个惹不起，他们看得门儿清。

"神经病……"几个小孩儿嘟囔着，"又一个神经病！"

齐暮抡起拳头就要上演"全武行"，几个小屁孩也就耍耍嘴皮子，看他真要打人，立马如鸟兽散。

人都被他吓跑后，齐暮转头看向心心念念的"漂亮妹妹"，问得很热切："我叫齐暮，你叫什么？"

"尹……"因为胆怯，他的声音愈来愈小。

齐暮没听清，问："什么？你说大点儿声音嘛！"

他顿了下，手心微热，声音提高重复道："尹修竹，我叫尹修竹。"

齐暮笑出了一对小虎牙，对他说："行吧，尹修竹，以后我罩着你！"

男孩儿愣了下，抬头看向他。

这是尹修竹第一次见到齐暮。

在落日余晖中，他遇见了照亮他生命的第一缕阳光。

有了好朋友就要一起分享好东西，齐暮拉着尹修竹的手道："走，我带你去看孔雀。"

别看齐暮是个早产儿，因为爹妈养得好，养出了他一身蛮劲。他跑起步来在同龄人中绝对是翘楚，要不也成不了幼儿园一霸。

尹修竹从没这样跑过，更没被人这样牵过手，他有些紧张，等彻底放开后心里又有种说不出的畅快，好像连空气的味道都变了——明明是傍晚，他却闻到清晨露水的味道。

两个小孩儿一会儿就跑到了孔雀园，悠然自得的孔雀们被圈在一个巨大且装饰得极美的白色鸟笼里。

齐暮问尹修竹："你看过孔雀开屏吗？"

尹修竹跑得直喘气，说话的声音更软了些："没有。"

齐暮诧异道："你也是转校生？"

尹修竹愣了下，好一会儿才跟上他的脑回路，道："我一直在这儿上学。"

齐暮想不通了，问："那么长时间你都没看过孔雀开屏？"

尹修竹咬了下唇，轻声道："他们不让我看。"

齐暮眨眨眼睛问："为什么？"

尹修竹道："我……不好，会吓到孔雀。"

齐暮听明白了，他愤愤道："胡说八道，你这么可爱，孔雀一定会喜欢你！"

尹修竹头一次听到这样的话，有些局促，不知该说什么。

"你到我这儿来。"齐暮把他拉过来，让他站在了鸟笼前。

这鸟笼大得可以罩住一座假山，恰好有一只白色的孔雀走了过来，它昂着头，步态优雅，美丽又骄傲的样子格外耀眼。

尹修竹想退开，齐暮却按着他的肩，说道："看着它。"

尹修竹不敢看，小声说："我……"

齐暮笑着对尹修竹说："你笑一下，我保证它会开屏！"

"不可能的。"尹修竹紧张道，"我会吓跑它。"

齐暮说："你笑嘛，它要是不开屏，我把它的毛拔了给你做羽毛笔！"

拔孔雀的羽毛……

尹修竹慢慢转过头，看到了齐暮像太阳一样明亮的眼睛。

他真厉害！世界上竟然有这样厉害又这样好的人！

一种难以言说的滋味涌上了心头，如同清冽的甘泉渗透进干枯土地上的细缝中一般，让尹修竹拥有了生命中最初的自信与勇气。

他嘴角笨拙地翘了翘，露出了一个不自在的却发自肺腑的笑容。

也许这白孔雀是感受到了源自齐小霸王的"杀伐之气"，内心恐惧之下，它还真抖了下尾羽，开屏了。

纯白的尾羽，仿佛巨大的白莲，在盛夏的傍晚，绽放出了无与伦比的美丽。

尹修竹惊讶地看着，几乎忘记了呼吸。

这注定是让他难以忘怀的一天，也注定了会打开他紧闭的灵魂。

齐暮得意的声音在他耳畔响起："看吧，它开屏了。"

尹修竹好半晌才发出声音："是的，它开屏了。"

齐暮握住他的手，美滋滋地说道："我就说你很可爱。"

齐暮又歪着脑袋，看向身边的小孩儿，看了会儿后说："你笑起来更可爱。"

尹修竹转头看他，小声道："谢谢。"

齐暮皱眉："嗯？"

尹修竹放开了声音，大声道："齐暮，谢谢你！"

"就是嘛。"齐暮笑出了一对小虎牙，"说话要声音大点儿。"

说完他又道："谢我做什么？我该谢你，不是你，我还看不到孔雀开屏。"

尹修竹眼睛弯了弯，鼓起勇气问："我还能再见到你吗？"

齐暮坚定道："当然，以后我们就是好朋友啦……不过我们不在一个班，对了，你在几班？"

尹修竹有些失望，道："中二班。"

"那还好！"齐暮霸气道，"我在中三班，离得很近，我罩得住你。"

其实尹修竹并不太懂"罩得住"是什么意思，但他觉得齐暮说什么都是对的，而且说得这样好听，比他听过的所有声音都好听。

他想想罩住孔雀的鸟笼，认真道："我从不乱跑，你一定罩得住。"

齐暮可稀罕这个漂亮又听话的"小妹妹"了，他学着电视里大人说话的模样道："我很厉害，能罩你一辈子。"

尹修竹一百个捧场，开心道："你非常厉害，一定可以。"

齐暮眼珠一转，又来劲了，说："那我们拉钩。"

尹修竹郑重其事地伸出小拇指道："好，拉钩！"

"拉钩上吊一百年不许变……"两个一米多高的小奶娃，在夕阳的余晖下，许下了诺言。

下午六点半，齐大山姗姗来迟，齐暮走的时候，尹修竹还没人来接，他并不着急，似乎早就习以为常。

齐暮对他挥手道:"明天见。"

尹修竹笑得十分灿烂,说:"明天见。"

齐大山牵着儿子的手,问道:"又认识新朋友啦?"

齐暮道:"嗯,'她'和我拉过钩,是要好一百年的'小妹妹'。"

"拉钩?"齐大山乐了,"屁大一点儿,就学会拐'女孩儿'了?"

齐暮不解:"拐什么?"

齐大山是个不着调的,他继续评点道:"拉钩靠不住,真想好一辈子,你该去亲一下盖个章。"

齐暮一直是个行动派,一听当真了,问:"是吗?"

齐大山逗他玩呢,一本正经道:"当然。"

"爸,你等我会儿。"齐暮甩开他爸的手又跑了回去。

齐大山喊道:"人家不乐意可不许盖章啊!"

齐暮几步就跑了回来,尹修竹没想到他会回来,面上又绽放出笑容。

齐暮问他:"我能亲你一下吗?"

尹修竹睁大眼,不太明白。

齐暮道:"我亲你一下,以后我们就是最要好的。"

最要好的……最要好的……

尹修竹从未听过这么好听的话,他用力点头道:"好!"

齐暮凑过去,在他的左脸颊上亲了一口。

尹修竹一点儿都不觉得讨厌,反而觉得很开心,他问道:"这样就可以了吗?"

齐暮龇牙笑道:"可以啦!"

尹修竹反问道:"我需要亲你一下吗?"

这个嘛……齐暮也不确定,他问:"你想亲吗?"

尹修竹郑重点头道:"想。"

齐暮把脸蛋儿凑了过去,大方道:"亲吧,除了我妈,你是第一个亲我的人。"齐大山满嘴胡子茬儿,他才不要他亲,扎人。

尹修竹顿时有些紧张,问:"我真的可以吗?"

"快点儿,"齐暮催促他,"你不想和我好一百年了?"

"想！"尹修竹答得很快。

他小心地、极轻地、腼腆地在齐暮脸上快速亲了一下。

齐暮兴奋道："成了！"

尹修竹开心得小脸泛出漂亮的红晕："嗯。"

"那我走啦。"

"好！"

齐暮这次是真走了，远处的齐大山伸手拍了他后脑勺一下道："你小子，可以嘛，得了你老子我的真传。"

齐暮早习惯了他爹的手劲，龇牙咧嘴道："爸，你不知道，那'小妹妹'可漂亮了，连孔雀见了'她'都会开屏。"

"这么漂亮？"

"漂亮极了。"

"有你妈漂亮？"

"这个嘛……"

父子俩越走越远，站在巨大鸟笼前的尹修竹显得那么瘦那么小，可他却不再那么无助。

他的家是漆黑冰冷的，他在残酷的冷暴力中长大，卑微得无法面对这个世界。

可今天他看到了一束光，攥住了一根绳，这让他即便身处泥泞，也充满了努力活下去的勇气。

齐暮本来就热爱幼儿园，认识了"小妹妹"后，他更是一大早就翻身起床。

乔瑾打电话回来问他的情况。

齐大山把电话给了齐暮，齐暮立马向老妈汇报了自己的战绩。

乔瑾哭笑不得道："'她'叫什么？"

齐暮回答："尹修竹！"

乔瑾一怔道："这好像是个男孩儿名。"

齐暮反驳道："男孩儿哪有那么漂亮的？"他认识的男孩儿都是许小鸣、方俊奇那样的，欠揍，他看到他们就手痒。

乔瑾笑了笑道："好啦，不要吓到人家。"

"不会的。"齐暮笃定道，"'她'可喜欢我了。"

结果没过几天，齐暮就被他的"小妹妹"给吓到了。

虽然他俩不在一个班，但齐暮如约履行了自己的承诺，抽空去了趟隔壁班，宣布了自己的"霸权"。

别说中二班的小朋友们了，连老师都被他吓得一愣一愣的。

听说过班霸，这还是头一次见到园霸……

现在的小屁孩都这么嚣张吗，才四岁就如此厉害了？

偏偏齐暮小朋友把一切都做得很顺其自然，完全不把中二班当别人班，老师都没反应过来，更不用说小朋友们了，一个个瞠目结舌，像是看下凡神仙一样。

等老师回过神来，齐暮已经走了，留下中二班一群人面面相觑。

尹修竹嘴角翘着，看着他来看着他去，哪怕早饭没吃也不觉得饿了。

齐暮是在男厕所被尹修竹吓到的。

他们两个班级离得近，共用一个卫生间。在小班时，上厕所还是老师领着大家一起去，上中班后，大多小孩子都可以自理，举个手就能来厕所。

齐暮还没上小学呢，就懂得"尿遁"了，他溜到厕所玩水，正玩得不亦乐乎，就看到了他的"漂亮妹妹"进来了。

齐暮惊讶道："你怎么进这儿了？"

尹修竹神经一绷道："我不可以进来吗？"

齐暮道："老师没教吗？男孩儿去男厕所，女孩儿去女厕所。"

他拉着尹修竹出来，指给他看厕所门上蓝色的男孩儿和红色的女孩儿标志。

尹修竹道："没错，我是男孩儿。"

齐暮呆住了。

尹修竹有些不好意思道："我憋不住了，可以先去上厕所吗？"

齐暮赶紧松开他的手。傻站了会儿后，他一脸不信邪地冲了进去，看到了在他心目中和妈妈一样好看的"小妹妹"的"小弟弟"。

他的"小妹妹"！

他漂亮的"小妹妹"！

他辛辛苦苦盖了章的"小妹妹"！

竟然是男孩儿……

可怜的齐暮年仅四岁就品尝到了"失恋"的滋味。

老齐说了：男儿有泪不轻弹。

虽然伤心欲绝，但齐暮还是撑住了，他忧伤地转过头去，失魂落魄道："你慢慢尿，我回去了……"刚说完，他就觉得小腹一阵尿意，于是他又默默转身回来，站到尹修竹旁边，来一泡"分手尿"，冲走一切忧伤。

别了他的"小妹妹"，别了他的章。

完事后齐暮悲壮地走向门口。

尹修竹小声叫他："齐暮。"

这么奶声奶气，怎么就是个男孩儿？

齐暮很难过，没回头，他和他已经没什么好说的了。

尹修竹说："你还没洗手。"

齐暮："……"

不想回头的齐暮只好回来，站到了洗手池边。

老师有教他们怎么洗手，什么手心手背手指的，还有一套口诀，然而齐暮洗得心不在焉，香皂都没用就打算走人。

尹修竹竟一下子拉住他的手道："要这样，我帮你。"说着便拿过香皂帮他仔细涂了手背手心还有手腕。

齐暮这个角度刚好看到他长而翘的眼睫毛，看到他嫩得像白豆腐一样的面颊，还有那樱桃一般小巧红润的唇——这么好看，这么乖，这么讨人喜欢，为什么会是男孩儿！

齐暮难过地别开眼，决心洗完这个"分手手"后，就不再见他了。

"好了。"尹修竹拿出自己的小毛巾给齐暮，"擦擦手。"

齐暮惊讶道："你的毛巾好干净！"老师为了锻炼大家的独立能力，都是让他们自个儿洗毛巾，齐暮是洗不明白的，他那毛巾乌漆墨黑的。

尹修竹道："我都藏在这儿，你要用直接拿就行，我会洗好的。"

齐暮好奇问："为什么要藏起来？"

尹修竹顿了下，说道："不藏起来的话，他们会把我的毛巾扔到厕所里。"

听他这么一说，一股子邪火就蹿到了齐暮头顶，把刚下定决心的"分手"抛在脑后，他来了句："以后谁敢把你的毛巾扔厕所里，我就把他扔进厕所！"

尹修竹嘴角翘起，笑得很可爱："你真好。"

齐暮："……"

就先把欺负他的坏蛋扔进厕所，再"分手"吧！

这一分就分了大半个月，齐暮算是把"口是心非"这项技能给点满了。

让齐暮彻底打消"分手"这个念头是在一次足球课上。

足球课属于兴趣课，一般小女生都爱去陶艺、插花这类手工课，很少来足球课。男孩儿就比较喜欢了，齐暮这种小霸王型选手自然要报名。

因为有他在，许小鸣、方俊奇他们都怵得很，纷纷放弃足球，投向跆拳道的怀抱——此时的许小鸣还很有骨气，打不过就练，早晚打得过。

幼儿园是小班制，一个班也就十八九个孩子。中三班一共九个男孩儿，八个不敢报，就齐暮一个人报了名。老师们看着这名单犯愁，班主任小张老师对助理老师小王说："咋整？劝齐暮换个兴趣？"

小王赶紧道："您去，您去。"

小张老师一脸惆怅道："孩子难得喜欢，我们应该支持，万一培养出个能为国争光的足球健将呢！"

小王老师嘴上说着："是是是，对对对，我们暮暮运动能力强。"心里吐槽：啰唆一大堆，还不是惹不起小霸王！

其实他们这些老师也不容易，这幼儿园的性质摆在那儿，哪个小孩儿他们也惹不起。平日里拉下脸来，一般小孩儿就会听话，但齐暮不一般，生命里仿佛没有"怕"这个字。

足球是集体运动，齐暮自个儿是踢不了的，这名单报上去后，足球教练直接把他划到了中二班。

小张老师把这事给齐暮说完后，她又建议道："你要是不喜欢一个人，我们可以换个兴趣，比如跆——"

她话没说完，齐暮道："二班？好啊，我很熟。"

小张老师："……"

忘了他是个园霸，园霸没有怕的。

于是下午的兴趣课，中三班其他小男孩儿呼啦啦去了跆拳道教室，齐暮一个人溜达去了足球场。

他心里还惦记着尹修竹，琢磨着踢个"分手球"什么的。

结果刚到足球场，他就火气冲天。

"走开！谁要和神经病的儿子一起踢球！"

"你会踢足球吗？你报名是来拖我们后腿吗？"

"走远点儿啊，神经病真的会传染的，我不要变成神经病。"

…………

齐暮火冒三丈，看到脚边一个足球，抬脚往人堆里一踢。

簇拥在一起的小孩儿吓了一跳，惊叫连连："谁啊，教练说了，现在不可以踢球！"

他们吵吵嚷嚷，转身看到了齐暮。

中二班的小霸王董季生生气道："齐暮你又来我们中二班做什么？"

齐暮看了看缩在角落里的尹修竹，扬声道："我来踢——"，他故意拉了个长腔，小腿一用力，又是一球冲了出去，"你们！"

踢个鬼的球，他先把这帮坏孩子踢走！

董季生忍齐暮好久了，这会儿仗着人多，冲齐暮喊道："你整天护着神经病，你就是个神经病。"毕竟是幼儿园，大家接触到的骂人的话不多，"神经病"是极限了。

齐暮深得齐大山真传，十分明白说不如做的道理，抬脚又是一球踢了过去。

他站在球筐旁，占尽便宜，那帮孩子骂够了，冲过来抢球，齐暮手脚并用，连踢带扔，愣是摆出了以守为攻的架势。

远处的尹修竹完全看呆了。

齐暮再怎么样发狠，也还是个小孩子，中二班的男生被他激怒了，看着他扔来这么多球，开始反击。董季生是个小胖子，平日里饭没白吃，力气大得很，捡起一个球冲着齐暮扔了过去。

齐暮腹背受敌，躲了这个躲不开那个，眼看着要挨上一球，尹修竹飞快地冲了过来，挡在了他面前。

"砰"的一下，球打在了尹修竹的小腹上，他捂着肚子蹲了下去。

齐暮"风里雨里"那么多年，从来都是单打独斗，哪想到会有人帮他挡。

中二班的男孩儿们也傻住了，他们虽然整天欺负尹修竹，但也不敢真伤到他，看他面色苍白地捂着肚子，一时都慌了。

这时教练来了，看到这光景急了道："怎么回事？怎么自己玩起来了？"

幼儿园里的老师是不允许错开眼的，要全程盯着孩子，毕竟都是些刚能自理的小屁孩，哪能分心。教练刚才是偷偷去接了个电话，他以为中二班的助理老师还在，就没着急，哪承想助理老师恰巧闹肚子了，眼看着教练就在不远处，先去了趟厕所，这就错开了。

此时他们匆匆赶来，都是一个头两个大，这可不是闹着玩的，犯这么大错，是要被辞退的！

齐暮可不管这些，他看向尹修竹，问道："疼吗？"

尹修竹小脸苍白，但还在对他笑："不要紧。"

齐暮心里很不是滋味地问："你过来做什么？"

尹修竹道："不想你疼。"

柔软的声音、暖心的话语……齐暮看着他，脑海中浮现出一句话：管他男孩儿女孩儿，盖了章的人就要一罩到底！

这事后来也没怎么样，足球教练和助理老师被处罚了，但是没被辞退。

因为被球打中的是尹修竹，尹家对这个孩子从来都是不闻不问，既然家长不管，孩子也没伤着，也就这样过去了。

不过自这以后，齐暮彻底成了中二班的常客。

董季生等一群小屁孩被他收拾得服服帖帖，再也不敢提一句"神经病"。

其实齐暮这样护着尹修竹，几个幼儿园老师都挺欣慰的。他们知道尹修竹的情况，也心疼这孩子，只可惜园里情况复杂，他们没法过分指责其他孩子。

这些孩子虽小，却是最会看眼色的，家里父母随口谈论起尹修竹的母亲，他们将这些听进耳朵里，又带到了幼儿园中。至于谁能欺负，谁不能欺负，该怎么站队，该怎么抱团，孩子们也知道一些。

好在齐暮来了。

其实齐暮从不主动欺负别人，但只要有人欺负他，哪怕是骂一句他爸是暴发户，他就能抡起拳头揍上去。

暴发户是什么他不懂，但语气好坏他分得清。

他这不怕事的性格固然有遗传因素，可很大程度上源于父母最真切的爱。后者更是孩子成长的力量源泉。

而尹修竹却不能反抗，因为他妈妈安静时漠视他，发疯时谩骂他，自打出生，他只见过爸爸四次……偌大个家，只有保姆们的冷言冷语，他受了委屈又能怎样？他无处可说。

不过现在，他身边有了齐暮。

孩子的时间总是过得很快，似乎眨眨眼的工夫，齐暮和尹修竹就一起升入了大班。

幼儿园当然不会有分班这种操作，基本入学是哪个班，就一路待到底了。

不过也有个例外，大二班有个学生转校，腾出了一个名额。办公室里，小张老师和大二班的班主任说道："你们班本来就少一个人，这会儿你们又转走一个，人数也太少了。"

大二班班主任立马领会道："你想都别想！"

"别啊，"小张老师说，"反正我们暮暮成天往你们班跑，也算是大二班的半个娃了。"

大二班班主任说："只是半个娃我都快愁白头了，你还想送一整个来？"

"半个也是愁，一个也是愁，你就不能发发善心，让我解脱？"

"我还想解脱呢！"

其实小张老师也就是贫贫嘴，没真想送走齐暮，主要是想送也送不走啊！

谁知她贫完嘴的第二天中午，齐暮从隔壁班跑出来，大声喊道："老师！"

一听到这脆生生的声音，小张老师就腿软，问道："怎么了？"

齐暮仰着小脸说道："咱们班李宏要转学了，正好缺一个人，让尹修竹过来呗！"

小张老师："……"

万万没想到，佛没送走，又要请回来一尊！

换班级这事，按规定是不行的，而且也不会有小朋友想换。

幼儿园不比小学、中学，孩子们都娇气得很，好不容易有了熟悉的朋友，适应了一个环境，哪里舍得走？转学是没办法的事，但转班，还真是几乎没有。

不过这事后来还是成了，齐暮搞不定，还有齐大山。

齐暮和老爸深入浅出地谈了谈，老齐同志果断出马。

齐暮撒娇道："爸，我想和小尹在一个班。"

"小尹？"大山同志贵人多忘事，记不得这是谁了。

"盖章的……"他差点儿把"小妹妹"给说出来。

齐大山一下子想起来了，他挤眉弄眼问："那个漂亮小孩儿？"

虽然尹修竹是男孩儿，但漂亮是没错的，于是齐暮郑重地点头道："对。"

"可以嘛。"齐大山乐呵呵地道，"臭小子比你爹我还有想法。"

齐暮听不懂，不过他的确是个有想法的小孩儿。

"他在二班总被欺负，我罩起来很麻烦。"

齐大山嘿嘿笑道："行，这么小就懂得疼人。"

齐暮又道："我已经问过他了，他也想和我一个班。"

"好！"齐大山拍板道，"这事爸就给你办了。"

齐大山出马，小张老师哪里招架得住？她也真心觉得齐总的话很有道理：尹修竹是个可怜孩子，能和齐暮玩到一起也是缘分，正所谓以柔克刚，没准儿尹修竹能压制住齐暮呢。

不得不说，是这么个理。

就这样暑假过去，开学时尹修竹搬去了大三班。

齐暮隆重地向他的好朋友们介绍了尹修竹。

迫于淫威，许小鸣和方俊奇沦为他的好朋友，此时也只能哈哈一笑，说："早就认识了。"

哪能不认识？谁不知道小霸王日日巡视大二班，就是为了护着这个小神经病。

私底下许小鸣和方俊奇认真探讨过："神经病到底传不传染人啊？"

方俊奇说："大二班的人都说会传染。"

许小鸣明显有些尿，道："传染了会怎样？"

"听说会发疯，身上还会长毛！"

许小鸣沉默了会儿，问："尹修竹身上长毛了吗？"

方俊奇也沉默了一会儿道："没……"他白白净净的，比班上的女孩儿还干净。

许小鸣叹口气，幽幽道："要论发疯，还有人比齐暮更疯吗？"

方俊奇："……"真没有。

所以神经病什么的，怕个鬼啊，还能比齐暮更吓人吗？

大班这一年，对五六岁的尹修竹来说是无比幸福的一年。没有人欺负他，没有人骂他，也没人提过他的妈妈。他跟在齐暮身后，像站在了明媚的太阳底下，四处的黑暗都无法靠近。

真好，能遇到齐暮，真是太好了。

转年三月，草长莺飞的季节，齐暮的生日到了。

他的阴历生日在周末，刚好在家过了，阳历生日是周二，齐大山这么个体面人，当然要给儿子撑撑场子。

他提前安排助理向园里递了个申请，正经请了个宴会策划，给儿子庆生。

园里是默许这些的，就当随机活动了，家长想搞，他们也会配合。

齐暮大名人一个，大三班和颇受他"照顾"的大二班都吃到了美味蛋糕，小朋友们纷纷向他送去祝福。

幼儿园的老师们热情洋溢，一个个打心底里高兴——好啊，真好，三月的生日意味着他今年就可以升小学，不用再留一年了。

齐暮许完愿，许小鸣问齐暮："你许了个什么愿？"

齐暮龇牙道："许你别挨一拳就哭。"

许小鸣气恼道："我才没有！"

"那试试？"

"试……个鬼啊！"许小鸣跑了。

齐暮转头看向尹修竹问："你吃巧克力不？"

尹修竹摇头道："给你吃。"

"我们一人一半！"齐暮做主把蛋糕上那巧克力做的足球一掰为二，分给了尹修竹一半。

尹修竹其实不爱吃巧克力，但这会儿却吃得十分仔细，对他来说，这是世上最好吃的东西。

他俩吃着同一种东西，吃的模样却截然不同。

一个啃得到处都是，糊了一嘴；一个斯斯文文的，不仅没弄到脸上，连手也很干净。

齐暮在这点上是打心眼儿里佩服尹修竹的，真爱干净，比小女孩儿还干净。

他一边啃蛋糕，一边盯着他看，看着看着，他就想起一件事。

"对了，你生日什么时候？"

尹修竹一愣，答不上来。

齐暮道："我阳历是三月二十八号，阴历是二月十八号，你呢？"

尹修竹摇头道:"我不知道。"

齐暮这年纪哪里会多想,他道:"不记得很正常啦,我之前也不记得,记了好几年才好不容易记住。"

尹修竹不是记不住,而是根本不知道,因为——

"我从没过过生日。"

"没过过?"齐暮睁大眼,"怎么会?不是一年一次嘛,哈哈,我今年过了两次。"

尹修竹小声道:"没人告诉我,我不知道生日是什么时候。"

齐暮呆了呆,有些不明白,怎么会没人告诉他呢?他爸妈呢?

齐暮虽然不明白,不过他知道尹修竹不爱提家里的事,他想了下,拍板道:"过生日嘛,就是吃蛋糕和许愿,来!"

他拉起尹修竹,来到蛋糕前,把蜡烛插了回去道:"你也来许愿。"

尹修竹愣愣的。

齐暮道:"来嘛,许愿,我把生日分你一半。"

尹修竹眼眶红了,他听过的所有好听的话,都是齐暮说给他的。

把生日分给他一半,可以吗?真的可以吗?

齐暮催促他道:"快点儿,再不许愿,许愿精灵就跑了。"

尹修竹郑重点头,两只小手合拢在下巴前,闭上了眼。

许愿……

他的愿望就印在心上,清晰且明确——他想和齐暮永远在一起。

尹修竹睁开眼后,齐暮赶紧道:"千万别把愿望说出来,说出来就不灵了。"

尹修竹十分谨慎,小心翼翼道:"我不会说出来的。"

偏偏齐暮又好奇上了,问道:"你许了什么愿?"

尹修竹想告诉他,又怕会失灵,十分纠结。

齐暮见他为难,赶紧道:"好啦好啦,别说。"

尹修竹用力点点头,郑重道:"不能失灵。"

齐暮露出了小虎牙道:"嘿嘿,你放心,我的许愿精灵特别厉害,我每次许愿都能实现。"

此时，在家里工作的"许愿精灵"乔女士打了个大喷嚏。

尹修竹由衷地希望这个愿望能实现。

可惜他一直期待的，从来都是他无法抓住的。

幼儿园毕业，即将升入小学时，齐暮给许小鸣他们宣布了一个天大的喜讯。

小霸王不去幼儿园直属的私立小学，而是报名了另一所公立小学！

这是乔瑾拿的主意。

齐大山低声下气地给过意见："还是去国瑞小学吧，幼儿园的同学都在，暮暮也能适应。"齐总泥腿子出身，很重视人脉。

乔瑾皱眉道："风气比公立差点儿。"幼儿园的环境还简单些，但小学生已经懂很多了。她就是一路从私立学校走出来的，很明白那儿的一些情况，不乐意儿子去受委屈。

齐大山也就只敢递一句话，多了是不敢说的。

乔瑾虽然拿了主意，但也会问儿子意见："暮暮，我们去实验小学好吗？"

齐暮哪懂什么私立小学、公立小学，他对这些向来粗神经，全凭感觉。

"行啊，听妈妈的。"

乔瑾摸着他的小脑袋道："暮暮真乖。"

齐暮眼睛一亮，龇着小虎牙道："那……能再吃个冰激凌吗？"

乔瑾手上的动作改摸为拍，道："不行！"

齐暮撇撇嘴，满脑子都是怎么再偷偷来一支。

本来这事不会这么早公布，是方俊奇这个小胖子，在家吃咸了到幼儿园狂喝水，结果尿到了裤子里。老师带他去换衣服，他在路上听到了老师们说的话。

"齐暮居然要去实小。"

"这不挺好的吗？"

"只是好奇为什么不直升瑞小？"

"咱就别咸吃萝卜淡操心了。"

助理老师品品这话，再想想齐小霸王的性格，顿时抖了下——在这么个幼儿园里他都"称王称霸"，去了普通小学，不得直接"登基称帝"？

尿裤子的方俊奇将老师们的随口聊天儿听了个明明白白。

我的个天哪！

方俊奇一回教室就把这事公之于众。

临近升小学了，幼儿园里氛围很足，大家都知道自己即将成为一名系红领巾的小学生。

方俊奇把齐暮的事一说，许小鸣眼一亮，差点儿叫出了声。苍天啊！大地啊！您老人家终于开眼了啊！

他们只要熬过这最后一个月，就可以和齐暮说再见了！

不不不，咱们不说再见，是永远别见！

许小鸣忍不住问道："真的？齐暮要去实小？"

方俊奇郑重点头道："千真万确！"他昨晚才学的成语，结果今天就用上了！

许小鸣乐得差点儿蹦起来……

刚好齐暮从外头回来，他端着小水杯，听到了他们的话。

"别难过，"齐暮道，"你们要是想我了就去实小找我。"

许小鸣："……"

方俊奇："……"

齐暮见他们表情如此僵硬，笑道："我知道你们舍不得我，可在我家我妈说了算，她让我去哪儿我就得去哪儿。"要是不听妈妈的话，他爸能打死他。

许小鸣看看方俊奇，方俊奇看看许小鸣，从彼此眼中看出了崩溃。

齐暮这到底是哪儿来的自信？

许小鸣这个"戏精"眼珠子一转，一秒入戏道："你为什么要去实小？大家都去瑞小，全班就缺了你。"

方俊奇单纯，一脸惊悚地看向许小鸣，怎么回事？

许小鸣给了他一个小眼神，方俊奇才明白过来。

对哦，惹不起的小霸王，还是把他好生哄走为妙，反正就最后一个月了。

齐暮安慰着两个"好朋友"："我也不知道，反正都是小学，上哪个都行吧？"

许小鸣一脸"不舍"道："那我们就离很远了呢！"

齐暮诧异道："很远吗？不都是小学？不应该在一块儿？"他把小学和小学之间的关系当成班级和班级了。

许小鸣耐心地给他解释了一番。

齐暮听懂了，拍拍他俩肩膀道："哎，这么远的话，估计咱们见面是挺难了，别伤心，我爸说了男儿有泪不轻弹。"

许小鸣心想：伤心个屁，老子只会喜极而泣！

吐槽归吐槽，小"戏精"演得还挺快活："齐暮，我们要珍惜这最后的时光。"

齐暮很感动道："没想到你们这么舍不得我，要不我回家和我妈商量下，还是去瑞小和你们……"

他话没说完，许小鸣一哆嗦，都带上了哭腔道："别啊。"

齐暮纳闷儿道："怎么，不是舍不得我？"

许小鸣反应很快地说："你别为了我们惹恼乔阿姨啊！"

此话有理，齐暮点头道："惹不起，真惹不起我妈。"

"那没办法了。"齐暮看向他俩道，"我们只能珍惜这最后的时光了。"

许小鸣松了口气，手心都冒汗了，想他年仅六岁就经历了如此大起大落，以后怕是能成大事！

没多久，大三班的小朋友们就都知道齐暮要去实小了。

其实也有很多小朋友是分不清这两所小学的区别，但他们都知道一个事实：国瑞小学里没有齐暮！

这会儿那些个有幼升小恐惧症的小孩儿都痊愈了。

妈呀，赶紧升学，小学一定是天堂！

其实齐暮没欺负过那么多人，只不过小孩儿们都爱跟风，许小鸣本来也是叱咤风云的人物，如今被齐暮给压得抬不起头，他们怕屋及乌，就怕了齐暮。

再加上齐暮为了尹修竹在二班大动干戈，小朋友们看在眼里，自然是怕的。

而且齐暮从不怕老师，还敢对老师搞恶作剧（他觉得是游戏），所以这"园霸"之名响彻园区。

关于小学的事，尹修竹是最后一个知道的，他那天请了假没来幼儿园，等他第二天来到幼儿园后才知道这个消息。

齐暮要去实小。

齐暮要走了。

整个幼儿园，恐怕只有他一个人是真正如遭雷劈。

才许了愿，愿望就破灭了。

果然连许愿精灵都不会帮他。

毕竟他是个没有生日的小孩儿。

尹修竹失魂落魄，却没掉下一滴泪。

他很难受，难受极了。

可是哭不出来，因为他比谁都清楚，哭没用。尤其难受的时候，哭只会更难受。

齐暮见他来了，赶紧招呼他道："来我这边坐。"

尹修竹坐过去，小脑袋垂着，不看他。

齐暮把藏着的巧克力拿出来，对他说："偷偷吃，别让老师看见。"幼儿园不让孩子带零食，不过齐暮向来不把老师的话当回事。他昨晚吃了几块，觉得真好吃，今天就悄悄带来给尹修竹。

尹修竹看着巧克力，只觉得眼眶生疼。

齐暮催促他道："快吃，我特意给你留的。"说完他还舔了舔嘴唇，一副馋兮兮的模样。

尹修竹摇头道："我不吃。"

齐暮眨了眨眼睛说："很好吃的，要不是想到你，我早自个儿吃了。"

他这样说让尹修竹心里更难受了。

他们认识一年多了，尹修竹从未拒绝过齐暮，这次却死咬着牙不肯要。

齐暮纳闷儿了，问："怎么了？你不是最爱吃巧克力吗？"

尹修竹不爱吃，只是因为齐暮爱吃，所以他才吃。

可是齐暮要走了，等他走了，他再也吃不到巧克力了。

尹修竹咬了咬牙，终于抬头看向他道："许愿精灵都是骗人的。"

齐暮不相信，道："怎么可能？我生日那天许了一个要遥控机器人的愿望，第二天早上它就出现在我枕头边了！"和他想要的一模一样，贼带劲。

尹修竹又低下了头道："可能、可能是你的生日吧，所以我的愿望实现不了。"

"我都把生日分你一半了，我的实现了，你的肯定也会实现！"

"实现不了了。"尹修竹感觉到一阵阵酸意涌向鼻尖，"肯定实现不了了……"

齐暮心疼地问："你到底许了个什么愿望？"

"我……"话到了嘴边，尹修竹又咽了回去，他不能说，说了就真的实现不了了。

齐暮哄他道："你别急，这许愿精灵可能和你不熟，得等一等。"

尹修竹看向他问："真的？"

齐暮点头道："真的！"

可是齐暮要去实验小学了，他们要分开了。

尹修竹还抱有一丝期待，不敢再提愿望的事。

倒是齐暮主动提起了小学的事："对啦，我妈让我去实小，你也去呗。"

尹修竹愣住了。

齐暮凑近他，小声嘀咕："我跟你讲，我妈特别厉害，她说的事都很准，她说实验小学好，那就肯定好，你跟我去准没错。"

他这小秘密只和尹修竹说，虽然和许小鸣、方俊奇也是好朋友，但他心里很清楚，许小鸣和方俊奇更要好一些，就像他和尹修竹。

朋友嘛，也不都是一样的。

别以为他看不出来，许小鸣的好东西都留给方俊奇呢！

见尹修竹不出声，齐暮又跟他说："你回去跟你妈说说呗，实小真的好，听说还不用交学费呢！"九年义务教育什么的，齐暮不懂，但不用花钱就能上学，总归是好事吧。

尹修竹呆了好久才回过神来，他心动了。

怎么能不心动呢？他可以不用和齐暮分开，只要他有足够的勇气去和爸爸谈一谈。

齐暮压根儿就没想过要跟尹修竹分开。

说好的罩着，分开了还怎么罩？

他爸说了，男子汉大豆腐说话要算数。

不对……好像是男子汉大丈夫？管他呢，反正他爸在他妈面前就是大豆腐。

齐暮把有点儿化了的巧克力推给他问："你吃不吃啊？"

他还没说完，老师发现了，问道："齐暮，你在做什么？"

齐暮赶紧把巧克力握进掌心，坐得端端正正。

老师威风凛凛地走过来，问道："是不是又带零食到学校了？"

齐暮坦坦荡荡，从不屑撒谎，他龇牙道："是。"

老师："……"噢，好气，可是又没办法！

尹修竹不想齐暮挨训，想开口，齐暮已经"噌"的一声站起来，问："老师，我是去后面还是去门外？"

老师厉声道："门外！"看到他就肝疼。

齐暮喜滋滋地起身，临走前偷偷把巧克力塞到了尹修竹手里。

尹修竹看着他的背影，攥紧了温热的有些变形的巧克力。他要和齐暮在一起，一定要和他在一起，除了他，再也没人对他这样好了。

齐暮哪里会老实在门外罚站？他拐个弯就去了卫生间，撒泡尿再洗个手，拿起自己香喷喷的小毛巾擦了擦手——尹修竹真好，每次都帮他把毛巾洗得这么干净。

教室里在上课，齐暮在外头和二班的董季生闲聊——这小浑球儿也被老师赶出来罚站了。

董季生问他："你要去实小？"

齐暮道："对啊，别想我。"

董季生翻了个白眼道："我想你个大头鬼。"

齐暮耸耸肩说："没了我，谁陪你罚站？"

董季生一脸不屑："我才不用人陪！"

齐暮道："那我走了。"

他转身就要走，董季生没他胆肥，老师让罚站他就老实站着，哪儿都不敢去，平日里也就齐暮陪他，他一走，他自个儿还真无聊。

"哎……"董季生喊他，"你走了，你们班的小……"

"神经病"三个字没说出来，齐暮瞪他一眼，董季生改口道："你的小跟班怎么办？"

小跟班也不好听，齐暮道："尹修竹。"

董季生怕他一言不合就抢拳头，只好道："尹修竹、尹修竹，记住了。"他和尹修竹同班两年都记不住他的名字，如今倒是记得清清楚楚。

齐暮理所当然道："他跟我一起呗。"

董季生也就是个小屁孩，不懂那么多，他道："也是，你俩可以一起。"说完他就美滋滋地想，瑞小好啊，没了齐暮大魔王，还没了小神经病，真让人期待。

下课的时候，尹修竹第一个出来，把手里的巧克力给齐暮。

齐暮诧异道："你怎么没吃？"

尹修竹道："我吃了一口，这些给你。"他知道齐暮想吃。

齐暮没忍住，问道："你真不吃啊？"

尹修竹道："快吃吧，别被老师看到。"

齐暮嘿嘿一笑："还是你对我好！"说完他就剥了塑料纸，把巧克力一下塞到嘴里。

尹修竹见他这样，比吃了巧克力还开心。

放学回家，齐暮嘱咐他道："别忘了回去和你妈说啊。"

尹修竹郑重点头，他攥紧拳头，给自己打气。

齐暮早早回家了，尹修竹直到天微暗才等来接送他的司机。

他们一路无话，直到车子驶入了大门，尹修竹才微微紧张起来。

他家很大，车子驶进大门后还要绕过花园才能看到后头的楼房。

花园被修整得很好，但对尹修竹来说却算不上漂亮，他不喜欢这些暗绿色的松柏，他觉得它们很高，而且阴森，仿佛将所有光都挡住了。

花园后面的楼房占地面积广，风格雅致，闹中取静。不过这一切落在一个六岁孩子眼中，全是寂静与压抑。

他不想回家，不喜欢屋子里的阴冷，即便开了空调，即便温度计上显示着温度宜人，可那种穿破皮肉、渗进骨缝的冷漠却无处不在。

尹修竹深吸口气，推门进了屋。

客厅里一个人都没有，连灯都没开，漆黑且空旷的屋子像一头张开大嘴的巨兽，随时准备将踏入其中的猎物吞噬。

尹修竹小跑过去，开了灯。巨大的水晶灯将整个房间照得犹如白昼，可他微颤的手指却没那么快放松下来。

他又深吸了口气，退回玄关处把鞋子换好，然后用毛巾擦了擦地板上自己的鞋印——保姆发现了会骂人的。

做完这些他才慢腾腾地上楼，去了最右首的屋子。

门关着，无声地拒绝着所有人。

尹修竹敲了敲门，里面什么声音都没传出来，但他知道他的母亲在里面。

他按下门把手，推开了门。窗外血色的夕阳投了进来，照在了坐在那儿的女人身上。

女人穿着一身白色的衣裳，极安静，仿佛一尊冷漠的雕像。

她生得很漂亮，有着让人惊叹的绸缎般的黑发，还有着仿佛冷玉一样细腻的肌肤。

她正值最美的年纪，却失去了生机，好似一朵枯萎的花。

尹修竹的样貌随了她，这样的五官落在一个男孩儿脸上，精致得有些阴柔了。

他看了母亲一眼，垂眸道："妈，我回来了。"

她没有回应他，甚至连一个眼神都吝于给他。

尹修竹心中还是生出了一丝失望，即便次次如此，即便早就知道了结果，他还是在隐隐期待着，也许哪天会不一样，也许哪天她会看他一眼。

可惜一次都没有，就像他坚持不懈地向她问好一样，她回应他的始终是无尽的冷漠。

尹修竹深吸口气，这是他回家后第三次深吸气，他只能用这种方式让自己紧绷的神经松快一些。

下楼后尹修竹拿起了电话，他父亲很久没回来了，他只能给他打电话说一下小学报名的事。

他不知道父亲会不会同意，但他一定要迈出这一步，他要去争取。

电话号码还没拨出去，外头传来了一连串的脚步声。

尹修竹一愣，紧接着一种难以控制的喜悦涌了上来——爸爸回来了！

他匆忙放下电话，小跑到了客厅里，这时门开了，身穿笔挺西装的尹正功走了进来，他身后还跟着随行的助理，不过助理们并未进屋，交代了一些明日的行程后便离开了。

尹修竹直到所有人都走了后才悄悄出来，谨慎地开口："爸。"

尹正功看都没看他，扯了扯领带道："你妈呢？"

尹修竹一顿，说道："在楼上。"

"嗯。"尹正功大步走向楼梯，上了楼。

尹修竹抿了抿嘴，跟了上去，他要和爸爸谈谈，关于小学的事……

刚走上去，他就听到了母亲的尖叫声："尹正功，你滚，给我滚出去！"

尹修竹停下了脚步，脸色苍白如纸。

屋里传来了重物落地的声音，然后头发凌乱的尹正功走了出来，他骂道："疯女人！"接着从外头把门锁上了。

尹修竹站在楼梯处，浑身不受控制地颤抖着。

尹正功瞥到他，心中升起一阵烦躁："让开。"

"爸！"尹修竹都不知道自己哪来的勇气，他扯住了尹正功的衣袖。

尹正功皱眉看他，问："怎么了？"

尹修竹嗓子发紧，声音却不小，他努力地一口气把话说清楚："我……我马上就要毕业了，小学，我想……我想去实验小学。"他说出来了，他真的说出来了。

尹正功眼中的厌恶毫不掩饰："实验小学？你是嫌我还不够丢脸？"

尹修竹愣了下，抬头看他道："实验小学很……很好的。"

"你以为你姓什么？你以为尹修竹这个名字是谁给你的？"

"我……"尹修竹不知道该怎么回答父亲的这句话。

尹正功烦躁道："那种垃圾学校你想都不用想，我就是给你请家庭教师在家里上课，也不会让你去那儿念。"说完这话，他甩袖离开。

直到外头传来了汽车的轰鸣声，尹修竹才回过神来。

父亲走了，被锁在屋子里的母亲疯狂地砸着能够触碰到的一切东西。

保姆和护工陆续上楼，去安抚发疯的母亲。没人理会尹修竹，他站在那儿，如同一个透明人，被所有人无视了。

他去不了实验小学，他即将失去唯一将视线落在他身上的人。

许愿精灵……不可能来到他身边的，因为他是个连生日都没有的孩子。

尹修竹哭了一整宿，撕心裂肺地号啕大哭，似乎要把从小到大积攒的眼泪都给哭出来。

可有什么用呢？这个空旷的家能把一切吞没。

尹修竹请了三天病假，再回来时整个人都瘦了一圈。

齐暮心疼道："你家空调是不是开太低了？我跟你讲，夏天也要盖被子的，万一空调抽风，很冷的。"

尹修竹见到他就想哭，可是他忍住了，最后几天了，他想好好和齐暮在一起。

齐暮叮嘱道："你要好好吃药，别怕苦。"接着他又道："反正我是不怕苦的，我都是闭眼一口闷，超帅的！"

尹修竹想了想那画面，脸上带了些笑意道："嗯，我也不怕。"

齐暮还惦记着正事，问道："你和你妈说了吗？能去实小不？"

尹修竹的睫毛颤了颤，轻声道："说了。"

齐暮喜笑颜开地说："那我就放心了。"他又道："你别怕，实小里虽然没有熟悉的同学，但只要有我在，就没人敢欺负你！"

尹修竹笑了笑，声音干涩道："我知道。"

第二章

生 日

似乎眨眨眼的工夫，幼儿园的日子就走到了尽头。

国瑞幼儿园自建园以来，还是头一次这么由衷地欢送一批毕业生。

大三班的五位老师热泪盈眶，拍照时眼睛一个比一个红，年纪大些的生活老师更是连鼻子都哭红了。

许小鸣和方俊奇等小"皮神"也是眼泪汪汪，万分不舍。

齐暮十分看不起他们："你们到底是不是爷们儿？至于哭成这样？"

许小鸣自认是个纯爷们儿，可自从遇到齐暮，他就爷们儿不起来了，好在终于要把这尊大神送走，他喜极而泣。

齐暮叹口气道："老师们都是女生，哭也就算了，你们这样就很不像话了。"

许小鸣心想：悲伤的泪水忍得住，这喜悦的泪水是怎样也憋不回去的！

后来拍毕业照时，整个大三班，只有齐暮笑得阳光灿烂，其他人都是眼中含泪，鼻尖泛红，同时对未来充满了无限憧憬！

回园拿照片时，齐暮一眼就看到了自个儿身边的尹修竹。

他拉着尹修竹问："你怎么也要哭不哭的？"

尹修竹那时候能忍住不哭已经是定力非凡了，他低声道："舍不得。"

齐暮一把将他揽过来道："没事啦，你要是想他们，咱们有空了就去瑞小看看。"

听到他这话，尹修竹猛地抬头，他的黑眸眨都不眨地盯着他，问道："你会去瑞小看看吗？"

齐暮被他看得一愣，眨眨眼道："你想去的话，我们就去呗。"这有什么大不了的，虽然远了点儿，但只要拜托司机叔叔，去一趟也不麻烦。

尹修竹仍在看着他，目光无比珍惜，似乎看一眼就会少一眼，他声音带了些哭腔："请你一定要去看看。"

"怎么了？"齐暮很怕他哭，顿时有些手忙脚乱，"你是舍不得崔笑笑她们吗？没事的，以后我们可以去看她们。"

平日里男生都爱欺负尹修竹，但女生对他要好一些，有几个女孩儿还会来找尹修竹玩，虽然齐暮觉得尹修竹并不爱和她们玩。

尹修竹摇了摇头，重复道："请你一定要去看看。"

"好啦。"齐暮道，"一定去！"

尹修竹眼睛发涩到了极点，可眼泪却像是被抽干了一般，连一滴都流不出来。

齐暮拍拍他手道："我爸来接我了，咱们开学见。"

尹修竹扯住他的袖子，急声道："能给我你家的电话号码吗？"

齐暮很为难："电话号码？我记不住啊……"这太为难他了，最简单的数数他都数得磕磕绊绊的，让他记电话号码，无异于要他小命。

尹修竹道："齐叔叔来了，能问问他吗？"

齐暮道："行啊！"说着他就拉着尹修竹的手去找老爸了。

齐大山已经知道了尹修竹的真实性别，虽然有些遗憾，但男孩儿之间一起长大的这份兄弟情也很珍贵——有个好兄弟两肋插刀，以后的路都要好走得多。

得知尹修竹想知道他们家电话，齐大山立马说道："我写给你。"说完他才发现自己没拿包，他又道："等我下，我去车里拿纸和笔。"

尹修竹道："齐叔叔您说就行，我记得住。"

齐大山一愣，道："那号码可不顺，不怎么好记。"

尹修竹道："没事的，我能记住。"这么至关重要的号码，他一辈子都不会忘。

齐大山也没犹豫，说了串八位数字。

尹修竹点头道："记住了。"

齐大山还挺诧异的，问道："真记住了？"

尹修竹重复了一遍，半个数都没差。

齐暮十分捧场道："啊，尹修竹你好厉害，我背了好久都没记住。"

齐大山伸手弹了一下儿子的脑瓜儿道："你这猪脑袋，能记住点儿啥？"

齐暮也不当回事，还在冲着尹修竹挤眉弄眼道："我要走啦，咱们小学见。"

尹修竹笑得有些勉强，冲他点头道："齐暮，再见。"

齐暮跟着齐大山走了，齐大山路上还在教儿子数数，齐暮头大得很，恨不得找团棉花把耳朵给堵起来。

第二天，齐暮正在玩具屋里拆机器人，乔瑾说："暮暮，你同学给你打电话了。"

齐暮一蹦三尺高，兴高采烈道："来啦！"尹修竹真能耐，还真给他打电话了。

齐暮喜滋滋地接了电话："喂。"

电话那头顿了下，接着是尹修竹极轻的声音："对不起。"

齐暮丈二和尚摸不着头脑，问："对不起什么？"尹修竹能有什么对不起他的事？

尹修竹的声音停下好久，才慢慢说道："我去不了实小，对不起。"

齐暮眨了眨眼睛，没太反应过来，问道："什么？"

尹修竹道："我去不了实验小学了，我报名的是国瑞小学。"

齐暮愣了下，反应过来了："我们不是说好了……"

"对不起。"尹修竹道，"我爸不同意我去实小，我去不了的。"

齐暮拿着电话呆了呆，好半晌才开口："你为什么现在才告诉我？"

尹修竹只是听着他的声音，就知道他脸上的笑容消失了，知道他板起了脸，知道他是真的生他气了。

尹修竹攥紧话筒，嗓子眼儿发紧，艰难开口："我想珍惜最后的时间。"说了又有什么用，是他懦弱得无法和他一起去同一个小学，是他太没用了。

齐暮毛了，他头一次用这样的语气对尹修竹说话："你是笨蛋吗？你不能来实小，我们就一起去瑞小啊！"

他喊得很大声，尹修竹却仿佛什么都没听清，不，他听清了，听得清清楚楚，只是他无法相信。

齐暮气得像是要原地爆炸，指责道："你根本就不想和我去一个小学，对吧？！亏我把你当好兄弟！"

尹修竹脑袋嗡嗡作响，他急忙道："不是的，我想和你在一起，但是……"

"那你为什么不告诉我？你要是告诉我你去瑞小，我就和你一起去啊！"

尹修竹呆住了，他从未这样想过，连一丝一毫这样的念头都没有。

他从未索取过，从没要求过，从没想过原来他无法向前，对方还可以走近他。

尹修竹几乎不知道自己要说什么了："可是你爸妈希望你去……"

齐暮打断他，认真地问："你到底把不把我当朋友？"

尹修竹快速回答道："你是我最好的朋友。"也是唯一的。

齐暮很满意这个答案，交代道："那你就老老实实在瑞小等我！"

挂断电话后，尹修竹在原地站了很久，脑子里完全思考不了其他东西。

齐暮是个响当当的行动派，还是个说到做到的纯爷们儿，他放下电话就上楼找乔瑾。

"妈！"他的小短腿还没踩上楼梯，就开始扯着嗓子喊了。

乔瑾正在整理一个设计图，听到儿子的声音，头都没抬："干吗？"

齐暮扑到她怀里，开口就是："我要去瑞小！"直白、简单、粗暴，但管用！

乔瑾放下工作，转头看他问："又发什么疯？"她这儿子随他爹，兴头来了，不管不顾的。

齐暮龇着小虎牙撒娇道："我要去国瑞小学念书。"

乔瑾招架不住，摸摸他的头问："不是说好了去实小吗？"

齐暮道："改主意了。"

乔瑾没好气道："敲定的事，不许改。"

"要改要改。"齐暮踮起脚"吧唧"亲了妈妈一口，"我想去国瑞小学。"

乔瑾虽说惯孩子，但也不会由着他任性，便道："我之前就问过你了，你也答应了我，怎么这会儿又临时变卦？"

齐暮道："尹修竹去不了实小。"

乔瑾有点儿惊讶，问道："你们不是说好了吗？"这事齐暮早就在家里隆重宣布好几次了，乔瑾是知道的。

齐暮说："他刚才打电话过来说他爸不同意。"

乔瑾皱了皱眉问："他为什么不早些告诉你？"

齐暮理所当然道："他特别胆小，怕我打他吧！"

乔瑾沉默了一会儿，问道："你还打人家？"

齐暮一看说漏嘴，赶紧纠正道："我不会打他啦，我很照顾他，我是说他怕我生气！"

"你生气了会打人？"

齐暮挠挠后脑勺，说："也不是次次都打。"

"好啊，"乔瑾拎起他的小耳朵，"你还学会欺负人了。"

齐暮一边"哎哟哟"，一边求饶："我没欺负人，我只是让他们不欺负我。"

乔瑾："……"总觉得有必要去学校了解下实际情况。

齐暮耳濡目染多年，很懂怎么哄老妈。他学他爸学得那叫一个像，又是亲乔瑾面颊，又是捶她肩膀，末了还一通夸妈妈的衣服。

乔瑾本来也没生气，被他这一闹腾，嘴角眼中全是笑意，她一把将孩子搂进怀里，对着他嫩嫩的小脸蛋儿亲了下，问道："你当真想去国瑞小学？"

"要去。"齐暮道，"妈你不知道，尹修竹又笨又胆小，我不在他身边，他肯定被人欺负。"

乔瑾被他逗乐了，道："看把你给能耐的。"

齐暮扯着她胳膊道："妈，你就答应我，我保证三天不吃冰激凌！"

乔瑾眼睛都笑弯了，道："还不许吃巧克力。"

齐暮小脸垮了："这……"

乔瑾又道："快要上小学了，你必须牢记一百以内的数字，背会十首古诗，认识常用字，还要……"

在签下一连串"不平等条约"后，齐暮终于得到了老妈的许可，可以和尹修竹一起去国瑞小学了。

这时尹修竹才回过神，他十分怀疑自己刚才根本没打电话，齐暮要去瑞小的消息根本是他的妄想。

他颤巍巍地放下话筒，再度拿起来，又拨通了齐家的电话。

这次他握着话筒的手更用力了，紧张得连呼吸都急促起来了。

齐暮接起电话道："搞定，我妈同意我去瑞小了。"鬼知道他付出了多少，不过这些没必要和尹修竹说了，他又不是许小鸣，才不会把这些鸡零狗碎的事挂嘴上念叨。

尹修竹小小的手因为太用力攥话筒而关节泛白，他不知道该怎么形容此时的心情，好像有什么东西从他的心脏里涌了出来，流向四肢百骸，让他有些站不太稳。

"真……真的吗？"

"还能有假？"齐暮道，"我说的话，你还不信？"

尹修竹的声音颤颤巍巍的："信，我信！"

齐暮嘿嘿笑了几声，说道："不过你别急，我妈已经给我在实小报了名，我得先去报到，可能要上一阵子，到时候再转去瑞小。"

尹修竹用力点头，点完头他又想起这是在打电话，齐暮看不到，他干咽了一下，应道："好。"

"对啦，"齐暮又嘱咐他，"你先别告诉许小鸣他们，我要给他们个惊喜。"

尹修竹点点头："嗯。"

齐暮纳闷儿道："你是不是感冒了，怎么声音怪怪的？"

尹修竹努力调整着自己的情绪道："没有。"

齐暮道："那行，过阵子学校里见。"

要挂电话时，尹修竹喊了他一声。

齐暮把电话重新放到耳边："嗯？"

尹修竹低声道："谢谢你。"

齐暮整个人蒙蒙的，不解地问道："又谢什么？"

尹修竹有很多话说不出来，只小声说了句："我很开心。"

齐暮哈哈大笑，对他说："开心就笑啊，我怎么觉得你要哭了。"

尹修竹顿了下，嘴角翘起了一个笨拙却由衷的笑容，他说："我在笑。"

"行啦行啦。"齐暮莫名有点儿不好意思，"上小学有什么好开心的，要上课还要做作业，愁死了。"紧接着齐暮想起自己这个暑假就要开始数数、背诗、学字……天哪，他想永远待在幼儿园。

幼儿园的暑假很短，齐大山带着妻儿去夏威夷玩了一圈，回来后父子俩都晒成了小麦色。

齐暮对此十分满意，一个劲儿地问乔瑾："妈，我像不像巧克力？"

乔瑾捏着他小脸蛋儿说："像，看着都甜！"

齐大山臭不要脸道："我呢，像不像大号的巧克力？你要不要来一口尝尝？"

乔瑾："……"一巴掌把这老流氓给拍开。

快开学的时候，齐暮已经捂白了，他很惆怅地说："晒了那么久，怎么这么快就白回来了？"

齐大山还黑乎乎的，他拍拍儿子脑门儿道："你随你妈，晒黑很快就白回来了。"

齐暮一脸羡慕地看着老爸说："我还没给尹修竹看过呢。"

齐大山道："没事，等你们大点儿，我给你们报个夏令营，你俩一起去晒日光浴。"

齐暮伸出小拳头道："说话算数！"

齐大山和他击拳道："小事一桩。"

瑞小开学这天，可把许小鸣给噎瑟坏了，想他当年刚进幼儿园时也是班里一霸，走到哪儿不是前呼后拥？也就隔壁班的董季生能和他唱个对台戏，其他人都只能缩在角落里瑟瑟发抖。

后来齐暮来了，他本想给他个下马威，却反被踹下马……这往事啊，真是不堪回首。好在齐暮去了实小，他总算可以扬眉吐气了。

方俊奇十分捧场地说："小鸣哥，咱们班以后你说了算！"

许小鸣呵呵一笑："那必须的。"除了他，还有谁，还能有谁！

许小鸣心情那叫一个好，好得尾巴都快翘上天了。

国瑞小学一年级总共有四个班，许小鸣和方俊奇被分在了一班，好巧不巧的是董季生也在一班，更巧的是尹修竹也在。

许小鸣看到尹修竹时，颇为大度地宣布说："之前的事我不计较了，以后你老实点儿。"他被齐暮收拾的九成原因是他捉弄尹修竹。

尹修竹看了他一眼，没出声。

许小鸣以为他怕了，心情越发好起来，又说了句："你放心啊，咱们还能同班也是缘分，如果有其他人欺负你，你就和我说，我看情况帮你。"

尹修竹收回视线，回了自己的座位。

许小鸣撇撇嘴说："真不讨人喜欢。"

不过这都是小插曲，许小鸣只要看不到齐暮，一切都好说。董季生以前和许小鸣很不对付，但因为两人一起在齐暮的淫威下讨过生活，所以惺惺相惜，关系好多了。

上了小学不比在幼儿园，尤其是这六位数学费的小学，更是恨不得把每个孩子都培养成十项全能的精英分子。

一班班主任很快就摸清了自己班的底细，一共二十四个学生，许小鸣和董季生是"皮神"一号和二号，方俊奇是个墙头草，其他孩子都还行。

不过班主任特别关注了尹修竹，这孩子生得真好，乍看都不像个男孩儿，就是太胆小了些，总是坐在最后面，不和任何人接触。

班主任徐德在国瑞小学教了七八年书，知道不少事，尤其是尹家的八卦，他更是早有耳闻。

据说尹修竹不是尹正功的亲生儿子，是尹太太出轨后生下的。

当然这只是传言，具体情况谁也说不准，反正徐德不太信：是不是尹正功的孩子，做个亲子鉴定不就得了？要真不是，干吗要养着？嫌帽子不够绿？

不过要真是亲儿子，又为什么要这样忽视？瞧这孩子谨小慎微的模样，想想也知道在家里过的是什么日子。徐德轻叹口气，挪开了视线——这些不是他能探寻的。

眨眼就开学了半个月，许小鸣和董季生勾肩搭背，自封一班双雄，目的是称霸年级。

他俩哪里知道，这乐呵呵的好日子要到头了。

这天放学时，徐德宣布道："明天有位转校生过来，大家要好好和他相处。"

听到这话，尹修竹眸子陡然一亮。

许小鸣和董季生在后头叽叽喳喳："居然还有转校生！"

董季生道："我们可得好好招待他。"

许小鸣贱兮兮地说："那必须的。"

方俊奇小声道："齐暮当年也是转来的……"

许小鸣不想承认，心虚道："这天底下哪有那么多齐暮？"

董季生胆儿肥，道："嘁，即便真是齐暮又怎样？"

许小鸣本想跟一句，但想想齐暮那龇牙笑的模样，顿时皮一紧，赶紧道："不可能，齐暮在实小，他不会来这儿的！"

方俊奇又拆他们台，道："万一……万一呢……"

许小鸣一拍桌子，大声说："要真是齐暮，我把这铅笔盒吃了！"

三十厘米长、十几厘米宽、纯铁制的三层高汽车形状的豪华铅笔盒了解下！

齐暮在实小待得还挺开心，他就是个小火苗转世，放在哪里，哪里能燃起熊熊烈火。

其实小学的在校时间比幼儿园要短不少，但是小学要正经得多，一堆文化课不说，还有不少作业。齐暮同学完美继承了父母的缺点：乔瑾语言类好，数学差；齐大山除了数学其他就没及格过。

于是齐暮语文随他爹，数学随他妈，精准错过所有正确选项，成了个一顶一的学渣。

乔瑾这个愁啊，辅导了两天作业后就不行了。她心脏不好，多来几天她就可以去天堂找自己妈了。

齐大山盲目乐观地道："没事啊，我以前学习也不好，如今不也混得挺好。"

乔瑾瞪他一眼说："暮暮能和你那时候比？"

齐大山："是比不了，我爸当时可没法给学校赞助。"

乔瑾："滚滚滚，你就惯死他吧！"

虽然乔瑾嘴上这么说着，但其实也没强求齐暮，学不好就学不好吧，人这一辈子又不是只有学习这一件事，往后天高海阔，自有展翅腾飞的机会。

乔瑾想想自己哥哥，心口升起一阵密密麻麻的刺痛。

她对齐暮唯一的要求就是平安顺遂地健康长大，其他的，都无所谓。

齐暮在实验小学还挺老实，主要是没人欺负他。倒不是说这小学里没有小浑蛋，而是小浑蛋们刚来到新环境，还在摸索着适应，没来得及搞事。

至于高年级的，刚听说一年级来了个车接车送的小少爷，小少爷就转学了。

齐暮去瑞小报到的前一晚，尹修竹给他打了电话。

齐暮可高兴了，问道："想我没？"

尹修竹笑了一声："想。"

齐暮嘿嘿笑："明天我就去了啊，给你带巧克力，是我之前在夏姨姨买的，可甜可甜了。"

尹修竹："夏威夷？"

齐暮："对，就那个海边。"

尹修竹舍不得挂电话，又问他："那儿好玩吗？"

齐暮道："还行吧，我爸说了，等以后给咱们报个夏令营，带你一起。"

尹修竹蓦地睁大眼，紧张地问："我……我也去吗？"

"对啊，"齐暮以为尹修竹是怕齐大山，毕竟大山同志长得魁梧又凶悍，尹修竹每次见他都怯生生的，他说，"你放心啊，我爸不去，就咱俩去，都是小孩儿来着。"

尹修竹的心"怦怦怦"跳个不停，好半天都说不出话。

齐暮是个坐不住的，能和尹修竹讲这么久电话已经是他的极限了，他惦记着快开始播的动画片，说道："先挂了吧，明天见。"

尹修竹终于找回了自己的声音，他说："明天见。"

齐暮挂了电话，蹦蹦跳跳地去看电视，尹修竹却在原地站了好久，他向来平静，犹如一团墨般的眸子里闪烁着星星般的光彩，好像一个美丽的瓷娃娃被注入了灵魂。

第二天齐大山带着齐暮去了国瑞小学，徐德亲自接待了自己班的转校生。

徐德任教多年，眼神老辣，只看了一眼脑门儿就直突突。

完了……请回来一尊神，他们班的各项指标怕是都要创历史新低。

齐大山这么个敞亮人，自然是上上下下都打点得极好，徐德虽然脑瓜儿疼，但也说不上是难过。

齐大山把儿子放下就走了，对齐暮半句嘱咐都没有，放心得很。

徐德试探着开口，对齐暮说："来了新环境不要怕，有问题找老师。"

齐暮小虎牙一龇，笑得天真烂漫，道："老师放心，班里的许小鸣、方俊奇、董季生都是我的好朋友。"

他没说尹修竹，因为尹修竹已经不只是他的好朋友，而是好哥们儿、好兄弟……反正关系是更上一层楼的！

听到这三个"皮神"名字，徐德就知道这货是什么水平了。

老师的笑容渐渐消失，最后道："行吧，有好朋友就好……"

本来就有三个熊娃娃了，再来一个是因为三缺一好凑一桌吗？老徐同志心疼自己渐渐后退的发际线。

再说一班的小朋友们，大清早来到教室就发现教室最后头多了张桌子。

许小鸣喜滋滋道："咱们班是单数，看来转校生要自己一个人坐了。"

方俊奇："好可怜啊。"

董季生打个哈欠说："可怜个鬼，他那桌子崭新崭新的。"

许小鸣眼珠子一转道："咱们给他来个见面礼？"

董季生心领神会，道："那个？"

许小鸣贱兮兮地说："对，就那个！"

方俊奇一边跟着他们出门一边小声嘟囔："不太好吧，万一是个女生，不得吓哭？"嘴上这么说，这小胖已经找到了肥胖滚圆的菜青虫。

许小鸣都被他恶心到了，嫌弃道："这么大！"

方俊奇斟酌道："换个小的？"

"换个屁，"许小鸣拍板道，"就它了！"

仨小孩儿将一切安排好，无比期待着转校生的到来。

第一节课是徐德的语文课，他领着齐暮来到教室，即将进门时，徐德说："你先在门口等一下。"

齐暮很明白，点点头道："好的！"他还故意往后避了避，誓要给好朋友们一个无与伦比的大惊喜。

徐德进教室后，同学们都伸长脖子好奇地看了又看。

董季生是许小鸣前座，他瞥到了浅蓝色的衣角，犹豫道："好像是实小的校服？"

听到实小，许小鸣的心肝一颤悠，马上说："你看错了吧，实小的怎么会来咱们这儿？"

方俊奇哪壶不开提哪壶，小声说："齐暮……"

许小鸣一激灵，用胳膊肘撞他一下，赶紧道："不可能！"

方俊奇不出声了。

徐德扫了一圈，清清嗓子道："我们的新同学来自实验小学……"

董季生给了许小鸣一个眼神：你看，我不瞎吧？

徐德又道："他毕业于国瑞幼儿园，希望大家和他好好相处，他叫齐暮。"

最后俩字一出，许小鸣顿时瞪大眼，一把抓住了方俊奇的胖胳膊。

方俊奇"哎哟"一声，疼得眼泪都要出来了。

许小鸣："我是不是幻听了，我怎么听到了齐暮的名字？"

董季生小脸也白了，震惊道："咱俩一起幻听了？"

方俊奇哭着道："真是齐暮。"

此时教室门开了，白净的小少年背着书包溜达进来，他额间的头发微翘着，露出来的额头光洁，眼睛大且圆，鼻尖秀气，嫩色的唇一咧，露出了俩标志性的小虎牙。

"大家好，我是齐暮，以后请多多关照。"

脆生生的声音回荡在宽敞的教室里，仿佛在勾魂索命——勾的是许小鸣的狗命和董季生的熊魂。

徐德对他说："先去新桌子坐下，等之后再调换座位。"

齐暮应道："好的！"

他径直走过来，看到尹修竹时对他眨了眨眼。尹修竹在第三排，他坐得笔直笔直，像一根初长成的小竹子，直得有些颤巍巍的。他嘴唇动了动："齐暮。"没喊出来，可这名字却是烙在心间的，随着血液给了他无数的力量。

即将上课，齐暮也不急着和尹修竹打招呼，先去座位上坐好。

他刚坐下，隔了他两个过道的许小鸣"噌"的一声站起来。

徐德眯起眼睛问："许小鸣你干吗？"

许小鸣三步并成两步，风一般地来到齐暮书桌前。

齐暮看到他还挺诧异，便道："小鸣啊，好久不见。"

许小鸣的笑容僵住，道："好、好久不见。"

齐暮道："咱们都上小学了，不是小孩儿了，别上课随便离开座位。"看他多成熟多稳重。

许小鸣心口生疼，可想想桌子里的菜青虫，他就一个头两个大，这要是让齐暮看到，他不得让他把那虫子生吃了！

方俊奇也反应过来了，他一溜小跑过来，跟着道："齐齐暮，我们帮你收拾下新桌子。"

齐暮："我什么时候姓齐齐了？"

方俊奇泪眼汪汪地说："是、是我看到你太高兴了。"高兴得都哭出来了！

齐暮拍拍他肩膀道："我知道你们会高兴，所以没提前打招呼，就等着给你们个惊喜。"

这是惊喜？？？

喜在何处？许小鸣和方俊奇都快惊到尿裤子了！

董季生毕竟没和齐暮同班过，还体会不到许小鸣那深入骨髓的恐惧，但是他也开始忧心那菜青虫的味道好不好。

徐德看不下去了，扬声道："上课呢，都回自己座位！"

许小鸣推着齐暮道："你先来我这儿，我这儿有个东西想给你……"

齐暮："下课再说，老师看着呢。"

许小鸣哪里顾得上老师，他小小年纪就深刻体会到了人生无常……如此性命攸关之际，他只想活命。

方俊奇反应快，已经掀开了桌盖——课桌不是桌洞式的，而是上翻掀盖款。

可惜许小鸣还没将大 Boss（头目）拉走，他这擅自"开团"，齐暮自然而然就看到了。

好大一只菜青虫在那儿扭着自己"曼妙"的身体……

方俊奇、许小鸣、董季生："……"

齐暮眨了眨眼睛，明白了，问道："这是给我的见面礼？"

许小鸣踉跄了一下，差点儿跪下："我不知道转校生是你。"

齐暮看向他道："幸好是我，这要是别人，不得吓哭？"

许小鸣已经快被吓哭了！

他们动静这么大，徐德已经走了过来，班里的同学也都纷纷看过来。

徐德哪知道他们在闹什么，他大步走来，看到那绿虫子时整个人就是一个后仰，好大一只虫！

紧接着整个一班都见识到转校生的凶残可怕了。

只见齐暮淡定地拿起胖虫子，对许小鸣说："去找个小瓶子。"

许小鸣脸白如纸："……"

齐暮斜眼看他。

许小鸣："我错了，暮暮，我错了，我以后再也不敢了！"

他求饶求得那叫一个真情实感，估计许太太都不知道自家熊儿子还有这副模样。

齐暮很有原则地问："你是想把它带回家炸熟了吃，还是生吞？"

"哇"的一声，绝望的许小鸣哭成了一只傻狗。

后来菜青虫还是被仔细装了起来，就放在许小鸣和方俊奇的课桌上。

老徐围观了全程，一时也不知该说什么。

训训许小鸣？孩子已经很可怜了，放过他吧；和齐暮说说这种事交给老师处理？可齐暮处理得比他这个班主任都好。

想治熊孩子，还是得熊孩子来。

许小鸣同学再次成就了"齐霸霸"，简直是把幼儿园的剧本升级后重演了一遍。

齐暮也没干啥，就这么镇住了整个一班。

一班的同学也有不少幼儿园时期的好朋友在其他班，于是一传十，十传百，"齐霸霸"之名响彻级部。

下课后，齐暮这边自成气场，大家都绕道走。

许小鸣在自己座位上委屈成一个球。他抬头看看扭腰摆臀的菜青虫，眼睛疼；转眼又看到自己的奢侈华丽牛哄哄的铅笔盒，牙疼；想想以后要天天见着齐暮，浑身上下都疼！

没人敢靠近齐暮，但不包含尹修竹。

他一下课就来到齐暮身边，齐暮招呼他道："坐。"

尹修竹坐下，齐暮就从怀里掏出了巧克力说："给你。"

尹修竹接过来，只觉得巧克力上的温度直接传到了心底，他惭愧道："对不起，我什么都没准备。"

齐暮："你再这样说，我就不和你玩了。"

尹修竹急道："对不起。"

齐暮眯眯眼睛问："又道歉？"

尹修竹一点儿都不怕他，反而心里热腾腾的，他垂眸道："刚才你真厉害。"他说的是菜青虫事件。

齐暮趴在桌上，懒洋洋道："许小鸣就爱欺负人。"

尹修竹："是我不好，没发现他们动了你的课桌……"

"这跟你有什么关系？"齐暮又问他，"对了，许小鸣没欺负你吧？"

尹修竹摇头道："没有，没人欺负我。"

齐暮："那就好，他要是欺负你，我让他生吞了那虫子。"

尹修竹嘴角的笑怎么也压不住了，开心地道："你真厉害。"

齐暮："你都说两遍了。"

"可是……"尹修竹满心都是这句话，"你真的很厉害。"

好吧……第三遍了，齐暮瘫在桌子上说："行啦，你厉害的齐暮哥哥回来罩着你了！"

其实齐暮比尹修竹小了好几个月，不过现在他们还都不知道。

国瑞小学秉持着精英教学（钱不能白花）的理念，兴趣类课程十分丰富，下午第三节课是游泳课。

齐暮："游泳课啊，我没带泳裤。"

徐德问道："有人带多余的泳裤了吗？"

其实问了也没啥用，谁会多带？他正琢磨着是不是去给齐暮买条新的，尹修竹已经举起了手道："我带了两条。"

徐德略诧异地问："真的？"

尹修竹点头道："是的。"

齐暮立马说道："我穿尹修竹的就行。"

"行吧。"徐德也省事了，不用再出去买。

去更衣室的路上，齐暮问尹修竹："你怎么还带两条泳裤？"

尹修竹说："我知道今天有游泳课，也知道你要来，所以提前准备好了。"

这样啊……齐暮心里美滋滋的，他脑海中闪过他爸日常挂嘴边的那句话，张口就是："你真贤惠！"

尹修竹抿唇笑道："贤惠不是这么用的。"

齐暮站在更衣室里一边脱衣服一边问："那该怎么用？"

尹修竹找出两条泳裤，歪头想了下道："字典上的意思好像是说——态度和气，善良温顺，通情达理，心灵手巧。"

"那没错啊，"齐暮乐颠颠地掰手指数着，"你看你又和气又善良又通情达理又心灵手巧！"

尹修竹愣了下。

"我没说错吧，你脾气这么好，从不生气，手帕洗得那么干净，还给我准备了泳裤……"齐暮越说越觉得尹修竹真好、真贤惠。

尹修竹心里热乎乎的，好像吃了个烤热的红薯，很甜却有些烫得慌，他垂眸，眼睫颤了颤，轻声道："不是的。"

"嗯？"齐暮没听清。

尹修竹的声音却更低了，仿佛是自言自语："我只对你这样。"

齐暮凑过来问："你大点儿声音嘛，我都听不到你说了什么。"

尹修竹摇了摇头道："没什么。"

他不能说出来，他知道这是不对的，人怎么可以这么自私，心怎么可以小到只装得下一个人？

齐暮不喜欢小心眼儿的人。

齐暮也没追问，他看尹修竹有些失落，安慰道："好啦，你不喜欢这个，我以后不说了。"

尹修竹一急道："没有不喜欢。"

"那么……是喜欢？"

尹修竹："……"

齐暮挠挠后脑勺，蒙蒙的：他有时候觉得尹修竹很像他妈，对他特别好，可说的话总让他和他爸丈二和尚摸不着头脑。

这时他瞥到了许小鸣，许小鸣同学正表情怪异地换泳裤，心里想着：你俩这是什么对话？什么贤惠不贤惠的，过家家吗？

"许小鸣你嘟囔什么呢？"齐暮扬声问他。

许小鸣吓了一跳，他没留意把心里话给嘟囔出来了，好在离得远声音小，齐暮没听见。

"我说……"许小鸣灵机一动，"尹修竹脑子真好使。"

齐暮来兴致了，走过来问："怎么说？"

许小鸣求生欲很强地说："他连字典里的东西都记得住。"

也是哦，齐暮眼睛一亮，放过许小鸣，转问尹修竹："你把字典都背了？"

尹修竹摇摇头说："只是看到过。"

齐暮更诧异了，问道："看到就记住了？"

尹修竹从没把这当成什么难事，他点点头。

齐暮喜上眉梢，揽过他肩膀道："厉害了！"

尹修竹心想着：这有什么厉害的，他跟齐暮比差太远了。

齐暮："说了你别不信，新华字典我就认识'新华'俩字。"字典都是靠联想。

尹修竹被他逗笑了。

许小鸣眼力见儿很足，凑过来捧场道："尹修竹很聪明，上课时老师只要讲一遍他就懂了。"

齐暮很乐意听，示意他继续说。

许小鸣有的没的瞎扯一通，把"齐霸霸"哄得"龙颜大悦"。

齐暮："小鸣，你很照顾尹修竹嘛。"

许小鸣："那肯定了，咱们都是同学，哪能不照顾？"

齐暮："明天给你带巧克力吃。"

谁要吃巧克力！！！许小鸣赶紧道："你看那虫子……咱能不能放它一条生路？"

齐暮："一码归一码，你今晚吃虫子，明天吃巧克力，不碍事。"

许小鸣："……"不碍事个鬼啊！妈妈我想转学！

同学们仿佛跟下饺子似的跳入水中，大多数孩子都在幼儿园毕业后学会了游泳，这不难，十几个课时就能搞定。小学里安排这个，主要还是为了给孩子锻炼身体的机会。

齐暮却没下水，尹修竹道："你不用管我，去玩吧。"

齐暮靠在太阳椅上，毫无形象可言地说："没什么好玩的。"

尹修竹："教练会不高兴。"

齐暮："管他呢，反正我不乐意去喝尿。"二十多个小娃娃在水里浮浮沉沉，鬼知道混合了几泡尿。

尹修竹眼睛中全是笑意，心情比正午的阳光还好。

齐暮会游泳，而且很爱游泳。

齐大山是海边渔村长大的野孩子，虽然搬到了大城市，混成了如今的齐总，但那股好水的劲儿不减，还遗传给了齐暮。

三岁时，他就把儿子扔到了水里，看他扑腾。

齐暮天不怕地不怕，一点儿水怎么奈何得了他？没多久就练就了一身狗刨本事。齐大山嘚瑟得很，去跟媳妇儿吹牛皮，被媳妇儿好一通暴打——让你陪孩子玩，不是让你玩死他！

后来齐大山被"禁足"，失去了去游泳池的资格，但齐暮却爱上了游泳，脱了衣服就往水里蹦，乔瑾干脆给他找了个正经教练。

教练教了两节课就委婉道："其实吧，六岁以下的孩子不建议学游泳。"

乔瑾闻弦歌而知雅意，问道："是暮暮调皮捣蛋了吗？"

教练连忙说："没没没，孩子很聪明……"他怎么好意思对着这么美丽的女士说"你儿子在我泳裤里放了条虫子，我一蹦三尺高慌不择路地脱下裤子结果把旁边看护的保姆阿姨给辣到睁不开眼！"

虽然教练打死不干，但齐暮也已经入了门，加上齐大山对大海爱得深沉，一家三口时常去海岛玩，齐暮还真是越来越厉害，有了同龄人望尘莫及的超棒水性。

但只要尹修竹在，他一般不下水。

尹修竹不能游泳，幼儿园里夏天有戏水的活动，尹修竹只是踩进了刚没过腰部的水池，整个人就脸色苍白、浑身抽搐，似乎要昏过去。老师们吓了一跳，赶紧送他去医院，做了检查却什么事都没有，那就是心理上的问题。

心理问题就不好解决了，老师们把情况反映给了他家里，他母亲不理不睬，尹正功也不闻不问，这事就这么撂下了。

也正因为他当时的模样太可怕，幼儿园的小朋友才会离他越来越远，觉得他不正常。

屁大点儿的小孩儿可不懂什么心理恐惧症，他们倒是听说过狂犬病发作时怕水，不仅怕水还会咬人呢！

其实尹修竹不是怕水，他只是无法忍受水漫过他的腰部。

因此，游泳课时尹修竹都是在一旁坐着。

教练过来问齐暮，齐暮张口就是："教练我不会游泳。"

教练："没事，我们可以教你。"

齐暮："我不爱学。"

教练还摸不清他的路数，温声讲了半天游泳的趣味，最后才问："为什么不爱学呀？"

"齐霸霸"惜字如金："懒。"

教练："……"要不是有监控，真想一脚把他踹下水！

教练走了，尹修竹小声道："你真的不用管我，我自己坐这儿就行。"

齐暮直接躺平了道："大中午的，游什么游，还不如睡一觉。"

尹修竹还想说点儿什么，齐暮已经闭上眼装睡。

尹修竹顿了下，换了个话题道："我不能下水，到时候你带我去海边，我也……"

齐暮一下子翻身起来道："谁跟你说海边只有海？"

尹修竹微愣道："还有什么？"

齐暮："还有巧克力色的我！"

尹修竹眨了眨眼睛，实在跟不上他这脑回路。

齐暮嗫瑟又懊恼，急于分享道："我好不容易晒成巧克力色，可惜回家三天就捂白了，等你和我出去玩，我再晒给你看。"

尹修竹明白了，问："晒、晒太阳吗？"

"对啊，超帅的。"

尹修竹又笑了，他这一天笑得比之前一个月都多："嗯，肯定很帅。"

小学一二年级总是过得很快，仿佛上上课，写写作业，一晃就过去了。

这时候的课程简单，成绩拉不开差距，考试基本都是接近满分。

齐暮虽然没考过满分，但九十六也很不错呀，那鬼画符一样的数学试卷至今还被挂在老齐同志的办公室里，来人就要显摆一番——瞧，我儿子考的，四舍五入就是满分呢！

两年时间，期中加期末，考了许多次，不管是语文、数学还是英语，尹修竹全是满分。

国瑞小学是双语小学，非常重视英文的教育，从一年级就安排了正经考试，考试的要求也很严。

一般情况下，拿双百还是很容易的，但连英语都是满分就挺不容易了。

而尹修竹大大小小的考试，哪怕是家庭作业的试卷，都没离开过一百分。

虽说如此，但也没必要太惊讶。主要是一年级、二年级的课程太简单，稍微用点心就能拿到好成绩。

直到升入三年级，小萝卜头们终于有了成绩上的明显分层。

比如尹修竹的三科还是能轻轻松松地考出满分。

比如齐暮的语文考出了七十一分的全校最低。

乔瑾看着这试卷，一个头两个大，她道："齐暮！你给我过来！"

"齐霸霸"回家就是小绵羊，灰溜溜地挨近妈妈。

乔瑾指着试卷问："你这写的是些什么玩意儿！"那是个补充句子的题，题目是：三人行，_____。

齐暮的字都快冲出横线了，内容更是让人笑掉大牙——三人行，都没我帅。

乔瑾扭他耳朵道："三人行，都没你帅？嗯？都没你帅？？？"

齐暮还是理亏的，他说道："我记不起来了嘛，好像有个'帅'字来着。"

"那是'师'字，三人行，必有我师！"

齐大山还在一旁盲目乐观地道："好啦，考了七十一分呢，挺多的。"他当年都不及格。

乔瑾一个眼刀飞过来。

齐大山立马滚蛋。

眼看老爸溜了，齐暮撇嘴——嫌他没骨气。

乔瑾又瞪他一眼，齐暮的骨气也被抽走，讨好地蹭蹭妈妈。

他生得白白嫩嫩，一双眼睛乌黑明亮，装出这可怜模样，乔瑾一颗心都化成糖水了，但还是语气严肃地说："站好，看题！"

齐暮委屈巴巴地站直，老实看过来。

乔瑾又是好气又是好笑地道："这个你也能错？耐心和细心你都分不清吗？"

这道题是选词填空，要求在"做数学题特别要（　），不然容易出错。"这个句式中填上一个词，选项是耐心和细心。

明显该选细心，但齐暮选了耐心。

乔瑾："做题要细心，不是耐心！"

齐暮狂点着头，心里想的是：细心有什么用？反正会做错，耐心等尹修竹做完才是正经事。

当然这话他不敢说，说了就等着乔女士和大山同志的混合双打！

在家分析完试卷，到了学校，老徐又把齐暮叫到办公室，语重心长地跟他分析一番。

老徐也是个神仙，很懂得见人说人话见鬼说鬼话："这三人行吧，还真都没你帅，不过咱们不能骄傲，放心里就行，不用写出来。"

齐暮："……"老师说得如此有道理，他竟无法反驳。

徐德靠着一通鬼话分析完了试卷，见齐暮状态不错，提议道："想不想课后补课？"

上课四十分钟对齐暮来说已经是如坐针毡，再让他课后补课，他不如一头撞死在老徐的啤酒肚上。

老徐教了他三年，一个眼神就知道他在想什么，便道："不是我给你补，我打算让尹修竹来。"

"尹修竹？"齐暮瞬间感兴趣。

徐德："嗯，放学后你俩晚走半小时，让他给你补补课。"

齐暮心动了，反正回家也是写作业，要能跟着尹修竹在学校写（抄）完，他回家就可以撒欢儿玩了。

老徐问："怎样？"

齐暮嘿嘿笑着说："行啊。"

老徐："你别太高兴，等我问问尹修竹，看人家同不同意。"

齐暮自信满满道："他肯定同意。"我俩啥关系，一份作业两人用的铁哥们儿！

老徐笑得那叫一个慈祥可亲（老奸巨猾），道："回去吧，一会儿上课了。"

课间操结束，徐德把尹修竹叫到办公室，把之前的话原样说了。

尹修竹平静的眸子一亮，声音里有少见的焦急："好，我可以，不过齐暮愿意晚些回家吗？"

徐德："我先问了他，他听说你给他补课，立马同意。"

尹修竹嘴角轻轻翘了翘，轻得让人心疼。

徐德很关注尹修竹，这孩子实在太可怜，也不知在家受了怎样的委屈才养成这么个谨小慎微的性子。

这一天到晚的，他安静得不像个孩子，除了齐暮，几乎不主动和其他人接触。

再想起他那不能下水的心理问题，老徐同志脑补了一番虐心虐肝的剧情，不由得父爱爆棚，想为他做点什么。

他估摸着尹修竹回家了也是冷冷清清，索性让他在学校里多留一会儿。他知道尹修竹和齐暮关系好，给齐暮补课尹修竹肯定是开心的。

只不过得提醒一下，省得补课成了抄作业，耽误了齐小浑球儿的成绩。

"老师，我愿意给齐暮补课。"尹修竹外表再怎么平静，内心也还是一个孩子，遇到了开心的事，声音都在颤悠。

徐德语重心长道："我知道你和齐暮关系好，是非常要好的朋友，但你知道怎样才是对朋友好吗？"

尹修竹微怔。

徐德叹口气道："我听说齐暮因为考了个倒数第一，被他爸狠抽了一顿。"

他说得如此有画面感，尹修竹登时心一揪。

徐德瞥了他一眼，继续装道："啧啧，齐总块头那么大，那手劲也大，发起火来真吓人，也亏了齐暮坚强，一般孩子肯定得哭得撕心裂肺。"

老徐这一通仿佛身临其境的描述，顺利把眼前这半大少年给镇住了。

徐德瞅着火候差不多了，又道："你真心对他好，就认真给他补课，帮他提高成绩，这样才能免了皮肉之苦。"

尹修竹半晌回神，他攥紧了拳头，认真道："老师您放心，我会好好帮他补课！"

徐德欣慰道："你是个有责任心的好孩子，老师相信你。"

尹修竹郑重点头。

末了，徐德又给自己的胡说八道打了个补丁道："齐暮自尊心强，你可千万别提他爸打他的事。"

尹修竹道："我不会的。"

老徐放心了，说道："其实你提了他也不会承认的，你还不知道他吗？他是打落牙齿和血也会生吞的'齐硬汉'。"

尹修竹对"齐霸霸"正是盲目崇拜的时候，点头道："他很坚强，也很厉害，老师您放心，他一定会考出好成绩的。"一定不会再挨揍了！

徐德目送尹小少年离开，心里嘀咕：得亏陪媳妇儿看了几集宫斗戏，要不真搞不定这帮小孩子。

放学后补课的事就这么定下了，第一天齐暮兴高采烈，摩拳擦掌地等着尹修竹写作业，写完他好抄一抄。

谁知小尹一本正经地拿起课本，要给他讲题。

齐暮瞪大眼道："真学啊？"

尹修竹："不难的，我一点点儿说给你听，你很快就懂了。"

齐暮瘫倒在椅子上道："不要，麻烦死了。"

尹修竹没出声，就这么坐在他旁边。

齐暮等了半天没听到动静，歪了歪脑袋看他。

尹修竹拿着课本，一动不动地坐着，唇紧抿着，像一条笔直的线。

"我很想给你补课。"尹修竹声音很小，像蚊子哼哼一样。

齐暮的软肋极其明显，吃软不吃硬，尤其见不得尹修竹受委屈，毕竟是说好了要罩着的人。

"我、我也想的。"齐暮赶紧说道。

尹修竹垂着眸子，浓密卷翘的睫毛轻颤着道："如果不能帮你提高成绩，老师就不会让我给你补课了。"

齐暮傻眼了。

尹修竹紧紧攥着书本，慢慢说道："我早早回家也是自己一个人，我很想在学校里多待会儿……"

这话一出齐暮立马招架不住了，两人认识这么久了，彼此的家庭情况也是一清二楚：尹修竹的妈妈足不出户，一年都不看他一眼；尹修竹的爸爸更是从不回家，偌大个屋子除了冷言冷语的保姆和护工，就只有小小的尹修竹。

没人比齐暮更清楚他有多不想回家了。只可惜他没理由不回家。

现在可以用补课这个借口晚些回家，尹修竹一定很开心。

"好啦，"齐暮懊恼道，"学，我学！"天哪，他竟然真要放学后再坐半小时板凳！

尹修竹嘴角微翘。

齐暮不甘心道："我可是为了你才学的！"

"谢谢你。"

"谢什么？"齐暮挠挠后脑勺，怪别扭的，"你给我补习，应该是我谢你才对……啊……你别想我谢你了，我讨厌死学习了。"

尹修竹又道："是我不好。"

"你可别这样说了。"齐暮没好气道，"你要是不好，我早拍拍屁股走人了！"

话没明说，可意思却摆在那儿了，尹修竹翘起的嘴角怎样都压不住。

——因为你，我才做这么讨厌的事。

齐暮怎么会这样好，这天底下怎么会有这么好的齐暮，而他又是何其幸运地遇到了。

有了课后补习，齐暮的成绩突飞猛进，足足涨了九分，力压许小鸣和董季生，成为倒数第三！

面对这个结果，实打实开心的就两个人。

一个是尹修竹，另一个是齐大山。

好巧不巧的是，这两个人在齐暮考七十一分时也都挺开心的。

许小鸣拿着七十八分的卷子哭着说："暮暮啊，你怎么能背叛我们？留在七十分段不好吗？为什么要向'恶势力'低头！"

齐暮骂他道："滚你的，谁要和你一样不知进取。"

许小鸣悲愤道："你变了，你不再是我们班里最闪耀的那颗星了！"

齐暮心情好得很，眼见他要伸手拿自己的宝贝试卷，警惕道："别碰我卷子啊，碰坏了你赔不起。"

许小鸣："……"不就八十分吗？他就只差两分！可惜差了这两分，他还真就赔不起了……

成绩有所提升，补习得以继续。齐暮并没嘴上那么排斥，他不乐意听徐德讲课，可愿意听尹修竹的，尹修竹声音好听，讲得又不啰唆，时不时还拿巧克力奖励他，齐暮就像那盯着胡萝卜的小白兔，蹦得很欢快。

转眼他们升到了四年级，天气也凉了，到了十月末更是冻得人瑟瑟发抖。

齐暮从一个星期前就惦记着一件事，挨到快忍不住了，终于把十一月九号给等来了。

这天是尹修竹的生日，齐暮是从老徐那儿知道的。

上半年齐暮的生日恰好在学校过，过完生日后齐暮带着尹修竹一起许愿，老徐事后问了齐暮一句，齐暮说："尹修竹没生日，所以和我一起过。"

老徐心里五味杂陈，道："哪有人会没有生日？"

齐暮道："他打小就没过过。"

徐德一愣，当即道："我去查查，他报名的时候肯定会填资料。"

于是尹修竹的生日水落石出，齐暮认真记在了心里，想在这天给他个惊喜。

齐暮知道尹修竹不喜人多，一直忍到大家都走了，两人补习时他才将藏了一天的礼物拿出来。

"生日快乐！"齐暮大声道。

尹修竹看着眼前的巧克力蛋糕，整个人都僵住了。

蛋糕很小，直径最多十厘米，像一个大一些的碗。

但它依然有着一个蛋糕该有的模样，尤其是上面立着的小牌牌上写着"生日快乐"。

尹修竹看了很久才不可置信地问道:"我、我的吗?"

齐暮馋了一天了,馋得中午都吃不下饭,这会儿看到巧克力,眼都是绿的:"当然!今天是你的生日。"

"你怎么知道的?"其实齐暮这么说了,他就已经认定了今天是自己的生日,哪怕不是出生之日,也算是重生之日。

被人祝福的这一天,就是他的生日。

齐暮道:"班主任查了你的入学资料,里面有写。"

尹修竹心一颤——是的,他是有生日的,只是没人愿意提起。

齐暮拿出了蜡烛,一边点一边说:"蛋糕有点儿小,点不了那么多根,就放三根行不?"

尹修竹回神道:"点四根吧。"

齐暮歪脑袋问:"为什么?"

"我们是四岁时相遇的。"

齐暮可没这么好的记性,只道:"好像是哦,幼儿园中班。"

尹修竹垂眸笑了下,道:"可惜我记不清那是几号了。"他太小了,分不清月份和日子,但是他却永远记得那一天那一刻那夕阳下的红光以及撞进他灵魂的笑容。

"这有什么好记的?"齐暮道,"反正认识了,以后就是一辈子的朋友。"

"嗯!"尹修竹用力点头。

他鼻头泛酸,眼中蒙了层水汽,嘴角的笑容却是前所未有的。仿佛将心中的喜悦都具象化了,被温暖了六年的血液终于循环了起来。

齐暮催促他道:"来吧,许愿,吹蜡烛!"

尹修竹郑重点头,小手合在一起,认真闭上了眼睛。

这是他的生日,他的许愿精灵。

他只有这么一个愿望——永远和齐暮当好朋友。

齐暮好奇得很,问道:"许了什么愿?"

对他千依百顺的尹修竹此时却是三缄其口:"不能说。"

"好吧，说了会不灵。"可齐暮还是好奇，"要不写出来？"

他这么大了，当然知道许愿精灵是乔女士这个真相，他也想当尹修竹的许愿精灵，但他没乔女士的火眼金睛，看不透尹修竹想要什么，看不透的话，怎么才能满足他心愿呢？

尹修竹是绝对不会拿这个重要誓言开玩笑的，摇头道："不行，会失灵的。"

齐暮："……"好吧……只能擦亮眼睛继续观察了！大概是和学习相关吧，总觉得尹修竹最爱学习……

尹修竹将蜡烛拆掉后，竟舍不得切蛋糕。

齐暮馋得心慌慌，赶紧说："来吃吧，我让我爸订了个全巧克力的，保证好吃！"

尹修竹拿着刀的手僵着。

齐暮看他道："怎么了？"

尹修竹还是下不去手，他低声道："能不吃吗？"

饿了一整天的齐暮睁大眼问："为什么不吃？超好吃的！"他真的快馋死了，都想扑上去一口吞了！

尹修竹嘴唇动了下，声音闷得像是从胸腔里直接震颤而出："这是我第一次收到生日礼物，我想好好留着。"

齐暮："这可是巧克力！怎么留？会化掉的！"

尹修竹抿着唇，不出声。

齐暮最怕他这样子，他这样八成会无声无息地掉"金豆子"。他一掉"金豆子"，齐暮的心就跟被金锭砸了一样。

"好啦好啦。"齐暮说，"我再送你一份礼物不行了。"

尹修竹猛地抬头，这怎么能行，他不能这样贪心。

齐暮："我给你写张贺卡吧，这个好保存。"

尹修竹眼睛一亮，如同看到了坚果的小松鼠，毫无抵抗力地道："好、好啊！"

齐暮道："你等我下！"

他溜去了许小鸣的课桌，打开后发现一沓贺卡——圣诞节还有一个多月呢，许小鸣已经开始筹备了。

齐暮抽了一张，回来道："都是粉色的，你别嫌弃。"

尹修竹快速摇头道："不会的！"

齐暮打开空白的贺卡，一边写一边念叨："许小鸣真能耐，买了那么多贺卡，是准备给咱们学校的女生一人送一张吗？"

尹修竹根本不关心这些，他眼睛眨也不眨地盯着齐暮，盯着他握笔的手，盯着他写下的字。

——尹修竹，祝你生日快乐，希望我们一辈子都是好朋友！

落款是齐暮。

齐暮的字和他的脸蛋儿是两个极端，他生了一副乖巧可爱的模样，一双大眼睛比很多小姑娘都水灵，可却是实打实的小霸王，和这字给人的感觉是一样的。

用龙飞凤舞来形容都含蓄了，根本是狂风暴雨！

齐暮拿起贺卡，吹干后给尹修竹道："写得不好，别嫌弃。"

他怎么可能会嫌弃？尹修竹小心接过来，看了又看道："真好。"

齐暮挠挠后脑勺道："贺卡是挺好看啦，就我这字嘛，活像蚯蚓爬。"

尹修竹根本不在乎贺卡长什么样，他看到的只有齐暮写下的话。

"我很喜欢。"

齐暮悄悄打量他，心里有点儿打鼓：这么个粉色贺卡，有那么好看吗？难道尹修竹喜欢粉色？要不送他个粉色书包？

齐暮脑补了一下尹修竹背着粉色小书包的画面，一哆嗦。

——居然觉得有点儿萌是怎么回事！

这下可以吃蛋糕了，两人还是没用刀子，尹修竹建议道："反正就这么大，咱们一人一口挖着吃吧。"

齐暮："行啊。"

他以为尹修竹是图省事，可其实尹修竹是想让他多吃一些。切开了就是一人一半，一起吃的话，他吃得慢一些，齐暮就可以吃得多一些了。

之后的日子风平浪静。天气越来越冷了，许小鸣同志却是越来越"作"了。

圣诞节一过，他就闹了个大"绯闻"。

一群女生跑来拿贺卡砸他道："渣男！"

许小鸣被砸得灰头土脸，连声求救。

这次连他的好兄弟方俊奇都不理他了，谁让他一个人撩了半个学校的女生？臭不要脸！

许小鸣委屈极了，跑到教室最后头，趴齐暮桌上号："我这是早下手广撒网，等上了初中，我就是有女朋友的人了！他们这些屎蛋，就是羡慕我忌妒我才恨我！"

齐暮刚睡了一节课，迷迷糊糊看向他问："羡慕忌妒你什么？"

许小鸣："大概是我帅？"

齐暮给他个后脑勺。

许小鸣一脸悲愤道："我不帅吗？我不是咱班的那株草吗？"

鉴于齐暮拿了他一张贺卡，于是送他一句："狗尾巴草。"

许小鸣又开始号了。

坐在前排的尹修竹没回头，只是握着笔的手不禁用力。

齐暮就像一块磁石，总能将所有人都吸到他身边。许小鸣也好，董季生也好，他们既怕他，又爱靠近他。

齐暮更像是小太阳，谁不喜欢光和热的集合体呢？这是生命的本能。

元旦放假，大家都收拾收拾回家了。

尹修竹对回家毫无兴趣，他讨厌假期，讨厌待在沉闷的家里。

不过元旦这天，尹家却是前所未有的热闹。

尹正功回来了，举办了一个宴会，邀请了不少亲朋好友来参加。

尹修竹的妈妈——于黛云这个女主人依旧没露面，她待在自己的屋子里，仿佛身处孤岛之上，似乎全世界只有她自己。

尹正功难得对尹修竹和颜悦色了些。因为他回来了，保姆对尹修竹态度也好了很多，给他拿来了工整的小礼服，仔细帮他穿戴整齐。

如果是六年前，尹修竹大概会受宠若惊，可此时他只觉得冷风从胸口穿过，冻得五脏六腑都麻木冷硬。

表面功夫做完，尹修竹就躲了起来。

他不喜欢那明亮的厅堂，不喜欢陌生人脸上堆出来的假笑，更不喜欢那名为父亲的男人说出的每一句话。

他没回屋，而是坐在花园的一个小角落里，吹着冷冷寒风。

一月一号，冷得人牙齿打战。

尹修竹穿得很薄，却也不觉得冷，因为他手里拿着一张粉色的卡片。

上面有齐暮写给他的一句话。

"一辈子都是好朋友！"

这几个字让他有了无穷无尽的力量。

他出神地看着，没留意到有人接近。

"这是什么？"少年轻慢的声音响起，接着他手一伸，夺走了尹修竹手中的卡片。

尹修竹大脑空了一秒钟，而后猛地站了起来。

站在他面前的是个初中生，穿着板正的小礼服，胸口还别了一朵浅蓝色的花，那丝绸做的花像真的一般，优雅别致。少年的头发被整齐梳在脑后，露出的额头光洁，可稀薄的眉毛下的一双眼睛却窄小尖利，蓄满了恶意。

他是尹修竹姑姑家的孩子，尹修竹的表哥王卓。

"贺卡啊？"王卓轻笑道，"还有人知道你的生日？"

尹修竹面色苍白道："还给我。"

"生气了？好吓人啊，你不会像你妈妈一样咬人吧？"

尹修竹紧攥着拳头，额间青筋暴起，道："把它还给我。"

王卓冷笑一声，处在变声期的声音很是难听："还给你？行啊，去拿吧！"说着他把贺卡扔到了不远处的喷泉中。

"不！别！"尹修竹不管不顾地扑过去，整个人都摔在了青石砖上，却也无法碰触到那划出一道弧线落入水中的贺卡。

尹修竹如同被重锤击中一般，几乎失去了思考的能力。

王卓的声音忽远忽近的："一个破贺卡也值得你这样，真是个傻子。"说罢他转身离开。

尹修竹浑身颤抖，大脑也嗡嗡作响，他听不到任何声音，看不清任何东西，脑子里只有那张小小的、齐暮送给他的贺卡。

它在水里，就在这个水池中，他要去把它拿出来。

零下四五摄氏度的夜晚，对水有着极深恐惧的少年，踉踉跄跄地站了起来。

他要去把它拿出来，它是他今生得到的最好的也是唯一的礼物。

尹修竹不知道自己是怎么踩进了水中，不知道自己是如何挪动了步子，他看到的只有不断上涌的水，觉得水在没过他的小腿，没过他的腰，没过他的胸腔，最后堵住了他的口鼻。

"你为什么要出生，你这个孽子，为什么要出生?！"

女人声嘶力竭的声音响在他耳边，撼动着他的心魂。

她不仅没期待过他的出生，甚至想杀了他。

他是何等低贱的生命，才会被自己的母亲怨恨。

"我叫齐暮，你叫什么? "

稚嫩的声音在他心底响起，如同熊熊燃烧的烈火，顽强地把一切冰冷都给压了下去。

尹修竹睁开了眼，苍白的手颤抖着握住了小小的卡片。

它被泡得脱了形，上面的字也模糊不清。

尹修竹却如同找回了失去的珍宝般，小心地把它放在了心口。

由上而下的泉水将他整个人都浇透了。

他站在冰冷的水中，如同被无间地狱的鬼爪束缚了手脚。

他狼狈地站着，才发现自己脆弱到连胸口前这么一个小小的东西都无法守护。

太弱了，是他太弱了。

他连齐暮送他的卡片都保护不好，又有什么资格贪求和齐暮成为一辈子的好朋友?

他根本不配站在他身边!

第三章
保护

许小鸣也在尹家，许家和尹家算不上世交，只不过近两年有了一些合作。尹正功邀请了许项友，因为是"家宴"，所以许项友把妻儿都带了过来。

许家还是在比较边缘的位置的，尹家家大业大，邀请的有权有势的人一堆又一堆，许项友不靠前，许小鸣自然也不会凑上去。他在屋里待了会儿，实在无聊，所以溜了出来。

这一出来就看到了浑身湿透的尹修竹。

"你……这是怎么了？"同学这么多年，许小鸣自然知道尹修竹怕水，湿成这样，难道是落水了？

他几步跑过来，急声道："要不要叫你家人……"

许小鸣话没说完就卡壳了，他像被掐住了脖子的鸟，感觉到了一种无法形容的惊悚。

眼前的少年穿着黑色的燕尾服，浑身都是冰冷的水，连头发都湿透了，微长的发丝落在了额间，衬得本就白皙的肤色越发苍白，像雪一样的冰冷。

他抬眸，一双眸子的颜色竟比夜色还深，仿佛一个深不见底的黑洞，将所有的一切都吞噬了。

许小鸣抖了一下，有种见了鬼的恐怖感。

"别说出去。"尹修竹哑着嗓子开口。

许小鸣一个激灵，只能频频点头道："好、好的。"

尹修竹走过他，两人擦肩而过时，水汽在冷夜生出了刺骨的寒意，仿佛随着稀薄的空气进入了许小鸣的心脏。

紧接着，他又听到了尹修竹的声音，这次更低了，是在警告他："尤其不准告诉齐暮。"

许小鸣站得笔直，僵硬点头道："好。"

过了好大一会儿，许小鸣才回头，他看到了渐渐消失在夜色中的背影，那一瞬间，他觉得尹修竹走进了无边的黑暗中。

假期结束，齐暮一下课就跑到尹修竹的课桌前。

尹修竹的同桌是个女孩儿，一看齐暮来了，立马挪了地方。

齐暮把怀里的东西掏出来道："给你。"

尹修竹轻轻咳了一声。

"怎么又感冒了？"齐暮皱眉伸手探了探他额头，"发烧了？"

尹修竹拿下他的手道："没事。"

"发烧就回去休息。"

"快期末考试了，不想耽误时间。"

齐暮不赞成地说："反正你肯定考一百分，耽误了又怎样？"

尹修竹顿了下，说道："不想回家。"

这话像针一样扎进了齐暮的心里，他道："那我陪你去医务室休息。"

尹修竹眼角染了些笑意，道："别耽误你上课。"

"上个鬼的课，走了。"他拽着尹修竹往外走。

隔了两个过道的许小鸣忍不住看过来，他怀疑前几天的自己是产生幻觉了，他怎么会觉得尹修竹可怕呢？他不是还这样吗？老实听话，对齐暮唯命是从。

这念头刚闪过，许小鸣就感觉到了一道冰冷的视线落在了自己身上，他一哆嗦，看到的是尹修竹余光的警告。

许小鸣立马竖起课本，心有余悸：他不会想杀人灭口吧？

齐暮带着尹修竹逃了一节课，心满意足。他次次返校都给尹修竹带各种各样的巧克力。

尹修竹不爱吃，却很喜欢。因为他明白齐暮的心思——他只是单纯地想把自己最喜欢的东西分享给他。

这份心意，弥足珍贵。

下午游泳课的时候，尹修竹被老徐叫到了办公室里。

徐德听到他极轻的咳嗽声，问道："感冒了？"

尹修竹直截了当道："吃过药了。"

徐德："我这儿有套题，本来想让你做一下，不过你身体不舒服，还是……"

"不影响。"尹修竹道，"我来做。"

他不去上游泳课，齐暮就可以下水玩了，挺好。

徐德犹豫了一下道："这套题挺重要的，你确定可以？"

尹修竹："没问题。"

尹修竹可能是因为感冒，声音略带了些沙哑，但徐德总觉得哪里不太一样了，他似乎更安静了，这份安静却不是因为之前的谨小慎微，而像是做了某种决定，有了主心骨一样的沉静。

他决定了什么？

徐德不得而知，不过还是把这套题给他做了。

尹修竹审了卷面后握着笔的手顿了下。徐德一直盯着他看，自然留意到他的停顿，他可不会认为尹修竹是嫌题难，他很清楚眼前的少年看穿了这套题的用意。

徐德做好了解释的准备，但尹修竹什么都没问，他落笔，笔尖带出了漂亮的线条，组成了一个个堪称完美的汉字。

如果说看齐暮写字是心疼的话，那看尹修竹写字也会心疼。

一个是心疼这笔这纸怎么就被这破字给玷污了，一个是心疼这破笔这破纸怎么配得上这一手好字!

徐德赏心悦目地看了一整节课,尹修竹交卷了。

三科试卷,四十分钟答完,更要命的是全部满分,连一个标点符号的错误都没有。

徐德拿着这三科试卷看了又看道:"好,很好!"

尹修竹放下了笔,安静地坐在那儿。

徐德顿了下,坦白道:"这是初中部送来的试题,只要每科能考到八十分,你就可以跳级到初中。"

现在尹修竹答了三个一百分。

尹修竹看向他道:"老师,我想留在咱们班。"

听到他这么说,徐德竟然连一点儿意外都没有,甚至心中还冒出了"果然如此"的念头。

徐德是为他着想的,所以把该说的都说到了:"我们学校四年级之前不允许跳级,是注重你们全方位的素质成长,但四年级以后就没这个顾虑了,相信你已经可以很好地照顾自己,跳级对你来说是很好的选择。"

尹修竹摇头,重复道:"我想留在咱们班。"

徐德斟酌了一下,又道:"你如果跳级的话,想必你的父亲也……"

他话没说完,就被尹修竹打断了:"我不是为了他而学习的。"

徐德怔了下,一肚子话是半个字都说不出来了——他心里很矛盾,一方面,他是不希望尹修竹跳级的,因为这孩子太孤僻了,换个新环境,只怕会很难适应;另一方面,他又希望尹修竹跳级,这样优秀的成绩哪个父母会不高兴?孩子这么小,能得到父母的关注也会更自信一些。

不过尹修竹是有自己主意的,他一开口就明确拒绝了,之所以好好做完这套题,是尊重徐德。

徐德轻叹口气问:"你是因为齐暮吗?"

尹修竹毫不避讳地点头道:"是的。"

徐德道:"他现在成绩很不错了,我会更关注他,你不必担心他。"

谈起齐暮,尹修竹的眼中似乎才真正有了点儿光亮,他说:"不是他离不开我，而是我离不开他。"

徐德有些心疼，尹修竹太孤单了，抓着齐暮这个朋友就如同抓住了汪洋大海中仅有的浮木，无法放手。

想到这里，徐德温声道："那就这样吧，也挺好。"

尹修竹回去了，徐德仔细收起了这三份只能用完美来形容的试卷。

是对是错呢？

徐德觉得自己没错，跳过了五年级和六年级，被称为天才儿童又如何？尹修竹缺少的是一个平稳的环境。

跳级对于齐暮来说，是另一个次元的事，和他毫无关系。

他压根儿不知道尹修竹去做了这一套题，更不知道尹修竹拒绝了什么，他从游泳课回来，问他："老徐没欺负你吧？"

尹修竹仰头就看到他湿淋淋的头发，他一边摇头一边拿过毛巾帮齐暮擦头发，说道："徐老师对我很好。"

齐暮最烦擦头发，索性直接趴在课桌上，把脑袋留给尹修竹。

"成天给你加题，这叫对你好？"

"做题挺有趣的。"

齐暮哀鸣："有趣个鬼啊！"

尹修竹笑了笑。

齐暮脑袋不装事，几句话又绕开了："头发好烦人，我都想剃光头了。"

尹修竹手顿了下，说："这样挺好的。"齐暮的头发又软又细，擦干了就会乱翘，他自己烦得很。

齐暮眼珠子一转，嘿嘿笑道："你真觉得好？"

尹修竹："嗯，很好。"

"那行吧，"齐暮沾沾自喜，"以后擦头发这事都交给你了！"

尹修竹："……"

这停顿落在齐暮眼里是他吃瘪后不知该如何是好的意思，齐暮哈哈大笑道："这事就这么定了，你可别偷懒耍赖！"

尹修竹好半晌才翘了下嘴角道："嗯。"

冬去春来，夏归秋至，眨眼的工夫一群小萝卜头已经抽条成了半大少年，他们即将迎来六年级的毕业考。

小学升初中，毫无悬念。

国瑞有小学有初中，以后无非是大家一起搬个教室，换个地方，继续好好学习。

不过也有新鲜的地方，初中是广招生，不只国瑞的小学生，还招收了不少其他小学的，走的是义务教育路线，不再是费用高昂的精英教育。

主要原因是到了初中，国瑞小学中有不少孩子都直接出国，初中生源短缺，索性放开了招生。

齐暮不关心这些，反正他不出国，尹修竹也不出国。

他更关心的是……

"定下了啊。"齐暮从后头戳尹修竹，"暑假我们去夏令营。"

等了一个小学，可算是把夏令营给盼来了。

尹修竹起身，坐到他身边做题，道："嗯，定下了。"

齐暮才不要做题，他歪着脑袋打量着尹修竹道："我怎么觉得你比我高了？"

尹修竹松开了笔，转头看他道："有吗？"

"起来，"齐暮招呼他，"咱俩比一比。"

尹修竹笑了笑，温声道："好。"

他站起身，齐暮越看心里越嘀咕：当年的"小妹妹"怎么一点儿可爱模样都没有了？？？

倒是帅得要命。

十二三岁的少年，眉眼已经长开。

尹修竹年幼时偏瘦小，五官又太精致，加上白嫩的肤色，很像小女娃。可如今却是半点儿女孩儿模样都没有了。

他身材高挑，笔直的身板像生在高山上的翠竹，尚且年少，却隐含锋芒。

一双漂亮的眸子也不再是怯生生的，反而因为拉长了眼尾而带了生人勿近的冷淡。不过当他看向齐暮时，那眼尾便又轻轻垂了下来，不再是可怜兮兮，而是蓄着笑意。

齐暮盯着他看了会儿，懊恼道："我也想要单眼皮。"多帅啊！长大后直接变个模样，哪像他，还是一张娃娃脸。

尹修竹："你这样很好。"

齐暮嫌弃道："你这话说得和我妈一模一样。"

尹修竹嘴边含笑，不再言语。

齐暮拉着他手将他扯到后头道："来，比一比。"

比身高这种事，一般是背对着背。但齐暮不一样，他就爱面对面，理直气壮地说："背对背怎么看得到？我要亲眼见证自己的胜利时刻。"

他之前就和尹修竹比，次次都比他高，所以就是胜利啦。今天这一靠近，他就知道坏菜了，要输！

他眼巴巴地盯着尹修竹，两人挨到只有一个手掌的距离后，齐暮突然来了句："你睫毛也太长了吧！"

尹修竹："……"

"哎哟！"许小鸣鬼叫道，"你俩干吗呢？靠这么近！"

同学们都去游泳课了，就齐暮和尹修竹在教室里，许小鸣这货昨晚打游戏到夜里十二点，困得要死，溜回来补觉。刚进屋就看到这么一幕。

齐暮道："我们在比身高。"

许小鸣以前最怕齐暮，现在是轻易不敢看尹修竹。他已经了解了齐暮的性格，这小霸王看着凶其实很仗义，只要别无缘无故欺负人，他一般不会主动揍人。

他俩在那贫嘴，尹修竹还站在原地，齐暮瞅见了，喊他："戳那儿干吗呢，大高个。"后面三个字他说得酸溜溜的。

许小鸣还想嘴碎，尹修竹看了他一眼，他消停了，道："我……回来补觉的，我睡了啊。"说完就趴下，装睡。

齐暮懒得理他，又凑到尹修竹身边道："你这两年是吃什么好东西了，怎么长这么快？"

尹修竹："多吃肉和青菜，少吃巧克力。"

齐暮一听脸就垮了，直接道："不如让我去死。"

尹修竹声音放软："你别担心，齐叔叔长那么高，你也不会矮的。"

他当然不会矮，他现在还霸占着全班最后排呢，只是……齐暮不甘心道："我想比你高。"

尹修竹："为什么？"

齐暮如今不是小时候了，哪里还好意思把"你都比我高了，我还怎么罩着你"这句话给说出来，只随口扯道："最后排是我的宝座，即便是你，我也不会让的。"

尹修竹抿嘴笑了下道："我和你同桌不好吗？"

啊？齐暮眼睛一亮道："有道理啊，还是你聪明，一百分不是白考的！"

尹修竹眼中笑意更深了，道："可惜马上毕业了，你的宝座不让也得让出去了。"

齐暮："……"

他没好气道："怪你，早不长晚不长的，偏偏毕业了才长个。"

齐暮还是很介意身高问题的，其实他知道尹修竹长个的原因，这小子从两年前开始，不知道抽了什么风，雷打不动地开始晨跑，每天都要准时准点地跑上五公里。

估计是运动量到了，胃口也开了，所以才长得这么快。

齐暮心一横，也打算跑一跑。

他顶着浓浓睡意，一大早爬了起来，出门跑了三百米就大汗淋漓地回来了。

跑个鬼啊，这么热的天，在屋里吹吹空调不好吗？

齐暮脑袋瓜一转，又想起了自家的健身房，打算去跑步机上试一试。他身体素质好，体力也好，运动细胞发达，就是懒，没耐心。

齐暮慢跑嫌慢，快跑的话十分钟后就成一条咸鱼了。一想到要坚持两年才会长个，"齐霸霸"瞬间缴械投降，老实回去补觉。

罢了罢了，这才六年级，等初中他参加个篮球部什么的，个头肯定能超越尹修竹！

临到毕业考，班上同学们不太紧张——考什么样都能升学。倒是老徐同志情绪波动很大，随时准备摘下眼镜擦眼泪。

"同学们啊！"老徐深情款款地看着这帮小孩子，"升到初中，你们就是半个成年人了，美好的青春正在前方等着你们，老师希望你们能勇往直前，认真走完自己人生路上至关重要的……"

目测得说上半小时，齐暮先趴下了。

徐德一嗓子把他喊了起来："那些睡觉的都给我起来，过了今天，你们想听我唠叨都没机会了！"

齐暮心想：没人想听您唠叨。但还是坐了起来，懒洋洋地托着腮帮子，听老徐演讲。

老徐很好，齐暮觉得自己以后大概会在某个犄角旮旯的时候怀念他。

说到最后徐德真的摘下眼镜开始狂抹眼泪。谁能想到呢，一个谢了顶挺着啤酒肚的油腻大叔会有这样一颗温软的心。

齐暮笑了笑，趴倒在课桌上。

哭什么的太丢人了，但还真有些舍不得。

平时没觉得六年的时间有多长，一想才发现时间过得真快，而且还过得这么充实。

课后，许小鸣一把鼻涕一把泪地凑过来道："老徐当老师真是屈才了，他就该去当个演说家，保证哭回票价。"

齐暮毫不客气地嘲笑他道："瞧你那德行。"

许小鸣眼都哭红了道："你都不掉眼泪啊？"

齐暮嗤之以鼻道："有什么好哭的。"

许小鸣一眼看穿道："你其实是睡了一节课吧？"

齐暮清清嗓子道："不行啊？"

"行！您行，铁石心肠我暮哥！"

齐暮像赶苍蝇一样地把他给赶走，去问尹修竹："哭鼻子了没？"

尹修竹没哭，抬头问他："我们给徐老师准备份礼物吧？"

这正合齐暮心意，他道："好啊，明天吧，咱俩一起去买。"

尹修竹："不用买，给老师写张贺卡吧！"

齐暮想了下，点头道："那就写贺卡，不过……我还是得去再买一些。"

第二天齐暮搬来了一大摞贺卡，样式要多华丽有多华丽，还每张都不一样，各个都是收藏级别的。

他趁着课间，挨个发了下去，每个同学一张，他扬声道："好好写啊，写错了来我这换张新的。"他多买了不少。

不仅写贺卡，齐暮还带了个拍立得，从第一位开始传用，每人拍一张照片，贴在了贺卡上。

许小鸣一边写着蚯蚓字，一边跟方俊奇说："这是要让老徐哭上三天三夜的节奏啊，不愧是铁石心肠我暮哥！"

方俊奇连连点头道："真的铁。"

拍立得传到尹修竹那儿时，他回头喊了声："齐暮。"

齐暮正和贺卡做斗争呢，听到他声音，一抬头。

尹修竹按下了快门。

齐暮笑道："早说啊，我摆个姿势，拍个帅的！"

尹修竹故意道："那再来一张。"

齐暮立马摆好动作，臭美得不行，道："咋样，帅不？"

尹修竹盯着相机道："好看。"快门按下，又是一张照片。

齐暮看看他前一张照片，说道："这张丑死了，扔了吧。"

尹修竹："照片扔了不吉利，给我吧。"

齐暮没当回事道："行。"

他拿过自己摆好姿势的那张，仔细地贴到了自己的贺卡上。

"尹修竹，你用完了吗？"旁边的女生小声问道。

尹修竹将拍立得给了她道："用完了。"

谁知齐暮竟道："等下，我再用用。"

这拍立得本来就是他带来的，自然是他说了算，女孩儿没意见，只说："我不急。"

齐暮却对她龇牙笑道："你帮我拍一张呗。"

女孩儿被他的小虎牙一晃，答应道："行、行啊。"

齐暮一把揽过尹修竹道："给我俩拍个合照。"

女孩儿笑了，道："好！"

快门声响起时，尹修竹才回过神来。

"你干吗板着脸？"齐暮嫌弃道，"都不笑。"

尹修竹看着那张照片道："再拍一张。"

齐暮只得再麻烦同学道："再来张，等他笑了再拍。"

女孩儿连连点头道："好！"

第二张，尹修竹笑了，笑得谨慎又拘束，齐暮却喜欢得很，他说："这张好，有点儿你小时候的模样。"怯生生的，乖乖的。

尹修竹不置可否，他留下了第一张，齐暮留下了第二张，这是他们第一次合照。

老徐同志收到这一堆贺卡后，毫无意外地哭了起来。

这绝对是身为老师的徐德，收到的最棒的礼物。

因为太感动，老徐又回到一班，进行了长达一小时的倾情演说。

始料未及的"齐霸霸"瘫在课桌上：早知道不送他贺卡了！

小学生涯就这样画上了句号，齐暮期待已久的夏令营活动终于来了。

到了约定好的地点，齐暮一脸嫌弃地看看许小鸣和方俊奇道："你俩别惹事啊！"

许小鸣哭唧唧的，他才不想来好吗！大热天的，去晒什么太阳！

方俊奇更委屈，他更不想来！他要不是朋友少，早就让许小鸣一哭二闹直接去上吊了！

尹修竹问齐暮："东西都带齐了？"

齐暮："妥的。"

说完他又轻叹口气道："本以为就咱俩，谁知还要照顾俩拖油瓶。"

许小号拖油瓶："……"

方大号拖油瓶："……"

其实这事吧，也是说来话长，尹修竹不想带他俩，可没有许小鸣帮忙的话，他就没那么容易走出家门。

尹修竹是没法直接和尹正功提要求的，他不是小时候，没必要较真，只要能达成目的就行。

尹修竹先找了许小鸣，教了他怎么说。

至于许小鸣为什么这么听话，一来他从那晚后就有些怕尹修竹；二来嘛，小鸣同学是个学渣，比齐暮还无可救药。

尹修竹不是帮他作弊，只是考前帮他猜题。

起初许小鸣还一脸狐疑，后来发现这猜题准确率高达百分之八十后他心服口服，甘愿为学霸鞍前马后。

尹修竹教他说的话也不难，主要是要挑准场合。

许小鸣找了个父亲和尹总都在，且谈完正事的时候跑过去，央求老爸要去夏令营，因为看到了尹叔叔，顺带提了一嘴尹修竹。

尹正功私底下再怎么冷落尹修竹，表面功夫还是要做的。许小鸣当着他面提了出来，他只会点头同意。

隔日，尹修竹接了个电话，父亲的助理通知了他去夏令营的事。

一切都顺理成章，毫无破绽。

尹修竹放下电话时，心情平静，没有期待也就没有失望。和这位名义上的父亲相比，他更在乎真正对他好的人。

有了这个缘由，许小鸣是非来不可，可是他也愁啊，想想尹修竹想想"齐霸霸"，他登时觉得夹在中间的自己像棵小白菜一样孤苦无依。

正所谓有福自己享，有难兄弟来，许小鸣连夜去了方家，在方俊奇屋里又哭又闹就差上吊。

方俊奇打心眼儿里不想去，可是他朋友还没多到可以和许小鸣绝交，于是心不甘情不愿地跟着来了。

齐暮嫌他俩是拖油瓶，殊不知拖油瓶也在嫌弃他！

大热天的，宅在家里面打打游戏不好吗？出来晒大太阳是什么脑残爱好？

家长们考虑到安全问题没有让他们出国，只是选了个开发得不错的小海岛，即便这样离着 B 市也挺远，得飞两三个小时。

四个少年一起去换登机牌，搞定后齐暮看了下座位。

许小鸣是1A，尹修竹是1C，齐暮是1D，方俊奇是1F。

头等舱一排就四个座位，许小鸣和尹修竹挨着，齐暮和方俊奇挨着，尹修竹和齐暮中间隔了个过道。

齐暮看了会儿，确认了一下问："我和方俊奇坐一起？"

许小鸣也看到了，他脸色一变——让他在尹修竹身边待三小时？跳飞机可好！

"咱俩换座！"许小鸣一个箭步冲上前，对齐暮说。

齐暮："你的座位多好，靠窗呢。"

许小鸣："我不乐意靠窗。"

方俊奇专业拆他台道："上次咱们去济州岛你不是死活要靠窗吗？还说不靠窗自己会死在飞机上。"

许小鸣："……"死胖子你少说点儿能死啊！

方俊奇收到他的眼神，闭了嘴。

齐暮瞥了许小鸣一眼，许小鸣一哆嗦，不知道自己是哪里惹了这位"霸霸"。

"行吧。"齐暮声音冷冷的，"咱俩换座。"

许小鸣心惊胆战的，实在弄不清自己错在何处。

尹修竹也察觉到了，他看向齐暮。

齐暮已经大步向前，准备过安检了。

许小鸣拉着方俊奇在后头叽叽喳喳："你想害死我啊！"

方俊奇一脸无辜道："我实话实说。"

许小鸣：有时候真分不清这死胖子是真傻还是装傻！

过了安检后他们去了候机室，方俊奇后知后觉道："齐暮在生你气？"

废话，这都明显得就差在脑门儿写上"生气"二字了！进了候机室，许小鸣还讨好地给"齐霸霸"倒了杯可乐，齐暮看都没看，自己去倒了杯橙汁。

许小鸣主动把遥控器给他，齐暮也没搭理，认真喝着橙汁嗑着瓜子。

许小鸣忐忑不安，回头一看方俊奇拿了俩汉堡仨烤翅四个派，没好气地问："你是饿死鬼投胎吗？"

方俊奇："早上出门太早，我没吃饭。"

许小鸣："……"真是要命了，这六天七夜怎么过？才刚开始就如此多灾多难，之后的日子还能想吗？

齐暮的不痛快自然瞒不过尹修竹，不过尹修竹和许小鸣一样，并不清楚他在气什么。

要说有什么缘由，应该就是换座的事。

难道齐暮不想和他坐一起吗？尹修竹心一紧，不敢多想。

可除此之外，再没其他原因了。

登机后，齐暮和尹修竹在前头，齐暮问道："你想靠窗吗？"

尹修竹摇头道："我在外头就好。"

齐暮先进去坐下，坐了许小鸣原本的位子，许小鸣和方俊奇也入了座，虽说隔着过道，可其实都在一排，说话都听得到。

尹修竹还是问了出来："你是不想和我坐一起吗？"

他说这话时声音很轻，也没看齐暮，垂着的眼睫几不可察地颤了下。

齐暮瞧在眼里，一阵心疼，不由得又凶巴巴地看了许小鸣一眼。

许小鸣心想：天哪，他到底做错了什么！

齐暮道："我是气许小鸣。"

尹修竹愣了下，许小鸣也竖起耳朵，巴巴地听着，很想知道自己为何被判"死刑"。

齐暮说得那叫一个振振有词："他凭什么不想和你坐一起？咱们同学这么多年了，坐一起怎么了？他至于一看到你就找我换座吗？"

尹修竹整个呆住了。

许小鸣和方俊奇："……"

齐暮还在义愤填膺道："亏我把他当朋友，他这样对你，以后我也不理他了。"

冤枉啊！许小鸣鬼叫道："我没有，我不是，我……"

齐暮越过尹修竹看他道："难道是我逼你换的座位？"

许小鸣："……"

还真是他先提出来的，这要怎么解释！

两人吵了一通后，尹修竹才终于回过神来道："没关系。"

齐暮不和许小鸣吵了，对尹修竹道："你心里委屈就说出来，总憋着才会被人欺负。"说完又瞪了许小鸣一眼。

"没人欺负我。"尹修竹松了一口气，"只要有你在，没人能欺负我。"

他说的声音很低很低，除了齐暮，没人听得到。

许小鸣也没心情听了，他冤啊，比窦娥还冤，他委屈得都想跳飞机了！

方俊奇问他："咱俩换换座？"

许小鸣感激道："阿胖，还是你对我好。"

方俊奇："我怕你真死在飞机上。"

许小鸣："……"

齐暮是个说出来就过去了的性子，尤其尹修竹全程眼中带笑。齐暮见他似乎真没受委屈，也就放过了许小鸣。

许小鸣将自己的果盘点心都"上供"给他。

齐暮没要，只说："你对尹修竹好一些，咱们都是朋友。"

许小鸣只能连连点头，齐暮还把自己果盘里的西瓜让给了他——许小鸣爱吃西瓜。

三个小时的行程，过得还挺快。

他们前一个小时在吵吵闹闹，后一个小时在看电影，最后一个小时就睡觉了。

尹修竹没睡，他睡不着。

这会儿空乘也没再来打扰，尹修竹就这样看着旁边。

他无法形容自己的心情，只是无比珍惜，珍惜这个给了他一切温暖和光明的人。

到了目的地后，接待的老师安排他们住进了海边的一栋小别墅。

夏令营活动要明天才开始，一共也就七八个人，项目也比较轻松，先是参观海洋博物馆，了解海洋百科，再在陪护下浮潜，还有一天会游览退役的潜艇之类的。

今天是集合日，没活动。

别墅不大，条件也说不上太好，二楼只有两间卧室，分房时许小鸣求生欲很强，说道："我和谁睡都行，我把你们都当亲兄弟！"

齐暮看他一眼，和颜悦色道："这还差不多。"

许小鸣："……"千万别真和尹修竹住一起啊，他晚上得做噩梦！

尹修竹还不愿和他住一起呢，后来的分房结果自然和飞机上的座位是一样的。

尹修竹和齐暮一间，许小鸣和方俊奇一间。

他们一起上楼，看到了相邻的两间卧室。

两间卧室都是推开窗见到海，格局也一般无二，唯一不同的是第一间是一张大床，第二间是两张单人床。

这……

许小鸣连忙道："求求你们了，可怜可怜我，让我住两张床这间吧，我要是和方俊奇一张床，他一宿得把我踹下去十次！"

齐暮："……"

方俊奇道："有十次吗？我记得上次你一整宿都睡在地毯上。"

许小鸣一脸悲愤道："你还好意思说！"

齐暮大发慈悲道："行吧，你们住这间，我和尹修竹住大床房。"

许小鸣欢天喜地地回了屋。

齐暮和尹修竹也拖着行李进了屋，齐暮扔下箱子便道："热死了，我先去冲个凉。"

说罢就掀起衣服下摆，开始脱衣服。

要命的是，他这短袖有个小衬衣领，那儿有两粒扣子，他穿 T 恤穿惯了，没解开就脱，直接卡到脖子了。

齐暮懊恼地喊道："帮帮我，脱不下来了！"什么破衣服，下次再也不穿了！

尹修竹抬头，看到了和衣服扭到一起的齐暮。

他抿嘴一笑，走过来道："我来。"

齐暮一整个脑袋都在衣服里，说话的声音闷闷的："扣子在前头，你找找。"

尹修竹应道："好。"

说着尹修竹伸手，探向了齐暮的脖颈儿，扣子在前领口，但是因为齐暮把整件衣服都给翻过来了，所以并不好找，尹修竹摸索了一会儿，碰到了扣子……

齐暮笑了一声："好痒。"

尹修竹一愣道："我……"他手顿了下又说："不是故意的。"

"我知道啦，"齐暮催促，"你快点儿，我要热死了！"

尹修竹："好、好的。"

齐暮脑袋瓜一转，又想到了："你等我把衣服拉直，这样就好找了。"

尹修竹轻嘘口气道："找到了。"

扣子解开了，齐暮终于脱掉了这该死的衣服，他的小脑袋露了出来，头发乱翘着道："破衣服，真麻烦。"

尹修竹："挺好看的。"

"送你了！"齐暮像在甩烫手山芋一样，"把它丢了我妈要揍我，就说你喜欢，我送你了！"

尹修竹："……"

"就这么定了啊！"齐暮美滋滋地去了浴室。

齐暮洗完澡出来后，看他一眼道："赶紧去冲个凉，别中暑了。"

尹修竹笑道："好。"

坐不住的齐暮同学又开始四处瞎玩，他看到尹修竹敞开的行李箱，好奇地凑上去。

这家伙的行李箱和他本人一样，要多整齐有多整齐，东西都分门别类地放好，和齐暮那乱糟糟的行李箱形成了鲜明对比。

因为整齐，所以一目了然，齐暮瞅见那一沓试题和三五本书，顿时一个头两个大。

出来玩还带着题，尹修竹别是学傻了吧？

书的下方有个蓝色衣摆露了出来，这可以说是整个箱子里唯一凌乱的地方了，齐暮一眼就看出那是他的破衣服。

他嘿嘿笑着，心想：还真不嫌弃啊。不过这种小衬衣倒挺适合尹修竹的，穿上特别乖，嗯，男孩儿不该用乖，要用……"齐霸霸"绞尽脑汁才想出那个词——"斯文"！

尹修竹出来时齐暮见他换了身衣裳，问道："你之前穿的衣服呢？"

尹修竹道："洗了。"

齐暮连忙道："给你件我穿的全是汗的旧衣服挺过意不去，那我把那件也洗洗……"

"嘭嘭嘭"的敲门声打断了他们的对话。

齐暮被进来的许小鸣这么一打断，自个儿也就忘了要说什么："你们都洗过澡了？"

许小鸣："洗了啊。"

"老师就住楼下，咱们要不要申请下出去玩？"他建议道。

齐暮早就坐不住了，连忙起身道："走走走，出去探探风。"

这个夏令营是齐大山千挑万选出来的，负责的老师有五人，接近一对一的比例。这也没办法，毕竟都是些大少爷，没有安全保障的话，哪家敢把他们单独放出来。

他们下午虽然没有活动，但也不允许乱跑，别墅区有保安，楼外也全是监控，老师们虽然给了他们独立自主的空间，但也在默默关注着，确保他们的安全。

齐暮和许小鸣兴冲冲地去找老师。

留在楼下的正是之前接待他们的赵老师，他挺年轻，也就二十五六岁，是个退伍的海军士兵，笑时给人一种在海滩沐浴阳光的舒适感。

赵老师："走吧，我带你们出去看看，不过你们不许乱跑，这儿不比市里，治安没那么好。"

许小鸣连连点头道："好的，好的！"应得挺好，明显没听进去。

赵老师笑笑，又叫来两个同伴，七个人这就出门了。

别墅建在海边，走一两分钟就踏上了沙滩。

常年待在钢铁林立的城市里，看到无边无际的大海时，心胸是极为开阔的，仿佛所有烦恼都被海风吹散了。

"尹修竹！"齐暮大声喊他。

尹修竹转头看去，刹那间，那飞走的海鸟又回来了。

金色的天边，被耀成了橙黄色的海水上，身量纤长的少年笑弯了一双大眼睛，露出了一对俏皮的小虎牙，向着他跑过来。

"这个给你。"齐暮将一个巴掌大的白色贝壳放在他掌心。

尹修竹轻喘口气道："好看。"

"是吧，"齐暮笑嘻嘻地道，"你把它举起来看。"

尹修竹举起贝壳，将它对准了即将落下的夕阳，温暖的光穿透了薄薄的贝壳壁，将它染成了漂亮的金色。

齐暮问："像不像金子？"

尹修竹点头道："像。"

"海边的金子，"齐暮道，"多美的宝石。"

齐大山是做珠宝的，乔瑾是珠宝设计师，虽然他俩都没将自己的事业和爱好强加到儿子身上，但耳濡目染之下，齐暮也接触得比其他人多得多。

他喜欢闪亮的东西，无关贵贱地喜欢着。

晚餐是回别墅吃的，赵老师当主厨，四个小少年打下手，煮了一锅海鲜。

方俊奇小朋友是没什么不能吃的，他看看许小鸣的盘子，问："这海胆你不吃？"

许小鸣："给你你你，也不嫌腥！"

方俊奇："哪里腥？多鲜！"

齐暮正在和螃蟹战斗，折腾半天后，他气道："好想陈阿姨。"陈阿姨剥螃蟹可厉害了，能把一整只螃蟹剥得干干净净。

尹修竹接过他的螃蟹道："我来。"

齐暮道："你自己还没吃呢！"

尹修竹："我不爱吃螃蟹。"说着已经拿过齐暮的螃蟹，仔细给他剥了起来。

齐暮吃了两块蟹肉，才后知后觉地问道："你不爱吃，怎么还剥得这么好？"

尹修竹："……"

许小鸣插了一嘴："尹修竹有什么是做不好的？"

有道理啊，"齐霸霸"被完美说服。

吃过饭，距离睡觉还有挺长一段时间，赵老师笑眯眯地提议道："睡不着的话，我给你们讲个鬼故事？"

许小鸣这"作精"立马喊道："好啊，好啊！"说完他还看向其他人："你们不怕吧？"

方俊奇淡定道："这有什么好怕的？"

尹修竹摇摇头。

许小鸣直接略过了他"齐霸霸"，开玩笑，他们"霸霸"怎么可能会怕鬼故事！

事实上，"齐霸霸"已经吓得嘴角抽搐了，许小鸣这个浑蛋！

赵老师不是第一次带夏令营了，十分有经验，故事讲得那叫一个形象生动，配合着空调的呼呼冷风，瘆得人后背发凉！

"啊——"许小鸣一声鬼叫，吓得屁滚尿流。

齐暮要不是包袱太重，早就和他叫成一团了。

赵老师哈哈大笑："好啦好啦，都是假的，回去睡吧。"

睡个鬼啊！这怎么睡得着！

上楼时许小鸣卑躬屈膝道："暮暮，暮哥，咱们再换下房间好不？"

齐暮正强忍着哆嗦呢："折腾什么？"

许小鸣死拽着胖子胳膊道："我想和小胖睡一张床，我要抱着他睡，我自己在床上我会吓死的！"

齐暮不由一阵庆幸，哪里会换房，道："行了，不就是个鬼故事吗？你至于吗？老实回去睡吧！"

说罢就拉着尹修竹的手回屋，毫不留情地关了门！

时候不早了，两人也上床休息。

尹修竹察觉到齐暮有些紧张，问："害怕吗？"

齐暮怎么可能承认，硬着头皮道："有什么好怕的，我又不是许小鸣那尿蛋。"

尹修竹应道："那……我关灯了？"

"行啊。"齐暮麻溜地钻进被窝儿，只露了一双眼睛。

尹修竹心里发笑，面上却没丝毫表现，他知道齐暮好面子，不忍挑破。

关了灯后，他也上了床。

床大得很，两个少年睡下，中间还能再放个人。

齐暮满脑子都是赵老师说的凄厉女鬼，总感觉那窗帘飘啊飘的，仿佛有张人脸……

他把自己吓了个半死！

齐暮想离尹修竹近一些，又不愿暴露自己的尿样，他等啊等，等到尹修竹的呼吸均匀后，小声唤道："尹修竹？"

尹修竹没回应。

齐暮："你睡了吗？"

尹修竹纹丝不动。

齐暮松了口气，认定他是睡着了，便小心地挪过来，再挪过来，想着离他近一些。

"喵呜！"

外头一声猫叫彻底让"齐霸霸"吓破胆，他"嗖"的一下钻进了尹修竹的怀里，用力抱紧他。

要死啊！齐暮快抖成筛子了！

他也不怕弄醒尹修竹，抱得那叫一个紧，几乎整个人都贴到他身上了。

人害怕了哪还管这些，尤其齐暮从未把尹修竹当成外人，两人是典型的穿一条裤子长大的人，睡一个被窝儿算什么。

外头的猫咪叫了一声就溜达走了，齐暮却没法放松。这多诡异？怎么就叫一声？哪只猫会只叫一声就离开？

吓破胆的"齐霸霸"脑回路已经不正常了……反正、反正他不要松开尹修竹。

齐暮轻喘着气，竖着耳朵听了好大一会儿，感觉四周的魑魅魍魉都滚蛋后，潮水般的睡意涌了上来，彻底睡着了。

听到旁边人均匀的呼吸声后，尹修竹才慢慢睁开了眼。

他哪里睡得着，他怎么可能睡得着？先前睡不着，此时此刻更是与周公无缘了。

尹修竹试着动了下，可齐暮犹如惊弓之鸟，感觉到他的动静，立马紧紧抱住他，生怕他跑了。

漫长的十个小时过去，直到天亮，尹修竹才闭上了眼，他一宿没睡。

吃早餐时，四个少年中有俩顶着熊猫眼。

其中一个自然是许小鸣同学，他戳着面包片，嘟囔道："方俊奇打呼噜，一打一整宿！"

齐暮美美睡了一宿，心情甚好道："你真不是被鬼故事吓的？"

许小鸣梗着脖子道："怎么会，是他打呼噜！"

说完许小鸣又心虚地转移话题道："尹修竹你没睡好？不会是怕鬼吧？"

没错，第二个顶着熊猫眼的人就是修竹同学。

尹修竹将巧克力酱抹到了齐暮的面包片上道："嗯。"

他这轻描淡写的回答，让其他三人都愣了下，许小鸣一副发现新大陆的模样道："你真怕啊？怕昨晚赵老师讲的那个鬼故事？哎呀，其实还好啦，哪有那么可怕，我跟你讲，我之前看过一个恐怖片……"

他吧啦吧啦开始说恐怖片，没吓着尹修竹，倒把齐暮给吓得差点儿打翻牛奶。

"可你昨晚睡挺早啊。"齐暮赶紧岔开话题，问尹修竹。

尹修竹说："睡得早，但一直在做噩梦。"

齐暮心虚道："梦到什么了？"

尹修竹将他的牛奶杯往里面挪了挪，说道："记不太清了，好像被海草缠住了，一直动弹不得。"

当了一晚上海草的齐暮同学尴尬道："哈、哈哈，那你真是被鬼故事影响了。"昨晚赵老师讲的女鬼就是用海草把人拖进水里。

许小鸣来劲了，一个劲儿地安慰尹修竹，齐暮也搭话，表示鬼故事没什么好怕的。

许小鸣见齐暮精神头如此之好，不由感慨道："还是我暮哥厉害，说不怕就不怕，靠得住！"

实际上怕得要死的他暮哥只能给他一个尴尬又不失礼貌的微笑。

吃过早饭，他们的夏令营生活正式开始了。

内容安排得很充实，几个人玩得非常尽兴，学到了很多与海洋相关的知识，当然也一起拍了无数的照片。

这六天七夜对尹修竹来说是痛并快乐着。

他长这么大都没这么开心过，他不用孤零零地面对空荡荡的房子，不用向活在另一个世界的母亲问好，不用理会怠慢冷视他的仆人，更不用紧张父亲的忽然回家。

他日日夜夜都和齐暮他们在一起，拥抱了全世界所有的快乐。

只是鬼故事的后遗症很长，本以为过了一晚齐暮就没事了，谁知第二晚一关灯他又怕了，起初还是很小心的，大概是不想打扰尹修竹睡觉，所以只是挨得近了些，没死死抱着他。

偏偏这地方野猫很多，外头一声"喵呜"，齐暮就缩到了尹修竹旁边，哪管尹修竹睡不睡觉。

有一有二就有三，等到第四晚时，齐暮只要见到尹修竹就睡得又香又甜。

在齐家时，齐暮就有个超大萝卜抱枕，打小就是抱着它睡，所以对这样的睡觉姿势也是习以为常。

返程的这一天，尹修竹醒来时眼皮跳了下。

齐暮见他精神不振，十分心虚道："没睡好？"

也不知道尹修竹是渐渐适应了，还是累极了，晚上迷迷糊糊像是睡着了。

他不愿齐暮担心，说道："可能是昨天玩累了吧。"

齐暮笑道："晒太阳也能把你晒累了？"昨天是浮潜项目，尹修竹没参加。

尹修竹看了他一眼道："涂防晒油挺累的。"

"你还打趣我，"齐暮来劲儿了，"我还不是为了给你晒个巧克力色看看！"

尹修竹："还是白的。"

齐暮无奈道："时间太短嘛，我有什么办法……"

尹修竹嘴角虽然带了笑意，却显得有些疲惫："都好。"

齐暮撇嘴道："那是你没见过巧克力色的我，见着了保准你羡慕。"

然而尹修竹却没回复。

"尹修竹？"齐暮在他眼前摆摆手。

尹修竹这才回神。

齐暮凑近他，纳闷儿道："你今天到底怎么了？"

尹修竹摇摇头道："没什么，就是……"他顿了下，捏捏眉心道："没睡好吧。"

提起睡觉，齐暮很是理亏，他说："好啦，今晚就到家了，你自个儿在床上肯定能睡个好觉！"

听到这话，尹修竹开心不起来，他笑了笑，略带勉强。

赵老师将他们送上飞机，安全地回到了 B 市。

下飞机时，许小鸣见尹修竹在揉眼睛，问道："睡迷糊了？"

尹修竹："没，眼皮跳。"

许小鸣乐了，问："哪个眼皮？"

尹修竹："右边吧。"

方俊奇插嘴道："左眼跳财，右眼跳灾，少年你当心啊！"

齐暮嫌弃道："乌鸦嘴，都平安到家了，能有什么灾？"

回家的确是灾难，尹修竹抛开这些乱七八糟的思绪，问道："齐叔叔安排人来接你了吗？"

齐暮说："安排啦，应该已经到了。"

尹修竹点了点头。

许小鸣和方俊奇也都有人来接，他们拿了行李先走一步。

齐暮问尹修竹："你怎么回去，要不要和我一起？"

尹修竹的眼皮又跳了一下，他看了看齐暮，应道："行，顺道的话，捎我回去吧。"

齐暮开心道："那先送你回家！"

他们一起走出去，在三号门看到了齐家的司机蔡李，齐暮上前道："蔡叔，这盒巧克力你拿回去给小庆吃。"小庆是蔡李的儿子，比齐暮小两岁，他们见过几次，一起玩过。

蔡李神色微僵，接过巧克力道："谢谢小少爷，亏您总想着那孩子。"

齐暮道："有时间带他来玩，他可厉害了，不看图都能拼出大房子。"

蔡李握着巧克力的手一紧，声音干巴巴的："哪能一直打扰小少爷呢，他不懂事的。"

车外热得很，齐暮眼瞅着尹修竹精神不振，也不再多说，先拉着他上车。

打开车门的时候，尹修竹心猛地一跳，他快速看向蔡李，总觉得有哪儿不太对劲。

一整天的不安，在车子发动时攀升到了最高峰。

齐暮以为尹修竹没睡好，便对他说："累了就睡会儿，到了我叫你。"

尹修竹的确是有些累，不过他打小睡眠就不好，睡四小时就足够支撑一天，不会像现在这样心神不宁。

他身边的齐暮也打了个哈欠，说道："我这毛病是没救了，一上车就犯困……"

话刚说完，他已经歪着脑袋睡着了。

尹修竹心一沉，整个人都战栗了，他猛地抬头，看到了后视镜中蔡李阴狠凶恶的双眸。

不对！

一阵头晕目眩，尹修竹的意识也逐渐模糊了。

"怎么弄回来两个？"

"他们一起出去玩，回来都上了车。"

"这是谁？"

"嗬，尹家的小少爷。"

"尹家？"那粗声粗气的男人骂了一句，"东城尹家？"

"没错。"

"你想害死我？尹家的孩子也敢绑！"

那人给了蔡李一脚，蔡李吃痛，闷哼一声，道："他们一起上车，我能怎样？车里都准备好了，还能再把他们送回家？

"你别慌，尹修竹不是尹正功的儿子，只是块遮羞布，你真撕了他，尹正功还得谢谢你。"

"不是亲儿子？"

"不知道是于黛云和谁生的。"

"不是亲儿子，尹正功还养着？"

"谁知道其中有什么……"

那粗声粗气的男人看了看尹修竹，嗓子有些发干："尹家当真不会管？"

蔡李道："放心吧，他和齐暮认识七八年了，他在尹家过得是什么日子我家的小少爷不知道，我可是一清二楚。"

早就醒来的尹修竹听到这些话不禁咬紧了牙关，他是天生的抗药体质，尤其是这类药物。之前的迷药虽然让他昏睡，但下车时有人一碰他，他就醒了。

只不过眼下的情况让他只能继续装睡。

他和齐暮被绑架了，对方是个未知的男人和齐家的司机蔡李。

他回忆着两人的对话，基本猜出了原委。

那个不知名字的男人先绑了蔡李的儿子，以此要挟蔡李，让他对齐暮下手。

真是防不胜防，蔡李在齐家做司机四五年，是看着齐暮长大的人，如此亲近之人，怎么防得住？

眼下不是想这些的时候，尹修竹很担心，但意外的是，他保持了绝对的冷静。

那粗声粗气的男人问："给齐大山打个电话？"

蔡李道："还不是时候。"

"要等到什么时候？等到他们找到这儿？"

"他们不可能找到这儿！"蔡李吼了一嗓子后，又沉声道，"再等等，让他们先找一阵子，心里慌了我们才好下手。"

"你别耍什么花招。"

蔡李恶狠狠地瞪他："我能耍什么花招？我儿子不还在你手上？"

"你明白就好！"

尹修竹等了足足一个小时，终于等到了一个机会。

那个男人出去上厕所了，只留了蔡李自己在屋里。

尹修竹睁开眼，看清了眼下的情况，他们在一个废旧的仓库里，到处都是垃圾，还有不少废弃的不成样子的木箱，蔡李就在对面，给他们收拾了一块空地，还算干净。

蔡李手上有一把刀，那个男人不知道有没有武器。

尹修竹睁开眼，蔡李立马有所察觉，看了过来。

尹修竹开口就是："齐大山不会放过你。"

蔡李立马站起来，一巴掌呼了过去："闭嘴！你这个杂种！"

这一巴掌很用力，尹修竹细嫩的肌肤瞬间肿了起来，密密麻麻的痛后知后觉地挤进神经，涨得他头脑轰鸣。

不过尹修竹还在说着："齐大山就这么一个儿子，你绑了他儿子，他找遍天涯海角也会找到你，让你付出应有的代价。"

他语调平静，却说得狠辣，一字一句都戳中了蔡李的心事。

蔡李是怕齐大山的，秦虎那废物只知道齐大山没有根基，却不想想他一个没根没底的人混到现在这个地位，凭的是什么！

尹修竹见他不出声，又道："想要钱的话，你们绑我就行了。"

蔡李又给他一巴掌，骂道："你算个什么东西！"

尹修竹咽下嘴里的血沫，说道："尹正功真想让我死的话，我早就死无数次了，所以我这条命还是值钱的。"

这话不像是个十三岁少年该说的，可从尹修竹的嘴里说出，又是如此理所当然，理所当然得让人心惊。

蔡李面色不定道："事已至此，你说这些也没用了！"

尹修竹快速道："齐暮一直昏迷，什么都不知道，你们把他偷偷放了，他肯定不知道你们在哪儿。"

蔡李道："齐暮已经知道是我了！"

"是你又怎样？你好生把他放了，和你绑了他要钱，哪个更严重？哪样更招恨？到时候你只管说自己儿子被人绑了，你只能暂时虚与委蛇，虽然帮那个人绑了齐暮但又偷偷把齐暮放了，将功补过之下，齐大山还会那么恨你吗？"

蔡李心中一震。

尹修竹又压低了声音道："那个人行事鲁莽，你真觉得这事能成？回头他……"

"你们在说什么？"秦虎回来了。

蔡李盯了尹修竹一眼，心中已经十分动摇。秦虎就是个人渣，还不长脑子，他成日只知吃喝嫖赌，把钱折腾空了开始动歪脑筋，也不知道他哪来的胆子，竟然想到了绑架。

蔡李平日里喜欢玩，这才认识了秦虎，秦虎听闻他给齐大山当司机，立马凑上来讨好他。往日里这样的人也不少，蔡李没当回事，谁承想这秦虎竟绑了他儿子，威胁他对齐暮下手。

蔡李生怕这亡命徒伤了自己的孩子，这才一咬牙帮他把人绑了过来。可现在一想，心慌得不行。齐大山哪里是好惹的？这事哪里是这么容易办的？秦虎胆大妄为却不长脑子，哪里是能成事的？

虽说此刻收手也少不了牢狱之灾，但好歹亡羊补牢……

秦虎瞅了尹修竹一眼，说道："你打他干吗，白瞎了这张脸。"

说着他凑到尹修竹面前，掐住他脖子道："你小子别给我耍花招。"

尹修竹面无表情地看着他。

秦虎鄙夷一笑，蔡李看见尹修竹涨红的脸，赶紧道："秦虎你过来，我有个主意……"

不等他说完，秦虎便道："我已经给齐大山发了信息，让他准备钱了。"

蔡李瞳孔猛缩:"你……"

"就你那磨磨叽叽的性子,能成什么事?等着吧,过会儿我再给他发个视频,让他看看他的宝贝儿子,这钱啊还不是要多少有多少?"

秦虎说话间又看向了昏迷的齐暮道:"你说咱们是不是得做点儿什么?就这么齐齐整整地让齐大山见着儿子,他会不会不够着急?你之前说得对,他们慌了对咱们才有利。"

蔡李急了:"你……要做什么?"

秦虎没回他,而是打了个哈欠。为了这事,他两天两夜没合眼,身心俱疲,此时一切都很顺利,他松懈不少。

"你先看着那小子,我去里面睡一会儿。"

尹修竹紧咬着下唇,血珠子直流都毫无所觉,他死死地盯着蔡李,准确地说是他腰间的那把水果刀。

尹修竹在刚才和蔡李说话的时候已经将手腕的绳子用地上捡的一块小铁片磨得差不多了,但不行,他还要再快一点!

他现在脑中只回荡着一句话。

——他是个杂种,是个没有爹没有妈的杂种,是个不配降生在这个世界上的杂种。

但是他有了自己存在的价值。

这个价值是齐暮给他的。

谁都不可以伤害齐暮。

蔡李已是格外慌乱,再想想自己落到秦虎手中的儿子,顿时头皮发麻,只想找他问个清楚。

就在此时,尹修竹忽然起身抢过蔡李手中的水果刀,毫不犹豫地抵到他喉咙上。

变故陡生,蔡李被他弄了个措手不及,等闻到血腥味后,他额头冷汗直流:"你……你……"

尹修竹声音冷沉:"电话给我。"

蔡李被少年的气势给惊骇到了,他毫不怀疑,如果他再反抗,这水果刀会……

尹修竹逼近了他一些，一边注意着小屋那头的情况一边重复道："电话给我！"

蔡李脖颈儿一痛，溢出的鲜血让他吓破了胆。

他拿出手机，抖着给尹修竹。

尹修竹左手接过，单手拨通齐大山的电话，说明位置。

自始至终他都平静沉稳，直到齐大山赶来，尹修竹脑中的那根弦才彻底绷断。

齐大山颤抖着拥住了他，声音里有着这辈子都没有过的慌乱："没事了，孩子，你放心，都没事了。"

秦虎被同时过来的警察带走，回过神的蔡李已经吓得屁滚尿流："齐总，我是被要挟的，都是秦虎，他抓了我儿子，威胁我必须听他的，他是个亡命徒，我赌不起啊，我就那么一个孩子，我……"

齐大山仍在后怕，对着他胸口就是一脚："你的孩子是孩子，齐暮和尹修竹就不是孩子了吗？"

蔡李吃痛，却还在求饶："是我不好，都是我不好，吓着小少爷了，但我真没想伤他，后来……后来是我放了尹修竹，要不是我……"他赶紧拿出绳子，慌乱地解释着。

齐大山听得一阵愤怒："蔡李，你当我是傻子吗？"

蔡李被他吼得一震。

齐大山道："你儿子被绑了，你为什么不来找我？秦虎图什么？他不就是想要钱吗？你只要开口，我会不管你？"

蔡李说不出话了，他结巴道："那、那么多钱，不……不可能……"

"可不可能你心里有数！"齐大山拽过他衣领，逼他看向自己，"你根本是自己想要钱吧，你如果真为了你儿子，你就不会干出这样的混账事！"

一句话把蔡李那深藏在暗处的心思全都掀出来了。

是……

齐大山一个字都没说错，他的儿子被绑了，他应该去找齐大山，齐大山一定会帮他的，可是他不甘心。

四年了，整整四年了，他待在齐大山身边，看他生意越做越大，看他越赚越多，看他的儿子要什么有什么！

白天是七巧珠宝里的数不尽的金银钻石，晚上却是不足百平方米的小公寓。他一边听着其他人的奉承话，一边却只当着司机，巨大的反差让他心理严重不平衡。

凭什么？十六年前齐大山不过是个地痞流氓，只是因为娶了乔家的大小姐就一步登天，越走越高！

如果齐大山生来富贵也就罢了，可他以前就是个混混儿，是个吃不上饭的垃圾，是社会底层的渣滓，他凭什么有今天？他凭什么？

这种妒忌、不甘心和莫名其妙的仇恨在蔡李心里膨胀发酵，最终被秦虎的一把火给点着了。

等他脑门儿一热把事给干了，又慌了。

尹修竹看出了他的心思，三言两语的挑拨更是让他乱了阵脚。他心中的嫉恨在瞬间消退，涌上来的只有无穷无尽的惶恐与不安——齐大山是什么人？秦虎是什么人？他这样做了，怎么可能会善终？

蔡李彻底没了主心骨，任由尹修竹差遣。

"对不起……对不起……"蔡李懊悔到了极点，抱着齐大山的腿道，"我错了，我知道错了，我就是昏了头……"

齐大山不再与他废话："这些话，去监狱里说吧！"

尹修竹做了个梦。

梦里有个小孩子，一岁多还不会走路，他坐在空荡荡的屋子里，茫然地看着屋外。

屋外有人在说话，他听不懂，只觉得那被拉长的影子像一条条弯曲的虫子，丑陋又恶心。

然后响起了女人的尖叫声，男人的怒骂声，还有重物坠地的声音。那声音并不尖锐，落在厚厚的地毯上，显得异常沉闷，这种沉闷就像鼓声一样，震得人脑袋嗡嗡作响。

男人走了，女人进来，她生得很美，却面目狰狞。

孩子并不亲近她，甚至有些怕她，他怯生生地向后挪了一下，女人已经将他拎了起来，白皙的手扣住了他的脖子，用力掐住。

孩子睁大眼，犹如缺水的鱼儿，无助又茫然地挣扎着。

女人最终还是松开了他，却一巴掌扇在了他脸上，毫不留情地用冷硬的手指在他稚嫩的脸上留下了一道道肿起的红痕。

孩子放声大哭，女人歇斯底里地谩骂着，直到有人将她拉走。

尹修竹猛地睁开眼，只觉得脸颊上有凉意。

乍看到眼前的女人时，他还以为是在梦中，黑眸陡然一缩。

乔瑾被吓了一跳，温声道："没事了，小竹，是我。"

她的声音唤醒了尹修竹，他垂下眼帘，轻声问道："乔阿姨，齐暮……"

乔瑾道："他还在睡，不要紧，睡一晚上就好了。"

尹修竹点了点头。

乔瑾轻声问他："饿不饿？"

"还好。"尹修竹道，"我不想吃东西。"

乔瑾还想说点儿什么，这时发现了丈夫给她打的手势，便说道："那行，你休息会儿，有什么事尽管说。"

尹修竹只是沉默地点点头。

乔瑾出了屋子，一脸担忧地看向齐大山。

齐大山的心情直到现在都没法平静下来，谁都不知道他看到那一幕时受到的震撼有多大……

齐大山闭了闭眼。

如果没有受过相关训练，那尹修竹的确是"天赋异禀"。

这句话意有所指：一个高智商、过度早熟的孩子，如果是反社会型人格，那未来……

齐大山轻嘘口气后，推门进屋。

尹修竹安静地坐在那儿，让人不知道他在想什么。

齐大山走到他面前，拍拍他肩膀道："还好吗？"

尹修竹转头看向他，轻声道："齐叔叔。"

齐大山心里五味杂陈，他安慰道："你别想太多，也不必担心，我会处理好的。"

尹修竹看向他："齐叔叔，您能帮我个忙吗？"

齐大山神色一凛，凝声道："你说。"尹修竹救了齐暮，单单这份大恩，他齐大山一辈子都还不完！

尹修竹道："我想成为尹正功的儿子。"

齐大山一愣。

尹修竹轻声问："在什么情况下，会无法通过亲子鉴定来判断血脉呢？"他似乎在问自己，却把齐大山给问醒了。

齐大山："双胞胎……"

尹修竹垂眸道："会不会有更尖端的技术，能检测出真正的结果，十多年前没法判断的事，也许现在可以了。"

齐大山明白了，他呼吸一滞，问道："你当真想回那个家？"

尹修竹声音很轻，却异常坚定："想。"

他要保护齐暮，如果连齐大山都做不到，那他就需要更多更强更大的力量。

齐大山定了定神道："好，我帮你。不过我有个条件。"

尹修竹应道："您说。"

齐大山咬了咬牙，有些艰难地说道："你可以定期见一见心理咨询师吗？"说完他又解释道："不是说你有什么问题，只是遭遇了这样的事，定期……"

"好，谢谢您。"尹修竹对齐大山笑了笑，"我知道，您是为我好。"

齐大山见他神态不似作假，松了口气。

齐暮醒来时，还迷迷瞪瞪的，他问："妈，尹修竹呢？"

乔瑾一时间竟说不出半个字，只用力将他抱入怀中，眼泪直流。

齐暮顿时有些慌："怎么了？妈，你怎么了？"

"没事……"乔瑾哽咽道，"妈妈什么都不求，只希望你这辈子能好好的。"

齐大山把这事说给齐暮听了，不过他隐去了尹修竹的作为，只说是蔡李的手机定位暴露了位置，警察及时赶到把昏迷的他们给救了出来，有惊无险。

齐暮急了："尹修竹呢？回家了吗？他怎么样，是不是吓坏了？"

说完他又懊恼道："让他跟着我受苦了，他那么胆小，肯定哭惨了。"

齐大山想想那冷静到近乎无情的少年，顿时不知该怎么接话。

齐暮又道："我去给他打电话！"

齐大山拦下他道："好了，尹修竹刚回家，你让他休息会儿，等过些天我带你去看看他。"

齐暮这才放松下来，自始至终他都没提蔡李一句，只一个劲儿地安慰妈妈，变着花样地哄她开心，直到她破涕为笑。

然而深夜，乔瑾来给齐暮盖被子时，看到了他哭湿的枕巾也听到了他的呓语："蔡叔叔……为什么……"

一个接送他四年的人为什么会做出这么可怕的事？

齐暮不懂。

可他却不能问，甚至不敢哭，他舍不得再让父母跟着难过。

乔瑾泪流满面，低头在他眼角吻了下。

尹家。

黑发少年蜷缩在床上，终于睡着了。

他没盖被子，光洁的脚踝露在外面，连月光都不忍碰触。

他睡得很沉，黑发遮住了他的眉眼，高挺的鼻梁下是微翘的唇——他远离了噩梦，因为他梦见了他在夏令营无忧无虑的日子。

第四章
"鬼鬼"

初二三班。

刚结束分班，坐到新教室的同学们交头接耳。

"怎么这么倒霉啊，竟然和校霸分到一个班。"

"完了，我听说他打人是一天三顿型的，哪顿都不能少。"

"他初一的时候就敢和初三的干架，还把人给打得哭爹喊娘！"

"这算什么？他在校外都很混得开好吗！"

"我见过他爸！个子高块头又大，一脸凶相！"

"不是说他家很有钱吗？"

"混黑道的，能没钱吗？"

几个男生既怕又好奇，瑟瑟发抖地讨论着，前面坐着的女生以前和他们是一个班的，插话道："真的假的啊？我看他长得很帅啊！"

男生嗤之以鼻道："你们女生，就知道看脸。"

女生嘲讽他道："不看脸，难不成看你的青春疙瘩痘？"

长了疙瘩痘的男生闭嘴不出声，又有个没长疙瘩痘的男生凑上来道："你可小心点儿，听说他换女人就跟换衣服似的。"

女孩儿花容失色道："不会吧，他看起来……"

"嘁，长成那样，还不是动动手指就有一堆女人送上门？"

他们讨论得绘声绘色，直到老师进屋点名。

全班五十六人，少了俩。

齐暮起晚了，他昨晚太兴奋，翻来覆去就是睡不着，等终于睡着时，已经凌晨两三点，再一睁眼，早上八点了！

他低骂了一句，赶紧穿衣服，连早饭都没吃就跑了。

这个点，齐大山和乔瑾早走了，保姆做好饭后敲了他的门，可惜齐暮睡得太死，根本没听到。

他骑上自行车，向着学校狂奔而去。

六年级暑假发生了那事，按理说齐大山和乔瑾会更加宝贝这唯一的孩子。

可他俩从一开始就不是什么正常父母，升上初中，他们直接撤了司机，让齐暮自己上下学。

起初乔瑾还忧心忡忡，齐大山安慰她道："我们保护不了他一辈子，他要学会自保和独立。"

大山同志是对的，再怎么有钱的家庭，也不可能将孩子永远框在一个安全的牢笼里，那不是在保护他，而是在毁了他。暑假的事，所有人都止不住地后怕，但不能因此而杯弓蛇影，断送了孩子的未来。

也许其他父母会因为这件事而将孩子紧紧束缚在眼皮底下，但齐大山和乔瑾却越发放得开了，人生还会遇到更多可怕的事，与其让人保护，不如增强自己的判断力，靠自己的能力来躲避危险。

齐大山教了齐暮格斗术，也放手让他去接触这个世界，面对形形色色的人，分辨每个人的善与恶。

至于学习成绩，乔瑾女士在努力了一波之后，对丈夫说："行吧，也不能样样都好，别强求了。"

大山同志本来就没强求过——七十分咋了？四舍五入就是一个亿！

齐暮只用了十分钟就"杀"到学校，可惜已经迟到了。学校规定七点半到校，八点上课，他这都八点二十了，课都上一小节了！

咋办？爬墙呗，反正不能硬闯。守在门口的级部主任脸黑得跟锅灰似的，真凑上去，怕不是要被喷上三小时！

齐暮刚到老地方就看到了自己的好兄弟。

许小鸣睡眼惺忪地和他打招呼："暮哥。"

齐暮眼尖地看到他手里的三明治，小鸣同志立马给他："你吃，我还有一份。"

齐暮也不和他客气，接过咬了一口问："昨晚又出去鬼混了？"他兴奋得睡不着，许小鸣可不知道有什么惊喜。

"没，"许小鸣神色怏怏的，"行会战，我这么个大佬哪能不奉陪到底。"

齐暮问他："到底什么游戏啊，我也玩玩。"

许小鸣一个哆嗦后精神了："你可千万别玩，我好不容易混成行会老大，你去了我咋整？"

齐暮道："不和你抢。"

许小鸣一脸菜色道："你不和我抢，可那帮兔崽子要造反，拥立新君！"

齐暮斜他一眼道："用金钱维系的感情，不牢靠。"

这事还有些缘由，许小鸣除了吃喝就是玩游戏，他钱多，分分钟把自己砸成大佬一个，都说有钱能使鬼推磨，许爸爸就差给行会的人发工资了，大家自然唯命是从，推举他为行会长。

许小鸣得意啊，骄傲啊，忍不住想炫耀啊，于是就跟齐暮说了。

齐暮正无聊，也去玩了玩。这下可好了，"齐霸霸"人格魅力无敌，尤其吸引热血汉子，他玩了个把月，就和行会的兄弟们打成一片，一呼百应。

许小鸣活生生被自己的好兄弟给架空，成了个徒有其表的行会长。

花了钱还混成这样，许小鸣很不甘心，委婉地在行会里试探道："我最近工作忙（装成年人），可能要 A（弃游）了……"

不等他试探完，行会里一群人说道："老大您放心去吧，有暮哥在。""对，暮哥就撑起这个行会了。""老大你要不直接把号给暮哥？""不用了吧，暮哥这个号就很好了，老大你把行会长转给他吧！"

许小鸣哭死在电脑前——苍天啊，你既生鸣何生暮啊！

好在他暮哥贼仗义，直接来了句："鸣子不玩了？那我也不玩了。"

许小鸣受创的心刚得到了一丝抚慰，就被行会频道的一连串刷屏给闹得"心肌梗塞"。

"暮哥不玩了？""不要啊，暮哥不要走啊！""暮哥A了，我就删号！""暮哥不在了，这游戏还有个屁意思！""拜拜了兄弟们，我先去跳个楼。"

许小鸣："……"跳跳跳，不跳我把你踹下去！

真是要被这帮狼心狗肺的东西给气死！

火气冲天之际，许小鸣在悲愤中看到了一股清流："老大别走……"

许小鸣感激涕零，还有人不想他走啊，真好。紧接着后半句就冒出来了："老大不走，暮哥就不会走了。"

许小鸣真想一头撞死在键盘上！

有了这么个前车之鉴，许小鸣是打死不和齐暮玩游戏了，体验感太差，花钱买憋屈！

两人倚墙啃着三明治，许小鸣看看齐暮上翘的嘴角，问道："新学期有什么新鲜事？这么开心。"

齐暮龇着小虎牙道："秘密。"

许小鸣愣了下，忽然福至心灵："尹修竹回来了？"

齐暮眼睛亮得快能和天上的太阳媲美了："对！"

尹修竹休学一年，终于要回来了！

两人啃完早餐，齐暮兴冲冲道："走了，他没准儿都坐在教室了。"

许小鸣也不耽误，麻利地一跳，双手攀住墙沿，腿一蹬就蹿上墙。这墙不高，他又是个老手，翻墙翻得那叫一个流畅自然。

齐暮也跟了上来，谁知他刚稳在墙沿上，已经翻过去的许小鸣一声鬼叫："啊——"

天不怕地不怕唯独有那么一点点怕鬼的齐暮最受不了这鬼叫

声，他被吓了一跳，还不等骂人，手上因为沾了点儿黄油而滑溜溜的，一个没抓住，身子竟直直歪了下去。

完了完了，这下屁股要开花！

"小心。"一个熟悉又略微有些陌生的声音响起，接着齐暮被人扶住，避免了与大地亲吻的尴尬。

齐暮心中一喜，抬头看到了朝思暮想的人。

尹修竹！

齐暮惊喜道："你回来了！你怎么在这儿？是在等我吗？想我没？你看我是不是长高了？"

他一连串的问题问出来，直把扶着他的少年给问怔了。

尹修竹连一个字都说不出来。

齐暮激动得很，给了尹修竹一个大大的拥抱道："好啦，回来就好，可别哭鼻子。"

一年没见，尹修竹似乎变了很多，又似乎根本没变。

觉得变了是许小鸣刚翻下墙时的感觉：面前的人身材高挑，安静地站在那儿的模样完全不像个稚气未退的少年，倒像个冷静沉着的成年人。尤其和他对视的瞬间，许小鸣觉得自己被看得透透的，好像他那藏在心底的偷鸡摸狗的破事都被看了个明明白白。

他那声鬼叫多半出于心虚。

可现在许小鸣又觉得和齐暮站在一起的尹修竹根本没变，还是那样依赖着齐暮，好像躲在齐暮身后就可以躲避一切灾难。

不对……还是不一样了，不是躲在齐暮身后，而是护在他身前。

等许小鸣回神时，眼前已经没人了，他呆了呆后悲愤道："啊啊啊，见色忘友的家伙！"说完他又愣了愣，见色忘友？谁是色谁是友？明明都是友嘛。哎，成语这么用，难怪自个儿语文不及格。

齐暮哪还管什么许小鸣许小鸡许小鸟的，他现在只想跟尹修竹多说说话。

"你妈妈的身体怎么样了？这一年有好一些吗？"他问尹修竹。

尹修竹应道："还要继续疗养。"

齐暮："不需要你在那儿陪着了？"

尹修竹道："用处不大，而且我也不能一直耽误学习。"

"也是，"齐暮宽慰他道，"你放心，初一课程不难，你要是跟不上，我给你补一补。"

尹修竹嘴角微翘："是得补补，放学后行吗？"

齐暮说完上一句话就后悔了，他补个屁啊，全班除了许小鸣谁都比他有资格！然而好不容易比尹修竹多上了一年学，好不容易轮到自己给他补习，齐暮不想错失机会："行……行吧！"早知道这一年就好好学习，当个优等生了！

两人没走多久就到了教学楼，尹修竹温声道："你先进去，我还得去教务处领东西。"

齐暮积极道："我和你一起。"

尹修竹："你这会儿应该正在上课。"

对哦……齐暮把这事给忘了！他现在回教室，顶多去后头站一节课，可要是跑到教务处，怕不是要被班主任给拎着脖子喷一小时。

齐暮缩了缩脖子道："你快去吧，我先回教室了。"

"嗯。"尹修竹站在原地没动，"你先走，我不急。"

齐暮等不了了，他匆匆上楼，急着去与许小鸣同志在教室后排会合。

现在正是上课的时候，走廊里静无一人，尹修竹的视线如同一束小小的追光灯，追逐着渐渐远去的背影。

这一年对齐暮来说是无聊且平淡的，对尹修竹来说却是翻天覆地的。

齐大山调查了尹家那些尘封的旧事——虽然有些折腾，但天底下没有不透风的墙，想查总能查出来的。

如同尹修竹所猜测那样，尹正功有个双胞胎兄弟，名叫尹正权。

尹修竹的爷爷和奶奶关系不睦，常年分居，尹正功留在国内，尹正权则跟着母亲定居国外，虽说是双胞胎，见面的时候却极少。

直到尹修竹的爷爷去世，掌有公司一半的股份的尹修竹的奶奶，带着尹正权来势汹汹地回来了。

尹正功对母亲和这个同胞兄弟毫无感情可言，彼此间的关系更是剑拔弩张，闹到了明面上。

这里面有些事齐大山也查不到，但让他比较疑惑的是，于黛云是尹正功的未婚妻，两人大学时候相恋，门当户对，很快就走到一起，订了婚。

也正是因为有于家在，尹正功的权力才没被从国外回来的母亲和兄弟一口吞掉。

照这样看的话，尹正功和于黛云应该是恩恩爱爱的，怎么又会在婚后闹成这副样子，甚至怀疑尹修竹不是他的亲生儿子？

其中发生了什么是没法查到了，但结果是显而易见的。

尹正权和他的母亲在乘坐直升机时发生了事故，双双遇难，尹正功顺利继承了一切，成了当之无愧的掌权人。

自那以后，于黛云的精神状况就不稳定了，时常把自己关在屋里，失控时甚至自残。

那时候尹修竹已经出生，按理说他一定是尹正功的孩子，可尹正功对此却很怀疑，至于原因，可能只有他和于黛云清楚。

尹正权应该也知道，但他已经死了。

同卵双胞胎的基因相似度极高，以当时的技术，根本没法分辨出尹修竹是谁的孩子。

于是尹修竹噩梦一般的童年便拉开了序幕。

不查不知道，这一查齐大山是真的心疼尹修竹。虽然早就猜测过他过得很辛苦，但也万万没想到会艰难成这样子。

母亲是个想杀了他的疯子，父亲又常年不回家，家里的仆人看人下菜碟，根本不把年幼的小主人当回事，仗着他不会说话，脾气来了又打又骂，一两岁的孩子连话都说不明白，挨了打甚至连哭都不敢哭。

四岁时，尹修竹要是没遇到齐暮，究竟会长成什么样，还真是无法想象。

齐大山把这些往事说给尹修竹听时，尹修竹面色却很平静，只说道："麻烦齐叔叔让我爸再做一次亲子鉴定吧。"

齐大山明白："放心，都安排好了。"

这并不难办，只要装作无意地往尹正功那里递个"亲子鉴定技术革新，已能精准到百分百"的信就行。

他这么久一直留着尹修竹，很明显就是无法确定真相，只要有机会确认，他一定会想确定。

不出所料，在尹修竹正要升入初中时，有一天，尹正功一脸激动地回来了。

他一把抱住尹修竹，用了前所未有的慈祥声音说："对不起，是爸爸对不起你。"

尹修竹自然是诚惶诚恐，做出了既开心又紧张的模样。

尹正功陪了他三天，尹修竹整整吐了三晚上。

父亲？这是天底下最讽刺的词。

尹修竹的乖巧与温顺让尹正功十分内疚，但他毕竟有工作要忙，不可能一直陪着他。

尹修竹借着他的愧疚心，顺势提出："妈妈这样也不是办法，能不能带她去看看医生？"

尹正功面色复杂，好一会儿才道："我会安排她去进行治疗。"

尹修竹又道："我陪着她吧，如果去国外那种陌生地方的话，她自己会害怕。"

本来尹正功没想把于黛云送去国外，但听尹修竹这么一说，他倒是心动了：国内难免有人嘴碎，去国外的话，的确省事不少。

尹修竹又道："妈妈很怕生，有我在，她会好很多。"

尹正功担心道："可是你的学习……"

尹修竹抿唇笑了下道："之前徐老师给我做过一套题，说我直接升到初二也没问题。"

尹正功一怔，又是愧疚又是骄傲道："很好，你很优秀。"

尹修竹抬头看他道："那我可以陪着妈妈了吗？"

"行。"尹正功叹口气道，"这些年，真的辛苦你了。"

尹修竹垂眸道："不会，每次看到爸爸回来，我都很开心。"

尹正功心中更是愧疚极了，只想好好补偿他——好在一切还不晚。

尹修竹办了休学，陪着于黛云去了国外治疗。

治疗的过程十分不顺，医生们也很苦恼，每次觉得于黛云的状态趋于稳定了，又必定会在某个时刻彻底爆发，让之前的治疗功亏一篑，变得越发不可收拾。

医生们都很心疼尹修竹，心疼这个专心陪着母亲的懂事少年。

即便母亲对他恶语相向，骂他、打他，用东西砸他，他也无怨无悔，认真照顾着她，让外人看了都觉得心酸不止。

可其实只要有尹修竹在，于黛云的状态就不可能稳定。

尹修竹用了一年时间，让于黛云后半生都只能待在疗养院。

他不想再面对这个疯了的女人，也不在乎她当年经历了什么，他只想摆脱桎梏，远离名为"母亲"的深渊地狱。

一年后他回来了，脱胎换骨。

齐暮不等老师开口，自觉站到后边，和许小鸣做伴。

孙老师初一就教过他，见他这样，顿时吹胡子瞪眼道："有些同学，唯一的优点就是有自知之明，可这自知之明太过了，就是没脸没皮！"

他这么说完，班里一片静默，尤其是之前散布闲言碎语的孩子们，更是吓得一哆嗦。

我的个天哪，孙老师真汉子，不怕这小霸王拿板砖拍他吗？

谁知他们口中那和社会人干架的小霸王摸了摸鼻子，尴尬道："真不是故意睡过头的。"

老孙火了："你不故意都迟到了半小时，你故意了是不是就不用上这堂课了！"

齐暮可怜巴巴道："下次我提前半小时到校，去给您端茶送水。"

老孙哼了一声："用不着！"说完他转身，继续写板书。

新同学们一脸蒙——这和传言好像不太一样啊？不是说小霸王火气来了连老师都揍吗？

许小鸣小声问："尹修竹呢？"

齐暮美滋滋道："去教务处领东西了。"

许小鸣："咱班五十六个人，坐得满满当当了，他坐哪儿？"

齐暮斜了他一眼道："你说呢？"

许小鸣委屈："我就知道，你这个负心汉有了尹修竹就不要我了！"

齐暮宽慰他："小鸣同学你不小了，该离开爸爸独立生活了。"

许小鸣眼泪汪汪的，万分思念一班的方俊奇。

快要下课了，齐暮也没把尹修竹给等来，许小鸣又问道："怎么还没来？"

齐暮："大概还有什么手续要办？"

许小鸣天生长了一张乌鸦嘴："我说啊……尹修竹不会去二班了吧？"

齐暮心一颤悠，不信："他好不容易回来了，当然要和我一个班！"

许小鸣："就怕他做不了主，咱们班是偶数，二班是奇数。"

齐暮伸手给他一棒槌道："你这么会算，怎么数学考试还不及格？"

这最后五分钟，齐暮的心那叫一个七上八下，整个人靠墙站得都不踏实，一会儿往这边挪挪，一会儿往那边蹭蹭，跟招了虱子一般，没个消停。

老孙朝他丢了一截粉笔头，开始嘲讽道："某些同学啊，脑袋里怕是只装了个下课铃，快到点就想摇铃了是吧？"

齐暮举手道："老师，我想尿尿！"

班里登时传来闷笑声，老孙又赏他一截粉笔头道："憋着！"

说得凶巴巴，嘴角却翘了翘……这混账东西，要是他孙子，他拎起来就揍，非得揍到他屁股开花。

好不容易下课了，齐暮一阵风似的冲出教室，想去教务处探情况。结果还没下楼，就听到隔壁班女孩儿们压不住的窃窃私语。

"转校生也太帅了吧！"

"好像不是转校，原本就是咱们学校的，不过因为某些原因休学一年。"

"休学一年还能直接上初二？"

"听说学习很好，老师特许的。"

"又高又帅还学习好，天哪，这是哪儿来的神仙？"

"好像家里还很有钱……"

"我去，现实中真有这样的人？"

"有，叫尹修竹。"冷不丁一个男声出现，女孩儿们都吓了一跳，再一转头，就看到了龇着小虎牙，笑得"不怀好意"的校霸。

女孩儿们花容失色，齐齐倒退。

齐暮跟上来问："他在你们班？"

"齐霸霸"恶名远扬，男生都怕，不用说女生了，她们点头道："是、是的。"

齐暮皱眉，不满道："怎么搞的啊？"

说罢他走了，女生们面面相觑，眼中都在传递着同样的讯息：完了！转校生被校霸盯上了！

正所谓好事不出门，坏事传千里，齐暮因为初一时的一些事，已经被同学们妖魔化，如今他皱皱眉，露出如此烦躁的神态，很难让人不多想。

尹修竹比齐暮帅，比齐暮学习好，家里也有钱……这么个出彩的人物，肯定引起校霸的注意了，校霸肯定要欺负他了！

女生们都想去找老师求助了！后来一想齐暮连老师都揍过，又缩了回来。

完了……男神休学一年，肯定是身体不好，这小霸王一拳头过去，男神会不会迎风倒下，然后转学，离开这个伤心地？

女孩儿们仅凭脑补就心碎了一地，可见今后的日子还有的碎。

齐暮是真闹心，黑着一张脸来到二班门口，一眼就看到了尹修竹。还真被许小鸣那个乌鸦嘴给说中了，尹修竹没来他们三班，去二班了！

二班的小伙伴们看到门口那尊神，吓得倒吸口气，再看他阴森森地盯着尹修竹，心中暗叫不好！

齐暮可不管这是不是别人班，他径直走进来，来到尹修竹桌前。

尹修竹早就不是当年那个怯生生躲在他背后的"小姑娘"了，他自然从容，虽然刚到一个陌生环境，却也很快就与周围人熟悉了。

齐暮过来时，他正在整理课本。

"你怎么在这儿？"齐暮低声开口。

尹修竹微怔，抬头看向他。

齐暮懊恼道："你……"

他还没说完，铃声响了，齐暮这个三班的总不好在二班上课。

尹修竹站了起来，小声道："下课我去找你。"

齐暮想了想，说："等放学吧，钟楼等你。"

尹修竹看着他道："好。"

齐暮闷闷不乐地走了，他也不方便说太多：一来这是别人班；二来他也知道自己名声不咋地，不想连累了刚到新环境的尹修竹。

他虽说得不多，可句句都信息量十足，足够二班的八卦小分队脑补出一个新世界了。

字条一：我去，"齐霸霸"宣战了！

字条二：牛啊，转校生应战了！

字条三：钟楼，十一点半，一决胜负！

字条四：转校生瞧着斯文，没想到是条硬汉。

字条五：我站转校生方，我觉得他很厉害。

字条六：不存在的，没人干得过我"齐霸霸"。

字条七：当年我以为"齐霸霸"会跪在初三级部，结果他把王卓给揍到转学！

字条八：当年我以为"齐霸霸"会因为胖揍老师而被开除，结果老师卷铺盖回家了！

字条九："齐霸"牛，"齐霸"威武，"齐霸霸"一统江湖！

齐暮回到教室就趴桌子上了，许小鸣谨小慎微地道："也没办法啦，毕竟咱们班人满了。"

齐暮扭头看他道："要不你打个申请去一班吧，正好和方俊奇做伴。"

许小鸣眼珠子都快瞪出来了："你怎么不让我去死？"一班是尖子班，全班都是在奥数竞赛上拿过奖的，就许小鸣这水平，给人垫底人家都嫌他的零蛋太硌脚。

齐暮长叹口气道："怎么会这样啊……"

许小鸣安慰他道："没事啦，反正也离得近。"

齐暮把脸贴在课桌上，惆怅道："你都不知道这一年我有多想他。"

这让他许小鸣怎么接话？

齐暮长吁短叹了一会儿，还是没能熬过睡神召唤，睡了过去。

好不容易睡到中午放学，精神抖擞的齐暮去了二班门口。

二班还在拖堂，齐暮瞄了眼讲台上唾沫横飞的拖堂王，觉得还有的等。

算了，先去给尹修竹买瓶饮料吧！便直奔小卖部。

许小鸣同学是被吵醒的。

"Go Go Go，快去看大戏！"

"怎么个情况？"

"转校生和齐暮约在了钟楼，要大战八百回合！"

"真的假的啊？转校生这么有胆？"

"真的！转校生看起来很厉害，咱们齐暮为了迎战，提前去小卖部买脉动了！"

许小鸣怀疑自己睡糊涂了，要不他怎么会出现这样的幻听。

尹修竹和齐暮大战八百回合？

他挺纳闷儿的，转校生肯定是尹修竹，尹修竹会和齐暮打架？火星撞地球的概率都比这个大。

许小鸣搓搓脸，精神点儿后也去钟楼看热闹了。

国瑞初中很大，再加上这几年扩建，又大了两倍，因为新旧建筑，无形中分成了两个校区。钟楼是在老校区，有些年头了，上头的钟都换过一次。钟楼虽说叫钟楼，但并不是一个楼，而是一个类似凉亭的地方，上头是架起的钟，下头是一片巨大的空地，是夏日校园中遮阳避暑的胜地。

许小鸣一到钟楼，就用他准确无误的小眼神分辨出此处的动态。

一帮假装路过的实际是在等着看好戏，一帮屏气凝神的是在害怕发生重大"伤亡"，甚至有几个做好助跑准备的，估计是等真出事后好冲到教务处去搬老师。

许小鸣嗤之以鼻：戏多。

尹修竹和齐暮打架？滑天下之大稽。

连他都数不清这十年齐暮为尹修竹打过多少次架，从幼儿园到小学，哪怕升上初中尹修竹人不在，他都能把王卓给打破头。

他暮哥都仗义到这份上了，尹修竹要是还恩将仇报，他许小鸣第一个上去……上去……

不可能的！

围观群众可不知道这些前情提要，他们一个个紧张兮兮的，脑子里的坑多到让月球都为之汗颜。

"快看！齐暮来了！"

"妈呀，他把饮料扔过去了！"

"这招狠啊，以饮料为板砖砸向对方的脑门儿，先发制人！"

"转校生反击了，他会不会把饮料反砸过去？"

"接住了……"是女生的小声尖叫，"动作好帅，转校生真是太帅了！"

接下来的发展就让吃瓜群众瞠目结舌了。

说好的干架呢？说好的挑衅呢？说好的把饮料当板砖，砸个脑门儿起包呢？

转校生怎么拧开瓶子了？怎么就喝上了？这气氛……怎么如此诡异，诡异得让人喉咙好堵！

齐暮买了两瓶饮料，一瓶是桃子味的，一瓶是葡萄味的，他把桃子味的给了尹修竹，自己留了葡萄味的。

正值夏日，外头热浪滚滚，喝口饮料让人感觉十分舒服。

尹修竹："谢谢。"

齐暮听不得他这话，不怎么开心道："你怎么去二班了？"

尹修竹解释道："二班刚好缺一个人。"

齐暮很不乐道："学校也没规定班级人数，凭什么就他们班缺人？"

尹修竹心里很开心："这学期没办法了，等下学期我想办法去你

116

们班。”

齐暮不痛快地道："你好不容易适应了新环境，来回换什么？"

尹修竹："我没关……"

不等他把话说完，齐暮便轻叹口气，语重心长道："这学期没办法了，等下学期我想办法去你们班。"

一模一样的话，是尹修竹刚才说过的。此时从齐暮口中再说出，已然是另一番味道。尹修竹整个人都呆住了。

齐暮终于又笑出了一对小虎牙："好啦，在二班不要怕，我就在你隔壁。"

这么多年他始终如一，将四岁的一句话当作诺言记到了现在。

十年……尹修竹不再是当年的尹修竹了，但齐暮却一直是最初的齐暮。

尹修竹在那翻天覆地的一年中，没有红过一次眼眶。哪怕终于等到了所谓的父爱，哪怕被疗养中的母亲拳打脚踢，哪怕他亲手切断了最后的联系，心中也没有多大的波动。

可现在他鼻尖发酸，一股热意直直往上冲，让他的眼前都有些模糊。

命运是公平的，残忍地夺走了他一半人生，又赐予他新的一半。

"别哭呀。"齐暮看他这样，有些手忙脚乱，"要不我现在就转去二班？其实也行，我去找我爸说说，反正刚开学……"

"不用……"尹修竹已经收拾好情绪，"别麻烦齐叔了。"

"这有什么好麻烦的？"齐暮越想越觉得可行，他现在就想回家找老爸说道说道。

尹修竹："二班和三班都没关系，下课我就去找你。"

齐暮好笑道："可算了吧，你一个好学生哪能随便串班？"

尹修竹："我不在乎那些……"

齐暮说："我去找你。"

尹修竹还欲说什么，齐暮又道："你落下一年的课，要好好补上来，总串班怎么行？等我就行了。"

尹修竹不坚持了，他抿唇笑了下："好。"

时隔一年，他终于露出了真正的笑容——眼尾轻轻上翘，是由心而发的，仿佛将眸中的星星尽数撒向夜空般炫目。

齐暮清清嗓子道："你们班女生都说你很帅。"

尹修竹没听清："嗯？"

"好像是变帅了，"齐暮凑近尹修竹，盯着他看了好一会儿，"比我还帅了啊，这还了得！"

齐暮继续问他："一年不见，你就没发现我有什么变化？"

齐暮追问："没发现吗？"

许小鸣打了个哈欠，打断他们道："咱们二、三班的学生都等着看你们的世界决战呢，你俩不干架对得起围观群众吗？"

齐暮根本没把他的贫嘴当回事，说道："尹修竹好久没见我了，我让他好好看看我。"

许小鸣接话："看你什么？"

"废话，当然是看我有没有变帅啊！"

尹修竹回过神，他轻声道："变帅了。"

齐暮喜滋滋地说："是吧，我打了一个暑假篮球，可算晒黑一些了。"

许小鸣心想：你那也叫黑？咱校女生得集体哭晕在厕所里。

齐暮对着尹修竹龇牙道："你也是，个子高了，更帅了！"

"走吧，去吃饭。"齐暮揽着尹修竹的肩膀带他去食堂。

许小鸣也跟了上来，他瞅瞅他俩，幽幽道："暮哥，你怎么不揽着我？"

齐暮道："你不知道去餐厅的路？"

许小鸣"戏精"上身："人家布吉岛呀！"

齐暮恶心得要死："滚！"

三人结伴去吃午餐，路上碰到了方俊奇。

方俊奇见着尹修竹，打了招呼后问："尹修竹怎么去二班了？"

齐暮可算找到知己了："是啊，他怎么能不和我一个班！"

方俊奇沉默了一会儿，解释道："我是说，尹修竹该去一班吧。"

齐暮眉眼一扬道："咋的，胖哥要和我抢人？"

方俊奇哭笑不得道："尹修竹全科满分，难道不该是一班的人？"

一班是尖子生班，如果尹修竹没休学，那就生是一班的人，死是一班的鬼。

齐暮觉得扎心了！

尹修竹将餐盘里的烤肉挑给齐暮，说道："我休学一年，耽误了很多课，去不了一班。"

方俊奇："你四年级的时候就能跳级到初二一班了……"

齐暮好奇了："还有这事？"

方俊奇道："我们班老王说的，当时是他出的题，老徐让尹修竹做的，他交了个满分卷。"

齐暮看向尹修竹问道："你四年级时就这么厉害了？"

尹修竹道："运气好吧，选择题多。"

齐暮这脑回路也是没救了："你是运气挺好的，每次考试猜题都猜得特别准。"

许小鸣和方俊奇都不知道该从哪儿吐槽了，猜题靠的可不是运气啊我暮哥！

方俊奇也只能把"我做过那套题，选择题不到十个还全是多选题"这话给咽了回去。

尹修竹是可以去一班的，但他更想和齐暮一班，所以入学测试时专挑错的答案选，勉强维持在了一个可以念初二却不适合去尖子班的成绩。

没承想齐暮班满员，他被分到了二班。

虽说尹正功与他如今是"父慈子孝"，但尹修竹也不能提太多要求，这个"父慈"是有限度的。

吃过午饭，方学霸匆匆回教室，许小鸣还有点儿小活动，比如饭后去打打游戏什么的。

齐暮往常还会和他去浪，这会儿尹修竹才回来，他可觉得没时间出去玩。

两人往教学楼那边溜达，齐暮热心介绍着学校的布局。

尹修竹认真听着。

两人一直溜达到预备铃响起才回到教学楼。

在外头晒了这么久，他们额间都沁出了薄汗，齐暮道："等下！"

尹修竹还没逛够，问道："怎么？"

齐暮在口袋里掏了半天，好歹找出包纸巾道："擦擦汗，教学楼里空调开得足，别凉着。"

尹修竹拿着纸巾，说道："你也出汗了。"

齐暮自己用手胡乱擦了把汗道："我没事，身强体壮，从不感冒。"

尹修竹如今这体格只怕比齐暮还要强上数倍，不过他对齐暮的关心很感动："谢谢。"

齐暮："又跟我客气。"

尹修竹："不是和你客气。"

齐暮笑笑道："走啦走啦，快上课了！"

两人回教室前，尹修竹问他："放学后能给我补习吗？"

这时二班的学委经过，听到这话后一脸吃了屎的表情——不是说转校生学习好吗？一个让"齐霸霸"补习的人，学习能好到哪儿去？等等，这俩不是要干架吗？怎么还相约补习了？

这时齐暮看到了学委同志，招呼道："这是你们班学习委员，平日里有什么问题不懂就问他。"

尹修竹轻声道："我等放学问你。"

齐暮以为他怕生，拍胸脯道："行，我教你！"二班学委脸上表情更复杂了：低空飞过及格线的这位爷啊，您哪儿来的自信？

让齐暮没想到的是，放学后他俩竟然不是在学校里补习。

尹修竹问他："方便去我家吗？"

齐暮眼睛一亮，反问："可以去你家？"他俩虽然认识十年了，但齐暮连尹家门朝哪儿都不知道！

尹修竹："只要你想，以后你什么时候都可以来。"

齐暮略有些紧张地道："真的吗？你爸妈……"他说着想起于阿姨还在国外，改口成："尹叔叔不会介意吧？"

尹修竹道："他出差了，不在家。"

齐暮大松口气道："那太好了！"说完他又觉得这话不太对，解释道："我不是不想见尹叔叔，就是……嗯……怕招他烦，万一以后不让我和你玩了怎么办？"

尹修竹低声道："不会的。"

齐暮嘿嘿笑道："我也觉得不会，我挺招人喜欢的，我家亲戚都喜欢我。"

尹修竹认真点头，百分百认可。

齐暮没骑自行车，上了尹家的车。

车子行驶了约莫三十分钟，终于到了目的地。

齐暮眼界还是有的，不至于惊讶，只是拧了拧眉道："好大啊。"其实他想说好冷清的，考虑到尹修竹，就改了下口。

尹修竹应道："我也觉得。"

一个家，一百多平方米足够了，像这样反倒不像一个家了。

齐暮在园子里溜达了一圈，说了些调皮话，活跃了气氛。

等进屋后，他又觉得冷清了，其实屋里的空调温度开得很合适，空气也清新自然，装修是典雅的欧式风，不过分华丽也不太过简约，有一份恰到好处的优雅格调。

玄关处有出自名家的雕塑，正厅更是有一幅恢宏壮丽的油画，浓墨重彩地铺开，仿佛天边的圣光降临，庇护着整栋房子。

齐暮打量了一圈后，总觉得有哪儿不太对劲。

尹修竹问他："想喝什么？"

齐暮道："都行。"

尹修竹去了厨房。

齐暮反应过来了——这么大一栋房子，空无一人，没有保姆没有厨师。园丁肯定有，要不外头一大片院子谁收拾，但也肯定不住在这儿。

尹修竹端了两杯热饮出来，齐暮一闻就知道，他喜上眉梢道："热可可？"

尹修竹将马克杯递给他道："嗯。"

齐暮乐得不行："还是你懂我！"他尝了一口，瞬间被征服了，赞道："真香。"

尹修竹眼角嘴角全是笑意，他道："巧克力要吃吗？"

齐暮口水都快流出来了："当然！"

尹修竹去了趟楼上，搬下来一个箱子。

齐暮好奇地凑过来问："这么多？"

尹修竹打开箱子，齐暮整个人都看呆了："我的天！"

尹修竹轻声道："在国外这一年，我每去一个超市都会看一看。"

齐暮感动得鼻尖都酸了，激动道："好兄弟，一辈子！"

尹修竹笑笑道："你喜欢就好。"

"何止是喜欢！"齐暮道，"这是我有生以来见过的最棒的礼物！"这么多种巧克力，简直是"酒池肉林"！

说好的补习早就被抛到另一个世界了，齐暮这一晚上又是吃又是喝，要多自在有多自在。

直到他看了眼钟惊道："八点半了！"别提补习了，他作业还一个字没写呢。

尹修竹道："我陪你写作业。"

齐暮瞅瞅时间，破罐子破摔了："我得回家了，写不完就写不完吧！"

"还是写点儿吧。"尹修竹道，"我帮你，很快。"

齐暮眼珠子一转道："那个……"

尹修竹纵容道："我可以写你的字。"

"啊啊啊！你真是太好了！"

尹修竹："以后可不能这样了。"

齐暮立刻道："就这一次，谁让你带回来这么多巧克力，我哪里忍得住？等我去给我妈打个电话。"

齐暮兴冲冲地跑了，尹修竹打开齐暮的书包，拿出他的作业本，看到他的字时，忍不住笑了笑。

回来真好，尹修竹闭着眼想着，回来真好。

所谓有一有二就有三……说好的就这一次，不知不觉就过去了几个月。

尹修竹的原则，在齐暮面前就是焦焦的小酥饼，不费吹灰之力就能碾成粉末的那种。

　　第一天是因为巧克力，第二天齐暮自觉了点儿，咬着笔头写作业，写了半小时后就可怜巴巴地看向尹修竹，尹修竹那时候还是有原则的："还剩一半，快写完了。"

　　齐暮啃得满嘴都是橡皮："渴了。"

　　尹修竹立马道："我去给你拿喝的。"

　　喝上热可可，齐暮又饿了；吃上晚饭，齐暮又馋了；吃了巧克力蛋糕，齐暮又嫌撑。

　　这一闹就八点半了，齐暮开始手忙脚乱："完了完了，我妈要检查作业的，看我没写完，下次肯定不让我来你家了！"

　　这话让尹修竹一怔道："还差多少？"

　　齐暮："很多啊。"说完眼泪汪汪地看他。

　　尹修竹拿起他的笔，模仿他的笔迹，全都写完了。

　　"齐霸霸"计谋得逞，嘿嘿笑道："小竹子，你真是太棒了！"

　　尹修竹："……"

　　第三次第四次第五次第六次，"齐司机"已经熟练掌握技巧，把小竹子使唤得那叫一个完美顺溜。

　　某天中午一起吃饭，许小鸣吐槽道："暮哥啊，你最近这作业完成率有些高啊。"

　　齐暮最近身心舒畅，嘴角的笑压都压不住。

　　许小鸣看他暮哥笑得这么开心，鬼使神差地来了句："你不会谈恋爱了吧？"

　　"啊？"齐暮茫然看他，"什么跟什么？"

　　许小鸣脑洞贼大："你说吧，你肯定找了个学习好的，哄着她，让她给你写作业！"

　　许小鸣振振有词道："没想到你是这样的暮哥！"

　　"齐霸霸"拿鸡腿堵他嘴："少瞎扯，我自个儿写的。"

　　许小鸣不信："真没田螺姑娘？"

　　齐暮："没有！"

方俊奇默默补了一刀："怕是有个田螺少年。"

许小鸣扭头看方俊奇，后者麻利喝光汤，道："我先撤了，还有笔记没整理。"

许小鸣后知后觉，回到教室偷摸问齐暮："田螺少年是谁，尹修竹吗？"

齐暮照着他脑门儿就是一巴掌，嘴角翘着："废话。"

许小鸣希望破空，哭丧着脸道："我也想有个这么聪明这么能干的发小啊！"

齐暮睨他道："你是觉得我不聪明还是觉得方俊奇不聪明，或者你不把尹修竹当发小？"

许小鸣万万没想到随口的一句话就被齐暮挖了这么多坑，他赶紧补充道："可是明显尹修竹和你最熟嘛。"

"那是！"齐暮乐意听这个。

许小鸣：这么理直气壮吗？

齐暮轻嘘口气，"惆怅"道："我和尹修竹是过命的交情……"

许小鸣默默翻了个白眼：得嘞，又来了……就那么个连歹徒脸长啥样都不知道的绑架值得一年说上几十遍吗？

深秋的时候，尹修竹的生日到了。

齐暮老早就惦记着，巧的是这天是周五，放学后就可以敞开了浪一浪。

一大早齐暮就把礼物放进书包里，骑上自行车扬长而去。

乔瑾嘱咐他道："慢点儿，小心些！"

齐暮头都没回道："放心啦！"

乔瑾看着他背影，忍不住笑了笑，陈阿姨在一旁说道："暮暮越大越帅啦。"

乔瑾："十四岁，没准儿心里都有喜欢的人了。"

陈阿姨大惊失色道："使不得吧，早恋耽误学习呢！"

乔瑾笑道："就他那学习，不早恋也强不到哪儿去。"

陈阿姨没太敢接话，在这个家做保姆这么多年了，她还是看不太透这夫妻俩。家里是真的和睦，儿子虽调皮些，却是个招人疼的。只是齐大山乔瑾这教孩子的态度吧，陈阿姨不太认可——是不是太纵着些了？

就这么一个儿子，不该好好培养，让他继承家业吗？

齐暮一到学校，先冲进了初二二班，二班的学生们习以为常，早就把他当半个同班同学了。体委逢良时常和他一起打篮球，更是熟得跟哥们儿似的："这么早？"

齐暮丢给他一个面包。逢良接了，通风报信："今天第一节课是英语，尹修竹去办公室了。"在国外待了一年，回来想不当英语课代表都不行。

"好嘞。"齐暮又一阵风似的冲出去了。

他刚出门就看到了尹修竹，身材高挑的男生走在走廊里，轻松把所有人都比了下去，夺目得很。

齐暮上前，要接他手里的试卷。

尹修竹避开了："我拿就行，你还背着书包。"

齐暮眼尖地看到了二班的同学，连忙招呼道："姚文航，能帮忙把试卷拿去教室吗，我找尹修竹有点儿事。"

这位同学冷不丁被点名，吓了一跳，赶紧道："好、好的！"

齐暮对二班人熟得很，自己班的学生还没认全就把二班都认了个遍，老孙曾这样点评过他："某些同学，要是把这脑子用到背课文上，也不至于把《桃花源记》给背成《逃之夭夭》了！"

一切安排妥当，齐暮拉着尹修竹到角落里。

尹修竹隐隐猜到了一些。

齐暮弯着眼睛道："生日快乐！"

尹修竹嘴角的笑怎么都收不住了："谢谢！"

齐暮又问："我是不是第一个和你说的？"

尹修竹用力点头道："是。"

齐暮满意了，他扯下挂在左肩上的书包，掏出个物事塞给他道："这是生日礼物。"

其实哪还用什么生日礼物，齐暮只要记得，尹修竹就很开心。

尹修竹接过来，正要道谢却愣住了："这……"

齐暮又道："别和我客气啊。"

尹修竹看着手里的盒子，有些拿不准道："手机吗？"

"对，最新款的，好像是什么3GS（三代），我也记不清了，很炫酷，没键盘的！"

尹修竹顿了下问："很贵吧？"

"不知道。"齐暮道，"哎呀，我压岁钱多到花不完。"

尹修竹还想再说些什么，齐暮又在书包里掏了掏，拿出一个黑色手机道："我给自己也买了一个，咱俩一样的。"

尹修竹握紧了盒子。

齐暮道："这玩意儿还能视频通话呢，以后咱们联系起来就方便了。"

手机的用处实在太多了，尹修竹怎样也没法把这份礼物还回去了："谢谢。"

齐暮道："这两个字都快成你口头禅了。"

"可是……"

齐暮见他抿紧了唇，又道："好啦，快回去上课，以后就可以手机联系了！"

尹修竹点头道："嗯！"

"对了，"齐暮又问，"晚上你有什么安排吗？"

尹修竹听得明白："我爸今天赶不回来。"

齐暮目露喜色道："那我今晚去你家！"

尹修竹很开心地道："好。"

等到放学，去尹家的却不止齐暮，许小鸣和方俊奇也都跟来了。

过生日嘛，当然要人越多越好，只可惜尹家有些远，情况也比较特殊，不太方便叫班里的同学。要不然以齐暮的标准，得把二班的体委、学委、团支书、宣传委员、纪律委员、小组长，全都叫过来！

齐暮学习不咋地，可打小就懂得为人处世，瞧这关系处得，保证尹修竹在二班吃不到亏。

许小鸣算是尹家常客，方俊奇却是大姑娘上轿——头一回。

方俊奇好奇地四处打量了一番,最后给出了和齐暮相似的结论——好空啊!

这么大个地方,住一个人是不是太空荡荡了些。他不知道的是,以前这里人很多,园丁有两个,保姆有三个,厨师有两个,还有一个是专门照顾尹修竹的阿姨。

不过这些人都被尹修竹赶走了,偌大个屋子一个人住虽然空了些,但也比装一堆魑魅魍魉要强得多。

齐暮已经点好了蜡烛,许小鸣牙疼地看着这巨大又华丽的三层巧克力蛋糕道:"这么大,咱们吃得完吗?"

齐暮咽了咽口水道:"吃不完……看着也爽啊!"

许小鸣觉得他暮哥那么铁一爷们儿,怎么就跟个小姑娘似的爱吃巧克力呢?

过了今晚,尹修竹就十五岁了,他比齐暮大了一岁,准确点儿说是大了五个月。

关于这点,齐暮是不承认的,五个月还算大?同龄!就是同龄人!

这一晚上几个少年玩得很开心,仔细想想,从四岁到十四岁,竟然已经十年了。

人生有几个十年?

而这第一个十年,他们是一起度过的,非常难得了。

许小鸣消停不过五分钟,他兴冲冲道:"我带了碟片,咱们来看恐怖片吧!"

齐暮面上稳如老狗,心里慌得要命。

方俊奇是个真不怕的,他道:"我无所谓。"

尹修竹知道齐暮怕,但是许小鸣已经拍板道:"有暮哥在,看恐怖片特别有安全感。"

齐暮心想:谢谢你这么看得起我啊,真是得好好谢谢你祖宗十八代啊!

偶像包袱特别重的"齐霸霸"就这么心不甘情不愿地点头了,不就是睡不着觉吗?反正明天不上学,大不了就不睡了!

许小鸣打开书包,掏出一沓碟片,把齐暮给看得头皮发麻。

这小子竟然带了这么多！是要看死谁吗？

许小鸣翻了一个封面就很阴森地道："这个吧，这个女鬼一看就很带劲。"

齐暮心里怒骂，面上还在装："行吧。"

这就开始看了……

半小时后，许小鸣一声鬼叫："吓死老子了！"

齐暮紧紧贴着尹修竹，都快把他挤出沙发了，道："你叫个屁啊，怕还看什么啊！"

许小鸣一边捂眼睛一边哼唧："就是怕才看啊，像你们这些不怕的，看了有什么乐趣？"

方俊奇看着如此血腥的画面，还在吃着薯条，道："有什么好怕的，都是番茄酱。"

齐暮和许小鸣齐齐看向这胖子，一脸惊悚——胖哥你这么霸气，电视里的女鬼知道吗？

好不容易看完一部，眼看着许小鸣还要打开另一张碟片，齐暮忍不了了，道："滚滚滚，没完了啊，让你吵死了。"

许小鸣："这个不是鬼片，是好东西！"

齐暮一听不是鬼片，松了口气问："喜剧？"

许小鸣被鬼片吓得手直哆嗦，这会儿就是想分散下情绪，怎么才能完美分散呢，当然是看一看动作片啦。

"这是老董前阵子从美国捎回来的，我还没看呢，咱们一起开开眼。"董季生小学毕业后就去了美国，他和许小鸣臭味相投，两人一直偷摸联系着。

齐暮挺好奇的，问："什么片，好莱坞的？"

结果过了字幕就是一阵喘息声……

刹那间，屋里寂静如坟。

许小鸣好半晌才回过神来，他赶紧关掉遥控器，满脸震惊道："老董这口味，让我很害怕啊！"

这画面对一帮少年来说冲击太大了。

何止是重口味的问题，都直接歪向另一个世界了吧？方俊奇连薯片都吃不下去了，学霸胖自从上了初中就没爆过粗口，此刻也忍不住了，道："鸣子你搞什么？"大晚上的，四个男人，放这种片？

许小鸣也是一脸尴尬，他结结巴巴道："我、我也不知道啊，他跟我说是爱情动作片……"

齐暮好半晌才回过神来，他面色复杂，道："这都什么乱七八糟的？"

许小鸣也不装蒜了，解释道："启蒙教育片啊，董季生在美国嗨得很，给我带回来不少，我就等着跟你们一起看呢……"

方俊奇和齐暮一人用一双死鱼眼瞪他。

许小鸣委屈极了，道："你们别这么看我啊，哥哥们！"这声哥哥叫得不屈，他的确是四人中最小的。

搞了这么一出，大家真是胃口全无，方俊奇都吃不下东西了，他说："时候不早了，咱们回去吧。"

齐暮是早有打算的，他摆摆手道："你们走吧，我今晚住这儿。"尹修竹好不容易过个生日，一个人在这么个空荡荡的屋子里也太冷清了。他早就盘算好了，今天是周五，留下睡一觉也不碍事，他爸妈也不管他这些，提前打好招呼就妥当了。

谁知他此话一出，三人都齐刷刷扭头惊讶地看他。

齐暮眨了眨眼睛，道："咋的，你们也要住下？"

方俊奇和许小鸣赶紧摇头。

尹修竹一直没说话，这会儿才终于开口："你今晚要留下？"

齐暮："嗯，不走了，我和我妈说好了，她同意的，反正明天也没课。"说着他又看向许小鸣他俩："你们也住下呗？时间也不早了，来回折腾什么？"

他俩脑袋摇得跟拨浪鼓似的，一个说："我明早有补习班，怕迟到。"另一个说："我妈不让我住外头，怕我干坏事。"

齐暮也不留他们了，道："那你们走吧，周一见。"

尹修竹回过神来道："我去找司机。"

许小鸣："不用不用，我家司机到了，我们自个儿走就行。"

尹修竹却执意道："那我送你们出去。"

他一挪步，齐暮急忙跟上来——开什么玩笑，留他自己在这看过鬼片的屋子里，是要吓死他吗？

十一月的晚上气温只有十几摄氏度。虽然穿上外套后还不至于太冷，可一阵风吹来，也让人禁不住哆嗦了一下。

冷风直窜进后颈，齐暮缩了缩脖子，这黑漆漆的花园特别瘆人，怎么就觉得和鬼片里的场景那么相似呢？

方俊奇和许小鸣上车后一起坐在后头。

他俩沉默了会儿，许小鸣小声道："咱暮哥真可以，看了那些片儿还能泰然自若地留下。"

方俊奇："有什么不自在的。"

许小鸣叽里咕噜道："就……两个人，一间屋，夜又深，人又静，叫破喉咙都……"

方俊奇送他三个字："乌鸦嘴。"

他俩一走，齐暮忍不住了，待在这冷风飕飕、乌漆墨黑，随时会有女鬼窜出来的鬼地方，他心里慌啊！

"咱们进屋吧，别感冒了。"齐暮轻声细语的，怕吓着鬼。

齐暮"阿嚏"一声，他假装的。

尹修竹立马说道："走，回屋，别着凉。"

齐暮松了口气，紧紧挨着他，要不是嫌丢人，他都要握住他手了。

尹家这花园建得真好，松柏树修得整整齐齐，草坪也漂漂亮亮，还有一处喷泉，虽然此时停了，但想必开启后会十分好看。

路上铺的是鹅卵石，运动鞋落在上面是没有声音的，两个少年肩并肩走着，踩着月光，像幅画。

可惜两人的心情是截然不同的：尹修竹觉得无所谓，在外面溜达一圈也不错；齐暮却觉得这路太长了，长得跟奈何桥似的，旁边的灌木就像黄泉，随时可能扑上来一只吊死鬼！

忽然间，一道黑影闪过。

齐暮呆了一瞬后，彻底崩溃道："鬼……鬼啊！！！"他一把抱住尹修竹。

尹修竹："……"

齐暮死死抱着他，整个人都挂到他身上。

"别、别怕。"尹修竹抬抬手，拍了拍齐暮后背。

齐暮简直要吓死了，魂都被吓没了！

"喵呜。"

一个可怜巴巴的叫声响起，怯生生的。

尹修竹声音轻颤着："没事的，是只小猫。"

齐暮仍死死抱着尹修竹，只把脑袋挪了挪。

"猫？"齐暮借着地灯微弱的光芒看清了那团黑影。

的确是只猫，一只浑身黑色，唯独四个小爪子是白色的小猫咪。

它瞧着也就刚断奶的模样，又小又可怜，一双眼睛湿漉漉的，有些怕又有些讨好似的看着面前的两人。

齐暮松口气，却不松开尹修竹，他小声道："真是猫？"别是什么鬼怪变的，一靠近就张开猩红大口什么的。

尹修竹动弹不得，他轻声道："别怕，是只小猫，你要是讨厌的话，我赶走它。"

小猫应该是饿了，又"喵呜"一声，柔柔弱弱的，可怜又可爱。

齐暮铁骨铮铮一汉子，最受不了这种"绕指柔"，他也顾不上鬼了，终于放开了尹修竹，弯下腰去碰它，问道："你这小家伙，从哪儿冒出来的？"

小猫不怕他，还拿小脑袋拱他掌心，顺道再讨好地"喵呜"一声。

齐暮手心微痒，紧绷的神经终于放松了，道："我看它是饿了。"

尹修竹盯着黑猫。

小猫十分敏感，感觉到有些冷淡的目光，立马向齐暮这儿缩了缩。

齐暮一把将它捞起来，问尹修竹："家里有牛奶吗？"说完又自言自语："猫能喝牛奶吗？"

尹修竹顿了下。

齐暮琢磨着道："好像猫不能喝牛奶，会拉肚子吧，那给它吃什么？嗯……我去超市给它买猫粮！"

这都几点了，去趟超市，一晚上都泡汤了。尹修竹只能说道："我给它煮点儿鸡胸肉，不放盐和调料的话，它应该可以吃。"

齐暮特别捧场地道:"还是你懂得多!"

尹修竹虽然不喜欢这个黑乎乎的小东西,但也只能这样了。

齐暮抱着它说:"听说黑猫辟邪,这小家伙没准儿是来给咱们驱邪的。"

尹修竹瞥了它一眼,小黑猫求生欲很强,赶紧在齐暮身上蹭一蹭,"喵呜"一声。

齐暮笑道:"你瞧,还会撒娇,真黏人。"

有了这只小家伙打岔,齐暮就没那么怕鬼了,跟尹修竹一起给它煮了鸡胸肉,看它吃得心满意足,更稀罕了。

"这小东西,挺可爱嘛。"

尹修竹低声道:"一般。"

齐暮瞧出他兴致不高了,问道:"你不喜欢猫?"

尹修竹没出声。

齐暮又道:"我还挺喜欢它的,我估计它是断了奶后没人要,自个儿流浪到这儿了。可惜我妈对猫毛狗毛过敏,要不我就把它领回家了。"

齐暮继续道:"我还想让你收留它呢,这样我天天来你家,也算是我养的了!"

尹修竹:"……"

齐暮:"你不喜欢猫的话就算了,我赶明儿问问许小鸣……"

"不讨厌。"尹修竹真情实感道,"我挺喜欢它的。"

齐暮开心道:"那太好了!就让它住这儿吧,晚上我不在的时候,它也能和你做伴。"

话到此处,尹修竹明白了,一股热流涌进心间。

齐暮说:"本来我想和你领养只狗,不过它来得太巧了,你要是不讨厌,我们就留下它吧!"

这栋屋子太空了,齐暮没法天天陪着他,要是有个小宠物在,夜深人静时,尹修竹也会舒服些吧。

尹修竹声音微哑:"好。"齐暮总是这么温暖。

齐暮逗着小猫咪,说道:"那我们给它起个名字?"

尹修竹道："你来。"

齐暮还真有个念头，他说："就叫'鬼鬼'吧，月黑风高夜，'鬼鬼'抓鬼时，妙不妙？"

尹修竹嘴角翘起："家里有这只'鬼'，其他的就不会来了。"

齐暮抬头看他，嘿嘿笑道："还是你了解我！"说完他又略尴尬道："那个，我、我不是怕鬼啦，主要是你自己在家嘛，是为了你好……"

尹修竹眼中的笑都快溢出来了，他应道："谢谢你。"

尹修竹要是打趣他，齐暮还自在些，但他居然道谢了，齐暮就有点儿无地自容了，他说："好啦，时候不早了，我们早点儿睡吧。"

尹修竹这才想起来道："我去给你收拾下屋子。"

"咦？"齐暮跟在他身后上楼，委婉道，"我们住一间不行吗？"

尹修竹脚步一顿道："还是给你收拾下客房吧。"

齐暮："没事啊，我占地不大，睡姿很好，不会把你踹下床。"

尹修竹道："我睡姿不好。"

齐暮："……"完了完了！

尹修竹给他收拾了客房，帮他换了新的床单和被褥，又将空调温度恒定在一个舒适的温度上。

齐暮自知无回旋余地了，只能心不甘情不愿地说："晚安。"安个鬼，他今晚要是能睡着，他就改姓尹，从此叫尹齐暮！

尹修竹薄唇动了下，终究还是关上门，退了出去。

齐暮分分钟在明亮宽敞舒适漂亮的屋子里把自己给吓成狗！

尹修竹回到了自己的卧室。

时候不早了，已经十点半了，平日里尹修竹都是十一点睡觉，这个点也差不多了。

他去冲了个凉，出来后便倒在床上。

尹修竹将小臂搭在了眼上，翘着的嘴角被温柔的灯光勾勒出浅淡的弧度。

今天的生日他过得很开心，开心到不知该怎么去形容。

尹修竹轻嘘口气，翻身趴在枕头上，期待明天的到来。

早上他们做什么吃呢？早上吃甜不好，嗯……可以先冲一杯热可可……

尹修竹越想越精神，居然开始嫌弃时间过得太慢。

辗转反侧二十分钟后，尹修竹这才迷迷糊糊地睡着，他似乎是在做梦，又似乎是陷入过往的回忆里。

他如同一个在沙漠中孤独行走了无数个日夜的旅人，终于见到了绿洲……

外头传来的敲门声让他从梦中惊醒。

齐暮的声音低低响起："尹修竹，你睡了吗？"

齐暮没听到回应，还不死心道："你要是醒着的话，就开开门吧，我、我不是怕鬼啦，只是'鬼鬼'那小浑蛋总来挠我的门，吵得我睡不着……"他这借口找得是要多蹩脚就有多蹩脚，可惜"齐霸霸"已经顾不上了，他都睁着眼三四个小时了，再这么熬下去，他想死的心都有了！

尹修竹赶紧应了声起身打开门。

齐暮看见他略带尴尬道："你是被我吵醒的吧，哈哈哈。"

尹修竹有些无奈地道："嗯，刚才在做梦。"

"做梦？"

齐暮连忙哄他道："你是不是也害怕了，害怕的话就说嘛，我早就说咱俩睡一间，你偏不要，和我客气什么？我还能笑话你不成？放心，我这就来了，有我在，什么鬼啊妖啊的都不敢靠近你！"

尹修竹笑笑，没解释自己并不害怕那部恐怖片，也没戳穿齐暮。

齐暮挤了进来道："时候不早了，赶紧睡吧！"

尹修竹挪开了些，齐暮顺势进屋。

都已经凌晨两三点了，要不是怕鬼，齐暮早睡得昏天黑地了。

"走，睡觉！"齐暮弯着眼睛笑了笑，"有我在，什么都不用怕。"

尹修竹分给他一床被子道："齐暮。"

房间里有人，齐暮心里安了一大半："怎么？"

尹修竹说："晚安。"

第二天。

"鬼鬼"美滋滋地吃着鸡胸肉时，齐暮也已经坐在餐桌旁。

"厉害啊！"齐暮毫不掩饰自己的惊讶，"你也做得太像回事了，我家大乔也就这水平吧！"

铺着高贵餐布的餐桌上摆着三菜一汤。都是家常菜，但做得十分精致，火候恰到好处，色香俱全，就差尝尝味道了。

尹修竹给他盛了碗米饭，长粒香米被煮得粒粒分明，堆在瓷碗里像小珍珠，瞧着都讨人喜欢。

齐暮接过来道："你也太能干了！"

尹修竹心中满足道："尝尝味道。"

齐暮吃了几口后，竖起大拇指："好吃！"

尹修竹坐他对面道："能吃就行。"

"何止能吃？"齐暮是真的佩服，"我连盐和糖都分不明白，你居然能做一桌子菜了。"

尹修竹道："你不用做这些。"

齐暮想了想，道："其实你也可以找个阿姨来帮忙啦！"

尹修竹笑了下，解释道："我不喜欢外人，这样清净。"

齐暮也知道他小时候被保姆虐待过，怕戳到他的伤心事，岔开话题道："这个真好吃！"

尹修竹调换了一下菜的位置道："喜欢就多吃些。"

齐暮吃得心满意足，放下碗筷时说道："你这手艺啊，以后谁嫁给你可是赚大发啦！"

尹修竹也刚放下碗筷，他拧眉道："我不会结婚。"

齐暮问："为什么？"

尹修竹不出声，齐暮也没追问，只是兀自叹口气道："我也不想结婚。"

尹修竹抬头问："为什么？"

齐暮看了他一眼，笑道："我小时候以为你是女孩儿，还想着长大了娶你呢！"

紧接着他又摆摆手道："开玩笑啦，你就是你，尹修竹是男生，

135

不是女孩儿！"他总嫌弃自己这双眼像个姑娘，所以很清楚错认性别是很伤自尊的，因此一直避讳，今天不小心提起，也是尽快把话题给岔开。

尹修竹没说什么。

齐暮改了口道："其实我不想结婚是因为我家大乔太好了，可这世上只有一个大乔，已经被大山同志拐跑，我去哪儿再找一个？所以就不结婚了！"

尹修竹附和道："乔阿姨很好。"如果他的母亲是恶魔的话，那乔瑾就是天使，能给孩子带来光明和温暖的天使。

齐暮总是在该敏感的时候不敏感，不该敏感的时候又敏感得让人暖心。

他知道尹修竹为什么不想结婚，如果说男生向往的第一个女性是母亲的话，那女性这个角色带给尹修竹的就只有噩梦了。

一个那样的母亲，一些那样的保姆阿姨，他怎么可能对婚姻产生向往？

"好啦！"齐暮道，"以后你一定会遇到一个比我家大乔还好的人。"

尹修竹抬眼看他，没说什么。

齐暮觉得这个话题过去了，起身道："我来收拾碗筷。"

尹修竹道："你去看'鬼鬼'吃完没，吃光了就顺道把它的碗拿来。"

齐暮轻松被支走，等再溜达回来时，尹修竹已经把碗筷放进洗碗机，收拾得差不多了。

齐暮抱着"鬼鬼"，问尹修竹："咱们去趟超市吧？买点儿猫粮什么的。"要长期养这小家伙，肯定不能只吃鸡胸肉。

尹修竹轻声问道："你什么时候回家？"

齐暮道："晚上吧，等我爸从公司回来接我回去。"

尹修竹又问："那晚上还在我这儿吃？"

"行啊。"齐暮想想他自己吃饭也怪孤单的，道，"要是大山同志来得早，就让他也尝尝你的手艺。"

尹修竹笑了笑："嗯。"

他俩换好衣服，一起出门，去了市中心的超市。

其实给猫咪买东西还是去宠物店比较好，不过俩小少年都没养过宠物，一时间也没想到，只记得超市里有宠物专区，琢磨着去那儿挑个全套。

超市在一个购物中心里，又赶上周末，人挺多。

齐暮最烦逛街，平日里被乔瑾拖着出门，也是进了店就坐下，大乔穿什么他都点头说好，敷衍得堪称直男典范。

乔瑾嫌弃他道："生你还不如生个棒槌。"

齐棒槌讨好她道："妈你这么好看，当然是穿什么都好看啦！"

乔瑾捏他脸颊道："油嘴滑舌，以后可别拿这些话去骗小姑娘。"

齐暮把这些当趣事说给尹修竹听，一边说还一边愤愤不平："你看我像是会哄骗女孩儿的男人吗？"

尹修竹认真道："不像。"

齐暮想起之前许小鸣吐槽他哄人帮他写作业的事，嘿嘿笑道："我也就哄哄你。"

尹修竹一怔。

齐暮道："哄你给我写作业。"

尹修竹："……"

他俩进了超市，向着宠物区走去，路过零食区时，齐暮又心痒难耐道："巧克力……"

尹修竹道："家里还有。"

齐暮一脸财迷样："这还有嫌多的？你送我那些，我舍不得吃。"

尹修竹妥协道："只能买一盒。"

他俩去了糖果区，巧克力没买成却发现了一个熟人。

齐暮眼尖，一眼看到了，道："那不是你们班体委吗？"

他和逢良关系不错，瞧见了就想上去打招呼，尹修竹却拉了他一把，将他拦下。

齐暮这才发现逢良身边还有个人，是个穿着白毛衣的秀气女孩儿。

齐暮眨了眨眼睛，稀奇道："那个……好像是你们班的宣传委员江曼曼吧！"

他人不在二班，魂却在二班，把他们班的人都记了个明明白白，他拉着尹修竹，凑在他耳朵边嘿嘿笑道："看不出来啊，小逢同志很能耐嘛！"

也不知逢良说了句什么，江曼曼害羞地低着头，脸颊泛红。

齐暮想偷看又怕被发现，探头探脑的模样活像个小贼。

巧的是后头还真有人把他当贼了，负责看管零食区的大妈最烦这种臭小子了，以为偷摸揣块糖就没人看得见了？

"偷偷摸摸的干什么呢！"大妈一声怒吼，活像武松打虎，齐小老虎本就做"贼"心虚，被她这一吆喝，吓一跳。

他躲藏的地方是个糖果摆台，是两个货架中央临时架起来的台面，藏个人还行，支撑力却是大大不足。

齐暮被吓得向后一靠，那摆台哪里撑得住他，跟多米诺骨牌似的，稀里哗啦散了一地。

这糖果一粒又一粒，跟小珠子一样，齐暮本能地想跑，可惜脚踩上去就像穿了溜冰鞋一样，滑得不像话。他身体摇摆，慌乱之下拽住了尹修竹。

尹修竹被他一拉，两人都在糖果堆里哪里站得稳？

齐齐摔倒后，尹修竹垫在了他身下。

第五章
分 班

　　"造孽啊！"大妈快气疯过去了，这个烂摊子，还有法看吗！这俩熊孩子，是要把整个超市给拆了吗？

　　动静这么大，逢良和江曼曼也都听到了，两人一起看过来。

　　他俩倒是没看到齐暮和尹修竹，纯粹被这一地糖果给吓到了，齐暮只能给大妈一个尴尬而不失礼貌的微笑。

　　齐暮赶紧起身，伸手去拉尹修竹。

　　尹修竹没动，呆呆的。他周围全是五颜六色的糖果，人又生得白皙俊秀，坐在糖果堆里好像童话里的人。

　　齐暮心慌得够呛——完了完了，小竹子是不是生气了？

　　这事放他身上，他也得生气！

　　齐暮心里慌，只能结结巴巴道："摔、摔疼没有？"

　　尹修竹抬头，没有说话。

　　齐暮以为他动怒了，有些难受道："是我不好，大惊小怪的没站稳，你……"

　　"哎哟，我的天哪！"大妈号啕大哭，"怎么就遇上你们这帮浑小子了，这可怎么办啊？我这工作没法做了啊！"

有这么个杂音在，齐暮道歉的话也说不出口了，他赶紧对大妈说："抱歉，这些我会赔偿的。"

大妈不信道："赔什么偿啊，你们这些熊孩子……"

齐暮打断她道："您放心，这些糖我全买了。"

大妈一愣道："啥？"

齐暮拿出一张银行卡，说道："阿姨您帮我称一下，所有被我撞倒的糖我都买了，这个货架如果有损坏的话，我也按价赔偿。"

这时负责糖果区的管理人员来了，乍看到这阵仗也是头皮发麻，哪怕听齐暮这么说，他也有些拿不准……

"这些糖可值不少钱呢。"

齐暮自认有错，也向来是个敢于承担的："没事，我都买了。"虽然万圣节已过，但也可以拿去学校分着吃。

听他这么说，超市的工作人员就忙起来了，他们都是打工的，闹出这样的事要是没人承担，他们也是很难做的。

逢良发现是齐暮赶紧上前帮忙，一起收拾着乱七八糟的货架和散落一地的糖果。

齐暮心虚，不太敢看尹修竹，索性借着机会一起忙活，好歹是收拾完了。

称量完毕算了钱，齐暮直接刷卡付账，毫不犹豫。

这下超市的员工们松了口气，知道齐暮不是说大话了。

之前的大妈也意识到自己误会了他，小声跟他说："是阿姨不好，还以为你俩是要偷拿糖果，所以才吼你们。"

齐暮本就不计较这些，见她还来向自己道歉，便说道："没事，本来也是我鬼鬼祟祟的。"

大妈好奇问："你俩在那儿偷摸干吗呢？"

齐暮苦笑着小声道："那男生和女生是我同学，我们撞见他俩可能是在约会，想偷偷跟进一下。"

大妈懂了："是这样啊……"

"可不嘛。"齐暮可怜巴巴道，"这偷看的代价可不小！"

他几句话就把大妈给逗乐了，临走时大妈还塞他一盒巧克力当赠品。

说是来买猫粮，结果拎了四大袋子糖果，也是意外收获了。

逢良一脸尴尬道："好巧啊。"

齐暮打趣他俩："不巧，要不是因为你们，我也不用买这么多糖了。"

逢良和他熟，知道他是开玩笑，笑骂道："谁让你不安好心？"

齐暮道："我哪不安好心了，你俩要是光明正大地在一起，我还用躲着藏着看吗？"

他不把门的一句话让逢良和江曼曼脸都红了。

江曼曼害羞道："你别乱说，我们就是朋友。"

尹修竹自顾自地站在一旁，齐暮还不知道该怎么和他道歉，索性拖着逢良和江曼曼一起去喝东西。

外头就是个咖啡厅，因为东西太多，四个人坐了个长桌，一人旁边一袋子糖。

齐暮道："你俩一人拎一袋回去。"

江曼曼不好意思道："我……"

齐暮说："宣传委员别这么小气嘛，帮我们分担下，沉得很。"

江曼曼看看逢良，逢良道："没事，就当他补偿咱们的。"

江曼曼腼腆地笑笑。

都是同学，三言两语就聊开了。

江曼曼以前虽没和齐暮说过话，但也知道他不像传闻中的那样凶，人挺好的，而且一直很照顾尹修竹，他们二班的人对他改观不少。

四人喝完咖啡，时候也不早了，各回各家。

自始至终尹修竹就只说了一句话，还是对服务员说的——点了杯咖啡。

两人打了车，一起坐在后头，糖果已经被安放在后备厢。车子发动后，齐暮瞅瞅他，再瞅瞅他，终于绷不住了，挪过来，挨近他，小声道："别生气啦，是我不好。"

齐暮讨好道："我不是故意的，你要实在是心里不痛快，就打我一顿？"

尹修竹终于回神了，他反问："嗯？"

齐暮心想：要死了，小竹子真生气了，都想打他泄愤了！

苍天啊大地啊，他不是有心的！

齐暮心一横，说道："等回家吧，在车上影响不好。"

齐暮不只紧张，心里还怪难受的。他把自己最好的朋友给惹成这样了，他难受；尹修竹真的生他气了，他更难受；脾气好的跟棉花糖似的尹修竹要揍他了，他更更难受！

也许在这些难受下面还混杂着一些别的情绪，比如委屈。

但齐暮不会承认的，男子汉大"豆腐"，平日里装可怜装委屈是行的，让他真可怜真委屈，不如一拳揍晕他。

回到家后，齐暮把门一关，挺起胸膛，闭上眼睛，然后示意尹修竹他准备好了。

尹修竹不知道他要干什么，抬手往他肩膀一搭，齐暮感觉到肩膀上一重，声音更虚了："别打脸。"

一句话把尹修竹给叫醒了。

"打脸？"

齐暮还在紧闭着眼，但挺了挺胸膛道："除了脸，其他地方你随便揍，主要是怕我爸看见，我爸看到我和人打架，不分青红皂白先揍我，我又打不过他……所以你别打脸，身上你随意。"说到最后，他尾音都打战了。

尹修竹还有些反应不过来，问道："我为什么要打你？"

齐暮眼睛眯成一条缝，悄悄看了尹修竹一眼，见他面色有些冷，又心虚地闭上眼道："我……我不是故意的。"

尹修竹："……"

齐暮声音小得跟蚊子哼哼似的："你别生气啦，我跟你赔礼道歉……"

齐暮偷偷看他，轻声道："尹修竹，别生我气了。"

别说尹修竹本来就没生气，即便真生气了，此时此刻也没有半点儿火气。

"我没生气。"尹修竹垂着眼睛。

齐暮十分拿不准，道："自从我们两个摔在一起，你一直冷着脸……"

尹修竹有点儿无奈，说道："只是觉得有些丢人。"

齐暮："丢人？"

尹修竹平静了不少，说道："我不喜欢公共场合，在超市闹了那么大动静有些心情不好，还被同班同学看到了。"

齐暮急声道："没事，逢良和江曼曼没看到。"

"总之，今天是我不好，毛毛躁躁的！"齐暮诚心诚意道，"我不是有心的，你知道的我惹谁生气都不想惹你生气。"

尹修竹轻嘘口气，温声道："我不会生你的气。"

齐暮看他，问："真的？"

尹修竹："真的，我不会骗你。"

齐暮盯着他看了好一会儿，发现他不似说谎后终于松了口气。

"你心里不痛快的话，一定要告诉我，别藏着掖着。"齐暮念叨他。

尹修竹点头道："嗯。"

"一定不许瞒我。"

尹修竹："好。"

齐暮提着的心终于落地，不怕尹修竹和他绝交了。

他俩在门口站了好大一会儿，"鬼鬼"听到动静绕出来，蹭着齐暮的腿撒娇。

"齐霸霸"龙颜大悦，弯腰将小东西抱起来，戳它鼻尖道："小坏蛋，想哥哥没？"

"鬼鬼"十分喜欢他，舔了舔他的指尖。

齐暮天生怕痒，被它那带着小倒刺的舌头一舔，立马笑出声："好痒。"

他还招呼尹修竹："你来试试，真的很痒。"

尹修竹道："我先去换身衣服。"

齐暮逗着小猫道："好……"

等尹修竹下来，齐暮已经抱着小猫乐成一团了，他炫耀道："你看它多喜欢我，一个劲儿舔我。"

"它是饿了吧！"尹修竹无情地戳破"鬼鬼"的诡计。

"对哦！"齐暮抱起小家伙，问它，"你饿了？"

"鬼鬼"懂个屁，就知道瞎"喵呜"。

齐暮一副听懂的模样，头都不回地喊道："尹哥哥，我们要吃饭！"

他尹哥哥脚下一空，差点儿摔在楼梯上。

齐暮听到动静了，扭头看他问："怎么了？"

尹修竹耳朵微红："没事。"

齐暮转头继续逗猫，这一人一猫各说各话，竟也和谐得很。

大概因为有着相同属性——可爱。

"鬼鬼"果然是饿坏了，猫粮到位后，它吃得呼蚩呼蚩，小尾巴在地上扫啊扫的，像只小狗。

齐暮看了会儿，问了句："猫粮好吃不？"

尹修竹没忍住，笑出声来。

齐暮急于辩解："这颜色很像巧克力啊……而且'鬼鬼'吃得这么香。"

尹修竹起身道："我去做饭，一会儿就能吃。"

齐暮的确是饿了，这个年纪的少年正是长身体的时候，一天恨不得吃六顿饭！

齐暮犹豫了一下，开口道："我爸他……"

这时电话铃声响起，齐暮怔了下，才反应过来是自己的手机。

"还不适应这新玩意儿。"齐暮去外套里翻自己的手机。

是齐大山打过来的，齐暮一接电话就听他爸说："你今晚回家不？"

齐暮眼睛一亮道："我还可以再住一宿？"

齐大山："你想住就住吧，我今晚和你妈有个会要参加，回去可能比较晚。"

齐暮开心了，道："那我不回家了，我留这儿陪尹修竹。"

齐大山嘱咐他道："别光玩，要写作业！"

齐暮这才想起还有作业这回事，赶紧道："放心啊，保证完成任务。"有小竹子在，他的作业哪用愁？

挂了电话，齐暮就扭头对尹修竹道："我爸说我今晚还可以在这儿住一宿。"

"我去做饭。"尹修竹到底年少，连声音里的雀跃都藏不住了，他今年的生日真是太美好了。

两人吃过饭后，齐暮缠着尹修竹写作业。

尹修竹也就说了句："下次必须自己写了。"

齐暮点头如鸡啄米："下次我一定自己来。"

说完他殷切地给尹修竹按肩膀。

一晃就快到圣诞节了。

许小鸣定做了一大沓贺卡，就等着广撒网多捕鱼。

许小鸣写贺卡写得不亦乐乎，他也很拼了，那么多女孩儿的名字居然都记得住。

齐暮无事可做，看他奋笔疾书。

许小鸣头也不抬问："给你一张？"

齐暮心思一动，想起自己还真偷拿过许小鸣的贺卡。

许小鸣忽然兴致勃勃："咱俩来玩个游戏吧！"

齐暮兴致不高："嗯？"

许小鸣说："我们一人写一张贺卡，瞎写，给出门后见到的第一个不是咱班的同学，咋样？"

齐暮给他个白眼："无聊。"

"来嘛，"许小鸣道，"闲着也是闲着，我想看看谁这么好运，能收到暮哥的贺卡。"

齐暮说："不玩，我不想送贺卡。"

许小鸣："玩吧，玩吧，眼看着快期末考试了，同学们都紧张分分的，咱们两个闲人，给大家送点儿惊喜呗！"

齐暮道："你确定是惊喜不是惊吓？"

"惊吓也行啊，"许小鸣贱笑道，"都是调动情绪活跃气氛。"

按理说齐暮是不会和他玩的，这种瞎闹不符合"齐霸霸"人设，虽然他不高冷，但也从不捉弄人。只不过初一干的那点儿屁事太出格，让他名声在外，把全校师生都给镇住了。

可这会儿他瞧着贺卡，竟诡异地答应了。

齐暮眸子闪了一下，道："我有个条件。"

许小鸣无聊得很，只要齐暮能陪他玩，啥条件都行："你说。"

齐暮道："贺卡要送给放学后见到的第一个人。"

许小鸣没觉得有什么问题："行啊，那咱们玩大点儿，不限于同学，如果看到的是老师，咱们也送！"

齐暮点头道："可以。"

许小鸣乐颠颠地给他一张贺卡，还专挑粉色的，上面一串小心心，边角上还镶着小碎钻，差点儿没闪瞎"齐霸霸"的"钛合金"直男眼。

齐暮："你这什么品位？"

许小鸣："女生都喜欢这个！"

齐暮张口道："换张，要那个……"他刚想说要张浅灰色的，又想起某人好像挺喜欢粉色的，尤其是小时候……如今长大了倒是不喜欢了，但没准儿只是不好意思表现出来，心里还是喜欢的。

许小鸣就想看他送粉色的："不行，那些我都写好了！"

齐暮没再坚持，咬着笔盖开始想词。

许小鸣怂恿他道："写点儿浓情蜜意的！"

齐暮掀起眼皮瞧他道："写你脸上？"

小鸣同志"花容失色"，老实闭嘴。

齐暮盯着贺卡，犹豫了好一会儿才落笔。许小鸣安静不过三秒钟，就想凑上来看看。

齐暮头都不抬道："你再靠近一点儿，我就管不住这支笔了。"

许小鸣尿了，怕齐暮真把他的脸当贺卡。

齐暮写完后晾了一会儿，合上贺卡后倒头就睡。

距离放学还有两节课，许小鸣这个抓心挠肝，这个心痒难耐，这个好奇心……

齐暮能和他玩这个游戏就很稀奇了，他竟然还很认真地写了贺卡，写的是什么？

谁又有着天大的"福气"收到这张贺卡？许小鸣好奇得不要不要的！

偏偏齐暮稳如泰山，两节课都死死压着贺卡，睡得纹丝不动。

许小鸣可睡不着了，他眼巴巴地数着时间，恨不得去拨下钟表，让放学铃快点儿响起来。

其实齐暮没睡，至少头一节课没睡，还迷迷糊糊地听了小半堂课，不过后头英语老师实在太啰唆，催眠效果极好。等下课铃声一响，他才一个激灵醒来。

许小鸣憋不住了，出去找方俊奇聊天儿，齐暮埋头在课桌上，手里捏着自个儿的手机。

他犹豫了好半天，直到上课铃声响了也没把信息给发出去。

上课后尹修竹是肯定不会看信息的，所以要发就只能课间发。现在课间过去了，发了他也不会看。

齐暮想了下，把手机收起来了：不发了，尹修竹要是过来，就把贺卡给他；尹修竹要是不来，他就把贺卡撕了！游戏什么的，本来也是借口，他就是想送尹修竹一张贺卡。

许小鸣从一班回来，看到的就是他暮哥沉着冷静、孤傲不凡的睡姿。

啊……小鸣好心焦，到底是哪个女孩儿能得"齐霸霸"的贺卡？

好不容易熬到放学，许小鸣犹如屁股着火般跳了起来，老师毫不客气丢他半截粉笔头。

小鸣负伤，坐下后开始哎哟："暮哥，醒醒啦，放学了！"

齐暮不想醒，还能睡。

许小鸣也不敢太大声，只能蚊子哼哼似的叫他。

齐暮想给他一巴掌，又不愿暴露自己是在装睡，只能任他哼唧。

老师布置完作业，又嘱咐了一通后，终于走人。

许小鸣按捺不住，伸手推齐暮道："放学了，放学了，我们……"

齐暮趴在桌上，低声道："你再动我下试试？"

许小鸣简直要吓尿了！

齐暮不理他，继续睡。

许小鸣惹不起齐暮，怕他起床气太大，拿他试刀。

眼瞅着外头人来人往，无数人穿梭而过，许小鸣期待了两节课，几乎要死心了，齐暮根本就不想玩这游戏吧，根本是在逗他玩吧，亏他激动了两节课！

齐暮哪里睡得着？他装睡都快装不下去了：下课二十分钟了，尹修竹还没找自己，难道不去找他，他就不来找自己了吗？难道他不等自己放学，就自个儿走了吗？

虽说尹修竹有自知之明，不再给他补习了，但他俩说好了一起写作业的，原来就他自己当回事？说来也是，他不在的话，尹修竹作业写得更轻松些。

齐暮心里很不是滋味，趴得也越来越不舒坦了。

直到旁边传来了熟悉的声音："齐暮怎么了，哪儿不舒服吗？"尹修竹声音很轻，问的是许小鸣。

许小鸣一脸失落道："不知道啊，都睡两节课了。"外头快没人了，还送个屁的贺卡啊！

尹修竹微皱眉，伸手探向齐暮的额头……

他手还没碰到齐暮，齐暮便抬起头来，睡眼蒙眬地看着他。

尹修竹缩回手。

齐暮装得挺像，一副刚睡醒的模样，问："放学了？"

许小鸣苦着脸道："都放学半个小时了！"

齐暮"哦"了一声，抓了抓头发后站起来。他刚起身，被压了两节课的粉色贺卡就露出来了。

尹修竹一眼看到粉色的贺卡，谁给齐暮的？

从来没有被人表白过的齐暮，终于被人表白了？

许小鸣哀号道："暮哥，你这贺卡到底送不送啊？"

齐暮装出才想起来的模样，瞅了眼尹修竹后说："送啊。"

许小鸣："送谁啊？全校人都快走光了！"

齐暮拿起贺卡，随手给了尹修竹："送给放学后见到的第一个不是咱们班的人呗！"

许小鸣："……"

尹修竹看到怀里的粉色贺卡，回不过神。

齐暮道："没错吧，规则是这样吧？放学了，我见到的第一个人是尹修竹，他刚好不是咱们班的。"

许小鸣一脸憋屈样，道："没错。"

齐暮拎起书包，甩在左肩上道："走了，回家。"

尹修竹跟了上来，声音低低地道："这贺卡……"

齐暮没回头："许小鸣和我玩游戏，非让我写张贺卡，让我放学后送给见到的第一个不是我们班的人。"

尹修竹用力攥紧了贺卡。

齐暮清了清嗓子，说道："刚好你过来，就给你啦！"

十二月末，白天越来越短，才五点左右外面已经是红霞满天，黑夜将至。

齐暮穿着最寻常不过的蓝白校服，黑色的书包随意地挂在肩膀上。冷风吹过来，他微卷的头发更翘了一些，可一切瑕疵都遮不住那双明亮的眼睛，盖不过那灿烂的笑容。

他站在那儿，将夕阳耀成了朝日，将夜晚替换为白昼。

尹修竹看到了贺卡上的字——尹修竹，祝你圣诞快乐，希望我们一辈子都是好朋友！

落款是齐暮。

从一开始这张贺卡就是给尹修竹的，是齐暮写给他的。

贺卡的内容简单、宽泛，似乎还有些客套和笨拙，可这一行字却狠狠地戳进了尹修竹的心脏。

十岁那年，齐暮给尹修竹过了他有生以来第一个生日。

他俩在教室里，分享着一个小小的蛋糕。当时齐暮给了他一张贺卡，粉色的，上面写的也是这样一句话，现在只不过将生日换成了圣诞。

他记得，齐暮还记得。

那张贺卡被他弄丢了，是尹修竹始终无法释怀的遗憾，而现在齐暮又给了他一张。

一辈子的好朋友。

尹修竹盯着那行字，迟迟无法挪开视线。

齐暮再次看到了尹修竹的笑容。

平安夜这天刚好是周末，董季生从国外滚回来了。

许小鸣恨他恨得牙痒痒，一个电话把大家伙都给召集到位。

小董同学见人这么齐，还挺激动地道："大家都挺想我啊！"

许小鸣："想得很，想抽死你！"

说着他就抡拳揍他，董季生吃了两年热狗汉堡小薯条，壮实了，他哈哈笑道："干吗啊鸣子，哥对你够好了吧！"

许小鸣骂他："你给我寄的是些什么东西！"

"不好？"董季生无辜道，"都是最新片啊，我看过了，很带劲才给你的啊。"

许小鸣一脸便秘样："带劲？你天天脑子里想的都是什么？"

董季生蒙了道："什么？"

许小鸣嘴上没毛，说话不厌，三言两语就把事给说了。

中学时期，正是他们三观塑形的时候，因对未来和对这个世界都很迷茫，所以很容易跟风。

这也很好理解，就像站在迷雾中的人，看到一束光就会忍不住走过去，也不管这光是否安全。如果撞上疾驰而来的车灯，一辈子就搭进去了；但这光若是指引前路的灯塔发出的，顺着向前，也会走出海阔天空。

董季生说得很客观，没有刻意美化，也没有刻意贬低。只不过是平铺直叙地将这件事给说清楚了。

董季生最后还提醒他们道："别说哥哥没提醒你们，千万别因为好奇而尝试，真心喜欢一个人是经得住时间考验的，别因为一时冲动而毁了自己，害了别人。"

许小鸣呸了董季生一下："看把你给明白的！"

董季生道："本来就是啊，未成年的喜欢值几个钱？今天爱明天不爱的，有本事憋到成年，给人一个实打实的承诺！"

许小鸣不乐意听了，道："等到成年，好花都被采走了。"

董季生又和他争辩起来："就是因为你这样的采花贼多了，才会有那么多好花被糟蹋。"

"我是先下手为强！"

"所以你只配得上残花败柳！"

他俩争辩了起来，你一句我一句越来越不成样子。

谁知方俊奇竟突兀地说了句："我觉得有道理，是男人就该有男人的担当，仗着年少做荒唐事就是不负责任。"

许小鸣愣了下，回过味来了，道："小胖，连你都欺负我！"

方俊奇呵呵了一声，道："我说的是渣男。"

许小鸣不和董季生争辩了，转头扑向方俊奇，和他扭成一团。

齐暮笑眯眯的，凑近尹修竹道："他们感情真好啊。"

尹修竹看了看打得鼻青脸肿的感情好的仨人，盲目认同："嗯。"

齐暮扬声道："行啦，你们这样看得我都手痒了。"

那三人分分钟记起被"齐霸霸"支配的恐惧。

他们仨是小打小闹，齐暮加入就是一面倒的痛殴了！

董季生整理了下凌乱的发型，愤愤道："一年多没见，'许小鸡'你就这样对我！"

许小鸣："你叫我什么？"

"许小鸡！"

"董蛋蛋！"董季生的名字谐音是"鸡生"，所以就是"蛋蛋"。

方俊奇翻了个白眼，离这俩蠢货远了些，怕被传染。

齐暮被他俩逗死了，笑得前仰后合，尹修竹顺势扶住他。

从幼儿园时期起就熟悉的五个人，感情自是与别人不一样。他们凑一起，有说有笑，又打又闹，时间过得飞快。

晚上齐暮又邀请他们一起去他家玩。

方俊奇说："快期末考了，我还有好几套题没做。"

许小鸣不放他走："暮哥，这有个临阵逃脱的，赶紧摁死他！"

齐暮道："什么题啊，拿去我家做！"

方俊奇心想：守着你们这帮家伙，做个鬼的题啊！

董季生拿胳膊肘拐他道："你'蛋哥'我赶明儿就被发配了，你还要去做题？"他被许小鸣洗脑，嘴一快，"董哥"成"蛋哥"了。

方俊奇憋着笑道："行吧，今晚就好好陪陪咱'蛋哥'。"

董季生："……"

齐暮给大山同志打了个电话，大山很兴奋道："等着，我让司机去接你们。"

齐暮贼大牌道："我这五个人，来辆加长林肯。"

大山骂他："加长竹编要不要？"

齐暮嘿嘿笑道："爸你别给我丢脸啊，我这有只'海龟'，得让他感受下咱们家的气派！"

齐大山嘴上骂着："兔崽子，惯得你！"回头还真让司机开了两辆炫酷的小跑来接他们。

许小鸣很捧场地道："还是我暮哥有排面。"

齐暮道："那必须的，大山同志一听接你们，下血本了。"

董季生唏嘘道："我阅人无数，像你爸这样的好爹是真少见。"

齐暮道："我妈不好？"

"好好好，乔阿姨最好了！""董蛋蛋"酸溜溜道，"你全家人都外瑞狗的（very good）！"

齐暮："就你这英语水平，真是海龟？"

许小鸣赶紧补上一句："海龟个屁，王八一只。"

得啦，这一"王八"一"小鸡"又扭成一团了。

车子到了，五人都没动，他们都在一起这么多年了，非常了解齐暮的脾气。谁要是敢把尹修竹单列出去，他二话不说就是上拳头。即便"方小胖""许小鸡""董蛋蛋"很想三人坐一辆车，也没立刻做出选择。

其实这么多年了，他们也把尹修竹当朋友了，只不过朋友和朋友的相处方式是不一样的，比如董季生和许小鸣可以开些没脸没皮的玩笑，却不能和尹修竹这样。

小时候齐暮不懂，以为他们孤立尹修竹，瞧不上他，所以才生气冒火。

如今他懂了，知道即便是亲兄弟也有个远近亲疏，不会再去强求。齐暮道："你们仨去那辆新车吧，我和尹修竹之前坐过了，很酷的。"

许小鸣三人立马钻进了车子里。

齐暮和尹修竹上了后面的车，两人一起坐在后排。

齐暮道："他们吵死了，咱俩离他们远一些。"

尹修竹心里热腾腾的，他知道齐暮是在宽慰他，其实他根本不在乎这些，他只是无比感谢齐暮对他的照顾。

齐暮怕他孤单，怕他没朋友，怕他不合群。所以拉着他，推着他，带着他，和许小鸣他们成为朋友。

尹修竹都知道，而他知道得越清楚就越看重和齐暮的友谊。

齐大山这个不靠谱的，见着这么多小伙，感觉自己年轻了二十岁："我像你们这么大的时候都能吹瓶了！"

许小鸣是个不嫌事大的，道："齐叔叔真厉害，我爸都不让我喝酒。"

"酒这玩意儿要早练，以后才能千杯不醉。"

许小鸣眼睛一亮道："那我们今天就练练？"

齐大山还真当自己十五六岁了，道："行啊，我去给你们开酒。"

乔瑾看不下去了："一边去，他们还未成年！"

齐大山："喝点儿甜酒没事，就是饮料。"

乔瑾一巴掌呼开他道："回头喝醉了，你去给人家爸妈解释？"

齐大山道："喝不醉的……"

乔瑾明令禁止："不许喝酒，谁喝就把谁送回家！"

蠢蠢欲动的小伙们消停了……

许小鸣凑过来问齐暮："暮哥啊，齐叔酒量这么好，你是不是也很牛？"

一杯晕两杯倒三杯桌下找的"齐霸霸"淡定道："废话，酒量这玩意儿是遗传的。"

许小鸣崇拜道："那等以后咱哥俩好好喝喝。"

齐暮心虚道："没听我妈说吗，未成年不许喝酒，伤脑子。"

许小鸣："长大以后嘛。"

齐暮想想长大还有好几年，稳住了，道："以后的事以后再说吧！"

过了圣诞节就是元旦。

今年也真挺特别的，圣诞节一帮人在齐暮家里过，元旦居然又在尹修竹家凑齐了。

不过意义是截然不同的。

在齐暮家，他们只是童年玩伴，无拘无束，吃喝随意，末了还来了个枕头大战，玩得不亦乐乎。

在尹修竹家，他们却是跟随父母参加正式宴会，一个个戴着小领结，穿着燕尾服，收拾得立立整整。

尹家是有这么个习俗的，每到元旦会在家里举行个所谓的"家宴"，邀请亲朋好友一起聚聚，共度新年。

往年尹正功也主持过，不过尹修竹都是被忽视的存在，甚至会被亲戚家的小孩儿欺负。

但自从前年尹正功找到了更加权威的鉴定中心，等亲子鉴定报告出炉后他彻底放心了，尹修竹也成了他口中优秀的儿子，未来的继承人。

时隔一年，尹修竹已经是众星捧月的存在。

之前齐家都没来过这个宴会，主要原因是齐大山不够格。

而这些年七巧珠宝的势头让尹家不容小觑，齐大山也成了炙手可热的人物，尹正功自然给他发了请帖。

齐大山问齐暮："你去吗？"他很看重齐暮的人脉积累，却不会勉强他去这样的聚会。人脉这玩意儿也分有效和无效，齐暮这个年纪能认识几个玩得开的同学就足够了，没必要去名利场上结交人。

齐暮却很感兴趣地道："去，许小鸣他们也去。"

齐大山便道："那行吧，咱爷儿俩去。"

齐暮问乔瑾："妈，你也去呗！"

不等乔瑾开口，齐大山便道："你妈懒得应酬。"

乔瑾正在涂油彩，围裙上沾满颜料："我有这时间还不如多画几张设计图。"

齐暮对大人的事还处在一知半解的程度，他道："那好吧，我跟爸去玩了。"

乔瑾瞅了他一眼道："那可不是能让你玩的地方。"

此时的齐暮还不太理解，不过去了之后，他脑中时不时在回想着乔瑾的这句话。

他来尹家无数次了，甚至在这儿住了很多次。

但今天，他看到了一个陌生的尹家。

一个人头攒动、灯火辉煌、觥筹交错的名利场。

他期待很久的喷泉开了，比他想象中还要漂亮，流动的泉水在深冬的夜晚也不会结冰，漂亮的灯光打在上面，幻化出了火树银花不夜天的盛景。

一切都很好看，但很陌生。

齐暮远远看到了尹修竹。

他太熟悉尹修竹了，从四岁开始，认识他十年之久。

可这一次，他看到了不一样的尹修竹。

少年英气逼人，定制的西服让他越显挺拔，墨色的短发下是深邃的眸子和高挺的鼻梁，还有那微薄的唇，勾起的弧度恰到好处。他姿态从容应对有度，却又如高山上的寒松般，带着无法触碰的疏离。

齐暮愣了愣，头一次清晰地意识到——尹修竹早已不是那个躲在他身后需要他保护的小孩儿了。

尹修竹站得比他还高，看得比他还远，早就在他没察觉的时候，展翅高飞，纵横天际。

这一刻齐暮心中竟有一丝失落涌了上来。

仿佛有心灵感应一般，尹修竹的视线追了过来，越过无数人看到了他。

刹那间，霜雪散去，春芽破土，尹修竹的眸中尽是春日和风。

齐暮呆了呆，他手机响了下，低头一看。

尹修竹："等我。"

齐暮收起手机，心中一片阳光灿烂。

许小鸣眼尖看到他，凑上来道："哎哟我去，暮哥你这身行头可以啊。"

大山是活土鳖一只，但乔女士的审美却是在国际都排得上号的，她给她宝贝儿子一拾掇，哪能不行。

齐暮昂首挺胸道："你也不看看我妈是谁。"

许小鸣这要是放到古代，不是太监就是佞臣："主要还是你底子好，长得帅。"

齐暮才不吃他这套，问道："你爸呢？"

许小鸣努努嘴道："我爸没来，我哥带我来的。"

许小鸣是老来子，和他哥差了十六七岁，他如今才十四岁，但他哥已经三十而立了，能撑起半边天。也正是因为有这么个哥哥，许小鸣才可以浪里个浪，想怎样就怎样。

齐暮道："许大哥瞧着有些累啊。"他认识许盛元，虽没怎么说过话，但和小鸣认识这么久了，对他哥也很熟悉了。

许小鸣嘟囔道："鬼知道他折腾什么，前几天和我爸吵得不可开交，就因为公司里的那些破事。"

齐暮道："你真是站着说话不腰疼。"

许小鸣叹气道："开什么公司啊，我爸累死累活半辈子，眼瞅着我哥也要步他后尘了。"

齐暮斜他一眼道："不是你爸和你哥，你有今天的好日子？"

许小鸣哼哼唧唧："工薪家庭也很快活啊。"

齐暮本想反驳他，但想想深夜回家的大山和从不回家的尹正功，也就说不出什么反驳的话了。

许小鸣是愁不过三秒钟的，他又道："咱们竹子真可以啊，和学校里判若两人。"

尹家是宴会的主人，尹修竹自然是万众瞩目的焦点，走到哪儿都有人和他打招呼。

齐暮又等了一会儿，见他终于甩开人过来了。

尹修竹一见他就笑，和之前对别人的客气笑容不同，是真心实意的。眼睛亮的仿佛将天边的星辰一把拽下，点缀在其中。

齐暮心情大好，早把许小鸣忘到九霄云外了。

尹修竹问他："什么时候到的？"

齐暮："刚一会儿。"

尹修竹靠近他，轻声道："给你。"

"嗯？"齐暮伸手，感觉到一个小盒子落在了掌心，他低头一看，惊喜道，"巧克力？"

尹修竹眉眼含笑道："这种最好吃……今天的孩子来得多，好吃的都被挑空了。"

既然是家宴，哄孩子的东西自然不会少，可也不会只摆一种，来的孩子都是眼尖的，知道哪个最好吃，一来二去就挑光了。

齐暮来得不算早，又因为和他们不熟，所以一直在外围，尹修竹却贴心地早早给他留下了。

齐暮心里美滋滋的，嘴上却道："我不缺啦，你一直握着不嫌累吗？"想想之前在人群中谈笑风生的少年手里藏了盒巧克力，齐暮就觉得很好笑。

尹修竹说："不，只可惜没多拿一些。"

齐暮眨眨眼睛道："没事，你家库房肯定有存货，改天我去里面吃。"

尹修竹笑了："好，周末我等你来。"

在一旁还没走的许小鸣同志忍不住吱声了："那个……"

齐暮："嗯？"

许小鸣委屈巴巴地道："我为什么没有巧克力？"这待遇也差太大了吧，谁还不是个小宝宝，他也想有人偷偷拿好吃的给他啊！

还真把小鸣同志给忘了。

尹修竹没法在这儿待太久，说了这几句话就走了。

他一走，许小鸣就又凑上来了，他不眨眼地盯着齐暮手里的巧克力。

齐暮看他，问道："你想吃？"

许小鸣平日里一块巧克力都懒得吃，但此时此刻他很馋，狂点头道："想吃！"

本以为他暮哥会分他一块，毕竟那是一小盒呢，里面怎么也得有个五六七八块。

谁知齐暮一把握住，稳稳道："不给。"

许小鸣心想：什么鬼啊，这怕不是个假的暮哥吧！你爸身家无数，你家钱多到可以填海，你竟然连块巧克力都舍不得给兄弟吃！

许小鸣伤心了，不想追随"齐霸霸"了，他悲伤转头，想去找方俊奇哭。

齐暮乐呵呵的，半点儿惭愧都没有。开什么玩笑，许小鸣这个不懂巧克力的男人，给他不是暴殄天物嘛！

之后尹修竹都没再找到机会来见他，倒是齐大山领着齐暮去见了尹正功，双方寒暄一通，胡吹一波。齐暮头一次在这样的情况下和尹修竹面对面，还觉得挺稀奇，一对小虎牙晃啊晃的，藏都藏不住。

再往后就是大人的应酬了，齐暮听得无聊，偷溜了出来。

他本想去找许小鸣的——这家伙不知道去哪儿鬼混了。

结果走到喷泉那儿了也没看许小鸣的人影。这浑蛋滚哪儿去了？齐暮待得有点儿冷，真的是冷，绝不是怕鬼！所以"齐霸霸"想回屋了。

他正掉头往回走，就察觉到了异样。

有些人天生五感敏锐，不管是听觉视觉触觉都比常人要好上那么一些，再加上"身经百战"锤炼出来的直觉，对于有人挑衅这种事，齐暮向来是有预感的。

他头都没转，一侧身，躲过了拳头。

齐暮是正经练过的，四五岁就和大山过招，之后更是拜了师傅练拳，这些年来，除了那次他不知怎么就睡过去的绑架，再没吃过瘾。

想暗算他，嫩了些！说时迟那时快，齐暮一个回身，拳头就招呼上去了。他姿势准，拳头硬得很，一下就将那人打成了一个熊猫眼。

那人爆了句粗，吃痛地后退。

齐暮听声音不是熟人，正有些纳闷儿是谁要搞他。这一抬头却发现是熟人。

王卓。

初一时被他揍到转学的初三学生。

齐暮眯起眼睛问："王卓，你什么意思？"

王卓恨他恨得牙痒痒，他这辈子就没受过那样的委屈——初三的学生被一个初一的新生给揍得满地找牙，他真是恨透了齐暮！

当时事闹得很大，王卓气不过，找他爸给学校施压，要把齐暮给开除了。可王卓没想到的是，他踢到铁板了。

校方联系了齐大山，齐大山是个二话不说捐教学楼的主，学校哪敢随随便便开除他儿子。

学校的意思是让齐大山和王阮林私下里和解，大事化小，小事化了。齐大山问清原委后说："小孩儿的事，就让小孩儿自己处理，我们大人就别插手了，是吧，王总？"

王阮林嘴角抽搐，他哪知道自己儿子惹上了齐大山的儿子。齐大山是出了名的混不凛，刺儿起来谁都敢打，别说王阮林了，连他妻弟尹正功都得让着他几分。

王阮林只能说道："是，小孩儿的事咱们就不掺和了。"

王卓蒙了，他仗着家里有钱有势，又有个姓尹的妈，狂妄惯了，哪吃过这样的委屈？他找他妈哭，他妈给他一句："还有脸哭？过不下去就转学！"

王卓不服气，还想阴齐暮，结果次次被打到鼻青脸肿满地找牙。他挨了揍去找老师告状，老师也很无奈地道："你就别去招惹他了啊。"

王卓心里憋屈死了，想尽办法也收拾不了齐暮，最后他爸嫌丢脸，给他办了转学。

齐暮能在学校里有那样的赫赫威名，王卓功不可没。

王卓以为这辈子都不会再见到齐暮了，没承想今天竟让他看到了。

他妈是尹正功的堂姐，虽然不是亲的，但尹正功和她从小玩到大，关系很亲，堪比亲姐弟。王阮林仗着尹家的势，这些年也混得不错，所以王卓才敢这样嚣张狂妄。

他以前连尹修竹都欺负得死死的，哪会把旁人放到眼里？

今日远远看到齐暮来了，他认定这是自己的地盘，想好好收拾收拾他。

王卓身后有人，便一摆手道："打他，往死里打，出事了我兜着！"

他已经念高中了，结交了一帮社会人，戾气更重。跟着他的人也是没办法，他们的爹仰仗着王阮林，他们就是王卓的小跟班，虽说连齐暮是谁他们都不知道，但也只能听王卓的。再说王卓在尹家呼风唤雨，就算真出什么事，也兜得住。

他们心一狠，招呼上来了。

这要是四个成年人，齐暮还会顾忌些，就这么四个小屁孩，他真不放在眼里。

齐暮道："王卓，你真没种。"说罢就扔了外套，挥拳迎了上去。

这年代大小伙们都报过兴趣班，什么跆拳道啊，柔道啊，武术啊，多少都会学一些，但花拳绣腿怎么能和齐暮比？

一岁称霸公园，三岁称霸幼儿园，从此一路霸到底的男人是兴趣班能比的？

真当"齐霸霸"也是花架子啊，齐大山可从来都是务实主义者，要么不学，要学就学真的。

眼看四五个少年被揍得不敢上前，王卓气道："你们这些废物！"说罢他抄起旁边的木棍朝着齐暮挥了过来。

齐暮抬手架住，盯着他道："王卓，你真是记吃不记打。"话音刚落，左拳正中王卓的鼻梁，把他给揍得鼻血直流。

王卓不承想自己这么多人还收拾不了一个初二的学生，气得要疯了："你打我？齐暮你敢打我！"

"打你怎么了？"齐暮又扇他一巴掌，"惹我的时候就没想过会挨揍？"

王卓吃痛，满口喷粪。

齐暮最听不得这种脏话了，他眸色一沉，招呼的不是巴掌了，而是拳头。

"卓哥，你怎么了？"

听到有人，王卓急忙道："方俊奇你过来，你把这人打趴下，我就去找我爸说情，让他给你家担保！"

齐暮一愣，拳头没落下去。

来人还真是方俊奇，他在明处，齐暮和王卓在暗处，齐暮又背对着他，方俊奇只能看到王卓肿起的脸。

方俊奇径直走了过来，一步又一步，脚步声在夜色中很响。

齐暮停了手，没回头。

这边闹得动静这么大，一连串的鬼叫早就让园子里的保安听到了，他们都是有经验的，一边看着会不会出事一边去叫人。这种小孩子打闹，他们出去只会惹一身臊，还是得去叫家长。

很快呼啦啦来了一群人，为首的正是尹正功。

尹修竹在他身后，原本他是冷静自持的，可在看到齐暮后，他的表情瞬间僵住，嘴角压了下去，眸色沉沉。

王卓见大人来了，立马开始卖惨："舅舅，我们怎么能邀请这样的人来做客？他真是太过分了，小飞不过是撞了他一下，他就把人打了，我上来劝架，他连我都打，跟疯子似的！"

恶人先告状。王卓玩得很溜。

冷不丁瞧到这局面，还真不好说到底是怎么回事。之前打架的有四五个人，但因为怕事都溜了，只剩下一个叫小飞的和王卓。他俩都是负伤在地，唯独齐暮好生生地站着，脚边还落着一根木棍。

王卓见形势对自己有利，又道："方俊奇都看到了，你们可以问他。"说着他倒吸口气，是真的很疼。

众人的视线都看向了方俊奇，方俊奇却谁也没看，没看王卓也没看齐暮，他冷静道："我刚到，什么都没看见。"

他这话一出，王卓眼睛一眯，视线里全是威胁。

方俊奇道："虽然我没看到，但这里有监控，去调一下就知道是怎么回事了。"

王卓大惊失色，齐暮嘴角翘了翘，背着所有人对王卓打口语：孬种，没脑子。

王卓气得差点儿不管不顾地扑上去！

王阮林也赶了过来，他一看就猜出是怎么回事了，这要是去调监控岂不是丢死人了！他打圆场道："小孩子玩闹，不知轻重，就……"

齐大山道："王总这话说得对，小孩子不知轻重，万一伤着了也不好说，我们还是去看看监控吧！"

王阮林被他噎得要死。

尹正功也了解王卓的脾性，知道这事八成是他先惹的，不过齐大山都开口了，显然是不想让自己儿子受委屈。他瞪向王卓道："还不快道歉？你都十七八岁了，欺负个小孩子还有脸了？"

王卓没反应过来。

王阮林上去就给他一巴掌，骂道："混账东西，往日里就是太惯着你了，把你惯出这一身毛病！"

王卓被打蒙了，一脸不可思议地道："爸，我……"

王阮林生怕他再丢人现眼，又给他一巴掌。

齐暮看都没看他，走过来道："给尹叔叔添麻烦了。"说着他就看向齐大山："爸，我想回家了。"

他就这么两句话，却完美呈现了委屈与大度，和王卓简直是云泥之别。

尹正功连忙道："去换身衣服吧。"说着他看向尹修竹："快带齐暮去楼上洗个澡。"

尹修竹垂眸，敛下了眸中的阴鸷道："嗯。"

齐暮在意尹修竹，不愿闹得太僵，也应了下来。

他俩一走，人也就散了，尹正功给王阮林使了个眼色，王阮林给齐大山道了一晚上的歉。

齐大山其实没生气，那事他一看就明白，他很清楚儿子的实力，肯定吃不了亏，王卓就是上赶着找揍。

不过齐暮还是被欺负了，他这个当父亲的自然得给他讨回公道啦！

齐暮一离了人就对尹修竹说："没事啦，我打架什么时候输过。"

尹修竹紧握着拳头，指甲都刺入掌心了："对不起。"

齐暮说："和你有什么关系？别什么事都往自个儿身上揽。"

尹修竹猛地转头道："在我家，在我眼前，在我触手可及的地方，竟然让你受委屈了！"他恨王卓，更恨自己，恨自己的无能！

齐暮被他这副模样吓到了，手忙脚乱道："我，我没受委屈啊。"他齐暮什么时候受过委屈！

"我去！"许小鸣鬼叫着跑过来，上下看着齐暮，"暮哥你没事吧？王卓那鳖孙竟然埋伏你！"

他一出现，倒是将之前的气氛给打散了。齐暮看了眼尹修竹，发现他冷静了些。

许小鸣气得牙痒痒，对尹修竹说："你那表哥真不是东西，初一的时候他在学校四处说你坏话，被齐暮揪出来揍了一顿，从此就跟跳蚤似的，蹦个没完了！"

"许小鸣你闭嘴！"

齐暮想打断已经来不及了。

许小鸣就是故意说的，他道："尹修竹你休学一年，都不知道暮哥为你打了多少架！"

尹修竹愣住了，他心中涌动的阴暗暴戾和偏执在一瞬间被压了下去。

他看向齐暮问："怎么回事？"

齐暮拍了下自己脑门儿，懊恼道："许小鸣你能不能管住你的狗嘴！"

许小鸣却憋不住了，他昂着头，像只小公鸡："这有什么不能说的，难道尹修竹不该知道吗？"

许小鸣小嘴叭叭地把事给说全乎了。

齐暮在心里骂他嘴碎八婆，转头又觉得许小鸣天赋异禀，这张嘴堪比纪晓岚，能把死人给说活了！

他这一来二去，说到连齐暮这个当事人都忍不住怀疑，自己有那么牛吗？

齐暮都这样了，可想而知尹修竹得受多大的触动。他休学这一年其实是很紧张的，他很怕齐暮有了新朋友，更怕回来后会同他疏远。

可事实上，这一年他人不在，齐暮却仍在竭尽全力地护着他。

王卓那人渣，往日里就欺负尹修竹，听闻尹修竹即将升入初中，即将和他同校，他更是忍不住了。偏偏他在学校的跟班又嘴碎，不了解情况，只知道尹修竹是尹家唯一的少爷，想着巴结巴结。

王卓哪里能忍？他在学校呼风唤雨两年多，怎么能让尹修竹抢了风头？他心思一动，开始抹黑尹修竹。

在小学，因为齐暮，已经没人再提尹修竹的母亲了，更不会说他是神经病。小学六年都相安无事，按理说升入初中更不会有事，可谁承想，齐暮一入学，就听到了闲言碎语。

"听说尹家那位少爷脑子有病。"

"他妈是精神病，他也有问题，这玩意儿是遗传的。"

"可是他成绩很好啊，升学考试全校第一。"

"你没看电视上说的吗，一些智障在某些方面反而特别厉害……"

"智障"这两字让齐暮忍不了了，他大步走出来，拎起那人的衣领问："你从哪儿听说的？"

这些人都不认识尹修竹，却议论得像模像样，只能是熟悉尹修竹的人散播出来的。这也正常，毕竟知道尹修竹情况的人不少，在小学是因为齐暮强势镇压，无人敢言，到了初中没准儿就觉得天大地大可以瞎吹乱吠了。

齐暮生得俊俏，可发火时的模样却十分骇人，这小子被唬得一愣一愣地道："是……是尹修竹的表哥说的啊，他们自己家的人都这样说，肯定是真的啊。"

齐暮还真不知道尹修竹有个表哥在国瑞初中。

在初中，一般情况下初一新生是最乖的，别说去惹初三学生，见着了都得小心避开走。

齐暮可不管这些，他直接踢了王卓教室的大门，把他给喊了出来。王卓根本没把齐暮当回事，这么个娃娃脸，也敢来找事，欠揍吧！

齐暮问他："是你在抹黑尹修竹？"

王卓毫不在意地道："他本来就脑子有病。"

一句话就把齐暮给惹怒了，齐暮可不管这是在哪儿，一拳揍上去，将王卓打了个鼻青脸肿。

王卓疯了："你敢动我！"

齐暮："记住了，你骂他一句，我揍你一次。"

王卓气炸了，从此和齐暮结下梁子了。

齐暮这么一整，效果立竿见影，王卓哪里还顾得上休学的尹修竹，满脑子都是怎么整齐暮，疯狗一样地逮着他就咬。

好在齐暮是铜墙铁壁，根本不尿，在学校里王卓占不到便宜，学校外他爸也欺负不了齐大山，要多憋屈有多憋屈，短短半年就受了半辈子的气。

说到最后，许小鸣与有荣焉："我暮哥就是我暮哥，战无不胜，攻无不克！"

齐暮瞥他一眼："说相声啊你。"

许小鸣还欲再说，齐暮摆摆手道："行了，就那么点儿屁事，有什么好叽叽歪歪的。"

许小鸣愤愤道："要不是王卓闹的，你至于被同学当洪水猛兽吗？"

这话刺得尹修竹面色苍白，他最明白被孤立的滋味了。

齐暮面色一凛，声音沉了下来："鸣子你少扯些有的没的，没有王卓也会有李卓孙卓，我去了新地方就肯定得把地头蛇给打服气了。"

他这样说却让尹修竹的心里更难受了，都这个时候了，齐暮还在顾忌他，还在怕他因此而内疚。

许小鸣和齐暮玩了这么久，当然知道他是真动怒了，不敢再啰唆了，灰溜溜道："我去找方俊奇了，也不知道这浑蛋今晚跑哪儿去了……"

他说走就走，齐暮却忽地喊住他道："方俊奇他……"

许小鸣稀奇道："咋，小胖怎么了？"冷不丁从齐暮口中听到方胖子的全名，许小鸣竟觉得瘆得慌，那胖子不会干了什么蠢事，得罪齐暮了吧？

齐暮摇摇头道："算了，没什么。"问许小鸣也是白问，而且方俊奇瞧着没什么脾气，其实自尊心很强，有些事估计也不想让太多人知道。

许小鸣丈二和尚摸不着头脑，不过他该说的都说了，该干的都干了，继续留在这儿就碍眼了。

许小鸣一走，齐暮叹口气，对尹修竹道："你别胡思乱想。"

尹修竹拉住他手，想查看手上的伤口。

齐暮倒吸口气。

尹修竹立马松开他，声音里全是懊悔："弄疼你了吗？"

齐暮弯着眼睛道："很疼。"

尹修竹眼睛都在他手背上，根本没看到他眼里的笑意："家里有药，我去找来给你……"

"不用药，"齐暮龇着小虎牙道，"来盒巧克力就不痛了。"

尹修竹蓦地抬头，望进了他犹如朝阳升起般温暖的眸子里。

齐暮……

齐暮不敢逗他了："别、别哭啊。"

尹修竹垂下眼睫，有那么一层水汽蒙在了他的眼睛上，却并没有落下来。

"我带你去换衣服。"

齐暮跟着他上楼，去了他的卧室。

刚打开门，某个黑乎乎的小家伙就蹿了上来，扑到了齐暮怀里。

齐暮被它舔得咯咯直笑道："好啦好啦，别舔了，痒死人了！"怕痛又怕痒，是"齐霸霸"没错了。

尹修竹去给他找了衣服，齐暮道："我去冲个凉吧。"说完就开始掀衣服下摆。

尹修竹低声道："我去给你找药。"

齐暮吃喝道："都说拿盒巧克力就行了啊。"

尹修竹只闷声道："嗯。"

齐暮也没当回事，他们的小竹子就是这样的，腼腆心细敏感还爱胡思乱想。

齐暮的手背不小心擦到衣服，疼得爆了句粗。

打架这事，充分诠释了力是相互的这个道理，别看王卓被揍得鼻青脸肿，"齐霸霸"毫发无伤，但其实他握拳揍人，手背还是受了不少力的。

他这一身皮肉随了乔瑾，平日里磕磕碰碰都要青上一片，硬撑了这么久，关节处早就青了一片。

齐暮是真痛，当然再痛也不能在人前痛——男子汉大丈夫，流血不流泪，痛死也只能憋着！

他委屈巴巴地去冲凉，磨磨蹭蹭地用了二十分钟才洗利索。

换好衣服出来，尹修竹已经在桌边等他。

齐暮道："真没事啊，大惊小怪的。"

尹修竹拉着他坐下，小心翼翼地给他上药。

尹修竹盯着他的手背，问道："疼吗？"

他问得这么简单，齐暮却听出了话中更多的含义，他问他——初一那一年打架时，手疼吗？

齐暮看向他道："我要是疼的话，那王卓不得死过去。"

尹修竹紧抿着唇。

齐暮说："让你别多想你就不听，我是能吃亏的人吗？从小到大，就没人能让我受委屈。"

尹修竹还是内疚得厉害，如果不是为了他，齐暮可以少很多麻烦，可以有一个更加简单的初中生活，可以不用被同学们避着走。

齐暮一眼就看出来他在想什么："哪儿都有那样的混混儿，我就招那种人稀罕，王卓不来招我，也总有人来，打一顿也好，以后就消停了。"

是很消停，消停到学生们恨不得离他三米远！

尹修竹不出声了，只小心给他上药，仔细弄好后，他去洗了个手。

齐暮本来没把自己这破手当回事，但尹修竹都这么重视了，他也只好半举着它，把自己当伤患。

尹修竹洗干净手出来后，从口袋里拿出了巧克力。

"齐霸霸"眼睛一亮："还是你懂我。"

尹修竹解开包装纸，轻声道："你今天吃了不少了，吃太多不好。"

齐暮道："行行行，就一块。"

他手上全是药，自然没法自己吃，等着尹修竹喂他。

齐暮吃了一块就想第二块，眼珠子一转道："手好痛啊。"

尹修竹立马急了："上了药还疼吗？我带你去医院，拍个片……"

齐暮"噗"的一声笑了，央着他道："再吃块巧克力就不疼了。"

尹修竹："……"

惯子如杀子，以后尹修竹恐怕不是个好爸爸。

离开尹家时，齐暮满嘴巧克力味，像只酒足饭饱的猫咪。

齐大山捶他脑壳道："馋猫。"

齐暮正襟危坐道："你可千万别告诉大乔。"

乔瑾现在管着齐暮，不许他吃太多巧克力，他在家憋久了，才在尹修竹这儿过把瘾。

齐大山笑道："行，我不告状。"但要是乔妹问起来，他就不得不说了。

齐暮很了解他爸这"炮耳朵"，觉得自己今晚是凶多吉少，逃不脱一阵唐僧念经了。

关于王卓的破事，爷儿俩都没开口提，早在初一时齐暮就和他爸交代明白了。齐大山觉得自己儿子没错，腰杆挺得特直，跟儿子拍胸脯道："放心，大不了爸给你建所学校！"

有这么个爹，也难怪齐暮霸气侧漏了，主要是底气足啊！

快到家时，齐暮正色道："爸，有个事我想请你帮忙。"

齐大山问道："怎么？"

齐暮斟酌了一下，说道："方俊奇你知道吧，之前来咱们家玩过的胖小子。"

齐大山说："记着啊，学习很好的那小子。"

"对，就是他……"齐暮到底只是个半大少年，对于家庭里的事还是拿不准的，他道，"他家里可能有什么事，我之前听王卓的口气，好像他爸要找王阮林担保什么的。"

齐大山一听就明白了，他没多说，只问道："你怎么想？"

齐暮挠挠头道："我不懂啊，就是挺担心他的，爸你能帮我查查吗？看看他家是怎么了……"

齐大山不用查也猜得到方家的情况，他继续问齐暮："如果他家出事了，你要帮他吗？"

齐暮看向齐大山，凝声道："帮。"

"行吧。"齐大山拍拍他脑门儿，笑道，"我帮你去看看。"

方俊奇家也是烂摊子一堆，他爷爷是个能耐人，赶着改革开放，下海经商，创了偌大的家业，在 B 市也叫得上名号。

可惜方俊奇他爸是个不着调的，子承父业后开始花样作死，私生活乱七八糟也就算了，工作上还好大喜功，听人谗言，在最不该入市的时候砸了很多钱，就想着超越他爸，把方家推上更高位。

结果可想而知，金融海啸扑面而来，方家血本无归，方老爷子一个没撑住，活生生被气死了。

这下方家更是雪上加霜，风雨飘摇。

方老爷子一死，方俊奇他爸倒是一夜长大，安分了，幸好方家根基厚，踏踏实实熬了一两年，虽没有以前的风光，却也不至于破产清算。

如今方如海接了一个项目，要是做好了肯定能把方家稳住，可他之前折腾得太过，整个公司成了个空壳，根本拿不出前置资金，无法启动项目。

方如海哪里舍得放下这么一根救命稻草，便到处求人，想寻担保去银行贷款。可一来他之前太混账，大家都瞧不上；二来是锦上添花易，雪中送炭难，一帮人都等着看他好戏呢，谁乐意伸手帮他。

齐大山把这前前后后都说给齐暮听了。

齐暮听明白后，问道："方家要贷多少钱？"

齐大山："八千万。"

齐暮："……"

其实这个担保齐大山可以给方如海做，他考察过了，方如海那项目是可以的，做成后足够偿还贷款，他大可以卖方如海一个人情。只是这事是齐暮开口的，他想听听齐暮的想法，也想借此让他接触些这方面的事。

齐大山道："你要是想帮你同学，可以把你的压岁钱借他，即便他爸破产，那些钱也足够支撑他到大学毕业。"齐暮压岁钱不少，一两百万是有的。

齐暮拧了拧眉，看向齐大山，问："他家那个项目，爸你觉得不行吗？"

齐大山笑了笑道："我觉得行，但这事不是我在做，谁又能肯定之后会怎样？"

齐暮给出了一个天真却辛辣的建议："爸你可以入股吗？"

齐大山眉峰微扬，道："你确定？这可不是单纯地帮同学了。"

齐暮摇头道："方俊奇需要的不是钱财上的帮忙，他更需要的是这个家。"

齐大山嘴角翘得更高了些。

齐暮又道："不过这事我不懂，还是要看你的经验，如果你觉得这个项目有得赚，那就以入股的形式帮他们；如果不行，就算了。"

齐大山没忍住，在儿子头上揉了揉道："臭小子。"不愧是他儿子。

商人逐利，也要重情。

一味地算计着眼前得失，只会失之千里。当然也不能感情用事，当断则断，才能不受其乱。

齐暮虽然还很稚嫩，但心性却是有的：想帮朋友，却不是盲目地帮；看得准他需要什么，又不会无条件地施以援手。

授之以鱼不如授之以渔，这话向来是嘴上说着简单，办起来却毫无头绪。

期末考试结束公布成绩时，齐暮这个向来不关注这些的学渣，头一个跑去看成绩，看的还是二班的成绩。

毫无悬念，尹修竹以全科满分的成绩拿下级部第一。

齐暮拿着他的试卷，欣喜得不得了，道："厉害啊，作文都是满分！"

尹修竹："老师只是看字。"其实他写得很空洞了，很套路的一篇作文，无非是字迹工整，让老师挑不出毛病。

"乱讲！"齐暮一个字一个字地看着，"写得多好，文采斐然！"

尹修竹低笑，心里想的是：下次要认真写了，写个真正担得上齐暮夸奖的作文。

齐暮自个儿看完又拿回自己班炫耀，老孙同志刚好来上课，见齐暮那得意样，招呼他："来，给大家念一下。"

齐暮一脸蒙："啊？"

老孙道："把你的作文念一遍，再把尹修竹的念一遍。"

齐暮："……"

全班哄堂大笑，还是老孙会玩，比不过比不过。

齐暮回到座位上，跟许小鸣说："我俩这差距真不小啊，尹修竹写得真是好。"

许小鸣考了个不及格，害怕回家挨揍，无精打采道："尹修竹这妥妥的尖子班候补吧，等升初三，他肯定是一班第一人。"

齐暮不出声了。把这茬给忘了，他还想初三和尹修竹分一个班呢！

"齐霸霸"思考了一节课，问许小鸣："你说我从现在开始努力，半年后有没有可能考到一班去？"

许小鸣一副见了鬼的表情道："'暮阿哥'您快醒醒，大清已经亡了！"

"齐霸霸"瘫了，一班是不可能去的，这辈子是不可能的，学习又学不明白，只是借助尹修竹的作业，才能维持现在的生活。

拿了成绩就放假了，放假前老师让同学们留下大扫除。

许小鸣勾搭齐暮问道："咱们去打扫体育馆？"

齐暮觉得此事可行，于是哥儿俩勾肩搭背地去打篮球了。

初一级部放假早，看体育馆有人，纷纷跑过来看热闹。这个年级的小伙子，奔跑在球场上就只有一个大写的"帅"字。

别说齐暮和许小鸣了，连他们那位满脸青春疙瘩痘的队友都像开了十级美颜一样，帅得掉渣。

许小鸣是个人来疯，眼瞅着学妹一堆，玩得更来劲，秀了一波操作后，累得像条狗一样地问齐暮："我像不像流川枫？"

齐暮嘴角微翘，一个三步上篮，成功赢来一片喝彩声。

"十号好帅啊，三次元的流川枫！"

"我觉得更像仙道！"

"十号是樱木的球衣，他笑起来难道不更像樱木花道吗？"

许小鸣酸溜溜道："暮哥，咱能不耍帅吗？"

齐暮骂他："恶人先告状。"

眼看围观的人越来越多，这帮小伙子越发来劲，打得更加热闹。

放假前的大扫除也就是走走形式，老师也不指望他们真能干利索，基本打扫扫后就放他们走了。

初二级部大扫除结束了，齐暮和许小鸣这帮偷懒的还没完事，一个个都想出风头，拿下比赛。

毫无悬念的是齐暮人气最高，他运动神经发达，又长得帅气，身材高挑，虽然名声太凶残，但男人不坏女人不爱，他背地里一帮"女友粉"，足以和尹修竹的"太太团"相抗衡。

尹修竹放学后先去了三班，三班学委告诉他道："齐暮在体育馆。"

尹修竹点点头，说道："垃圾给我吧，我捎出去。"

三班学委脸红心跳道："好、好的。"给了之后她又无敌后悔，天哪，让那双考满分的手拎垃圾袋，是不是太暴殄天物了。

尹修竹如今就是初二级部的神话，休学一年，回来拿下级部第一，国瑞初中自从设立尖子班后，还是头一次被普通班的学生给抢了第一名！

更不要说他还长得这么帅！

学委妹子想起最近才看完的《吸血鬼骑士》，忍不住幻想：尹修竹就是现实版的玖兰枢吧！

华丽、俊美，是令人仰望的存在。

等妹子回过神时，俊美的"尹·玖兰枢·修竹"已经没影了，妹子十分懊恼，都不想放假回家了！

尹修竹丢了垃圾就去了体育馆，刚进去就听到热闹的加油声。

他一眼望去，刚好看到了起跳的齐暮，少年站在三分线上，年轻的身体像跃出水面的鱼儿，发间溅起的汗水在阳光的折射下发出耀眼的光芒。

"砰"的一声。

球精准入框，伴随而来的是同学们疯了一样的喝彩声。

齐暮笑容满面，同身边的队友击掌，后撤回防。

尹修竹嘴角翘起，穿过人群，径直走了过去……

球场上的分数已经是一面倒了，齐暮和许小鸣这队领先对方几十分，要不是喝彩的妹子太多，对方都不想打了！

这眼看着要赢了，齐暮却忽然停了下来。

许小鸣喊他："暮哥，接球！"

齐暮道："不玩了，该回家了。"

在场的人都愣了愣，玩得好好的，怎么要走了？再秀一波啊，那么帅！

齐暮拎起球衣擦了下汗，说道："行啦，班里大扫除都结束了，还不回家是要留这儿过年？"

说着他笔直走向人群。

许小鸣顺着他的背影看过去，瞬间明白了，道："啊啊啊，再玩会儿啊，让尹修竹等等不成吗？"

"不玩了。"齐暮摆摆手道，"累了。"

累个鬼啊！他都没累，齐暮会累？还不是看到尹修竹来了？！

任大家伙怎么挽留，"齐霸霸"说走就走，毫不犹豫。

尹修竹看着他道："再玩会儿吧，不急。"

齐暮一笑："不了，咱们回家。"

齐暮又道："我先去换衣服。"体育馆里温度还可以，出去可是要冻成狗，他得先去趟更衣室。

尹修竹道："嗯，小心着凉。"

齐暮走了，其他人也散了，许小鸣紧随其后来到更衣室。

马上要放假了，大家心情都很好，说说笑笑吵吵闹闹，更衣室内活力四射。

齐暮怕尹修竹等久了，麻利地换好衣服出门。

尹修竹手里拿了个保温杯，里面是温度刚好的矿泉水。

齐暮拿过来咕咚咕咚地喝起来。

尹修竹也有些渴了。

齐暮喝完问他："水还有点儿，你要吗？"

尹修竹接过水壶，喝了一口。

齐暮心里装着事，见尹修竹喝完，赶紧问道："你寒假有什么安排？"

尹修竹："嗯？"

齐暮又问他："马上寒假啦，你爸那边有说让你怎么过吗？"放以前尹修竹就是孤零零待在家里，大门不出，二门不迈，生生把一个假期给熬过去。

现如今肯定不会那样了，尹正功可能另有安排。

尹修竹反问他："你呢？"

齐暮眉眼间带了些懊恼："我妈怕冷，要去海岛度假。"

尹修竹一听，心里满是失望："你也要去吧？"

"对啊。"齐暮道,"我爸去不了几天,我不陪着大乔,她一个人准走丢。"

尹修竹垂眸,道:"你应该去。"

齐暮忍不住问道:"你也去吧,那儿也没什么好玩的,咱俩一起还不无聊。"

尹修竹当然想去,只是……

他摇头道:"我爸不会同意,年底事多,有不少宴会要参加,我可能得和他一起。"

齐暮也猜到了,所以才失落,他道:"那算啦,我们QQ联系。"

尹修竹:"行,你要去哪儿,有时差吗?"

"有……"齐暮想了下,估摸道,"应该不多,也就三四个小时。"

尹修竹点头道:"那行,你好好玩,开学见。"

齐暮长叹口气道:"还真是只能开学见了!"

他俩走出校门口,分别上车回家,一路上尹修竹心里都闷闷的。

谁知他刚到家,手机便响了,是齐暮打过来的。

尹修竹等铃声响了两下后才接起电话:"齐暮。"

齐暮的声音隔着话筒也还是那么清晰:"你爸在家不?"

尹修竹道:"不在,这几天他都不会回来。"

齐暮欢呼一声,说道:"我去你家住几天。"

尹修竹一愣。

齐暮解释道:"我还得一个星期才走,我和我妈请示了,她准我去你家写作业!"

尹修竹展颜笑道:"好的,你现在就来吗?"

齐暮道:"已经在路上啦!"

尹修竹隐约听到了齐大山的声音,他说着:"你别去了只顾着玩,好好写作业,写不完我没收你手机!"

齐暮道:"你放心,我肯定写得完!"

挂了电话后,尹修竹收到了齐暮发来的信息:"听到没,写不完作业我就没手机了!"

尹修竹回他:"放心,肯定写得完。"

齐暮嘿嘿笑道："有你在，当然写得完。"

尹修竹觉得帮他写作业这事，怕是要一直继续下去了。

齐暮到了尹家，刚换好家居服手机就响了。

尹修竹道："我去给你冲热可可。"

齐暮喜滋滋地道："好！"

他接了电话，是方俊奇打过来的，齐暮心中有数，问道："什么事？"

方俊奇顿了下，声音有些哽咽："你在尹修竹家？"

齐暮道："嗯，要在他家住几天。"

方俊奇道："我去找你。"

齐暮说："行，你吃晚饭没？我们多做点儿。"

方俊奇道："还没吃，我带吃的过去。"

齐暮连忙道："来份小龙虾吧，要麻辣的，越辣越好。"

方俊奇哽咽的声音里带了丝笑意："好！"

挂了电话，齐暮跟尹修竹说了方俊奇要来的事，尹修竹问道："是有什么要紧事吗？"

虽说方俊奇也时常来尹修竹家，但如果不是齐暮主动邀请，他极少主动过来。

齐暮没瞒着尹修竹，把方家的事一五一十和他说了。听他说完，尹修竹好半晌才回过神来。

他说："你真好。"

齐暮道："我没做什么，都是我爸忙活的。"

尹修竹眸中是篝火般的暖意："如果不是你，齐叔叔不会管方家。"

齐暮挠挠后脑勺道："都是朋友，能帮肯定要帮的。"

尹修竹笑了笑，温声道："能成为你的朋友，真的很幸运。"

齐暮就像一束光，吸引着无数人靠近他。他不觉得自己做了什么，可其实他给周围带来了无与伦比的光明和温暖，让所有靠近他的人走出了迷茫与痛苦。

方俊奇拎着小龙虾来到尹家，尹修竹已经摆菜上桌了。

方俊奇惊讶道："真厉害。"

齐暮活像自己被夸奖了："是吧，是吧，厉害吧？"

方俊奇道："可以开馆子了。"

尹修竹说："我去盛汤。"他故意去了厨房，给了他俩一个单独的空间。

冷不丁只剩下方俊奇和齐暮，俩少年竟都有些拘束，齐暮很怕方俊奇的感谢，方俊奇却是心中的感谢太重，甚至没法用轻飘飘的言语来表达。

过了好一会儿，方俊奇道："谢谢你和齐叔叔。"

齐暮道："没什么的。"

方俊奇被一堆话给堵得嗓子眼儿生疼，到最后只能给出一句："齐暮，以后赴汤蹈火，兄弟在所不辞。"半大的少年说出这样的话，好像看多了武侠剧一般。

可其实这就是他内心最真实的写照，无法再说更多话，只能将这份雪中送炭的恩情死死地记在心底。

齐暮给他胸口一拳道："你这不废话吗？"

尹修竹站在厨房门后，看着眼眶通红的方俊奇，看着展颜笑着的齐暮。

他心中阳光普照，虽然阴霾和污秽也被照了出来，却还是无比贪婪地渴望着上方这一束光。

真好，齐暮真的太好了。

方俊奇吃过饭后就走了，隔日齐暮邀请了许小鸣，许小鸣又叫了方俊奇，四人凑一堆，玩到大半夜。

许小鸣目睹了尹修竹代写作业，羡慕得眼都绿了："尹哥，你真的不接私活？"

齐暮骂他："滚，别打他主意。"

许小鸣号叫："尹修竹，齐暮他给你什么了，我许小鸣给双倍！"

尹修竹笑了下，齐暮立马赶苍蝇一样把许小鸣给赶走了。

方俊奇家里的事有了眉目，心情也好多了，挖苦许小鸣道："就你那成绩，写不写作业老师都不会管的。"

许小鸣打不过齐暮，却可以去和方俊奇干架。

看到这两人扭成一团，齐暮也乐得眉眼弯弯。

过了年，转眼就开学了。

齐暮开学前一天才回来，冷不丁从穿短袖的地方回到这冷冰冰的城市，他冻得瑟瑟发抖。

齐暮给尹修竹发信息："明天学校里见。"

尹修竹也不好意思去齐家找他，只能等着明天。

第二天一早，他刚到学校，就看到穿了件白色羽绒服，整个人像团雪似的齐暮。

齐暮扑过来，给了他一个大大的拥抱道："我可算回来了，快被我妈给念叨死了！"

尹修竹也笑着拍了拍他的后背。

齐暮出去玩了这么久，回来自然要带礼物。

许小鸣看看自己手里的这个破贝壳，嫌弃道："暮哥，你别是去海边随手捡了个，当了礼物给我吧！"

齐暮道："这玩意儿值两百美元呢，你去给我捡个看看？"

许小鸣觉得这成本价最多两块，不能再多了。

他又问齐暮："尹修竹那个海螺杯呢？"

齐暮淡定道："一千六……"

许小鸣道："和我这个差不多嘛，怎么他那个瞧着这么好看？"

齐暮补充完："美元。"

"许贵妃"揭竿而起："不过了，不过了，这日子没法过了！"

小半年后，许小鸣一语成谶，他暮哥真不和他一起过了，人家有新同桌啦！

升初三的时候，整个级部都要打乱重组，开始新的分班。

期末考试前，齐暮还在临时抱佛脚，幻想着自己忽然被文曲星附身，一不小心考了个级部前三十，荣幸进入一班，和尹修竹同桌。

为此齐暮还问齐大山："爸，小时候给我起名那位大师还在不？

我去找他算算。"

齐大山瞥他一眼问："算什么？"

齐暮："算我能不能考进年级前三十名。"

齐大山毫不留情地笑话他："不用找大师，我就给你算出来了。"

齐暮捂着耳朵，齐大山还是吼道："我儿子下辈子都不可能考进年级前三十名的！"

齐暮想和他断绝父子关系！

越是临近期末考，齐暮心里越烦躁，连作业都不让尹修竹代写了。

尹修竹给他端来冰饮问："有不会的吗？"

齐暮抬头看他，一双大眼睛忽闪着："你应该问我，有哪道题是会的。"

尹修竹笑道："那我给你从头讲一遍。"

齐暮长叹口气道："讲完我也记不住。"

尹修竹道："试试吧，不难。"

齐暮不甘心，打算死马当作活马医："教我吧，我要干掉它们！"能多学点儿就多学点儿，没准儿就天降狗屎运，去了一班呢！

尹修竹知道齐暮在想什么，但他一直不提分班的事，只认真给齐暮讲题。

考前突击了小半个月，齐暮的成绩倒是提高了，可距离一班的分数线——差了三百个许小鸣吧！

齐暮灰心丧气，只能希望自己分在二班，这样离着一班还近一些……

出成绩的时候许小鸣惊呼一声："我胖哥这是打鸡血了吗？年级第一！"

齐暮一愣："什么？"

许小鸣拉着他上前，指着榜单给他看："年级第一是方俊奇啊，他竟然超过尹修竹了？牛啊小胖！"

齐暮心里不痛快了：尹修竹怎么能不是第一呢？难道是给他补课补得耽误自个儿复习了？

接着许小鸣又惊呼连连："什么情况，尹修竹呢？年级前五十里都没有他！"

齐暮急了，赶紧凑上去，两人找了半天，才在一百名开外看到了尹修竹的名字。

许小鸣叹口气道："万万没想到，尹大神也有马失前蹄的时候！"

齐暮紧拧着眉，说道："这搞错了吧！"怎么可能，一整个学年都越过尖子班霸占第一名宝座的尹修竹，会在分班考试时沦落到一百名开外？

绝对是搞错了！哪个老师眼瞎看错分数了吧！

其实不只他们急，老师比他们还急。

二班班主任更是直接把尹修竹叫到了办公室里，问他："家里最近有什么事吗？"其实这成绩也不差，可真不是尹修竹的水准。

尹修竹道："没什么。"

"那是考试的时候紧张了？"老师说道，"虽然一班是要看成绩的，但是你一直成绩都很好，这一次……可能只是意外，我给你提个申请，你还是去一班，行吗？"

尹修竹道："老师，规矩既然定下了就好好实行吧，今天您给我破例，以后又怎么说服其他同学？"

老师不禁道："可是你成绩一直很好。"就因为这最后的一次考试而错过了去尖子班的机会，实在太可惜了。

尹修竹反问他："为什么非得去一班？"

老师被他问得一愣，本能说道："一班的氛围更好，课程的进度也快，老师讲得也相对更深一些……"

尹修竹打断他道："最后的成绩也只是那样。"

他这一句话把老师给噎住了。他明白尹修竹的意思了。

尖子班又怎样？氛围更好又如何？尹修竹整个初二学年都在普通班里，但成绩却碾压了一班所有人。

为什么大家挤破头都想去一班，无非是想要继续提高成绩。

但尹修竹不需要——在不在一班，他都可以轻松拿下年级第一。

老师顿了下，问道："你是故意考成这样的吗？"

尹修竹没回答，反问道："老师我可以回去了吗？"

老师无话可说！

初中最后一年了，尹修竹想和齐暮在一个班。

第六章

信件

尹修竹考成这样，可把齐暮给紧张坏了。

回家的时候他小心打量着他的神色，完全不敢提成绩的事，很怕他心情不好掉"金豆"。

齐暮道："我知道一家新店，冰点做得特别好，想吃吗？"这么热的天，吃点儿凉的心情马上就会好起来，齐暮希望他走出成绩的阴霾，勇敢向前看。

尹修竹对吃没兴趣，他倒是想和齐暮多待一会儿，答应道："好。"

齐暮说了位置，司机确认了一遍后将他们带了过去。

到了目的地齐暮就后悔了，这是家是地地道道的网红店，队伍都排到别的店门口了，照这架势，想吃上冰点至少得等一个小时。

齐暮怕尹修竹不耐烦，便道："换个地方？"

尹修竹："你不是想吃这个？"

齐暮说："人太多了，要等好久。"

尹修竹一点儿都不介意和他一起等，不过他也怕齐暮无聊，提议道："要不让王司机帮忙排队，我们去商场里逛逛？"

齐暮见尹修竹对这冰点很感兴趣，便道："行！"

司机停好了车，去帮他俩排队，他俩则转身进了商场。

外头热浪滔天，商场里空调开得很足，凉快得很。齐暮对逛街没什么兴趣，走两圈后就觉得无聊。尹修竹建议道："那边有射击场，要不要去玩玩？"

齐暮眼睛一亮，道："行啊！"

他俩去了北侧的娱乐区，远远就看到了一个室内的射击场。有不少小情侣都围在那儿，男生负责耍帅，女生负责尖叫，只要能得个小奖品，也不管值不值，都开心得像中了五百万彩票。

齐暮瞧着眼热，对尹修竹说："等着，我去把一等奖给赢回来！"一等奖是把98K（步枪），帅气逼人，被放在最上头，引着冤大头们"前仆后继"。

齐暮除了学习，其他的"歪门邪道"都是信手拈来，这射击场他虽然没来过，想必也难不住他"齐霸霸"。

他交了钱买了子弹，这就开始了。

三分钟后……

"齐霸霸"脸黑了，道："不科学！"怎么可能，他怎么可能连最低的奖品都没拿到？他明明都瞄准了的！

尹修竹温声道："再来一次。"

齐暮不甘心，而且觉得怪丢人，应道："嗯，再来次！"上次肯定是他不熟悉这破玩意儿，马失前蹄。

谁知第二次比第一次更惨，分数更低。

齐暮："……"

尹修竹又给他买了子弹，"齐霸霸"玩了足足三百块钱后，不玩了："这都能买三把那破枪了！"

尹修竹顿了下，问道："我试试？"

齐暮一愣，赶忙道："来，你试试！"他总以为尹修竹不爱这些，所以就想着自己玩，赢个奖品给他。

尹修竹拿过枪，对着准星看了看。

齐暮道："我觉得老板作弊了，明明都瞄准了，可就是不中！"说着他瞪了一眼老板，老板是个好脾气的大叔，乐呵呵道："总有点儿小技巧嘛，要不咋赚钱。"

人家都这么实在了，齐暮倒不好意思再埋怨了。

"砰砰砰"……

枪声结束，齐暮没怎么期待地看过去，接着瞪大了眼睛。

第一枪六十分，第二枪八十分，第三枪又降到五十分，但是从第四枪开始直到第二十枪，全是满分！

不只齐暮，老板和其他一起玩的游客也都傻眼了，这是什么魔鬼？

尹修竹放下枪时，分数够拿一等奖的。

老板傻乎乎地把98K递给他们，尹修竹给了齐暮道："做得还挺好。"

齐暮呆呆地问他："你以前玩过这个？"

尹修竹跟尹正功去过真的射击场，碰过那种比赛用的枪，不过两者没一点儿相似的地方，更何况这种游戏都是老板调过的，准星是有规律的错位，只是单纯地有准头不行，还得摸清其中规律。

齐暮是很厉害的，但看不透老板挖的坑，所以他越准分数反而越低。

尹修竹没当众拆穿这些，只道："玩过几次，你还有想要的吗？"

齐暮没啥想要的，但他心思一转，指着奖品栏说："那个、那个还有那个……都要！"他几乎指了个遍。

尹修竹笑道："好。"

十分钟后，老板哭着说："小兄弟啊，我这小本生意，能放我一马吗?！"

齐暮拿都拿不过来，喜滋滋道："开门做生意，有赚就有赔，淡定淡定。"

老板淡定不了，想哭！

尹修竹显然是摸准规律了，之后枪枪满分，和他考试成绩一样，精准得像个机器，连零点五分都不会丢。

他这么厉害，旁边立马围了一圈儿人，大家都惊呼连连，看得目瞪口呆。

更有女孩儿对自己身边男孩儿说："你看看人家，多厉害！"

他俩满载而归，塞了一车的玩具，齐暮看看尹修竹，小心谨慎地道："你看我平日里枪法很准，但也有马失前蹄的时候，这胜败啊乃兵家常事，千万不能因为一次失误而气馁。"

他叽里呱啦说了一大堆，绕了七八百圈，尹修竹怔了下才反应过来。

齐暮又道："虽然这次考试没拿满分，但你今天已经拿了无数个满分了！"

齐暮哪里想要什么奖品，他就是想让尹修竹玩玩，想看他拿满分，好像这样就能补偿成绩的遗憾了。

尹修竹明白了，他说："我没难过。"

齐暮心一紧，怕他是硬撑的，说道："就，就是啦，没什么好难过的，这次不行还有下次，我们尹修竹肯定是第一名！"

尹修竹道："其实我很开心。"

"咦？"齐暮愣了愣，以为这孩子伤心过头，傻了。

尹修竹看向他，轻声道："初中最后一年，我们可以在一个班里了。"

齐暮："……"

尹修竹别开视线道："我不想去一班，我想和你在一个班里。"

齐暮只顾着替尹修竹伤心了，竟然把这茬给忘了！

尹修竹不去一班，他俩就可以在一个班了啊！

齐暮一扫愁容，揽过尹修竹的肩膀道："对对对，去个屁的一班，最后一年了，咱俩必须在一个班！"

尹修竹点头，郑重道："嗯。"

两人一起吃冰点的时候，齐暮回过味来了，问："你不会是故意考成那样的吧？"

尹修竹没出声。

齐暮心花怒放道："可以啊，够哥们儿，够兄弟，够义气！"

太开心的"齐霸霸"将自己这份冰点上的巧克力给了尹修竹道："给你吃！"

尹修竹道："我这儿有，你吃就行……"

齐暮兴高采烈道："能和你一个班，我一年不吃巧克力都行！"

暑假一过，许小鸣就成"孤儿"了，他跟他"霸霸"同桌两年，如今尹修竹一来，他分分钟被踹出去，像个"下堂妻"！

许小鸣哪知道，他这可怜的日子才刚刚开始……

初三本该是异常紧张的一年。中考虽然没有高考那么严肃，但也是同未来息息相关的，很多学习差些的，可能就此止步，走进社会了。

齐暮和许小鸣是不用忧虑这些，许小鸣问齐暮："高中不出国？"

齐暮道："出去干什么？"

许小鸣道："我哥建议我出去……"

齐暮说："想去就去呗，出去看看也挺好的。"

许小鸣长叹口气问："暮哥，你说我以后能做点儿什么？"

齐暮说得很直白："想做什么就做什么。"

许小鸣看向他问："那你呢，你以后想做什么？"

齐暮坦然道："陪陪我妈，帮帮我爸，得空了找你们浪一浪。"

许小鸣瘫在桌子上道："你真幸福啊！"

齐暮笑他："你得了吧，谁能有你幸福？"

许小鸣撇撇嘴，道："我爸和我哥吵得都快断绝父子关系了，我回家都心惊胆战的。"

齐暮看他一眼道："所以你才要经常回家。"

许小鸣一愣。

齐暮没再多说，还在赶他道："快回你的座位，尹修竹要回来了。"

许小鸣又成了"许小公鸡"，悲愤道："你有了新欢忘了旧爱，亏我兢兢业业侍寝两年，到头来被发配冷宫！"此时正值《宫心计》

186

热播，"许鸡婆"看得热火朝天。

齐暮直起鸡皮疙瘩："什么乱七八糟的！"

毕业季来临，成绩好也罢，成绩不好也罢，大家都挺伤感的。

在一个学校里待了三年，回忆布满了每个边边角角，临到要分别了，看哪儿都觉得不舍。

逢良初三和齐暮分到一个班里，他和许小鸣同桌，在齐暮前座，已经消沉小半月了。

许小鸣道："不就是不在一个学校嘛……没事的。"

逢良和江曼曼是不能在一个高中了：江曼曼学习一般，只能去三中；逢良学习很差，可他是体育特招生，反倒是能进 B 市最好的高中：一中。

逢良一脸难过道："你说……是不是我耽误了她的学习？"

许小鸣安慰他道："不会的，你看暮哥成绩也差，也没耽误尹修竹的成绩。我成绩更差，也没耽误方俊奇考年级第一。"

齐暮："……"劝就劝了，拉踩是几个意思！

许小鸣继续发表高见："可见这学习好坏主要还是看自己。"

逢良都听不下去了，呛声道："曼曼就是个普通女孩儿，能和尹神他们比？"

这时尹修竹回来了，逢良和他同学两年，早就不怕他了，只哀怨道："还是你们几个好，不管成绩怎样，都可以在一个高中。"

尹修竹知道他在愁什么，问道："这种事难道不该早做打算？"

逢良道："打算了啊，曼曼这一年多用功，可是……"效果不大。

尹修竹道："既然她去不了一中，你去陪她不就行了？"

逢良呆住了。

齐暮一听这话不对，赶紧道："不是啦，三中没有体育特长生，逢良想去也去不了。"

尹修竹给齐暮的水杯里倒好水，没再说什么。

眼瞅着逢良更忧伤了，齐暮宽慰他道："你别胡思乱想，你还是得去一中的，没有一个好的未来，将来又怎能照顾好江曼曼。"

逢良得到了些许安慰，却也是暂时的，转念又有一堆忧愁涌上心头。

少年人的感情是青涩美好的，却也注定有无数的荆棘与坎坷。

当不得不分开时，又有几个人能为了对方而放弃自己的前程？即便放弃了又如何，现实比童话残酷得多，半大的他们还无法掌控自己的人生。

距离中考还有三五天时，中午四个人一起吃饭，方俊奇正和许小鸣插科打诨，忽然来了一个白生生的小姑娘。

小姑娘瞧着有些显小，却是初三的学生，她低着头，齐刘海儿挡住了眼睛，只留俏生生的鼻尖和因为紧张而颤抖的唇瓣。

"方、方俊奇……"女孩儿声音小得像蚊子哼哼。

方俊奇一愣，转头看她，问："有事吗？"

女孩儿害羞得不行，脖子都红透了，她伸出手，将一个浅蓝色的信封递了过来，道："这、这个给你！"

方俊奇本能地收下了信封，却有些丈二和尚——摸不着头脑。

女孩儿见他收了，便飞快离开，自始至终都没敢看他一眼。

齐暮后知后觉道："这……难道是传说中的情书？"

许小鸣一蹦三尺高，伸手就抢过来，道："厉害了胖哥，竟然被萌妹子表白了！"

方俊奇无语道："瞎抢什么，拿来。"

许小鸣举着信封看了好半天，到底是没好意思拆开，他贱兮兮地问："那个女孩儿你认识？"

方俊奇拿回了信封，揣到了口袋里道："没见过。"

"那她干吗给你写情书？"

方俊奇瞥他一眼道："谁知道呢。"说罢就低头开始吃饭。

许小鸣上上下下打量他一圈后道："说起来……这一年胖哥你瘦了不少啊。"

齐暮也看了过去，心想：哪里是瘦了不少？简直像换了个人。

方俊奇打小就是个小胖，白白胖胖的，成日跟在许小鸣身后，十分不打眼。

可自从上了初中，他就开始抽条，前两年还只觉得他长高长壮了，今年更夸张，直接瘦了三四圈，成了个英俊少年。

许小鸣看了他好一会儿才道："都说女大十八变，我胖哥这变起来堪称亚洲邪术。"

方俊奇斜他一眼。

许小鸣假惺惺道："难怪会被人表白，胖哥这么帅，我都想对他表白了呢。"可惜他语气里酸味太重，明显是心有不甘，惋惜自己这么个大帅哥居然没被人表白。

齐暮却纳闷儿道："这都要毕业了，怎么才表白？"

许小鸣这个行家立马出场解释："就是要毕业了才敢表白啊，因为知道没戏所以想把心中的爱慕说出来，这样以后才不会觉得遗憾。"

齐暮一脸受教的模样："这样啊。"

"对啊。"许小鸣眼珠子一转，又道，"暮哥你等着吧，我感觉你也会收到一大堆表白信。"

齐暮跟不上他这个脑回路，问："为什么？"

许小鸣说："你真不知道啊，咱们学校很多女生暗恋你的，但是都不敢靠近你，现在快要毕业了，她们也不用怕了，干脆就跟你表明心意呗！"

齐暮："我信了你的邪。"

许小鸣的权威遭到质疑，十分不服："不信你等着，就算不是表白信，肯定也会有人偷偷写信对你表示感谢的，你那从未收到信的纪录，肯定要被砸得稀巴烂！"

他这么一说，齐暮还挺惆怅的，他摸摸鼻子道："是啊，我长这么大还没收到过这些呢。"

第二天，齐暮的桌面上多了一个信封。

许小鸣咋咋呼呼道："老子怕不是个预言家，这么准的吗！"

许小鸣想上前去把信封给抢过来。齐暮可不是方俊奇，他手疾眼快，一下子就把桌面上的信封收到了书包里。

许小鸣嗷嗷叫："给我看看嘛，也许不是给你的，没准儿是想送我，只是放错地方了。"

齐暮懒得搭理他。

许小鸣同志心里很不平衡了：昨天方俊奇收到了表白信，今天齐暮也收到了一封信，凭什么他收不到？

"暮哥啊，你就给我看看吧。我只看看这个信封，肯定不打开。"许小鸣不死心道，"这个信封看着就很高级啊……"

"齐霸霸"是有些不好意思，道："一边儿去，信件是个人隐私，这点常识都不懂吗？"

许小鸣撇撇嘴，刚好看到尹修竹来了，他又起哄道："齐暮收到信了！天啊……"许小鸣懊恼道："为什么我昨天没有说自己？"这样他今天就不用羡慕他们了。

尹修竹看向齐暮。

齐暮看了眼尹修竹，对许小鸣说："只不过是一封信。"

许小鸣哼哼唧唧："那你给我看看啊。"

齐暮放下书包，提醒道："上课了，老孙都来了，你想出去罚站？"

许小鸣还是很尻的——没收到信也就算了，再出去罚站就太亏了，这么热的天，谁要出去晒太阳？

见他终于消停了，齐暮压低声音问尹修竹："怎么这么晚才到教室？"

其实尹修竹来得比谁都早，在外面走了好久，看到齐暮进教室，才又回来。

尹修竹也压低了声音问齐暮："有人给你写信？"

齐暮略犹豫了一下，才将书包里的信封拿出来，道："不知道是谁放在这里的，也许不是给我的。"

尹修竹说："放在你的桌子上，怎么会不是给你的？"

齐暮挠了挠头发没说什么，只是心里怪别扭的：好奇怪啊，干吗要给我写信。

尹修竹问他："不拆开看看吗？"

齐暮摇头道："算了。"

尹修竹心一紧，问道："为什么不看看？"

齐暮说："不知道里面写了什么？"

尹修竹："看了不就知道了？"

齐暮沉吟了下，说道："知道了又能怎样？"

齐暮说："如果这里面装的是另一个人的心意，那我看了后又没法给她回应，不是很不好吗？"

尹修竹："既然给你写了信，那就是想要让你看到心意。哪怕你不能回复，也希望你知道。"

尹修竹说得也有道理，可齐暮就是有些抵触，他懊恼道："好麻烦。"

尹修竹状似不经意地说："你真的不好奇吗？还是看看这封信吧，既然鼓起勇气给你了，就是希望你能看的。再说又不一定是表白信，可能是像许小鸣说的那样的感谢信，毕竟你这三年也帮了很多同学。"

他的这番话说动了齐暮。

齐暮道："也对。"

齐暮拿定主意后就不再犹豫，他拆开信封，看到了里面干净的信纸。

虽然他不知道给自己写信的人是谁，但信封和信纸都显示写信的人是一个心思细腻、爱干净的人。

不过这也不是女生的特权，尹修竹是男生却比谁都干净整洁。如果尹修竹要给谁写信，一定也会把信纸折得这样漂亮。

虽然是很漂亮的字但是很陌生。

齐暮忽然不想看了……他发现自己根本不想知道里面写了什么，也不怎么好奇。他偷偷看了一眼尹修竹，发现他已经在做题了。

齐暮想想尹修竹说过的话，觉得自己还是应该尊重写信的人，于是耐着性子看了起来。

齐暮看完信，松了一口气。真让尹修竹说对了，就是一封感谢信。

尹修竹装出做完一道题的模样，转头看他，问："怎样？"

齐暮松了口气的同时又愣了一下道："这人没有留名字。他说非常感谢我曾经的帮助，让他在黑暗中看见了光。现在他正在努力变优秀，想等以后再告诉我他是谁。"

尹修竹问齐暮："那你怎么想？"

齐暮犹豫了一下，笑道："还挺有意思的。"

尹修竹问道："如果以后这个人真的找到你？你……"

齐暮说："也会好好和他道谢，虽然我也不知道我到底做了什么，但也必须谢谢他的这封信，原来我在不知不觉中也做过很有意义的事。"

尹修竹笑了起来，眼睛闪闪发光："嗯，你其实一直都在帮助别人。"

下课后，许小鸣好奇得不得了，又凑上来问信的事。

齐暮很了解他那尿性，这种事不和他说清楚，指不定他还要搞出些什么幺蛾子，于是简单说了几句。

许小鸣失望道："居然不是情书！"

齐暮摇摇头。

许小鸣纳闷儿道："那这个人到底是谁啊，暮哥你好好想想这三年到底帮过谁？"

齐暮哪里知道，他连昨天吃了什么都记不得了。

许小鸣忽然脑洞大开，说："他会不会就在咱们身边，现在正默默注视着你！"

齐暮无语道："算了，别猜了，人家没留名字就是不想现在让我知道。"

晚上回家后，齐暮回到自己卧室里，又拿出了那封信。

屋子里灯光很亮，灯照在信纸上，连信纸上的花纹都照得清清楚楚。

齐暮看了又看，说不上是个什么心情。他只是想看，翻来覆去地看着，仿佛想从这字里行间里找到些什么。

直到……

齐暮猛地坐了起来，握着信纸的手都用力到泛白了。

信的最后是个句号，一个特别圆，圆得像是印上去的句号。

不久前许小鸣还吐槽过："尹修竹这作文，确定不是用打印机打的吗？"

齐暮不爱听，道："你写不出来就别说别人。"

许小鸣左看右看上看下看，指着标点符号跟齐暮说："你瞅瞅，就这句号，还能再圆点儿吗？这真是人画出来的？你画给我看看！"

齐暮看着那个小句号，只觉得有趣得很，他哼了声道："别吃不到葡萄就说葡萄酸了。"

许小鸣是真有点儿酸，道："人比人，真是能气死人啊！"

齐暮与有荣焉，喜滋滋地去看尹修竹的作文本，发现他还真是工整到连句号都像是打印上去的。

一想到尹修竹偷偷在家一笔一画地练习写句号，他忍不住想笑——这也太搞笑了！

所以此时齐暮看到信上那圆到仿佛打印上去的句号，挪不开眼了。

原本他想把这封信丢了的，但此时却翻出床底的小箱子，将它放了进去。

感谢信风波就这样过去了，紧接着迎来的是最后的毕业考。

考试当天乔瑾亲自下厨，煮了俩荷包蛋，配一根油条。

齐大山哈哈大笑道："儿子，你可别辜负你妈的期待。"

齐暮无语道："妈，我就吃这个？"

乔瑾道："你姥姥以前就这么给我做的，我每次吃了都发挥特别好，你也给我争点儿气，考个好成绩！"

齐暮看看那可怜巴巴的细油条，再看看小巧玲珑的荷包蛋，说道："妈，你这是要饿死我啊！"

乔瑾："……"

齐大山笑得前仰后合，道："他今天要考两门呢，给他做个双百嘛。"

齐暮瞪向老爸道："两根油条四个荷包蛋就能填饱肚子？"

齐大山道："为了考满分，饿肚子算什么！"

齐暮恶向胆边生，一口叼走了齐大山手里的三明治。

齐大山火了，道："那是你妈给我做的爱心三明治，你这浑小子竟然敢抢！"

乔瑾无语，这鸡飞狗跳的爷儿俩啊。

后来齐暮吃了两碗面配一根火腿，勉强也凑成一百分了。

乔瑾心情很复杂，问："暮暮以后不会长成个小胖子吧？这也太能吃了！"

齐大山道："这算什么？我像他这么大时一顿能吃六个馒头。"

乔瑾不想说话。

乔女士回厨房时发现，咦，荷包蛋呢？难不成齐暮连这俩蛋也没放过？青春期真可怕，青春期男孩儿的胃尤其可怕……

其实齐暮没吃，他找了个便当盒装了俩荷包蛋和一根火腿肠。

到考场后，他一眼看到了尹修竹，招呼他："来这边。"

尹修竹轻装上阵，只带了两支笔，连橡皮都不带——学神就是这样的，答题卡都不会涂错。

尹修竹问他："东西带齐了吗？"

齐暮单肩挂着书包，里面家当齐全，他说："放心吧，不缺。"说着他拉开书包，拿出个便当盒："吃早饭没？没吃的话，趁热吃了。"

尹修竹呆了呆："这是……"

齐暮嘿嘿笑道："我妈做的荷包蛋和火腿肠，吃了准考一百分。"

尹修竹心里很暖，问："你吃了吗？"

齐暮说："我吃不吃都一样，还是你吃了才管用。"

尹修竹还想说什么，齐暮赶紧道："我好不容易带来的，一会儿凉了就不好吃了。"

尹修竹舍不得浪费齐暮的心意，连忙道："好。"

乔瑾是个十指不沾阳春水的，一年也就下几次厨房，她做饭味道还行，只是太形式主义，比如这小荷包蛋，圆是真圆，确实很好看，就是太小，大小伙能一口气吃十个。

也正是它够小，齐暮才把它带来了，这样即便尹修竹吃过早饭了也还能吃下这个。

尹修竹打开保鲜盒，刚想又起荷包蛋，齐暮便道："先吃火腿肠。"

尹修竹："嗯？"

齐暮龇着小虎牙道："一百分当然要从一开始吃，先吃零算什么？你想考一分吗！"

尹修竹郑重点头道："好，先吃火腿肠。"

齐暮满意了，眼巴巴地看着尹修竹吃完。

尹修竹收起了保鲜盒，说："我拿回去洗好了再给你。"

齐暮一把抢了过来道："你书包都没拿，要把它放哪儿？难不成放到桌上压卷子？"想想那画面，齐暮把自己给逗乐了。

他将保鲜盒收回书包，拍尹修竹肩膀道："加油！"

尹修竹对他笑了笑："嗯！"

进到考场后，齐暮才后知后觉地反应过来：语、数、英满分是一百二，尹修竹只考一百分岂不是'糊'透了？他考一百分那叫超常发挥，尹修竹考一百分岂不是跌落神坛？

他赶紧给尹修竹发了个信息，解释了一下。

尹修竹给他打了个电话，问："你想我考多少分？"

这叫什么问题？齐暮乐道："难道我想多少分你就能考多少吗？"

尹修竹："试试。"

齐暮感觉小竹子这牛皮吹大发了，他道："行啊，哥陪你试试，如果你考到了，我满足你一个心愿！"

尹修竹回他："一言为定。"

齐暮见他如此笃定，战意被激起了："那要是考不到，我可要惩罚你！"

尹修竹拿着手机的手一颤："嗯。"

齐暮跟他说了分数又有些后悔，道："好啦好啦，闹着玩的，你别有压力，即便考得不好，哥哥也可以满足你的心愿。"难不成尹修竹是有什么想做的事？说就行啦，他肯定会满足他的！

尹修竹回他："我比你大了一岁。"

齐暮眨了眨眼睛。

尹修竹说："如果我考到了你写的分数，你以后叫我哥，行吗？"

齐暮心一颤悠。什么鬼?!

公布成绩时，尹修竹这分数堪称传奇。

除了文综，其他全部满分，文综的那五分是因为空了两道题。

别人不知道，齐暮却是一清二楚的，他跟尹修竹说的分数里，只有文综离满分少了五分。

如果不是他嘴贱少说五分，尹修竹就全科满分吗？

这可是中考啊兄弟，这么儿戏的吗？然而"齐霸霸"低头看看自己的分数，瞬间感觉到了人间真实。

等等，齐暮又觉得眼前一黑——难不成上高中后他都要喊尹修竹哥哥吗？

毕业后四人凑一起聚了个会。

入座时许小鸣挨在齐暮身边说："暮哥，咱俩坐一起！"

齐暮不知道他又发什么神经："干吗？"他才不要和许小鸣靠着坐，这家伙没个安静时候，吃顿饭也是手舞足蹈，靠他约等于捡剩饭。

许小鸣却不肯放开齐暮，只听他酸溜溜地道："他俩是年级第一和第二的大神，咱俩算啥？快别去惹人嫌了。"

齐暮十分看不起他，道："就你那点儿出息。"

许小鸣不服地道："都是好兄弟，凭啥他俩飞上天，咱俩还在爬？"

齐暮没好气道："那他们做卷子刷题复习的时候你在干什么？"

许小鸣打游戏，刷动漫，撩妹子，反正除了学习，其他全干了！

许小鸣还是不甘心地道："暮哥你怎么老为他俩说话！咱俩才是一伙的！"

齐暮给了他一棒槌道："你自己一伙吧，我可不想和你同流合污。"说罢他坐到了尹修竹旁边。

方俊奇瞥了许小鸣一眼，冷笑道："你自己什么样心里没点儿数？嘤嘤怪。"

许小鸣不演戏了，先揍人！

他俩先打起来了，齐暮也不好下手，末了还得拉架道："行了行了，吵吵闹闹成什么样子。"

许小鸣气得肝疼，对齐暮说："暮哥你来评评理，我打小护着这胖子，他能耐了转头就来欺负我，真是白眼狼本狼了！"

齐暮心道："还不是你嘴贱爱撩闲！"

方俊奇似乎心情不太好，闷不吭声地在那儿喝饮料，谁都没看。

这时尹修竹竟开口了，他问许小鸣："你要出国？"

一句话把许小鸣给问住了，他分分钟安静下来。

齐暮诧异道："定下了？"

许小鸣瞬间蔫了，咬着吸管道："我就是棵小白菜，没人疼也没人爱。"

齐暮："说人话。"

许小鸣哭唧唧道："我爸就是暴君、独裁者、希特勒！我都说了我不出国，他还是瞒着我办了手续！"

齐暮好奇的是另一点，他转头看尹修竹问："你怎么知道的？"

尹修竹道："昨天遇到许伯父了，聊天儿时说起来了。"

齐暮也有些心疼许小鸣了，这小子混的，亲爹和别人说都不和他说。

许小鸣垂头丧气道："我也不想出国啊，可是我……"

他怕他爸。许项友快六十岁了，虽然中年得子，很疼许小鸣，但也是封建家长那种说一不二的疼。小事他可以纵容许小鸣胡来，也不强求许小鸣多有出息，但一些大事却是直接越过许小鸣拍板决定，根本不问他的意见。

齐暮也明白他家的情况，真不怪许小鸣的哥哥许盛元整日和他爸吵，有那么个掌控欲强又死板的爹，不反抗就只能失去自由。

许小鸣是属跳蚤的，往日里蹦跶得欢，正事一来就被一巴掌拍死了。

许小鸣道："我中考成绩太差了，我爸不想我在国内丢人现眼了。"

难怪他今天对尹修竹和方俊奇意见那么大，往日里他也不是个在乎分数的，今天大概是被刺激到了。如果成绩好他就不用出国，不用和好友分别，更不用独自去一个全然陌生的地方。

齐暮见他这样，心里也不痛快，他问道："真没办法了？"

"能有什么办法？"许小鸣看向齐暮，"我要是有大山叔叔那样的爹该多好啊！"

齐暮想说大山是另一个极端，一个中考早上还嘲讽自己儿子的奇葩！

一直沉默的方俊奇开口了："快别说这些了，你还是自己想走。"

许小鸣一点就炸："我怎么就自己想走了？"

平日里大多时候都"不和他一般见识"的方俊奇今天火气很大："你不想走的话就去和许伯伯说啊，你说都不说，还在这儿假惺惺地哭什么？！"

许小鸣道："我爸那脾气你不知道吗？我说管用吗？我哥都说不了他，我去能行吗？！"

"孬种！"方俊奇长这么大都没这样凶过许小鸣，"你就是个连试都不敢试的缩头乌龟！"

许小鸣脸都气红了，他瞪着方俊奇道："你再给我说一遍！"

方俊奇也死死盯着他道："说一万遍都行，胆小鬼，孬种，没出息……"

"啪"的一声，许小鸣甩了他一巴掌。

齐暮一看不对，猛地起身握住了许小鸣的胳膊道："好了，好了。"往日里两人也常打闹，只是男人间那种动动拳头的可以，扇巴掌就很过了。不过方俊奇今天也是吃了火药，说的话太难听。

方俊奇推开椅子，站起身道："我先回去了。"说罢头也不回地走了。

许小鸣骂他："滚！老子这辈子都不想再见到你！"

方俊奇脚步停了下，但接下来迈的步子更大，走得更快。

许小鸣气疯了，眼眶通红。

齐暮给尹修竹使了个眼色，尹修竹点头，起身跟了上去。

齐暮按住许小鸣道："别说这么狠的话。"

许小鸣何曾受过这样的委屈？他整个人都快气炸了，心肝肺都像着了火一般，烧得他理智全无："你听听，他说的是人话吗？！"

齐暮安慰他道："方俊奇是不对，不过他是心情不好，所以……"

"他心情不好？"许小鸣更炸了，"他考了个全校第二他还心情不好？那我这个倒数的是不是该去死？！"

齐暮顿了下道："他是不愿意你离开。"

这话不提还好，一提许小鸣更是委屈疯了，眼泪都止不住了："我想走吗？我愿意出国吗？我想离开你们去个人生地不熟的地方吗？我英语就只能考五十分，出国了我怎么过日子？"

齐暮心里也怪难受的，别说他们这十几年的情分，就是对刚刚因毕业而分开的初中同学也是满心的不舍。

更不要提还是出国，董季生就是个活生生的例子，小学毕业后去了美国，一年能回来几天就不错了。

许小鸣在齐暮这边也没什么面子里子了，眼泪一流就再也收不回去了，恨不得把所有委屈都给号出来："我能怎么办？我爸和我哥天天吵，他俩一见面就跟仇人似的！我爸身体不好，和我哥吵完就整宿整宿地心口疼。他不年轻了，早年没日没夜地工作，现在都还回来了，我看他那样，还怎么敢惹他生气！"

"方俊奇说我没胆子，可那是我爹啊，我跟他怎么有胆？他要是被我气出个好歹，我得恨死我自己了！"

齐暮听得五味杂陈，拍拍他肩膀道："许伯父身体还是很好的。"

许小鸣眼泪直流，把压在心头的话都说了出来："对，是我自己不争气，我知道方俊奇现在瞧不起我了，他多厉害啊，学习好，个子高，人也帅了，还有人跟他表白！他哪里还看得起我？我没用，我废物，我学习也不好，自己的事也做不了主。"

齐暮拧眉道："别这样说。"

许小鸣心里难受死了："他是真的看不起我，从上了初中就越来越不一样了。"

齐暮顿了下，说道："他家的事你应该也知道一些吧？"

许小鸣说不出话了。

齐暮道："方俊奇不容易，他也想像你一样，可他家那样的情况……他不得不努力学习。许伯父再怎样都是为了你好，方俊奇他爸呢？公司一团糟，外头还有人，一颗心掰成好几瓣儿，又能给方俊奇多少？他要是也像你一样玩，他以后怎么办？"

许小鸣知道方家前些年不顺，但知道得不多。主要是许项友公私分明，从不在家里说这些事，许小鸣问过方俊奇，方俊奇也知道许小鸣帮不了忙，再加上好面子，不肯说。

许小鸣本来就是他们四人中年龄最小、最孩子气的，又哪里想得到那些。

齐暮又道："你别生他气了，他是最舍不得你走的人。"

再说外头，尹修竹也跟上了方俊奇，他问："你这样不是赶他走吗？"

尹修竹一句话让方俊奇停下了，他拧眉道："我无论说什么，他该走都会走。"

尹修竹道："就让他这样走了，以后你们老死不相往来？"

一句话让方俊奇扎心得很，他和许小鸣从小一起玩，两人的情分跟亲兄弟也差不多了。都说骨肉相连，这无异于在削肉剔骨。

方俊奇死抿着嘴，说不出话。

尹修竹又道："吵架没用，你既然不想让他走，那就留住他。"

方俊奇看向他，问："怎么留？"

尹修竹给了他一个主意。方俊奇一愣，再次体会到了他们和尹修竹之间的差距。

同样都是十六岁，尹修竹却好像从没冲动过，一直都冷静得像个看穿一切的成年人。

方俊奇轻嘘口气道："是我太冲动了。"

尹修竹道："回去吧。"

方俊奇回来了，许小鸣正在愤愤不平地道："……才怪呢，他就是瞧不起我！"

方俊奇："……"

许小鸣还不知道他回来了，正恨恨道："我知道，我和他站一起，都是脏了他这个学霸的脸！"

方俊奇冷飕飕道："那你就用点儿心好好学习。"

许小鸣一愣，猛地回头。

方俊奇刚和他吵完，走了三步又回来，脸上略有些挂不住，他闷声道："你到底想不想出国？"

许小鸣虽然恨他恨得牙痒痒，但想起齐暮说的话，想起方家那熊样，又不愿再刺激他："不！"

方俊奇道："那你就回去和你爸说，说你不想出国。"

许小鸣又炸了，道："我要是敢说，我……"还用得着让你骂孬种吗！

方俊奇打断他道："你长点儿脑子行吗？谁让你去找许伯伯撒泼了？你回去说些董季生在国外的事，说得乌烟瘴气一些，再向许伯伯保证自己高中后会好好学习，要是期末考成绩还垫底，就主动出国！"

许小鸣呆了呆，明显没反应过来。

齐暮一听就知道这八成是尹修竹给出的主意，心里点赞，嘴上帮衬："记得把国外某些东西合法的事也好好说给许伯父听。"

许小鸣回过味来了，道："可是……可是我高中考不好的话……"

方俊奇给他个白眼道："你能不能有点儿出息？"

许小鸣又炸了，道："你就是瞧不起我！"

"我就瞧不起你怎么了？一天天考那点儿分数，你想让谁瞧得起你？"

许小鸣看向齐暮，悲愤道："暮哥，你看，他就是……"

齐暮一个头两个大，刚想说一说方俊奇，方俊奇竟又道："上了高中我给你补课，你要是还考不好，就滚去国外祸害人，别在国内丢人现眼了！"

显然方俊奇比齐暮还了解许小鸣，这激将法那叫一个快准狠，瞬间让小鸣同学上钩："老子不考前……前二十，以后就跟你这胖子姓！"

方俊奇已经逐渐展露毒舌本性："我们姓方的要不起你这废柴。"

许小鸣："……"

"方俊奇！"许小鸣扑了上去，和他扭成一团。

齐暮松了口气，知道这俩是和好了。

后来许小鸣还真留在国内了。许项友想把他送出国，无非还是希望小鸣有个更好的前程，他十五六了还这么孩子气，也难怪许项友事事给他拿主意。

这是许小鸣头一次说出自己的想法，还有理有据并且下了保证，许项友欣慰还来不及，哪里会生气？

甚至夸他一句："小鸣真懂事，比你哥那混账东西强多了！"

许小鸣想起了许久前齐暮和他说过的话。当时他说他哥和他爸吵得快断绝父子关系了，齐暮却说："所以你才要经常回家"。

当时他懂了点儿，却又没全懂，如今却是一下子明白了。

他爸和他哥关系僵硬，无法沟通，他才更应该常回家，宽慰下老爸，开解下老哥，缓和下他们之间的关系。

他不能出国，不能离开，他得留在这里，好好看着这俩"斗"！

于是……许小鸣在脑门儿上贴了"奋斗"二字。

不就是前二十吗？拼了！小胖都能做成的事，他凭什么做不到？

因为许小鸣成了奋斗鸣，齐暮也不好意思暑假出去浪了。

尹修竹对他说："你想出去的话就去玩几天，我陪你。"

"可算了吧！"齐暮道，"你那么忙。"也不知道是尹正功心大还是尹修竹太能干，他竟然趁着暑假让尹修竹去给他当助理。

尹修竹也是真能耐，干得井井有条，就是有些忙。

尹修竹道："没事，我走得开。"

齐暮摇头道："也没什么想去的地方，我也提前预习下功课吧！"

尹修竹心思一动，道："要不你晚上来我家，我帮你补习？"

齐暮不爱学习，但连许小鸣都不垫底了，他还总落后头也不太像话，于是道："行，我去你家！"

晚上一到尹家，齐暮就先和"鬼鬼"玩上了。

小猫长得快，如今已经成了一只优雅的小黑胖，终日在尹宅里巡视，好不霸气。

齐暮抱起它，哼唧道："'鬼鬼'你该减肥了。"好重啊，这怕不是只涂黑了的橘猫吧！

尹修竹道："除了吃就是睡，它能不胖吗？"

齐暮喜欢看尹修竹和"鬼鬼"亲近，打趣道："听到没？小肥猫，你哥嫌弃你啦。"

这句"你哥"让尹修竹看了他一眼。

齐暮心一虚，后悔自己哪壶不开提哪壶。

尹修竹忍不住道："我考到你说的分数了。"

齐暮："……"

尹修竹也不逼他，又问："晚上想吃什么？"

齐暮道："都行。"

尹修竹想了下，说道："那你去看会儿电视，好了我叫你。"

齐暮点点头，抱着"鬼鬼"坐进沙发，他见尹修竹走了，才揉着"鬼鬼"脑门儿道："怎么办？以后你哥也是我哥了。"

"鬼鬼"蹭他掌心，懒懒地"喵呜"一声。

齐暮盯着电视，试探地张张嘴，好半晌也没把"哥"这个字给喊出来……这太难了，这个字实在太难了！

可答应的事就得做到，齐暮紧紧抱着"鬼鬼"，努力练习着。幸亏电视没成精，要不然一准黑屏死机，懒得看这个张嘴哑巴。

让齐暮万万没想到的是，尹修竹竟然做了个巧克力蛋糕。

有六七寸大，上面涂满了巧克力，只是闻闻味道"齐霸霸"就忍不住了。

"你这……"齐暮都不知道该说什么了。

尹修竹道："蛋糕坯子是早上做好的，刚烤了下，味道应该还行。"

齐暮口水都快流出来了，道："怎么可能只是还行？"

"你也太厉害了吧！"齐暮服了，"这都会做？"

尹修竹说："不能当饭吃。"

齐暮眼巴巴道："我就吃两块，垫一垫。"

尹修竹给他切了一小块，齐暮尝了一口，整个人都要融化了："好吃！"

尹修竹笑道："只要是巧克力，你就爱吃。"

"不是啊，这个真的好吃，味道好正！"巧克力这玩意儿也是有讲究的好吗，可可豆不同，味道差很远的。

尹修竹又给他切了一小块，道："好了，剩下的饭后再吃。"

齐暮哪里舍得，连忙道："再吃一块，就一块。"

尹修竹不为所动，道："要说话算数。"

说罢他端着蛋糕回了厨房，齐暮急了，喊他："尹……"

刚冒出一个字，他就顿住了，改口道："哥……"

尹修竹："……"

齐暮小声道："我还想吃。"

尹修竹："没听到。"

齐暮蓦地睁大眼："啊？"

尹修竹定声道："你刚才叫我什么？没听清。"

居然没听清！

尹修竹作势要走："没事的话我去做饭。"

"别……别啊，"他还想吃巧克力蛋糕，齐暮犹豫了半秒钟后，提高声量道，"哥！"

尹修竹："嗯？"

也不知道为什么，本来尴尬得要死，觉得自己一辈子不可能叫谁哥的齐暮竟然放开了，甚至觉得这称呼也没什么，许小鸣不也整天"暮哥暮哥"喊他吗？一样的吧！

他没叫"竹哥"是因为这谐音不好听，小竹子聪明得很，才不是"猪哥"呢！

齐暮越发觉得自己在尹修竹面前没必要太要脸，他俩都熟成什么样了，一个称呼有什么好计较的？

尹修竹以前一直谨小慎微的，如今还能提出这样的要求，已经是巨大的进步了，齐暮越想越觉得这事应该鼓励，于是彻底放开了！

"再给我吃一块嘛。"齐暮眼巴巴地看着他，还作死地来了一句，"求你了尹哥哥。"

齐暮来劲了，又道："行不行嘛哥。"

尹修竹："……"

齐暮吃了蛋糕后就不想吃饭了，尹修竹就没去厨房，齐暮问他："你不饿？"

尹修竹道："还行，过会儿再吃。"等晚一些时候齐暮应该还会饿，到时候再做吧。

齐暮很想继续看电视，但想想自己是以补习的名义来住下的，要是不学习，回头被大乔发现，肯定要把他给拎回去。

于是齐暮主动提出来："我们去学习？"

尹修竹道："行。"

学习完后，齐暮长叹口气道："我真不是学习的料……感觉和这些题八字不合。"看到它们就想睡。

尹修竹道："没必要勉强自己。"

齐暮幽幽道："一个学生，学习不好，还有什么出息？"

尹修竹道："你比谁都优秀。"

"那是你。"齐暮撇嘴道，"我干什么你都觉得好。"

尹修竹："你的确很好。"

齐暮乐了："当然啦，我要是不好，你肯收我当小弟？"

尹修竹一怔。

齐暮仰着脸，摆出一副假惺惺的崇拜模样道："是不是啊，哥？"

齐暮就喜欢看他呆愣的模样，他喜滋滋地站起来，一边收拾课本一边说："你还不吃饭吗？这都几点了？"

尹修竹勉强回神，问："你饿了？"

齐暮揉揉自己平坦的小腹，道："好像有点儿饿了。"

尹修竹立马道："我去做饭。"

都九点多了，算是夜宵了，齐暮一边吃饭一边给乔瑾发视频。

"妈，你看看啊！这是人家尹修竹做的！"

乔瑾："你好意思给我看，有本事滚回来给我做一顿。"

齐暮摸摸鼻子道："我不会啦！"

乔瑾嫌弃他道："那你还好意思嫌我？"

齐暮道："也没嫌你啊，就是显摆显摆啦！"

齐大山人不在画面里，声音却穿了过来："显摆个屁啊，你有本事娶个会做饭的媳妇儿再显摆！"

齐暮哼哼唧唧："你是站着说话不腰疼。"

齐大山凑了过来，觍着张大脸道："我就是站着，就是腰不疼，谁让我有老婆？我老婆还那么会做饭！"

乔瑾骂他："一边去！"

齐大山对媳妇儿说："我这是在教他。"

乔瑾："教什么？"

齐大山得意洋洋道："教他什么叫真的显摆！"

"再见！""齐霸霸"没好气地挂断电话。

尹修竹满眼笑意："齐叔叔真有趣。"

齐暮道："有什么好显摆的，大乔是他老婆，还是我妈呢！"

尹修竹笑着点头道："嗯嗯。"

齐暮眼珠子一转，想起一茬，他又给齐大山打电话："大山同志你是比不过我的，你只有一个大乔，我以后是有大乔和媳妇儿的人！"

自觉赢回一城的齐暮心情舒坦了。

谁知齐大山又回他："做梦吧你，你媳妇儿八成连厨房门在哪儿都不知道。"

齐暮："……"啊啊啊，好气！

齐大山这爹当得也是很有水准了，他竟然又来了一句："我要抱着媳妇儿睡觉了，你这个只能蹭兄弟吃喝的单身狗也赶紧洗洗睡吧。"

齐暮原地爆炸，想回家和他爸去拳室练练！

尹修竹被他父子俩给逗得胃口都好了很多，说道："难怪乔阿姨越来越年轻。"

齐暮："嗯？"

尹修竹抿唇笑着："看着你们俩，她肯定每天都很开心。"

齐暮气道："齐大山这个'耙耳朵'，整天就知道埋汰我这个亲儿子来哄大乔。"

尹修竹没太听懂这个词，问："'耙耳朵'？"

乔瑾是川妹子，齐暮会不少川渝话，他解释道："就是妻管严，怕老婆！"

尹修竹笑道："是疼老婆吧。"

齐暮道："反正我爸眼里就只有我妈！我这个亲儿子就是掉在地上的小饭粒！你都不知道我在家时多惨，有首歌咋唱的来着，对就是那句——明明是三个人的电影，我却始终不能有姓名！"

尹修竹笑得不得不放下筷子：真的太有趣了，果然只有这样的家才能养出这么有趣的齐暮。

他们啊，连生命的颜色都是不一样的。

第七章
军训

两人吃好饭后，齐暮跟在尹修竹后面收拾碗筷，他也就是把盘子和碗都送进厨房，其他的都不会。

不过尹修竹也不用做太多，把东西全放进洗碗机，再擦擦桌子也就完事了。

只有两个人的家，连家务也少得可怜，两人你一下我一下，轻松搞定。

齐暮一直在厨房门口晃悠，尹修竹问他："怎么，有事？"

齐暮斟酌了一下，还是开口道："你毕业成绩是真的优秀。"

尹修竹道："没什么。"能通过计算得出的东西，对他来说从来都不值一提。

齐暮委婉道："咱俩不是说好了嘛……"

尹修竹没太听明白，问："怎么？"

齐暮道："你考到了我给的分数，就满足你一个心愿嘛。"

尹修竹一愣。

齐暮继续说："都这么久了，你也不说你的心愿是什么。"

尹修竹嘴角微微翘起，心满意足地说："你都叫我哥了。"

齐暮诧异道："这算心愿？这难道不是附属品吗？打赌加注什么的……好啦，你快说你有什么心愿，我一定满足你！"

齐暮好奇挺久了，他发现尹修竹什么都不缺，日子过得也很佛系，整天一副无欲无求的模样。虽然他俩认识这么久了，但每次送他礼物都要绞尽脑汁地挑选，可最后怎么也送不到点上。

所以这次冷不丁听到他有心愿，齐暮很想知道。

尹修竹的心愿一直很简单，从幼年两人相遇，从一起过的第一个生日开始，他以后每一年的愿望都是一模一样的，而且他也只有这么一个心愿——要和齐暮做一辈子的好朋友。

尹修竹道："其实也没什么，当时只是随口说说。"

齐暮一脸失望地问："你真就没什么特别想实现的心愿吗？"

尹修竹点点头道："嗯。"

齐暮感慨道："你也太瞧不起心愿这俩字了！"

尹修竹问他："那你有什么心愿吗？"

齐暮被问得一愣，但很快就说道："建一个巧克力城堡，要连护城河里都流淌着巧克力糖浆！"

尹修竹笑道："我觉得你更需要的是一口怎么吃都不会坏的牙。"

齐暮瞪他一眼道："哪壶不开提哪壶。"

"好了，"尹修竹道，"快去刷牙，该睡觉了。"

回家后乔瑾检查他的学习成果，齐暮答得像模像样，乔瑾放心了，让他继续跟着尹修竹补习。这个暑假齐暮哪儿也没去，就齐家、尹家两边跑了。

假期一晃而过，新的学期开始了。

许小鸣和齐暮的成绩都是够不上一中分数线的，但这些重点高中都有特招生，他俩也算是达标了。

还有一个好消息，那就是——他们这届新生要去军营里军训！

听到这个消息，许小鸣直接疯了。

本来军训就很苦了，还要去军营？早知道他就出国了好吗？！听说这次到军营军训是一位新生的爷爷给牵的线。

关于去军营这事，有人欢喜有人忧。

"许弱鸡"这一种的，自然是愁得恨不得离国出走，再也不回来；也有对军营好奇的新生，把这当度假，还挺乐呵；当然还有实心实意开心的，比如齐暮和逢良这些四肢发达的……嗯，头脑也不简单的人才。

齐暮是打心眼儿里开心，对尹修竹说："新生是谁啊，真给力，我早就想去军营瞧瞧了。"

他随口一问，谁知尹修竹竟然给了他答案："他姓魏，叫魏平希。"

齐暮诧异道："你们认识？"

尹修竹道："见过一次。"

尹正功现在一有应酬就带着尹修竹去，尹家人脉复杂，各方面都有接触，会认识这位新生也不意外。

本来对那个新生还挺感兴趣的，这会儿问完，齐暮又觉得挺没意思，他换了个话题问："害怕军训吗？"

尹修竹摇摇头，说道："我可能得耽误几天再过去。"

齐暮不解道："怎么？"

尹修竹解释道："我妈情况不太好，我去看看她，得四五天后才能回来。"

齐暮问道："于阿姨怎样了？"

尹修竹道："医生说她最近状态很不稳定，总是发作，我刚好还没开学，先去看看她。"

"应该的，"齐暮说，"你别担心，于阿姨不会有事的。"

尹修竹眸色温和地道："嗯。"

齐暮怕他难过，又安慰道："也好啦，可以少受五天罪，就你这细皮嫩肉的，没准儿会昏倒在训练场上。"

尹修竹没辩解，淡淡地说："其实我挺期待这次军训的。"

齐暮道："也没事，你就去五天，回来就可以看到晒成巧克力色的你暮哥我啦！"

尹修竹看他一眼。

齐暮干笑道："你是哥，你是哥还不成嘛！"

尹修竹十分遗憾道："不知道你穿军装会是什么样。"

齐暮道："那必须是超级无敌巨帅！"

尹修竹道："明天就发衣服了，要不你穿上试试？"

齐暮爽快地答道："行，我去你家，穿给你看！"

尹修竹心满意足地道："好。"

所谓的军装其实就是迷彩服，这玩意儿吧，就算码数标准穿上也像是大一码，好在齐暮个子高，身材比例好，穿上还真像模像样的。

齐暮挽着袖子摆了个姿势，问道："咋样，帅不帅？"

尹修竹把他从上到下仔细打量了一遍问："腰带不会太紧吗？"

齐暮伸手在自己腰上比了比道："不会啊，刚好。"

这么个大热天，穿迷彩服还是很热的，齐暮显摆一会儿就脱下来了，问尹修竹："你要不要试试？"

尹修竹的衣服还没拿到，适合他的尺码少，刚好他要出去四五天，老师就先拿给了别人，等他回来再给他。

齐暮脱下外套递给他道："你穿我的。"

尹修竹不好意思在人前脱衣服，拒绝了齐暮的试穿邀请："不用了。"

齐暮眉飞色舞道："穿吧，让我先一睹我们修竹哥的风采！"

尹修竹被他逗笑，应道："好。"

他没像齐暮那样把身上的衣服脱得一干二净，而是直接在短袖外套了齐暮的外套。

齐暮美滋滋道："帅！"

尹修竹抬头看了他一眼。

齐暮简直就是许小鸣附体，笑得嘴巴都快咧到耳后根了，海豹式鼓掌，称赞道："我们尹哥哥真帅！"

尹修竹跟着笑了，只要和齐暮在一起，他时时刻刻都是开心的。

十几辆大巴把高一新生们送到了军营里，当车门打开又关上时，许小鸣问："像不像被关进了监狱？"

他这话还真引起不少共鸣，很多没有独自出过门的孩子都慌了神。

齐暮瞪他一眼道："少说两句。"

许小鸣装出一副弱不禁风的样子，娇滴滴地说："军营这么可怕的地方不适合柔弱的我啊。"

"人不要脸，天下无敌"，许小鸣是打算用整个人生来诠释这句话了。

煽动了半天，许小鸣见大多数人都情绪低落了，心里才痛快了些，他转眼看见齐暮沉默不语，问道："暮哥你不是很期待吗，怎么也闷闷不乐的？"

齐暮道："和你关进一个监狱，谁能乐出来？"

许小鸣嘿嘿笑着，小声道："是不是因为尹修竹没来？"

这许小鸣还真是一箭戳中红心，齐暮目不斜视道："他过两天就来了。"

许小鸣不知道"两天"指的是个概数还是确数，反问道："过两天？"

齐暮顿了顿道："五天。"好长啊，竟然要五天！

许小鸣贱兮兮道："一日不见如隔三秋，这五天可是十五年啊！"

一时间，齐暮的伤感全被这贱人给弄没了，不由得吼道："滚滚滚！"

这时齐暮手机响了，他拿出来一看，是尹修竹发来的信息："到了吗？"

齐暮不理许小鸣了，给他回："马上要下车了。"

尹修竹回他："提前祝你过得开心。"

开心个鬼，齐暮现在很不开心，不过尹修竹已经要出发了，和他说这些也没什么用，于是只简单回复了一句："一路平安。"

放下手机，齐暮又惆怅了一会儿。

军训这事儿，从来都是苦，很苦，非常苦。到军营里军训就是再把每个苦的程度都乘以苦的苦次方，基本是苦到无穷无尽了！

刚落地，齐暮的不开心又翻了一倍。

教官讲完军训规矩后，再开口就是："把你们带的东西都倒出来！"

这是什么意思？

教官凶得很，又讲了一遍："你们是来军训的，不是来享福的，把带的东西全都上交，等离开时会还给你们！"

大家还是很怕的，都老老实实地把东西交了上去。

然后许小鸣拖了个三十寸的行李箱，打开一看，教官都惊呆了。显示器、主机、键盘、鼠标……这直接是把电脑给搬来了。

许小鸣摸摸鼻子道："本来想带笔记本的，但这边没网，我台式机里东西比较多。"什么单机游戏啊，电影啊，全得很。

教官气道："你来这儿还想玩游戏？做梦！"二话不说，直接把他的行李箱给拖走了。

接下来是齐暮，他只背了个包，干净利索得很，但当他往外掏东西时，全班又都沉默了。

巧克力、巧克力、巧克力……哎呀，终于有个不是巧克力的了，定睛一看，好吧，是巧克力味的小饼干。

许小鸣毫不客气地笑出声，狂拍大腿道："暮哥，你今年三岁半吗？"这简直是幼儿园小朋友春游的零食配置。

此刻齐暮的心在滴血，眼含威胁地看了他一眼，许小鸣闭嘴了，全班同学都心情复杂地看着这么个帅气小伙子不停地往外掏巧克力。

到最后，连教官都忍不住笑了："你这口袋挺能装啊。"

齐暮不吭声，鬼知道他费了多大劲才将这么多巧克力塞进他的背包里！

后面交东西的学生就很本分了，拿的东西都还算正常。

教官正准备让他们列队站好时，齐暮的手机响了下，教官一愣，呵斥道："谁把手机给带来了？"

齐暮道："报告教官，是我！"

教官气冲冲地走来，道："拿出来，这里不许带手机！"

齐暮道："报告教官，不给。"

教官："……"

学生中有忍俊不禁的，"噗"的一声笑了出来。

教官脸都黑了，这要是新兵他早一脚踹上去了，但这只是些学生，虽说是让他们来体验军营生活，严苛也肯定比学校里严苛，却也不敢太过。

"不给是吧？"教官厉声呵斥道，"去跑圈！"

齐暮立正敬礼，问："教官，跑几圈？"

"几圈？"教官生气道，"十圈，跑不完不准吃饭！"

齐暮站得笔直道："收到，教官！"

他还真去跑圈了，教官被堵得慌，这熊孩子瞧着刺儿头，居然还很听话，是什么奇葩？

教官又问："还有谁拿手机了？"

许小鸣缩头缩脑的，被教官一眼看穿，道："不上交也可以，每天跑十圈！"

许小鸣一听，蔫了，赶紧把手机交了上去。班里还有些带了手机的，他们斟酌了一下跑十圈和保手机，最终选择放弃后者。毕竟不是所有人都是"齐霸霸"！

齐暮是不可能把手机交上去的。开什么玩笑，没了手机，他怎么给尹修竹打电话？

本来尹修竹去国外，他就怪担心的，要是再失联，不得急死他？

齐暮还记得，尹修竹初二休学回来时胳膊上很久都没褪下去的青紫，那是于黛云的指印和牙印。

被自己的母亲这样对待，哪怕她是在发疯的状态下，尹修竹也会很难过吧！

所以听他要去看于黛云，齐暮比谁都紧张。都这么紧张了，还要没收他的手机，他宁愿回家不军训了。

齐暮心事重重地跑了一圈儿，被人叫住了："你几班的？"

齐暮这才发现操场上还有人在跑圈。那人头发有点儿长，一般男生是撑不起这样的长度的，这人却可以。他肤色很白，英俊的五官里带了点儿女孩子的秀气，但因为表情太玩世不恭，反倒让人看不出那点儿秀气了。

齐暮不认识他，但不介意认识下这位一起跑圈的难兄难弟："六班，齐暮。"

"你就是齐暮啊？"少年诧异道。

齐暮看他，问："你认识我？"

少年龇牙一笑，道："听过你的大名。"

齐暮很确定这人和他不是一个初中的，他没想到自己的"大名"都传到别的学校了。

少年快步跑到他身边，说道："我叫魏平希，在四班。"

魏平希？齐暮觉得这名字十分耳熟，好像在哪儿听过。他想了下，记起来了。原来就是这位新生的爷爷帮忙牵线让他们来这儿军训的。

齐暮乐了，问他："你为什么来跑圈？"

魏平希掏出一根棒棒糖递给他："因为喜欢吃这个，来根？"

齐暮不知道说什么才好，也没伸手接："不了。"

魏平希疑惑道："你是因为什么跑圈的？"

齐暮道："我是因为手机。"

"手机啊，"魏平希道，"值当吗？"

齐暮觉得他更不值，吃什么棒棒糖啊，不如吃块巧克力。

两人一起跑了五圈后，都没怎么大喘气，魏平希多看了他一眼道："你这体格，可以啊。"

齐暮也看着他道："你也很行。"

魏平希道："我三岁就开始在院里跑圈，早习惯了。"

齐暮好奇地问道："你在像这样的军营里长大的？"

魏平希道："这儿只是个练习场，算什么军营。"

齐暮又问："那真正的军营是什么样的？"

魏平希懒洋洋地同他说了起来。

等十圈跑完，齐暮心情很好，而且接触了他之后觉得这人还不错。

两人回去的时候，教官给他们留了饭，齐暮刚坐下，手机就响了。

齐暮嘴角一弯，接了电话道："喂，还没走？"

尹修竹道："马上登机了，你呢，在那儿还适应吗？"

齐暮自然不会把自己跑圈的事说出去，只道："挺好玩的。"

尹修竹问："吃过饭了吗，吃得惯吗？"

这馒头咸菜的，哪里能吃得惯？齐暮道："难吃死了，幸亏你没来。"

尹修竹一听就皱眉了，道："要不你也请个假，等开学……"

齐暮笑道："我皮糙肉厚的，没事。"

尹修竹可想不出他哪里皮糙肉厚，只好道："别勉强自己。"

齐暮说："好啦，你别耽误了飞机。"

尹修竹道："等我回来。"

齐暮点头笑道："嗯，等着呢。"

回到宿舍后，许小鸣正在开座谈会，跟室友们讨论起那个来头挺大的新生。他那嘴皮子上下一碰，死的都能给说活，活着的更是被说得一愣一愣的，说得大家都恨透了这个新生。

齐暮一回来，许小鸣就拉他入伙，道："暮哥你说，要不是这个新生，你至于因为用个手机就被罚跑十圈吗？！"

齐暮道："不至于。"

"就是！"许小鸣义愤填膺道，"我们要一致对外，等找出那个新生，一定要给他点儿颜色看看！"

齐暮看看许小鸣，再想想魏平希，觉得小鸣同学真要去惹他，可能脑门儿上会被弄点儿颜色。

"好啦。"齐暮翻身上床，枕着胳膊躺平，"军营挺有趣的，能来锻炼锻炼也挺好。"

许小鸣不想和他暮哥这样的"超人"说话了！

第二天军训正式开始，为了走方队好看，高一级部九个班分成了三个方队，一班二班三班是第一方队，四班五班六班是第二方队，七班八班九班是第三方队。

每个方队配了六个教官，主教官一上来就要选方队队长。

大家都人生地不熟的，没谁主动出头。于是主教官抛出了一个巨大的诱惑："谁能通过考核成为方队队长，谁就可以享有一个特权。"说完他扫了眼后排的魏平希和齐暮。

齐暮心动了，举手问："报告教官，什么特权都可以吗？"

主教官道："不能太出格。"

魏平希站出来道："我报名。"

齐暮也站出来了。

除了他俩再没旁人，主要是被所谓的"考核"给吓到了。

主教官问道："还有其他人吗？"

几个方队都鸦雀无声。开什么玩笑，谁要和那俩跑十圈都面不改色的人比！

主教官道："那行吧，你俩来。"

魏平希看向齐暮，薄唇动了下，道："我可不会让着你。"

齐暮不屑一笑，道："谁要你让？"

主教官口中的"考核"果然不是什么容易事，学生们看到那障碍赛场地，脸都黑了，这可比某些综艺节目还凶残啊，真能闯过去？

主教官给出的规则是：谁用的时间最少谁就是方队队长。

一声令下，这两个少年成了全场最瞩目的存在。

本来就是三个班凑成的方队，虽然班级内部彼此还不熟悉，但毕竟是同一班的人，不知谁喊了声"六班加油"后，三班的人也开始起哄，给自己班的同学加油打气。

再看看障碍赛场地上的魏平希和齐暮，简直是神仙打架！

"这也太厉害了吧！居然一下就跳过去了！"

"快看魏平希啊，攀岩的速度快得惊人！"

"我们齐暮也牛啊，三步起跳要破纪录了啊！"

别说他们了，连主教官都看得眼热——少年出英才啊，魏平希的水准他清楚，但齐暮的这个资质真不错！

齐暮赢了，魏平希笑道："可以啊，兄弟。"

齐暮道："谢了。"

魏平希一愣。

其实齐暮想赢魏平希还是有难度的，最后一关魏平希放水了。

齐暮知道他在让着他，所以道了声谢。

魏平希笑了笑，拍他肩膀道："回头再比。"

齐暮笑道："乐意奉陪。"

当天晚上，齐暮又来跑圈了，魏平希稀奇道："队长你这是什么爱好？"

齐暮道："想用手机呗。"

魏平希道："你不是有特权了吗？"

齐暮道："特权哪舍得用在这儿。"他要留着。

这才训了第一天，许小鸣就成了"许死鸡"，他哭丧道："我想回家……暮哥，快送我回家吧，我感觉自己要死了。"

齐暮故意激他道："你不是还要去和那个新生单挑吗？"

不说还好，一说许小鸣更气了，他垂死病中惊坐起，道："要不是他，老子至于这么半死不活？"

齐暮道："今天和我比赛的就是那个新生。"

许小鸣："……"

齐暮斜眼道："去和他单挑吧！"

许小鸣消停了，裹紧被子道："睡了睡了。"那是人吗？挑得赢吗？

眨眼间军训生活已经过半，同学们也都适应了，开始有心情插科打诨了。

尹修竹人虽然还没回来，但他的名字已经随着齐暮的光环在女生这边传开了。

"尹修竹是谁啊？"

"是个三百六十度无死角的当之无愧的男神！"

有妹子表示不信："男神年年有，见光死一打。"

初三时和齐暮同班的姜雨凝推推眼镜道："不知道你们是怎么定义男神的，如果是高富帅的话，那不好意思……"

一旁的妹子小声道："不高不帅怎么有脸说是男神？"

姜雨凝等的就是她们这句话，只见她微微一笑，抑扬顿挫道："我们尹神不是高富帅，是巨富、巨帅，高呢又高得恰到好处！"

妹子们被她逗笑，纷纷嚷道："你这牛皮吹大发了啊！"

姜雨凝淡定道："少女们，等你们见着了，你们就会知道刚才我说的话是多么含蓄，是多么苍白！"

"不信，我觉得魏平希和齐暮够帅了，不可能有人比他俩还帅。"

后头有个看书的学霸妹子道："难道你们都不看入学成绩吗？"

"怎么？"学校都没看明白就被拉到营地，谁知道入学成绩长啥样。

姜雨凝立马接话道："不好意思，我们尹神是年级第一，除了文综，全部满分！"

这下把一票姑娘都给镇住了："还是个学霸啊！"

"不，"姜雨凝用许小鸣的口气说道，"请叫学神！"

少女们："……"

姜雨凝又慷慨激昂地吹了半天后，总结道："我们尹神上知天文下知地理，琴棋书画无所不能。"

齐暮正在外头喂蚊子，这大夏天的，又在一个偏僻的训练营，蚊子又大又凶，简直快成精了。有这些蚊子守着，教官们一点儿都不担心学生们会溜出来搞事，想想敢出来喂它们得多拼？

齐暮却是心甘情愿的——他正和尹修竹打电话。

宿舍里太闹腾，本来一群没手机的可怜鬼就两眼冒绿光，再当着他们面打电话，他们怕不是要造反。为了不引起民愤，"齐霸霸"只能躲出来，再说在外面的话，也可以多说一会儿。

尹修竹问他："你那儿十点多了吧？"

齐暮道："没事，反正我也睡不着。"这儿的蚊子真多。

尹修竹怎么也想不到齐暮在喂蚊子，他要是知道了，哪里还敢和他多说一句话，早就让他回屋了。

因为不知道，也因为好多天没见，再加上见到了黛云后的烦闷，尹修竹十分想和齐暮说会儿话。不管聊些什么内容，只要能听听他的声音，他的心也会静下来。

尹修竹问他军训的事，齐暮一一说给他听，当然说的都是好事，至于被罚跑圈什么的，是一个字都不会提的。

尹修竹越听越羡慕他，恨不得马上和他一起军训。

齐暮也问他："于阿姨怎么样了？"

尹修竹面色微沉，说道："好些了。"

其实是毫无好转，随着尹修竹慢慢长大，于黛云越来越恨他，甚至一见到他就开始了无休止的谩骂，骂尹家骂尹正功骂尹修竹。

她最常骂的一句话就是："你们尹家全是狼心狗肺的东西，该下十八层地狱，不得好死！"

尹修竹曾多次问过她："我做错了什么？"

于黛云给他的答案始终如一："你的出生就是最大的错误，你就不该降生到这个世上，你是个流着尹家血脉的魔鬼！"

如果这时候尹修竹再往下问，于黛云就会更加恶毒地诅咒他，会扑上来掐他咬他，甚至要勒死他。

护工们会拉开她，医生也会宽慰尹修竹道："你不要多想，你母亲病情发作后神志不清，说的话不必当真。"

其实尹修竹比谁都清楚，这个状态的于黛云才是有自我思想的，那个终日坐在窗边，漠然地看着外面的于黛云是被药物控制了的、迷失了自我的。

尹修竹很早就知道这一点了，因为只有在别人眼中发疯了的于黛云才认识他，那个安静得谁都不理的女人是连他这个儿子都不认识的。

母亲到底是什么样的？在认识齐暮之前，对尹修竹来说就是劈头盖脸地诅咒和谩骂。

齐暮的声音将他从回忆的泥潭中拉了出来，他的声音很轻，像清澈的水流般缓缓淌进尹修竹的心田。

齐暮问他："你什么时候回来？"

尹修竹平静道："明天。"可他真想现在就来到军营。

齐暮惊讶道："明……明天吗？"

尹修竹道："已经没什么事了，我明天就回去。"

齐暮立马笑弯了眼睛道："好！"

尹修竹心情也轻快了，便道："你早点儿休息，明天还得训练。"

"行！"既然明天就回来了，也不用捧着个手机聊了，齐暮道，"那我挂啦！"

尹修竹应道："嗯。"那边挂断电话他就改签了机票，本来是打算明天出发的，但他现在就想走，一分一秒都不想再等。

齐暮睡了个好觉，第二天神清气爽地去军训。

许小鸣半死不活道："暮哥你真不是人……"

齐暮没忍住，对许小鸣说："尹修竹今天回来。"

许小鸣惊讶道："已经五天了吗？"

齐暮心里数了数道："四天吧。"

许小鸣道："尹修竹可真能折腾，去一趟飞十几个小时，回来再飞十几个小时，这时差倒得过来？"

齐暮愣住了。

许小鸣又道："就这样了还要来军训？啧啧，你们这些神人的世界，吾等凡人搞不懂。"

齐暮只顾着高兴了，还真把这件事给忘了！四天时间也太赶了！身体怎么吃得消？齐暮也顾不上集合了，掉头往宿舍跑。

许小鸣一脸蒙地问："你干吗去？集合了啊！"

齐暮扬声道："你先去，我一会儿就到。"

许小鸣喊他："要迟到了啊，迟到要挨罚。"

齐暮已经跑没影了。

许小鸣越来越看不懂他暮哥了，难道是军训把他自个儿脑子都训傻了？

接着，许小鸣又开始心疼起自己来了：我这样柔弱的人真的不适合这个鬼地方！

齐暮冲回宿舍楼，一口气爬上五楼，拿到手机时额上全是汗。他平复了一下呼吸，拨通了尹修竹的电话。

他这边是早上六点，而尹修竹那边是半夜，也不知道睡没睡。

电话直接提示："对不起，您所拨打的用户已关机……"

齐暮轻叹一口气，道："看来是睡了。"

算了，干脆给他发条信息："别急着回来了，你来回飞这么久太折腾了，时差都倒不过来，好好在那儿休息几天，军训完了再回来！"

发送成功他又发了一条："军训很无聊，这里又脏又乱，八个人挤一个屋子，单独洗澡的地方都没有。男生宿舍臭得像猪窝，蚊子大得像苍蝇，还有蟑螂满地爬。千万别来！"

齐暮绞尽脑汁地黑营地，生怕尹修竹一个好奇赶回来。

然而尹修竹已经落地，他开机的瞬间，先看到了一个来电提示，紧接着是两条短信。

点开最新一条，尹修竹看到齐暮不让他去军训，愣了下，紧接着看到了前一条。一股暖流瞬间充斥了整个胸腔，他飞了半个地球的疲惫一扫而光，只觉得国内的空气实在太好了。

中午太阳最大的时候，教官们怕这些"小弱鸡"昏过去，于是领着他们在树荫底下乘凉。一个年级近千人，都挤在一处要多闹腾有多闹腾。

姜雨凝同学昨晚安利得很不错，正继续发展同好。虽然她说的都是实情，可挡不住话听起来太假，不断有妹子对尹修竹提出质疑。

"我不信有那么完美的人，这又不是小说。"

"不，少女，"姜教主道，"现实比小说精彩多了。"

"不信，哪有这样又高又帅又有钱的学神？不存在的！"

"我也觉得不可能，姜雨凝你是滤镜太厚了吧，在一个学校里待久了，所以才觉得他帅。"

姜雨凝只笑笑，一脸神秘地坐等打脸现场。

好巧不巧，尹修竹还真踩着点来了。

近千人都缩在训练场的最东边，他一个人从西边走过来，要多打眼有多打眼。

刺眼的阳光，燥热的空气，穿着白色T恤、左肩随意挂着背包的黑发少年成了炎炎夏日里的一缕清风，吹得人眼都直了。

有女生倒吸口一气，激动地问："我的天，这谁啊？哪儿来的神仙？"

一人出声，所有人的视线同时落在了尹修竹的身上。

好看的人有的是，尤其是媒体如此发达的今天，哪个明星不光彩照人？但电视上看到的和现实中看到的，冲击力是截然不同的！人不是只有眼睛，审美也从不局限于此，当所有感官都聚焦到一个人身上，这人依然完美无瑕时，那种惊叹是无法用语言去形容的。

姜雨凝淡定道："帅吗？"

女生们："太帅了吧！"

姜雨凝谦虚道："不好意思，这还不是他最帅的时候。"

女生们："……"

"哦，对了，"姜雨凝满脸骄傲地向身边人介绍，"这就是尹修竹。"

许小鸣撞了齐暮一下道："真回来了啊！"

齐暮整个人愣住了。

许小鸣算了算时间道："他这是昨晚就出发了，不会是暮哥你一个电话把他催回来的吧？"

齐暮呆呆地摇头道："我不是，我没有，别瞎说。"

许小鸣被他这模样逗得前仰后合。

尹修竹朝他们这边看了一眼，乱糟糟的一片人，可他一眼就看见了齐暮。

可惜尹修竹不能过去，他升学考试考成那样，想不去一班都不可能。他不能向尹正功提转班的要求，也没法提，因为给不出一个合理的理由。

虽然只能暂时在一班，但不急，高中才刚开始。

直到下午的训练结束，齐暮都没能见到尹修竹，他刚到这里，既要领迷彩服又要安置宿舍，还要听教官训话，这都不是一时半会儿能完事的。

齐暮刚吃完饭就想往一班那儿蹭，他们教官瞪他道："怎么，今天不跑圈了？"

齐暮还真不想跑了，尹修竹都回来了，他要手机也没用。

谁知他没出声，许小鸣竟来了句："不跑啦，暮哥的手机可以上交了。"

教官好奇道："跑累了，还是手机玩够了？"

许小鸣这嘴贱的，张嘴就是："他……"

齐暮一把捂住他的嘴，急忙道："我去跑圈。"

许小鸣说不出话，直眨巴眼，他想说的就是：还跑个鬼啊，尹修竹都回来了不是吗？

齐暮瞪他一眼，威胁道："别说出去！"

许小鸣懵懵懂懂，心想：这有啥不能说的？

齐暮也没和他废话，起身去了操场。大家伙凑上来问许小鸣，迫于齐暮的威吓，他只好给嘴巴上拉链。

齐暮刚到操场就看到了魏平希，少年正靠在墙边吃着棒棒糖，瞅到他来了才咬碎了糖，跑到跑道上。

齐暮心情甚好，脚步无比轻快，冲他道："过了今天，我就不跑圈了。"

魏平希诧异道："跟女朋友这就分了？"

齐暮："……"

"不对啊，"魏平希和他一起跑圈跑久了也熟稔了，调侃道，"你和女朋友分手了，怎么还一脸开心？

齐暮很无语，郑重强调道："我说了我没有女朋友。"

魏平希问："那你成天跟谁煲电话粥？"

明明什么事没有，怎么解释起来这么困难呢？

齐暮没去找尹修竹，尹修竹却来找齐暮了，只不过他到六班宿舍却扑了个空。巧的是许小鸣也不在，尹修竹问了一下，齐暮的室友对他说："暮哥跑圈去了。"

尹修竹愣了下，没有追问他为什么去跑圈。不过知道齐暮在操场，他就下楼去了。

夏天天长，快七点了也没全黑，要落不落的太阳挂在天边，映得操场一片昏黄。

尹修竹一眼就看到了齐暮，同时也看到了和他跑在一起的少年。

他们是朝着他跑过来的，所以尹修竹看到齐暮的时候，齐暮也看到了他。

"这么快？"齐暮自言自语了一句，加快速度跑了过去。

魏平希认出了尹修竹，但他没搞清状况，不过见齐暮加快了步伐，他也跑得快了些。

齐暮跑到尹修竹身边停下，问他："都安顿好了？"

尹修竹定睛看着他道："嗯。"

齐暮也看向他，在看到他眼中的疲倦后，不禁心疼道："你这也太折腾了，没必要这么赶，一个军训而已，错过就错过了。"

尹修竹道："一辈子也就一次高中军训。"

齐暮笑道："行吧，反正都回来了，你开心就好。"

尹修竹也笑了笑，问他："都散队了，为什么还在跑圈？"

齐暮不想让他知道手机的事，可临时又掰扯不出个所以然，只能转移话题道："没什么，就是白天犯了点儿错，被罚晚上跑圈。"

尹修竹皱着眉，替他担忧。其实齐暮白天还真犯了错，但那个错也不好解释，赶紧又道："没事啦，跑几圈又不累，反正我明天肯定不跑了。"

这时魏平希跑过来，停在他们身边。

齐暮看向魏平希，问："你俩应该认识吧，还用我介绍吗？"

魏平希冲尹修竹点点头，问道："刚回来？忙什么了？"

尹修竹淡淡地回复了他一句："有点儿私事。"毕竟他和魏平希也只是见过一面，算不上熟，打个招呼就可以了。

齐暮对尹修竹说道："我还有三圈完事，你先回去吧，我之后去找你。"

尹修竹说："我陪你。"

齐暮道："不用，你折腾这几天，身体哪能吃得消？快去歇着吧。"

尹修竹看了魏平希一眼。

齐暮道："有老魏陪我呢，我俩一起跑好几天了。"

尹修竹蹙了蹙眉，道："我在这儿等你。"

齐暮挠挠头道："你先回去吧，我很快跑完，然后去找你。"

尹修竹垂下头，不吭声了。

齐暮最怕他这样了，连忙道："那也行，我快点儿跑。"

说完他飞速冲了出去，魏平希看了尹修竹一眼，跟了上去。

齐暮跑得像百米冲刺一样快，这也就是魏平希，其他人哪能这么轻松追上来。

齐暮回头看了一眼他道："你自己跟上。"

魏平希抬手敬了个礼道："遵命，队长！"

齐暮想起自己这队长还是他让的，绷着的脸也放松了，嘴角带着笑意。

尹修竹在远处看着他们，目光渐渐黯淡，像那将要沉入黑夜的落日。

齐暮向来是光一样的存在，他总能吸引各式各样的人靠近他。但这么多年来，只要尹修竹在，齐暮就不会将他丢在一旁，自己与别人说说笑笑。

什么叫"有老魏陪我呢，我俩一起跑好几天了"，才四天时间，他们就这么熟了吗？尹修竹攥紧了拳头，为齐暮远离他而感到不安。

跑到尹修竹面前时，齐暮冲他比着手指道："还差两圈。"

魏平希见齐暮归心似箭，对他说："咱俩来比赛，看谁先跑完。"

齐暮巴不得赶紧跑完，立马应战道："来啊，上次我有些急了，这次我稳赢。"

不过跑步和障碍赛不一样，急一点儿反而跑得更快。

俩少年箭一般地冲出去，如同挣脱了缰绳的骏马，用年轻充满活力的身体装点了落日下昏黄的跑道。

尹修竹连一句话都没来得及说，只看到他们飞奔而去的背影。

再次经过尹修竹身边时，齐暮没有减速直接冲了过去，他比魏平希慢了一些，正在尽全力追上去。

尹修竹已经好久没有这种感觉了——这种身在人声鼎沸处，心却在孤岛的滋味了。

两人几乎同时抵达终点，齐暮喘着气道："你真能跑。"

魏平希也额头冒汗道："比不上你。"

齐暮见尹修竹不出声，活跃气氛道："你看我俩谁赢了？"

尹修竹不回答，只说："我先回去了。"

他转身就走，齐暮急了，也顾不上魏平希了，几步追上来道："该走啦，站那儿多无聊。"

齐暮察觉到尹修竹心情不好，他小声问道："怎么啦？"他其实很担心于黛云的情况，很担心尹修竹是报喜不报忧。

尹修竹满心都是话，可一句都说不出来，他没权力干涉齐暮交新朋友，更没资格让齐暮非要照顾他的心情。

尹修竹低声道："刚下飞机，有些累了。"

齐暮懊恼道："我就说你太折腾了，四天时间绕着地球飞一圈儿，能不累吗？干吗要这么急着回来，这军训真没意思，又苦又累又脏的，你……"

尹修竹猛地看向他，想的却是：如果再晚几天回来，自己还会是他最好的朋友吗？

齐暮被他看得一愣，说不出话了。

尹修竹收回视线，皱眉道："不想在国外待太久。"

齐暮一听就知道于黛云肯定情况不好，他的心像是被刺到了一般，缓缓道："回来了就别想太多，早点儿回去休息。"

尹修竹咬着牙道："我们不在一个宿舍。"早点儿休息就没法和他再说说话了。

齐暮道："这没办法，宿舍是按照班级分的。"

尹修竹紧抿着薄唇，不出声了。

齐暮一时也不知道说什么好，其实他也不太想回宿舍楼，他和尹修竹隔了两层楼，还一个在南边一个在北边，远得很。可不回宿舍要怎么休息？这儿是军营，不是自己家。

尹修竹的面色已经很不好了，再熬下去，明天的训练怎么办？齐暮真是懊恼极了，他要是早点儿想到这些，不整天说什么军训趣事，尹修竹也就不会好奇地跑过来了。

两人站在那儿，心思各异。

最终还是尹修竹妥协了，他把放在口袋里的小盒子拿出来道："这个给你。"

齐暮看清后一双黑眸里全是惊喜："巧克力？"苍天啊，他快想死它了！

尹修竹轻声道："时间紧，是在机场买的。"

这种时候哪管什么好不好的，齐暮立马接过来，喜滋滋道："还是你对我好。"

"上次你说好吃的那个巧克力我没买到。"尹修竹还记得自己初二回来时，带的一箱子巧克力里面有一种齐暮最爱吃的，他在美国找了几个地方也没买到，也许远一些的城市里会有，但时间太紧，他来不及去买了。

齐暮剥开一颗送到嘴里，一边嚼，一边说道："没事啊，你买的都好吃。"

尹修竹嘴角终于挂了点儿笑，说："不要吃太多。"

齐暮道："真的，我这几天都快馋死了，你不知道那食堂的饭菜，猪都不吃！"

尹修竹道："军训是来吃苦的。"

齐暮看看他说："我怕你吃不下这苦。"

尹修竹道："我能。"

齐暮也不揪心那么多了，他道："反正都过半了，没几天就能回去了。"

尹修竹点点头，应下来。

齐暮见他神情好了许多，说道："要不我们去食堂坐会儿？"天一黑，蚊子愈发猖狂，他浑身都是包，不想让尹修竹也被叮得满身红点点。

尹修竹也想和他多聊会儿天儿："过了饭点也可以进去？"

齐暮道："去看看，实在不行就爬窗呗。"

尹修竹一怔，再次展露笑容道："好。"

食堂大门紧闭，不过他们运气不错，发现还真有扇窗开着，两人身手又很利索，不怎么费劲就翻了进去。

齐暮和尹修竹躲在食堂里，吃着巧克力，有一搭没一搭地聊着。时间过得可真快，好像还没说什么就已经九点了。

这下是真该回去了，齐暮道："走吧，再不睡觉你明天肯定起不来。"

尹修竹其实已经很累了，上下眼皮直打架，也没再勉强撑着。于是，他俩回了各自的宿舍。

齐暮一进屋，许小鸣就凑上来道："有没有好吃的？"

齐暮斜他一眼问："你属狗的吗？"

许小鸣说："想想也知道啊，尹修竹会不给你带吃的？他半道儿过来，肯定还没被突击检查。"

齐暮只能忍痛割爱，拿出一块巧克力，掰了指甲盖那么大一点儿给了他。

许小鸣看着手心里的巧克力渣渣，一脸震惊道："暮哥你这么抠的吗？"

齐暮清清嗓子道："物资匮乏，能给你一点儿，就已经是把你当亲兄弟了。"

许小鸣躺在床上撒泼打滚道："我要有你这样的亲兄弟，我就一头撞死在这床板上。"

齐暮道："赶紧撞，我等着拿回巧克力。"指甲盖大小的巧克力在军营中也是瑰宝。

许小鸣急忙把巧克力塞进嘴里，开玩笑呢，死也要死得清清白白干干净净！

那边尹修竹刚回到宿舍，教官就来突查他："把行李上交，等军训结束再给你。"

尹修竹问："全部吗？"

教官道："是，都要上交。"

尹修竹只带了一个背包，打开后里面的东西整齐得让教官都不好意思伸手去碰。

尹修竹道："您直接把背包拿走吧。"

教官点点头，伸手拎过的他背包。

"对了，"教官又问，"你带手机了吗？这个也要上交。"

尹修竹问道："手机也不可以带吗？"那齐暮是怎么给他打电话的？

教官说："所有的电子设备都要交上来。"

尹修竹从口袋里拿出手机，关机后放进了背包的夹层中。

教官任务完成，这就回去了，嘱咐他们早点儿睡觉，明天还要早起。

尹修竹和方俊奇分在了一个宿舍，方俊奇问道："这么快就回来了？"

尹修竹道："没什么事就赶回来了。"

方俊奇也没多问，就说："你走这几天，可把齐暮急坏了。"

尹修竹心头一颤，问："怎么？我看他挺喜欢这边的。"

"是挺喜欢呢，"方学霸日常嘲讽，"喜欢得每天都要去操场上多跑十圈。"

尹修竹想到了夕阳下奔跑的两个少年道："他喜欢运动。"

方俊奇看他一眼道："他更喜欢他的手机。"

尹修竹转头看他，听出有言外之意。

这时旁边有个性格爽快的男孩儿说道："齐暮可牛了，一开学就成了名人，教官当时在没收东西，他那背包里满满当当的全是巧克力，也不知道是怎么塞进去的……"

听到一半，尹修竹就忍不住翘了翘嘴角，很遗憾没能看到那一幕。

男生又道："后来他手机响了，教官让他把手机交出来，他昂首挺胸敬礼道，'报告教官，不给！'"说着他还模仿了一下齐暮当时的动作，把宿舍的人都逗得不行。

尹修竹愣住了。

方俊奇接话道："教官也不是吃素的，就跟他说想要手机可以，每天跑十圈。"

男生继续道："我们暮哥贼霸气，爽快接受挑战！"

尹修竹好半晌才回过神来，问："他每天跑十圈是为了手机？"

方俊奇道："可不嘛，魏平希是离了棒棒糖就活不了，他是离了手机就喘不上气。"

那男生也跟着起哄。

尹修竹："……"

齐暮非要留下手机是为了什么？是为了和他联系。

这些天他们能打那么久的电话，是齐暮每天跑十圈换来的吗？

尹修竹霍然起身，起哄的男生被吓了一跳。

方俊奇看向他，尹修竹道："我出去下。"

方俊奇一眼看穿他的心思，道："都这么晚了……"有事明天再说不行吗？齐暮又不会跑了。

尹修竹哪等得了？让他在宿舍待一宿，他也合不上眼。

"我很快回来。"他丢下这句话就出门了，方俊奇也只能下床，帮他在被窝儿里做了个假人，以防查房被发现。

其他舍友都很好奇："他去干吗了？"虽然刚才一直在聊齐暮，但他们实在没法联想到一起。

方俊奇沉默片刻，故作神秘地看向窗外，一副要给众生解惑的模样道："鬼知道。"

舍友们无语，皮这一下很开心吗？年级老二！

方俊奇当然知道尹修竹干吗去了，他偶尔没题可做的时候，还会想一想：齐暮对尹修竹来说实在是太重要了，这么多年来尹修竹像谷底的一株向日葵，而齐暮是耀眼的光。

失去光，向日葵怕是连命都没了。

人嘛，谁不想好好活着。

方哲学大师思考了三秒钟的人生，觉得还是数学题有意思，扭头做卷子去了。

已经晚上十点半多了，走廊里空无一人，尹修竹的脚步很轻但走得很快，从北到南似乎只走了不到一分钟。但想想一个人走在阴森的破宿舍楼，穿过灯光惨白的走廊，该多吓人？反正换成齐暮，一准会把自己吓蒙，但尹修竹丝毫不怕。

尹修竹来到齐暮宿舍门口，敲了敲门。

齐暮正准备睡了，冷不丁响起了敲门声，他还以为是教官查房。

许小鸣卷着被子道："不对啊，教官啥时候先敲门后查房了？"哪次不是硬闯？

齐暮并未多想，他道："闭嘴吧，一会儿把你抓出去罚站。"

许小鸣作死道："我觉得不是教官，没准儿是鬼……"

齐暮寒毛都竖起来了！

这时门外传来了极轻的声音："齐暮？"

"齐霸霸"倒吸口气，整个人都缩到了被子里——这鬼还是来找他的！

许小鸣胆子比他暮哥肥点儿，留了双眼睛小声道："听声音好像是尹修竹？"

齐暮立刻从被子里露出脑袋——尹修竹？这么晚了他来干吗？是出什么事了？

他连忙从床上翻下来，许小鸣又开始欠揍了，道："暮哥你别急啊，没准儿这鬼是故意用尹修竹的声音来骗你过去……"

他们的舍友憋不住了，笑道："哪有鬼啊，再说了齐暮会怕鬼吗？"

怕得两腿直哆嗦的"齐霸霸"："……"

许小鸣道："鬼和人不一样啊，我暮哥打人没问题，打鬼要怎么打？"

他越说越像样，齐暮都想爬回床上，裹紧被子了。

这时门外又传来了尹修竹的声音："睡了吗？"

怎么听都是尹修竹，齐暮不理许小鸣了，穿上迷彩服去开门，至于为什么这么热的晚上还要穿迷彩服，那当然是军服上身，一身正气!

齐暮一打开门，看到尹修竹松了口气的同时又有些紧张，问道："怎么了？"

尹修竹看到他后道："打扰你睡觉了。"

"我还没睡。"齐暮又问他，"你怎么也没睡？"借着走廊苍白的灯光，他都看到尹修竹的黑眼圈了。

尹修竹轻嘘口气，道："刚准备睡的。"

"怎么又不睡了？"齐暮为他着想，"是不是睡不惯？"其实一班的住宿条件已经好很多了，倒不是教官们偏爱学霸，而是学霸大多自觉，不会像齐暮宿舍里的几个抠脚大汉一样臭袜子乱扔乱塞。

尹修竹摇摇头，看了下探头探脑的许小鸣，对齐暮说："方便出来一下吗？"

齐暮说："好。"他反手关上门，断了许小鸣的好奇心。

空荡荡的走廊对齐暮心理的冲击还是很大的，他和尹修竹走到了楼梯口，才问："怎么啦，找我什么事？"

尹修竹道："刚才教官没收了我的东西。"

齐暮问："是有什么急用的吗？"他还有特权，可以去向教官申请。

尹修竹并不知道这些，他看着他，轻声道："手机也被没收了。"

齐暮后知后觉地反应过来。

"原来在这儿不可以用手机。"

齐暮干笑道："规定是不能用，但也可以另辟蹊径嘛！"

尹修竹看着他，声音里有些心疼："每天去操场跑十圈吗？"

啊，亏齐暮还想尽办法瞒着，根本瞒不住啊！

齐暮挠挠头道："不要紧啊，跑个十圈对我来说是小菜一碟。"

尹修竹道："训练那么苦，还要跑圈，你……"

齐暮长叹口气，无奈道："就知道你会念叨，所以才想瞒着不告诉你。"他真没觉得跑十圈有多累，但也明白如果尹修竹知道了这事，他肯定会内疚。

尹修竹说："其实不联系也可以，就这么四天，何必去跑圈？"

看吧，这就开始了，齐暮哭笑不得道："你如果是去度假，我肯定不联系你。"那不叫联系，叫打扰。

尹修竹一怔。

齐暮也不藏着掖着了，把自己的担心说了出来："你是去见于阿姨了，她的情况我又不是不知道，我担心你嘛，怕你心里难受又没人说。"

就尹修竹这闷葫芦性格，问了他都不说，更不要说不问了。虽然两人打电话时都没怎么提这些，但能和他说说话，想必他心里也会舒服些。

尹修竹完全僵住了，他怔怔地看着齐暮，只能颤着声音叫他的名字："齐……暮……"

怎么会有这么好的齐暮？

齐暮听他这声音，知道这家伙又感动了……天哪，朋友间互相关心不是应该的嘛！

"好啦好啦，"齐暮脑袋瓜一转，对他道，"尹哥哥已经是当哥哥的人了，别掉'金豆'啦！"其实他好多年没看到尹修竹哭了，可是他这要哭不哭的模样更让他心焦。

尹修竹垂下头，轻声道："谢谢。"

齐暮无奈道："叮咚，尹谢谢上线。"

尹修竹被他逗笑，眼中全是笑意，他让齐暮回去睡觉。

"你这里……"齐暮忽地扯了下尹修竹的领口。

尹修竹本能地伸手去遮挡，可齐暮还是看到了。

楼道里的灯光从上斜着打下来，刚好落在尹修竹的脖颈儿上。齐暮本来没留意到，但因为尹修竹刚才低头又抬头的动作，他一眼就看到了——那是个指印，青紫色凸显在白皙的肌肤上。

齐暮拿开尹修竹的手，对着灯光看了个明明白白。

尹修竹也不再藏了，稍微歪了下脖颈儿任他看。那是于黛云掐的，像要扯下他的皮肉一样，用力掐的。其实并不痛，而且这种伤一旦开始发青，已经没太大感觉，只不过当齐暮的眼神落在上头时，他感觉到了丝丝疼痛。

不是皮肉在疼，是不争气的委屈情绪在作祟。明知道哭也没用的孩子，独自一人时是不会哭的，可一旦有人关心他，那委屈就像翻滚的浪涛一样，一波强过一波，压都压不住。

　　面对于黛云，面对尹正功，面对同情他的护工和医生，尹修竹很平静，心中没有一丝一毫的难过——他坚强得让人生畏。

　　可在齐暮这里，一旦被他看到了，感受到他对自己的关心，尹修竹终于感觉到痛。

　　齐暮鼻尖泛酸，声音哽咽了："她怎么能这样对你？"掐在这里，她是要杀了他吗？

　　尹修竹难道不是她的孩子吗？她还配当一个母亲吗？神志不清又怎样？疯了就可以成为伤害他人的借口吗？

　　尹修竹将领子摆正，道："没事。"

　　齐暮张张嘴，想说又怕说多了惹他更难受。尹修竹道："我已经回来了，短时间内不见她了。"

　　这让齐暮更心疼了，都说没遭遇过便想象不出对方经历什么，但齐暮能感受到，他太明白尹修竹活得有多辛苦了。

　　齐暮道："下次你去国外，我陪你一起。"

　　尹修竹眼睛微微睁大，很错愕。

　　齐暮在阴影里，但一双眸子却亮得犹如晨星，他道："有我在，没人可以欺负你。"即便她是你的母亲，也不行。

　　尹修竹愣了愣，接着抿唇笑了，他心中所有的痛苦、难过、阴霾与不甘都消散了。

　　他觉得自己是幸运的，失去了很多，却遇到了世间最好的齐暮。

　　"谁在那儿？"一声厉喝把齐暮给吓得差点儿跳起来。

　　尹修竹反应极快，一把拉住齐暮，带着他向阴影里跑去。齐暮也反应过来了，小声道："这边！"

　　一楼楼梯的拐角处有个小库房，亏了他俩身手敏捷，这才能在被发现前躲了进去。

　　小库房小得不行，两个一米八多的少年挤在里面连头都抬不起来……

尹修竹低声说："别出声。"

齐暮哪儿敢出声。

巡查的教官纳闷儿道："人呢，眼花了？"说罢这位教官像是非要吓死齐暮一样，嘀咕道："不会真有鬼吧？"

齐暮："……"

尹修竹好不容易把齐暮送到宿舍门口，齐暮又道："要不你睡我们宿舍吧，反正都查完房了。"

齐暮说完又反应过来道："不行，我这儿又脏又臭的。"

尹修竹轻嘘口气。

谁知齐暮又来了句："我们去你宿舍。"

"床太小了。"尹修竹道。

齐暮想了想那单人床，懊恼道："也是……"

尹修竹又补充道："我在下铺，没护栏。"

齐暮叹口气道："算了，没护栏咱俩肯定有个人得睡地上。"宿舍都是水泥地，还坑坑洼洼的，脏死了。

齐暮总算放过尹修竹了："那我回去了。"

尹修竹对他说了一句："晚安。"

齐暮撇撇嘴道："安不了了。"

第二天，方俊奇看到尹修竹这黑眼圈，问道："没睡好？"

尹修竹道："不太适应。"

方俊奇了然，道："我刚来也睡不着。"就这硬板床，他都睡不着更不要提尹修竹了，尹家客房的床垫十万一张，方俊奇睡过，睡完都想扛回家。

尹修竹又道："昨晚谢了。"他回来看到了床上的假人，知道是方俊奇弄的。

方俊奇道："小事。"

尹修竹捏了捏眉心，去洗漱。

宿舍楼里的洗手间是公共的，一排水龙头，一堆大小伙儿挤着用。

尹修竹一进来就想走……

在某些方面齐暮是真的敏感，他说尹修竹有洁癖，那可不是在说着玩儿。尹修竹虽然从未承认过，但他的确是受不了乱糟糟的地方。

可来都来了，连这点儿都忍不了，又怎么军训？尹修竹硬着头皮准备进去，许小鸣跑过来，冲他喊："尹修竹——"

尹修竹回头看他问："怎么？"

许小鸣招呼他道："暮哥找你，跟我来。"

尹修竹立马道："好。"他刚要把洗漱用品放下，许小鸣便道："拿着，带你去我们那儿洗漱。"

尹修竹没反应过来，等到了楼上才明白。

齐暮见他来了，赶紧道："来这边！"他凭实力霸占了一个单独的洗手池，算是绿叶丛中一枝独秀了。

尹修竹心里觉得很暖，道："不用麻烦，我在楼下洗漱就行。"

"可得了吧你。"齐暮还不知道他，"看他们折腾成那熊样，你不得吐出来。"

尹修竹还真有些反胃，可他又心疼齐暮，便道："我真不要紧，既然来了就会适应。"

齐暮吐吐舌头道："其实我也受不了他们！"

"好啦，"他催促尹修竹，"你快洗漱，一会儿要列队去食堂吃饭了。"

许小鸣眼巴巴地道："尹神，我还在等着呢。"

齐暮瞪了他一眼。

许小鸣戏多，捂着胃道："我也受不了他们，要吐出来了，呕——"

齐暮给他一脚道："你这是孕吐吧！"

许小鸣大惊失色道："这都被你看出来了！"

齐暮："……"

许小鸣托腰挺肚道："你说我去和教官说我有了六个月身孕，他会不会放我回家？"

齐暮面无表情地道："教官会送你去精神病院。"

尹修竹被这俩活宝给逗得笑出声。

真好，有齐暮在的地方就是天堂。

白天训练的时候，尹修竹和齐暮儿乎见不到面，他们一个在一班，一个在六班，根本不在一个方队。

好在齐暮是方队队长，是领头的，所以尹修竹能远远地看到他。

齐暮站得像旗杆一样笔挺，又穿着一身帅气的军装，简直取代了烈日，成了这片天地新的光源。

军训的强度对尹修竹来说不算什么，他体质不比齐暮差，尤其在认识齐暮后，因为向往他那样的体魄而坚持锻炼，再加上小学毕业时发生的事，他系统学习了真正的格斗与防身技巧。

所以训练时尹修竹一点儿都不觉得累，他心情很好，庆幸自己没有错过这一生只有一次的和齐暮他们在一起的高中军训。

不过他又贪心地希望大学军训也能和他们在一起。

尹修竹出着神，旁边有了躁动。

"二队又开始搞事了！"

"单练吗？齐暮和魏平希？"

"刺激，一龙一虎在一个队里是真带劲！"

"还是他们教官爱搞事，听说谁赢了能休息一下午。"

"我选齐暮，上次他都赢了。"

"我选魏平希，上次他明显没发挥实力，这次稳了！"

虽然一班都是些沉稳的学霸，不关心这些四肢发达的人的事，但一方队里还有二班和三班的，他们兴致勃勃地起哄，想看热闹。

教练见他们心不在焉，笑道："你们要不要去试试？不用比，谁能在规定时间内闯过，就可以休息一下午。"

一方队鸦雀无声，谁要去呀，那玩意儿是普通人能过的？跑得累死累活，回头再输了，下午还要接着训练，何苦呢。

尹修竹却心思一动，休息一下午，和齐暮一起。

当然前提是齐暮得赢，如果是魏平希赢了……尹修竹瞬间毫无兴趣了。

二方队这边，齐暮睄着魏平希问："你下午有事？"这比赛是魏平希挑起来的，奖励也是他讨的。

魏平希打了个哈欠道："没什么事啊，就是想活动下。"

齐暮琢磨了一下，来劲了，道："行，陪你玩玩。"

魏平希问："怎么，你下午有事？"

齐暮道："赢了再说。"

魏平希够仗义，他道："你要是有什么要紧事，我让你，反正我只是无聊。"

齐暮也没什么要紧事，他就是想休息一下午，再用特权去把尹修竹给换出来，两人一起补觉。

"没什么，"齐暮说，"就是想躲懒。"

这话激起了魏平希的胜负欲，他道："行，那正经比一比。"

齐暮道："来吧。"

教官掐表，俩少年火箭一般地冲了出去。

一方队这边其实看不清，教官看他们一个个脖子伸得跟打鸣的公鸡似的，笑着说："行了行了，去看吧，看完再训！"

大家欢呼一声，挤了上去。

尹修竹没去挤，他个子高，稍微找个地势高的地方就能看个明明白白。

障碍赛一共十个关卡，考验体力、反应能力，更拼速度以及敏捷度。

齐暮和魏平希都是综合素质极高的人，但显然齐暮的经验不如魏平希。魏平希都不知道玩多少次了，熟得闭着眼都能闯过去。他早玩腻这个了，但因为棋逢对手，总心痒地想再试试。

齐暮也实在是天赋不凡，竟在平衡木这个项目上领先了一筹。

尹修竹心里刚一热，谁知下个项目魏平希就追了上来……嗯，这人真碍事。

二方队那边热闹多了，他们虽然是一个队的，但齐暮是六班的，魏平希是四班的，他们争的是班级荣誉！

也不知道是谁嘴贱地喊了一句："魏平希，你的糖掉了！"

什么鬼！魏平希脚下一顿，在最后关卡被齐暮给反超了。

六班姜雨凝同学乱喊一声后，推推眼镜道："兵不厌诈。"

四班同学不愿意了，集体抗议道："啊啊啊，你们作弊！"

然而结果已经出来了，齐暮赢了。

齐暮转头看魏平希，问："你怎么了？"他全神贯注，心无旁骛，根本没听到有人喊了什么。

魏平希遗憾道："失误。"是他轻敌，想三想四被"敌军"干扰了。

这时尹修竹走到了方队前面，问教官："我可以试试吗？"

教官一愣，道："行啊。"应下来他又补充道："你别看他俩玩得轻松，其实很有难度的。"

尹修竹问："要求多少时间内通过？"

教官给了他一个时间。

尹修竹点头，活动着手腕脚腕。

齐暮和魏平希刚结束战斗，大家还意犹未尽，尤其是六班耍诈，四班正在鬼哭狼嚎地讨伐，姜雨凝同学隐在人群中，深藏功与名。

齐暮这才知道之前有人喊话干扰了魏平希，所以才让他落后了一步。他看向魏平希，问："你又让我了？"

魏平希尴尬道："是我精神不集中，赛场上可不会管这些。"

齐暮道："一个比赛而已，我们……"

魏平希饶有兴趣道："有人挑战障碍赛了。"

齐暮扭头，看到了站在起跑线上的尹修竹。

与此同时一大片喝彩声响起，女孩儿们的欢呼声尤其热烈，喊的话太多，反倒听不清是什么。

姜雨凝万万没想到，她竟然还能看见尹修竹挑战！

有女孩儿担心道："尹修竹能行吗？"

姜雨凝兴奋道："我们尹神从不打无把握之仗！"

"这么厉害吗？"女孩儿还没彻底倒戈，深表怀疑，"我信尹修竹比魏平希学习好，但这种体力活，他……"

话没说完，女孩儿就改口了："好帅！"

尹修竹和魏平希、齐暮是截然不同的。后两者活力四射，做什么都是热血沸腾，尤其是齐暮，更像小太阳一样，很容易感染人；而尹修竹也许因为容貌过于精致，气质又过于冷峻，即便站在烈日下，给周围带来的却是丝丝凉意。他总是很沉着，很冷静，像个不苟言笑的学者，也像一个站在舞台上演奏华美乐章的优雅艺术家。

可此刻，当他动起来时，专注的眼神、舒展的身体、敏捷的动作，如同蓄力后发起冲击的黑豹，在众人的惊叹声中快速通过障碍赛，整个过程行云流水，像个潇洒的剑客。

齐暮直接看呆了。

魏平希笑笑道："你兄弟真行。"

尹修竹已经有了下午休息的资格，齐暮跑过来找他，夸赞道："厉害！"

尹修竹这些天折腾得身体有些乏，刚才又那样运动过，声音微哑："比你慢了不少。"

齐暮说："我这是第二次了，有经验。"

尹修竹问："之前也比过吗？"

齐暮正在兴头上，嘴一秃噜就说出来了："上次是和魏平希抢方队队长，顺带还赢了个特权。"

"特权？"尹修竹以为也是下午休息这样的特权。

齐暮眨眨眼睛道："对，可以向教官提一个不出格的要求，我还没用呢。"

尹修竹脑袋转得快，立马反问："既然有特权，为什么还要去跑圈？"直接用来换取手机的使用权不就行了？

齐暮理所当然道："留给你用嘛，营地里条件这么差，好歹能改善点儿。"

尹修竹："……"

齐暮回过味来了，道："你别又谢我啊，还没用呢，而且……主要是我自己用不到它，所以才想留给你。"

"我也不用。"尹修竹道。

齐暮错愕道："为什么？"

尹修竹摇摇头，只能在心里想：舍不得用。

哪怕这个特权是无形的，是没法收藏起来的，但这是齐暮对他的好，是齐暮时时刻刻在记着他。尹修竹不舍得，也不敢用——太幸福了，他会患得患失。

齐暮可理解不了这些，他道："那不行。"他眼珠子一转，拍板道："我用它去讨个单独浴室吧！"

齐暮故意吓他说："你不知道公共浴室的条件有多差，一群人挤一起洗澡，还要抢水龙头……"

尹修竹愣住了，问道："你去洗过？"

齐暮无奈地说："当然啊，不洗要熏死你。"

齐暮以为自己说得太过，吓到他了："我都受不了，你怎么能受得了？"他又道："虽然都是男的，但那样赤条条地在一起，也是辣眼睛得很……"

如果这是动画中的情节，此时的尹神大概正处于一片阴影下，深度怀疑人生：为什么要错过军训？为什么要晚来五天？为什么不早点儿过来换个特权给齐暮用……

齐暮唤他，问："怎么啦？"

尹修竹悔得肝都青了，道："没事。"

这哪像没事的样？齐暮心一紧，问："是不是刚才运动太过，腿抽筋了？"

尹修竹正要摇头，齐暮竟半蹲下来，伸手按向他的小腿……

"没抽筋。"尹修竹将齐暮拉起来，说，"只是有些累，走吧，我们去找些吃的。"

齐暮心疼他道："你这四五天都没正经睡过觉吧？就是超人也该累了。"

听着他的声音，尹修竹还真感觉到了倦意。

他们吃过饭，下午也没干什么，一起补觉去了。齐暮去了尹修竹的宿舍，睡的是方俊奇的床。

尹修竹直到睡着前还在耿耿于怀，应该再早点儿回来才是。

好在晚上许小鸣出场给尹修竹带来了万丈光明。

许小鸣恳求道："求你了暮哥，让我用用这个干净的浴室吧，求求你了！"

齐暮不为所动，果断拒绝："不行！"

许小鸣佯装号啕大哭，再次哀求："我肯定等尹修竹用完啊！"

齐暮道："你洗个澡折腾得要命，不给用！"

许小鸣向他保证："我肯定规规矩矩，不乱扑腾，也不跳泡沫舞，绝对安分守己，用完拖地擦玻璃，保证还你们一个干净无污染的浴室！"

尹修竹刚好过来，道："这……"

许小鸣一看他来了，转头求道："尹神啊，行行好吧，等你用完浴室给我用一下吧，我真不想深更半夜爬窗去洗澡了啊。"

尹修竹愣了下。

齐暮踹了许小鸣一脚，问道："你之前都洗得好好的，现在怎么就洗不了了？"

"我困啊，而且一个人十二点在那空荡荡的浴室里洗澡，很吓人的啊！"

齐暮设身处地一想，态度有些松动了。虽然贱兮兮的许小鸣配不上他用特权换来的浴室，但看在同是鬼怪害怕者，齐暮有点儿可怜他。

尹修竹眼睛一亮，问："为什么要深更半夜去洗澡？"

许小鸣继续装可怜拉票道："那时候你还没来所以不知道，那公共浴室就像满载的地铁车厢一样，人挤人，我和暮哥去看了一眼就落荒而逃了，还洗澡呢，眼都快瞎了！"

尹修竹又问："所以你们都等到半夜去洗澡？"

许小鸣道："对啊，只能这样，我暮哥特仗义，每次都让我先洗。"可现在齐暮有了单独浴室也不带他。

尹修竹心情甚好，准了，他道："我们轮流用，还有方俊奇，四人时间错开，刚刚好。"

许小鸣热泪盈眶，就差高呼万岁了！

第八章

高中

　　军训还差这一天就结束了，下午的时候，教官给新生们带来了一个福利。

　　"想不想试试打靶？"

　　有男生兴奋道："真枪吗？"

　　教官厉声道："废话！"

　　男生们兴奋极了，高声回应："要要要！"

　　教官嘿嘿笑道："为了安全，不可能每个人都有机会，想试的就去跑八百米，前十就可以去射击场！"

　　兴奋的男生们闹开了："就十个人，也太抠了。"

　　教官认真道："那是真枪，你们以为是游乐场里的玩具吗？"这届新生太可爱了，带他们去玩玩，但玩也要有度，安全第一。

　　主教官又给活动加了个筹码，道："射击成绩第一名的，允许今晚就把家当领回去！"所谓家当就是入营地时被没收的东西，这奖励太带劲了，饥渴了几天，喝一口碳酸饮料，吃一袋零食，那是何等销魂的滋味！

许小鸣兴奋道:"教官,我的外星人也能搬回宿舍吗?"外星人即他的电脑。

教官道:"可以!"

许小鸣振臂高呼:"比!我要参赛!"

齐暮瞅他一眼道:"首先你得能跑完八百米。"

只一句话就让许小鸣蔫了,他又开始求齐暮,道:"暮哥你上啊,拿个第一,把我的家当换回来,咱们晚上就可以看电影了!"

齐暮也想赢,他想要他的巧克力,满满一包巧克力。

可是他对射击心有余悸,那次和尹修竹玩射击游戏的记忆还在他脑海中挥之不去,只是个游戏,他都打不准,更不要提真枪了。

不过齐暮想错了,他试试真枪,也许会准得可怕。当然心理阴影也可能会影响发挥。

因为对打靶没信心,齐暮连八百米跑都放弃了,他当然能杀进前十,但之后也无缘第一,还不如给其他想试打靶的人一个机会。

许小鸣又去投奔了魏平希,他自觉抱上了"粗大腿",后顾无忧,已经开始向周围的同学安利起自己电脑里的电影了……

齐暮长吁短叹,在心里默默安慰自己:反正最后一天了,明天就解放了,让巧克力再等他一宿吧。

直到齐暮看到了尹修竹。

二方队有这福利,其他方队自然也有。

齐暮一脸错愕,许小鸣兴奋道:"尹修竹会打靶吗?"

何止是会,会到那射击店的老板现在对他还记忆犹新。

许小鸣信心十足道:"虽然尹修竹是我哥们儿,但我觉得没人能赢得了我魏哥。"

齐暮懒得看他这狗腿样。

尹修竹见齐暮没参赛,挺意外的,他看过来,虽然没说话,但神情已经将疑惑递了过来。

齐暮也没说话,就摊摊手,眼里写满:反正赢不了,不去占位子了。

尹修竹笑了,薄唇微动道:"等着。"

他俩隔得远，听声音是听不到的，但齐暮看懂了。咦，没准儿他今晚拿回巧克力有戏了？

许小鸣还在盲目乐观，道："暮哥别气馁，等赢了，晚上我还是会给你留一个观影座，不过可能位置不会太好，毕竟魏哥出力，他坐中心位也是应该的……"

齐暮不屑理他："嘚瑟吧你。"

许小鸣尾巴都快翘上天了，道："那是真枪，摸都没摸过的人哪能打出成绩？魏哥可是碰过枪的人！"

齐暮反问道："你怎么知道老魏碰过？"

齐暮继续打击他道："他爸警告过他，未成年前不许摸枪。"

许小鸣大惊失色道："怎么可能?！"

"这有什么不可能的。"齐暮平静道。

许小鸣慌了，问："那他能赢吗？"

齐暮道："这得问你魏哥了。"

许小鸣认真分析了一波，说道："我觉得还是有把握的，即便没碰过枪，魏平希也是最熟悉的，其他都是些弱鸡，哪里比得过。"

齐暮不乐意听了，道："尹修竹可不弱。"

许小鸣怔了下，都快哭了："完了……我怎么把这事给忘了，尹叔很爱射击，他肯定带尹修竹去过射击场……"

齐暮弯了弯唇，不说话了，他心情特别好。

结果公布时，许小鸣面如土色。

魏平希笑眯眯地对他说："抱歉啊，输了。"诚如许小鸣猜测的，他魏哥虽然没碰过枪却很有天赋，他碾压其他人没问题，但挡不住经验足的尹修竹。

许小鸣还在挣扎，哭道："暮哥啊，你去和尹修竹说说，咱们换我的电脑呗？"

齐暮矜持道："又不是我赢了，我做不了主。"

做不了主个鬼啊，竹子哥哪天不是向着齐暮！

许小鸣连猜都不用猜，闭着眼都知道尹修竹会换什么。

晚上齐暮美滋滋地派发着巧克力，道："最后一天了，大家都吃点儿！"

轮到许小鸣时，许小鸣恶向胆边生，抓了一大把后掉头就跑，躲到方俊奇宿舍去了。

齐暮笑得眼睛都弯成月牙了——让他嘚瑟！

军训圆满结束，大家将要离开军营时心中升起了浓浓的不舍。

虽然苦虽然累，但放下了手机、电脑、电视等一切杂物的十天却是无比充实与快乐的。

离别时所有教官列队，给他们行了一个标准的军礼。

别说女生了，连大男孩儿们都热泪盈眶，走得依依不舍。

齐暮给尹修竹发短信："幸亏你回来了。"

尹修竹回他："嗯，幸亏回来了。"

齐暮是感慨尹修竹拥有了这一段难忘的旅程，尹修竹是庆幸自己没错过和齐暮他们一起度过的这一段人生。

回到学校后，迎来的是相对枯燥的高中生活。

因为许小鸣在发愤读书，齐暮也安分了许多，老实听课。

有些人可能天生不适合学习，刚听了十分钟课齐暮就困了，但脑袋里还想着：要是老师是尹修竹就好了，他肯定不困。

可怜"地中海"的数学老师是怎样修炼也修不成尹修竹那样了。

齐暮正无聊，收到了一条信息："来打球？"

是魏平希发给他的，齐暮回了一句："上课呢。"

魏平希立刻回道："知道啊，不上课的话，谁还在学校打球？"

说得好有道理，齐暮竟无力反驳。

算了，反正也听不进去，齐暮起身道："老师，我想上厕所！"

数学老师挥挥手道："快去快回。"

齐暮真是去上厕所，不过准备去的是体育馆的厕所。

他刚出教室，在楼梯口看到了一个女孩儿。

女孩儿抬头，看到他时整个人都瑟缩了下，小声道："齐、齐暮。"

齐暮没想到会在这里看到她——查嫣，很特殊的姓氏很特殊的名字，齐暮没那么容易忘记。

不过时间已经过去了很久，他其实早就忘了她的长相，只模糊记得她缩在角落里，害怕又惶恐的样子，还有那双黑色的眸子中透出的迷茫与无助。

原来她也考到一中了。

齐暮往旁边避了一下，给她让路，道："好久不见。"

查嫣低着头，黑长发遮住了半张脸，苍白的唇紧绷着，颤声说："好、好久不见。"

看她这样子，齐暮也不敢和她说太多。

齐暮冲她点点头，准备下楼，查嫣竟又唤他一声："齐暮。"

齐暮转头看她道："嗯？"

查嫣紧张地攥着衣服下摆，不安到了极点，她想说什么却又说不出来。

齐暮道："快回去上课吧，我下去打球了。"说完他几步跳下楼梯，没再给她说话的机会。

查嫣终于抬头了，她看着齐暮远去的背影，白皙的脸上有些失望。

齐暮见到查嫣，心里难免会有些不痛快，打球时有点儿凶。

中场休息时，魏平希喝着饮料问他："怎么，和尹修竹吵架了？"

齐暮无语地看了他一眼。他拿毛巾擦了下额头的汗，道："怎么可能，我俩从不吵架。"

齐暮看了看时间，又道："再玩会儿吧，要下课了。"

"行。"魏平希一个弹跳，轻松站起。

他们玩到了中午，魏平希问他："中午一起吃饭？"

齐暮说："我去问问尹修竹。"

魏平希表示理解，道："那电话联系。"

齐暮去冲了个凉，换身衣服溜去一班，半道儿碰到了他们班数学老师……

"地中海"老王没好气道："你这厕所上得有点儿久啊，便秘是病，得治！"

齐暮嘿嘿笑道："赶明儿就去请假看看。"

老王拿书轻轻敲了下他的肩膀道："少壮不努力，老大徒伤悲！"

齐暮老实"挨揍"加挨训，好不容易把老师给哄走了。

齐暮来到一班时，一班还没下课。他在门外透过窗户看了一会儿。

不一样，尖子班和其他班的氛围仿佛两个世界。

尹修竹坐在靠窗的位置，阳光刚好照在了他手上。

齐暮看不清他做的笔记，但想想也知道那一个个方块字写得有多认真，尹修竹总是这么一丝不苟。

齐暮后知后觉地发现，他和尹修竹已经如此不一样了。

老师一走，里面的学生还是很安静，都在埋头整理着笔记，一点儿没有下课了的急躁样。齐暮走进教室，犹如一颗石子落入了平静湖面，激起的涟漪不大，但显得格格不入。

尹修竹一眼看到他，说道："马上。"

齐暮道："不急。"然后就不出声了，在这么个安静的教室里，说话声太突兀。

尹修竹随他出了教室，笑着问他："打球了？"齐暮的头发还湿着，服帖地垂下来，不像往常那样微翘着。

齐暮道："和老魏玩了一会儿。"

尹修竹道："等天冷了可不能这样湿着头发乱跑，容易着凉。"

齐暮甩了甩头发，像只刚洗完澡的小狗似的，满不在乎道："不会啦，我都擦干了。"

尹修竹眼中全是笑意，他说："现在没事，天热这样也凉快。"

齐暮这才想起来问他："对啦，老魏叫咱们出去吃饭，你去不？"

尹修竹反问他："你想去吗？"

齐暮说："那家的面挺好的。"

尹修竹道："走，去尝尝。"

齐暮看见了方俊奇和许小鸣，问他俩去不去，许小鸣幽幽道："你觉得我还有资格出去吃饭吗？中午这么宝贵的时间，难道不该用来复习知识点吗?！"

他眼中怨念太深，齐暮脊背一凉，想到了——鬼。

方俊奇开口道："我……"

"也不去了"这四个字还没说出来，幽怨的许小鸣就威胁他道："胖子你要是敢去，咱俩现在立刻马上就绝交！"

方俊奇："……"

许小鸣快被学习给折磨疯了，好不容易有了演戏的机会，立马"戏精"上身道："我为了你放弃出国的机会，为了你放弃吃喝玩乐，为了你拼命学习，你竟然还背着我出去花天酒地！死胖子，你的外号是大猪蹄子吗?！"

方俊奇面无表情地道："白痴。"

许小鸣更来劲了，道："暮哥你看看他，我真是猪油蒙了心才跟了这个负心汉！"

齐暮摸摸下巴，沉吟道："我怎么觉得被猪油蒙了心的是老方。"

许小鸣悲痛欲绝地道："暮哥你还是我暮哥吗？这么多年我鞍前马后掏心掏肺鞠躬尽瘁……"

齐暮耳朵疼，打断他道："补习很有用，都会这么多成语了！"他推着尹修竹快快逃走："走了走了，老魏已经过去了。"

齐暮已经给魏平希发了信息，魏平希早早给他们占好了位置。

学校外头的馆子从来都是热热闹闹的，这家面馆挂了个连锁的招牌，环境也勉强达标，牛肉面做得也还能吃。

齐暮一到，魏平希问他俩："吃什么口味的？"

齐暮道："我要麻辣，越辣越好，尹修竹不吃辣。"

老魏去点餐。他们都不差这个钱，也就没抢着付钱或是 AA 了。

齐暮对尹修竹说："其实米线也挺好吃的。"

尹修竹说："下次再来尝尝。"

齐暮打量他问："吃得惯？"

尹修竹笑道："有什么吃不惯的？"

齐暮眼睛弯弯，笑道："那下次再一起来。"

尹修竹答应道："好。"

齐暮还挺怕他嫌这儿不干净的，毕竟那些碗筷再怎么消毒也干净不到哪儿去。

尹修竹其实是有些介意的，不过只要和齐暮还有他这些朋友在一起，什么馆子他都能去，什么东西都觉得好吃。

他们仨坐一桌，实在是很打眼。来来往往的人都忍不住看上一眼，单单是他们这模样就够吸引人了。

女生们根本管不住自己的眼，一个劲儿地偷瞄。

有些男生却觉得刺眼，早看他们不痛快了。

"咱校的女生真蠢，就齐暮那样的也敢招惹？"

"他是挺厉害的，军训的时候出尽风头，还和魏平希玩得很好，现在高一级部没人敢惹他俩。不过女生不就那样吗，喜欢些混混儿。"

"他可不是一般的混混儿。"其中一人初一时在国瑞初中念过，后来转到其他初中，却一直记得齐暮，只听他说道，"你们不知道，他那时候才初一，就把初三的人给打破头了。"

"这么狠啊。"

"关键是人家里有钱，打了人不会被开除，挨打的反倒转学了。"

"这么过分？"

"还有更过分的！他欺负了一个女孩儿，老师发现了，想为那女孩儿做主，结果你们猜怎么着？"

听他说话的人都蒙了，一个个面都吃不下去了。

那人继续道："后来那女孩儿被迫转学，老师都被辞退了。至于齐暮，什么事都没有，还在国瑞初中作威作福！"

一桌子人都倒吸口气，满眼都是愤懑："还有没有王法了？！"

"屁法，齐暮家有的是钱，杀了人他爹都能给他买命！"

"军训时真没看出来，我还觉得他挺好的。"

"你可离他远些吧，你没看见连魏平希都围着他转吗？"

齐暮那桌离这边很远，根本听不到他们的窃窃私语。

可有些话一旦说出来，就像着了火一般，瞬间将周遭点燃。

高中第一次月考还是非常重要的，老师们重视，学生们也非常在意。升学成绩已经是过去式了，新生活的第一次考试，谁都想讨个开门红。

许小鸣更是紧张得手直抖："暮哥啊，你说我能考进前二十吗？要是考不进怎么办？"

齐暮瞅他这样，还是很心疼的，难得安慰他道："没事，正常发挥就行。"

许小鸣正经不过两句话："要是班里全是你多好，我肯定考第一。"

齐暮觉得心疼他还不如心疼一只流浪狗。

因为是第一次月考，学校也很重视，排了考场，把学生都打散，分到其他班考试。

齐暮运气很"好"，稳坐一班第一排第一座，成了一中名正言顺的第一人。

同在一班，但坐在最后一排的许小鸣得到了安慰："比惨……比不过我暮哥。"

齐暮听了都想一脚把他踹到国外去了，这祸害留国内干吗？还是去祸害别人吧！

其实齐暮坐哪儿都无所谓，他又不作弊。不过让他意外的是，查嫣竟然也在这个考场，还坐在他后头。

她一看到齐暮，本就低着的头更低了，攥着笔袋的手紧张到骨节泛白。

齐暮叹口气，有点儿想换位子了。他坐这儿，恐怕查嫣这次月考要完蛋。

可惜这是考场，哪有随便换位子的道理。

查嫣明明紧张得不行，却还是向齐暮点了点头，冲他问好。齐暮本想装作没看到她，可她都开口了，他也不好不理她，于是轻声应道："嗯。"

查嫣身体绷得更紧了，瘦瘦小小的女孩儿犹如惊弓之鸟。

齐暮心里五味杂陈，对她说："加油，好好考。"

查嫣嘴唇颤动着，好一会儿才说："我……我会加油的。"说完终于去了后座，可能是太慌张了，她撞到了桌子角，低低哼了一声。

齐暮转头看她，问："还好吧？"

"没……没事！"查嫣看了他一眼，又极快地避开了视线。

齐暮并不擅长和女孩儿交流，尤其是查嫣，他甚至都没想过他们还能再见面。

终于开始考试，齐暮很认真地答题，别看他时不时翘课去和魏平希打球，但因为暑假让尹修竹给他补习过，所以还真会不少。

他难得写这么多字，中性笔竟然不争气地没水了。

齐暮还是头次遇到这情况，他起立道："老师，我的笔没水了！"

监考老师生气道："连这点儿准备工作都没做好，还考什么试！"虽然责备他，却还是扬声问道："有没有谁带了多余的笔，借他用用？"

让齐暮很意外的是，查嫣竟然最先举手，她小声道："我这里有。"

齐暮本想找许小鸣要，但他俩这座位隔了一个教室那么远，还是别舍近求远了。

监考老师怕齐暮趁机看人家卷子，下来帮他们交接了一下，齐暮乐得如此，也省得查嫣不自在。

一个小插曲后，大家继续答题。

第一场结束，齐暮将笔还给查嫣，道："谢了。"

查嫣慌张道："不用给我了，我不要了……"说完她又更紧张了，解释道："我是说我还有很多笔，还有一场考试，你用吧。"

她越紧张越是说不明白话，越是说不明白话又越想解释清楚。

齐暮语气平和道："好啦，那我再用一场，回头还你一支新的。"

查嫣一怔，抬头看了眼齐暮。

齐暮这还是头一次和她对视，他冲她微微笑了下。

查嫣的脸红了，她再度低下头，声音更小了："不用还，只是一支笔而已。"

这时，许小鸣鬼叫着过来了："暮哥啊，我觉得我要完了，好几个地方明明会，但一考试就记不起来了是怎么回事！"

查嫣立马坐下，缩到了自己的桌椅间。

齐暮转向许小鸣，和他插科打诨，有一搭没一搭地胡扯着。

直到考试结束，齐暮都没再和查嫣说过一句话。收拾东西准备离开考场时，齐暮有心让查嫣先走，但她却坐着没动，好像在等齐暮先走。

齐暮站起身准备走，谁知查嫣也刚好站起来了，两人又成了一前一后。

查嫣缩了下身体，想退后，齐暮让了让，道："你先。"

查嫣低着头，紧紧握着手袋，冲他点点头。

她匆匆离开教室，许小鸣过来了，好奇地问："谁啊？好像有点儿面熟。"

齐暮岔开话题道："中午吃什么？"

许小鸣猴精一样，眨了眨眼问："暮哥你心虚什么啊？"

齐暮："……"

许小鸣眼尖地看到了那支粉色的中性笔，"哎哟"一声："对哦，她就是借笔给你用的女孩儿。"

"哎哟喂，"许小鸣来劲了，"有人暗恋我暮哥啦！"

齐暮眉峰一挑。

许小鸣还在哼哼唧唧："有什么关系嘛，这很正常的事，毕竟我暮哥英俊帅气仪表堂堂人见人爱，妹子见了会心动也很正常啦！"

齐暮心里有事，压低声音道："少说两句。"

许小鸣察觉到他有些动怒了，神色一凛，问："怎么了？"

齐暮皱眉道："没什么。"说罢先一步走了。

许小鸣丈二和尚摸不着头脑：怎么个情况，难道暮哥对那女生也有意思？这是大事件啊！

尹修竹是晚上帮齐暮收拾书包时看到那支笔的。

齐暮正在逗"鬼鬼"玩，一人一猫在地毯上滚来滚去。其实"鬼鬼"已经不像小时候那样活泼了，每天都懒洋洋的，可一见着齐暮，还是会缠着他撒娇——连猫咪都知道齐暮是真心疼它。

齐暮被"鬼鬼"舔得手心痒，笑道："你这小胖猫，该减肥了。"话虽这么说着，却又整日让乔女士买猫零食给它吃。

尹修竹收回视线，将这支粉色的笔放进了他的书包中。

"考得怎么样？"尹修竹问他。

齐暮说："还行吧，我觉得我没准儿能进前二十。"

尹修竹笑道："如果许小鸣没进，他得找你拼命。"

齐暮想了下那画面，浑身舒畅，道："这不怪我，是尹老师教得好。"

齐暮突然想起什么，问道："对啦，你这儿有没用过的中性笔吗？"

尹修竹微怔，想起了齐暮书包中那支粉色的笔，他不动声色道："有，你要用？"

齐暮顿了下道："给我一支吧。"

尹修竹给他找来一支签字笔，纯黑色的笔身，看起来十分精致。

齐暮问："没别的颜色吗？"

尹修竹问："你想要什么颜色？"

想也知道尹修竹不可能有那些花里胡哨的笔，齐暮道："算了，就这样吧。"他随手将笔收进了背包中，他也懒得专门去买了，直接把这支还给查嫣吧。

第二天去了考场，齐暮把这支黑色的笔给了查嫣。

查嫣推说不用，齐暮说："有借有还，再借不难嘛。"

两人一起考了一天，查嫣终于没那么紧张了，勉强笑道："谢谢。"她很珍重地将笔收了起来。

本以为事情就这样过去了，齐暮也没再当回事。谁知周一回校，查嫣大清早就等在了六班门口。

她实在是太显眼了，不是因为长得如何，而是太胆怯了，明明只是站在别人班门口，却像是站在了摇摇欲坠的枯枝上那样小心翼翼。

许小鸣一眼看到了她，冲齐暮眨眨眼睛。

齐暮无奈，只能硬着头皮过去问："找我？"

查嫣一看到他，立马手足无措。

齐暮只得道："跟我来。"他领她避开人群，去了教室拐角处。

可越是这样，越引人注目，周围的同学都纷纷投来好奇的视线。

查嫣十分惧怕别人的目光，她低着头，肩膀微颤着，声音也抖得不成样子："这个……这个太贵重了，我不能收。"她伸手，掌心放着那支精致的黑色签字笔。

齐暮没反应过来。

查嫣道："我那支笔只是外头随便买的，不值钱。这个……这个他们说是万宝龙的，很贵，要七八千。"

齐暮也没想到自己随口一要，尹修竹就给他一支万宝龙笔。亏他当时还嫌这笔太一本正经，不够活泼可爱。

如果是这样，那这支笔的确不适合给查嫣。齐暮收了回来，说道："我没留意，图省事拿了我爸的一支新笔。"总得解释下，免得查嫣误会。

查嫣垂首道："不用还我了，你……帮了我那么多，一支笔不算什么。"

齐暮见她身体又开始紧绷，知道她是在抗拒着过去，他也不愿她想起，便道："那就谢谢了，没什么事的话，我先回去了。"

查嫣急忙道："好……好的。"

齐暮没再说什么，拿了笔回教室。

高中本就是最躁动的时候，齐暮又是一中的知名人物，一个女孩儿来找他，两人说了半天话这种事肯定会勾起很多好奇心。

别说外人了，连许小鸣都好奇死了，问道："暮哥，什么情况啊？"

齐暮道："没什么。"

没什么就是有什么！真没什么的话，说清楚不就行了？就是说不清楚才会用"没什么"来搪塞的。许小鸣一眼看到他手中的笔，惊讶道："万宝龙，她送你的？"

齐暮有时候真想大义灭亲，插兄弟两刀。

许小鸣这一吆喝，本就竖起耳朵听着的同学们更好奇了，还有不知道万宝龙是啥的，立马就有人给他科普——这家的钢笔贵得要死，随随便便一支笔都要好几千！

许小鸣还在嘿嘿笑着："你竟然收下了，看来你俩……"

齐暮瞪他一眼道："闭嘴，不是你想的那样。"

许小鸣凑近他问："你知道我是想的哪样？"

齐暮没好气地朝他脑门儿上拍一下，道："这笔是尹修竹的。"

许小鸣眨眨眼睛，脑洞大开，表情有些崩溃，他压低声音道："你俩看上了同一个女生？不要啊，太狗血了，我不要你俩因为一个外人闹掰啊。"

齐暮服了，骂他道："滚！你这嘴胡说八道，一个顶仨！"

赶走了许小鸣，齐暮也留意到了班里同学的神情，这事他要怎么解释？他跟许小鸣都没法说。

他这边都这样了，查嫣那边也好不到哪儿去。

普通家庭的女孩儿怎么也想不到一支笔可以那样贵，她只觉得这支笔很好看，也很珍惜，再加上是齐暮给她的，感觉其中蕴含了无穷的力量，让她很心安。她舍不得用它，却随身带着，像护身符一样。

虽然她不认识这支笔，却有人认识。她前座的曾晗家境不错，巧的是她爸就用了这样一支笔，她爸宝贝得很，对她嘱咐过很多次，让她不许乱碰。

所以曾晗才一眼就认了出来，问："查嫣你这笔哪儿来的？"

查嫣和曾晗军训时一个宿舍，算是比较熟了，她小声道："朋友送的。"

曾晗诧异道："你知道这笔多少钱吗？"

查嫣茫然道："多少钱？很贵吗？"这时候她脑中贵的概念是一二百的样子。

曾晗一句话将她吓蒙了："如果是真的，那至少得七八千。"

"七八千？"查嫣惊得面色苍白，"这……这么贵吗？"

"你朋友没告诉你吗？"

"他……"查嫣皱眉道，"没有，他什么都没说。"

曾晗是为她着想的，便道："这礼挺重的，你随便收下了会不会……"

查嫣一下子站起来，说道："我去还给他。"

曾晗更诧异了，她刚想问"你的朋友是咱们同学吗"，查嫣就已经急匆匆地出去了。

齐暮在六班，查嫣在三班，虽说隔了三个班级，但其实两个教室离得很近，因为教学楼内部是两列教室，左边一列是一到三班，右边一列是四到六班，三班和六班都在尾端，中间只隔个楼梯口。

曾晗跟了出来，远远看到了查嫣把那支笔还给了齐暮。

等查嫣回到教室，曾晗了然道："原来是齐暮呀，难怪出手这么阔绰。"

查嫣慌乱的心跳还没平复，话都说不出来。

曾晗也就是个小姑娘，少女心泛滥，脑补了一堆有的没的，她仗着查嫣好说话，问道："他为什么给你这么贵的笔？你们俩……"

查嫣一惊，连忙道："不是的，我们之前在一个考场，他忘了带笔，我借给他一支，他才会还我一支新的。"

她这一说，曾晗更惊讶了，问道："你也借给了他一支万宝龙？"

查嫣："……"

"天哪，这么浪漫！"曾晗少女心爆炸，"你随便给他一支笔，他就还你这么一支笔？"

查嫣慌了，她怎么能连累齐暮。她急忙解释道："不是，他没留意，随手拿了他爸的一支新笔，他也不知道，他……"

"这你都信啊！"曾晗笑嘻嘻的，"明显是幌子啦，我都知道这个牌子的笔，他会不知道？没准儿他是特意去给你买的！查嫣，齐少看上你啦！"

"不可能！"查嫣一直很不自信，说话声音也小，从不敢与人对视，可这会儿她却忽然站了起来，前所未有地大声说道，"不要再这样说了，请你……请你不要这样想！"

齐暮很好，齐暮是天下最善良的人。她感激他，尊敬他，但她不能连累他，她这样的人怎么能……怎么……

曾晗被吓了一跳，班里的同学也都纷纷看了过来。

查嫣面色苍白，唇瓣颤抖着，情绪很激动。

曾晗连忙道："我不说了，你别生气。"

查嫣像是泄了气的皮球，缩在位子上，变得更加怯弱了。

曾晗也不敢惹她了，只是有些担忧和疑惑。她为什么情绪这么激动？为什么这么抗拒？被人喜欢不好吗？而且那支笔真不是随随便便就能送出去的……

中午吃饭的时候，齐暮对尹修竹说："你干吗给我那么贵的笔？"

尹修竹道："那笔是新的。"

齐暮无奈道："不用那么好啦，我就随便要支笔，两块钱一支的就行。"

尹修竹道："难得有机会给你一样东西。"言下之意就是给你只想给当下最好的。

齐暮竟然听明白了，他眼中也全是笑意，说："哪有，我天天在你家蹭吃蹭喝还蹭睡，哪样不是你的？"

尹修竹道："不一样。"

"好吧，"齐暮也不和他客气了，"那我就收下尹哥哥送我的笔啦。"

尹修竹应道："嗯。"

齐暮回到教室后又拿出那支笔，这下心情截然不同了，看着这笔也不觉得它一本正经了，也不嫌它不够活泼了，甚至越看越好看，越看越觉得这的确是尹修竹会用的笔。

他脑海中浮现出尹修竹握着笔的模样……他也有样学样地握住了，还拿了张纸写了几个字。

嗯……笔是一样的，可手的差距太大了，写出来的这个字嘛……

什么丑玩意儿！齐暮把纸揉成团扔了。

他这神神道道的模样落进许小鸣眼里却是：完了，我暮哥坠入情网了！

那女孩儿魅力这么大吗？不过前后座一起考一次试就让齐铁树开花了？许小鸣很震惊！

不管当事人怎样解释，一些风言风语还是传开了。

还有班里的女孩儿问查嫣："你是在和齐暮交往吗？"

查嫣吓得脸色煞白，快速否认道："不，不是，绝对不是！"

见她反应如此激烈，曾晗维护她道："你们能别这么八婆吗？问什么问啊！"

查嫣解释说："我和齐暮只是同学关系，你们不要误会。"

可惜这种事再怎么否认都是没用的，一旦谣言四起，辟谣就成了不可能。

查嫣心中很急，可她想不出好的办法，只能尽量避开齐暮，躲开一切有可能与他碰面的机会。

如果两个班级离得远也就算了，偏偏又紧挨着，尤其还共用一个楼梯口。想彻底不碰面是很难的，而刻意躲开这件事本就耐人寻味——什么事都没有的话，为什么要故意避开？

巧的是许小鸣又在无形中添了把火。

他也没做什么，就只是在与查嫣碰面时好奇地盯着她看了好几回。他总觉得她有些面熟，可又想不起在哪儿见过。

查嫣本就特别敏感，被人盯着看会让她更加局促不安，于是她又开始躲许小鸣。

许小鸣和齐暮的关系尽人皆知，许小鸣这态度在其他人眼里也就含了另一番意味。

要是齐暮和查嫣真没什么，那许小鸣这个齐暮的好兄弟干吗要这么在意她？

等齐暮知道时，外面已经传得不像样子了。

魏平希和他打完球，吃了根棒棒糖，道："你还是注意下吧！"

齐暮正在喝饮料，问他："什么？"

魏平希道："一班的消息封闭，尹修竹应该还不知道。"

"什么事啊？"齐暮也不知道。

魏平希瞅他一眼，道："你和你那小女朋友的事。"

齐暮蒙了，问："女朋友？我哪有什么女朋友啊！"

魏平希道："都传遍了，说你和三班的一个女生搞对象，还送她一支万宝龙笔。"

齐暮无语了，他否认道："什么乱七八糟的，没有的事。"

"哦。"魏平希本来也不在乎这些，他道，"我也觉得你不是那样的人。"

齐暮其实挺烦这些的，他道："时候不早了，我先回去了。"

魏平希道："那我也走了。"

他俩一起往回走，而操场上有班级正在集合，等着上体育课。

正是三班的学生，有几个女生在那边吵了起来——

"你们够了啊！查嫣都说了她和齐暮没有任何关系！"

"曾晗你吼什么啊，我们不也是为她好吗？"

又有人说："就是啊，齐暮人很差劲的，查嫣这么老实，指不定被他骗了！"

"认识一天就送那么贵的笔，他对查嫣肯定有想法！"

"是啊，就算查嫣不喜欢他，可那种人哪管你喜不喜欢？越是拒绝，他没准儿越感兴趣！我们是在帮查嫣，曾晗你吵什么？"

"听说齐暮初一时做尽坏事，就这样的人难道不该提防吗？"

听到这些话，查嫣整张脸都像白纸一样，身体也抖得不成样子："不是！他不是那样的人，你们不要这样说他……"

曾晗被她手心里的冷汗给吓到了："查嫣……"

"不要再说这些了，求求你们……"查嫣睁大眼睛，一滴泪没流，可眼中的恐惧比泪水更让人心惊，"不要再说了好吗？"

人的恶意揣测是停不下来的，甚至会因为当事人的怯弱而变本加厉。

"她以前就是在国瑞上的初中，她认识齐暮。"

"查嫣不是好东西，她和齐暮初一时就搞在一起了！"不知道是谁说出来的，所有人都安静了。

曾晗也愣住了，她转头看向查嫣。

因为这一句话，查嫣彻底崩溃，她尖叫着抱头缩在了地上。

齐暮和魏平希刚好走到这儿，听到的就是最后这一句话。

齐暮眉头紧皱，大步走过去，魏平希一愣，也紧跟了上去。

画面仿佛重合了，三年过去了，齐暮还记得那面如死灰的女孩儿无助地抱头缩在角落里，是多么惊恐，多么绝望。

越是弱小越挣不脱迫害，越是胆怯越不得不面对残酷。

她做错了什么，非要经历这样的人生。

就像四岁的尹修竹，他做错了什么，却要承受那样的痛苦与折磨。

齐暮推开人群，试图去安慰缩在地上的女孩儿："查嫣……"

"别碰我！"查嫣尖叫着，惊惧万分，她根本分不清是谁在和她说话，往日噩梦般的记忆涌上来，蚕食着她的理智与精神。

齐暮怔了下，眉头紧皱着。

这时有人上前拽了他一把，道："你走开，别再伤害她了！"

原来查嫣就是齐暮初一时欺负的女孩儿，难怪她这么害怕齐暮。这么一想，曾晗自责极了。

曾晗义愤填膺，蹲下来对查嫣说："你别怕，不管谁伤害了你，他都该受到应有的惩罚！"

齐暮脑袋嗡了一声，低喝道："别再刺激她了！"

曾晗站起来，瞪着他吼道："你怎么有脸说这句话？"

其他同学也忍不住了，道："有钱了不起啊，有钱就可以这样伤害别人吗？"

"你给她那支笔是什么意思？补偿吗？"

"真恶心！这样的人怎么会在我们学校里？"

"他月考还考了第十六名，也不知道是抄谁的！"

"闭嘴！"魏平希一拳打在了一个男生的脸上。

那男生大叫一声："你干什么？"

魏平希眯着眼睛道："再给我胡说八道试试！"

"我才没胡说八道，你问齐暮啊，他有脸说自己没做错吗？"

魏平希死盯着他说："我信他不是那样的人！"

"齐暮没错……"查嫣听到了，她听到有人在指责齐暮，怎么可以指责齐暮？谁都不可以指责他，谁都没有资格指责一个这样好的人！

她害怕极了，脑子里乱哄哄的，眼前也一片漆黑。

不行……不可以这样侮辱齐暮，不可以让救了她的人背负这样的屈辱！

于是查嫣亲手撕开了从未愈合过的伤口，将血淋淋的自己摆在了众人面前："是我被别人……欺负后，齐暮救了我！"

"查嫣！"齐暮瞳孔骤缩，他没想到她会这样喊出来。

一时间，所有人都呆住了。

齐暮立刻走上前护住了崩溃的女孩儿："查嫣，别想别听别说，看着我！"

查嫣抬起头，脸上挂满泪水，一双黑眸里全是恐惧与绝望，她不停地向齐暮道歉："对不起，齐暮，是我连累了你。对不起……对不起……"

查嫣知道初一时自己转走了之后，为了她的名声，齐暮的家人将那件事压了下去。可纸始终包不住火，再怎么隐秘也还是传了出去。齐暮本该与此事无关，却背上了污名。她一直很自责，可她没有勇气去澄清。

现在她终于都说出来了，所以——

请不要再那样说齐暮了！

请不要再伤害这样好的一个人了！

请不要再污蔑她的救命恩人了！

查嫣哭得一塌糊涂，齐暮护着她离开了人群。

魏平希恶狠狠地瞪着三班的人怒道："满意了？高兴了？终于伸张正义了？一帮蠢货！"

尹修竹知道这事后，立刻去找了齐暮。

齐暮有些心累，他靠在椅背上，怔怔地看着天花板。

尹修竹心如刀割，上前道："别担心，查嫣那里我会帮她。"

齐暮看向他，低声道："帮得了一个查嫣，帮得了所有查嫣吗？"

尹修竹的心一震。

齐暮掩住眼睛道："我是不是太没用了？"

齐暮很自责，这件事他处理得很不好。从见到查嫣的时候，他就该想到可能会有这么个结果。

当初齐大山二话不说就帮查嫣转了学，虽然已经将可能造成的伤害降到了最低，但学校里还是有各种各样的风言风语。

齐暮对泼在自己身上的脏水从没辩解过，因为解释是解释不清的，只会制造出更多的麻烦。这听起来像是无奈之举，可很多时候，面对谣言最有力的方式就是保持沉默。

何况这样的事，要怎么解释？查嫣性格胆小，敏感，如果不是齐暮因为无聊逃课，发现了这些，她不知要承受到什么时候？她又会变成什么样子？

即便通过法律解决了，可这些能公之于众吗？能解释给别人听吗？

为了保护查嫣，齐暮对像许小鸣这样的朋友都不敢吐露半个字。他们能做的也很有限，帮查嫣转学，给她一个新的环境，让她开始新的生活。

可她真的能走出来吗？她真的能够勇敢面对新的生活吗？她真的有勇气去开启新的人生吗？本就怯弱的人，去了一个陌生的环境，她又该如何去适应？

最让人愤懑的是，查嫣从头到尾都没做错什么，她凭什么要承受这些？凭什么要经历这些？凭什么要背负这些？

齐暮想不通，更让他想不通的是，这世上还有很多这样的人——他们无助地活着，痛苦地活着，艰辛地活着……

齐暮从查嫣身上看到了尹修竹的影子，越了解尹修竹的家庭，越了解他的童年，他越后怕。

倘若他没遇到尹修竹，倘若他没在那个傍晚向他伸出手，尹修竹现在会怎样？

他暗自庆幸：还好没有如果……

尹修竹轻轻拍了拍他的后背，低声道："你做得很好。"如果齐暮还做得不好，那这世上大多数人连当人的资格都没有。

那种说不出的苦涩侵占了齐暮的整颗心，他哑着嗓子道："我帮不了她，我根本……"

"不，"尹修竹感觉到了齐暮心里的痛苦，"齐暮，是你救了查嫣，是你给了她新生！"

齐暮眼泪直流，痛心道："三年了，她比以前还胆小，比以前还软弱，比以前还自卑。她好不容易考入一中，又遇到了我，她以后该怎么办？她这辈子还走得出来吗？"

尹修竹闭了闭眼，声音也沙哑了："别自责，你做得很好，你给了她希望，给了她勇气，你将她拉出了泥沼，这已经足够了。以后的路，需要她自己来走。"

齐暮摇着头，说不出话来。

尹修竹轻声道："你看，我就走出来了。"

这句话戳到了齐暮的心尖上，他抬头，用湿漉漉的眼睛看着尹修竹。

接着，尹修竹对他说出了压在内心深处的那句话："是因为你，才有现在的我。"

因为遇到了齐暮，尹修竹才成为现在的模样；因为齐暮这束光，他才能从阴霾中走出，勇敢地去面对自己的人生。

"相信查嫣。"尹修竹看着他的眼睛说，"是你给了她勇气，让她将过去发生的事说了出来。"

尹修竹是最有资格来开解齐暮的人，因为没人比他更清楚查嫣的心情。

"不要自责。"尹修竹宽慰他道，"是因为遇到了你，我和查嫣才有了新的生活。"

齐暮再度埋头，无声地宣泄着泪水。

尹修竹轻轻抚摸着他微翘的短发，回想过去的生活，虽然有很多痛苦，但因为有齐暮，因为有这么好的齐暮陪着，他才有了重新活下去的力量。

后来三班的同学都被老师叫去聊过，他们集体向查嫣和齐暮道歉，态度诚挚，万分懊悔。

可查嫣没办法再在这个环境中待下去了，与她是不是受害者无关，是她变得不一样了。

一个环境中，最怕的就是不一样。查嫣待在这里，只会不断地被提醒她的那些遭遇。

所以，为了今后的生活，查嫣还是离开了一中。

尹修竹单独和查嫣见了一面，和她聊了很长时间。他用自己的经历告诉查嫣：齐暮给你打开了新的门，后面的路你要自己一步一步地好好走下去。别辜负他，更别辜负了幸运地遇到了他的你自己。

临走前，查嫣去见了齐暮。齐暮是有些不安的，在他的印象中，查嫣总是那副脆弱得仿佛一碰即碎的模样，这让他甚至不敢大声和她说话。

但这次查嫣抬起了头，一双闪烁着光芒的眸子看着他："齐暮，谢谢你！"迟到的，由衷的感谢。

齐暮愣住了，他第一次看到查嫣眼里有光。

查嫣对他笑了笑，说："如果有机会再见面，我希望能让你看到一个更好的我！"她想像尹修竹那样，勇敢地迈出去，开启新的人生。

今后她再也不会因为遭遇过的不幸就轻易放弃难得的幸运；她要变得更坚强，更优秀，才对得起齐暮给她的这份幸运！

许小鸣知道前因后果后，整个人都是蒙的。他找到齐暮，向他道歉。这事是他太糊涂，自以为是地胡思乱想，助长了风言风语的蔓延。

齐暮弹了他脑瓜儿一下道："你有什么好道歉的，我什么都没和你说。"

许小鸣惭愧道："这种事，你哪里说得清楚。"

齐暮道："所以你也没错，你原本就什么都不知道。"

许小鸣很过意不去，说："是我太想当然了。"

其实许小鸣没做什么，他不过是猜测齐暮和查嫣的关系，又去看了看查嫣。自己的兄弟和一个女孩儿关系密切，他很难不好奇。

偏偏就是这样，谁都不知道，谁都不了解，一旦放纵自己的臆想，就会对别人造成无法挽回的伤害。许小鸣也是因为这个才道歉的。

"行了。"齐暮给了他胸口一拳，"你是嘴贱，可也没去乱说话。"

许小鸣指天立誓道："这分寸我还是有的！"即便那时好奇齐暮和查嫣有暧昧，他也只是去问齐暮，没和第二个人讨论过，哪怕是方俊奇。

新的一年到来，大家似乎达成了某种默契，查嫣的事少有人提及。

距离开学还有一个星期，几个大小伙相聚在尹修竹家。

魏平希也来了，魏少来的目的简单粗暴，那就是抄作业！

许小鸣如今算是半个好学生，他对魏平希的行为给予了精准点评："加油老魏，临阵磨枪，敌人死光！"

魏平希忙得很，恨不得两只手一起写，抄得那叫一个风风火火。

每年过完年，齐暮和许小鸣之间会有个固定项目，那就是比压岁钱。

对此，尹修竹和方俊奇一个是微笑围观，另一个是冷漠围观，但心情大概一致——还能再幼稚点儿吗？

许小鸣和齐暮却乐此不疲，而且严格遵守规矩，钱都还放在红包里，就等着此时此刻拿出来拼一把！

许小鸣拎着自己的小金库，庄重道："暮哥，请。"

齐暮也背着自己的小包包，客气道："承让。"

狂抄作业的魏平希还挺好奇的，他问："你俩干吗啊？"他是今年才入伙的，不知道天底下还有人会干"比压岁钱"这种幼稚事。

许小鸣先甩出一个红包，张口道："我大伯，两千！"

齐暮紧跟一个红包，道："我陈叔，三千！"

许小鸣立马压上一个，继续道："我三姑，五千！"

齐暮也穷追不舍，掏出手机，炫耀道："我孙姨，六千！"

他俩拼得不可开交，魏平希总算明白是怎么回事了，他手里的笔都拿不稳了——服了服了，平生所见，这俩堪称幼稚鬼之最！

比到最后，许小鸣稳赢一筹。

这也没办法，齐暮这边大多是齐大山和乔瑾的朋友，家里人其实没几个。

但许小鸣不一样，他七大姑八大姨的一堆，给的钱可能不多，但挡不住人数多，积少成多嘛！

他俩比了这么多年，其实都很清楚对方的底细，基本上那几个大头过去后，就没啥比头了。

许小鸣沾沾自喜，觉得自己今年稳赢。

谁知最后关头，齐暮祭出了一个"大杀器"，道："这是我最后一个红包，三万！"

许小鸣倒吸口气，不服道："谁？是谁给你的？不可能，你的亲朋好友我已经数遍了！"

齐暮嘿嘿一笑道："尹修竹给的。"

许小鸣一脸震惊道："这怎么能算数！"

齐暮道："凭什么不算？我叫了他一年哥，还赚不来一份压岁钱？"

许小鸣叫唤道："这不算数！我还叫你暮哥呢！你也不给我压岁钱！"

齐暮早有准备，痛快答应："给啊。"说完递给他一个红包。

许小鸣打开一看，好家伙，二十二块，真是大手笔！

许小鸣扔下红包道："你作弊！"

齐暮懒洋洋地道："你还有个亲哥呢，找你哥要个红包去呗。"

许小鸣一脸不爽："我哥？他钱包里有没有三万块钱还是个未解之谜！"他哥和他爸闹掰后，出去单干了，昨天还觊觎他的压岁钱，想找他高息借款！

齐暮美滋滋地道："那没办法，今年我赢了！"

许小鸣不甘心，扑向方俊奇，哀号道："胖哥啊，你看在我们是这么多年兄弟的分上，给我包个红包呗？不用三万，两万三就行！"这个数足够他赢齐暮了。

方俊奇冷漠道："两万三没有，两巴掌要不要？"

许小鸣差点儿气昏过去，指着他道："我怎么有你这么个没良心的兄弟！"

说罢他又去投奔魏平希，好声好气道："老魏啊，你就当借我呗，回头我赢了，还你三万。"

魏平希反问道："你觉得我差钱？"

许小鸣："……"

魏平希一针见血地道："再说我这会儿给你了又怎样？回头齐暮再叫一声哥，他哥不得给他三十万？"

"许小鸡"已死，有事烧纸！

齐暮哈哈大笑，痛快道："可算赢了这浑蛋，走了，中午我请客！啊不——"他晃了晃尹修竹给他的红包，改口道："我哥请客。"

开学前一天，老魏同学才终于抄完了作业。

齐暮还挺舍不得他的，道："有空再来玩啊。"

今年情人节的时间比较好，不仅开学了，而且还是个周二。周二看似一个平平无奇的上学日，但情人节在学校里过比在哪儿都快活，就算不能成双入对，也可以趁机送个巧克力什么的暗示一下。总之，对于青春期的孩子们来说，这是躁动又美好的一天。

齐暮是很爱过情人节的，没别的原因，可以吃到巧克力嘛！别管什么牌子的巧克力，只要一闻到纯正的可可豆香气，齐暮就感到心旷神怡。哪怕自己不能吃太多，看着别人吃，他也很快活。

许小鸣一大早就搬来一个大箱子，齐暮眼睛一亮，问道："巧克力？"

许小鸣一脸"暮哥你不懂行情"的表情道："巧克力是女生送男生的，我当然不会送。"

齐暮瞬间没了兴趣。

许小鸣问齐暮："你就不好奇我这里面装的是什么？"

齐暮道："不会是贺卡吧？"

许小鸣打开箱子，自配音效："当当当当！是仿真玫瑰花！"

齐暮："……"

许小鸣拿出一枝，递到齐暮面前道："看！如此美丽，如此精致，如此长久不衰！仿真玫瑰花不仅有玫瑰花的美丽，还有玫瑰花的芳香，它是情人节表白的利器，定能为我赢得美人的芳心！"

听完许小鸣的浮夸台词，齐暮都不忍心告诉他一个真相了——在他坚持不懈的多年努力下，他已经成为他们初中的妇女之友！

如今升到市一中，他又开始了新的征程……

且不提许小鸣如何辛勤劳作，今年居然有不少姑娘给齐暮送巧克力。

齐暮心情十分复杂，巧克力近在眼前，他却不能收，这不是要馋死他吗？

对此魏平希略感意外，打球时问齐暮："只是人情巧克力，收了也没事吧？"

齐暮摇摇头，深沉道："不能收，即便是人情巧克力也是人家的一份心意，收下后又不能回应，何必给她们留有一丝希望？再说了，人情也是情，还不了的东西，还是不收为妙。"

魏平希觉得有些道理，说："你还挺有经验啊。"

齐暮摆摆手道："是尹修竹教我的。"

齐暮又道："尹修竹在初中时就十分受欢迎，他从不收别人的巧克力。"

魏平希嘴角翘了翘，问："然后他就跟你说了那些话？"

齐暮问："难道不对吗？"

很对。

身为地主齐大山家的傻儿子，齐暮又道："虽然我不收她们的巧克力，但我都记下了，尹修竹说，他回头补偿我，我拒绝一份，他补偿我双份巧克力！"

魏平希："……"

齐暮长叹口气道："其实他想太多了，即便不补偿，我也受得住诱惑，说不收就不收！但是吧……"齐暮眨眨眼睛，还觉得自己挺机灵的："有便宜不占是傻子，他都这样说了，我就恭敬不如从命啦！"

午饭他们在食堂吃的，许小鸣忙了一上午，又累又饿，中午多吃了半碗饭。方俊奇讽刺道："一人送一枝花你就累成这样，万一都答应了怎么办？你受得住？"

许小鸣哼唧道："等她们都答应，就轮到我来选妃了！"

由此可见，许小鸣是凭实力单身！

许小鸣问齐暮："暮哥，那么多可爱的妹子给你送巧克力，你就没一个心动的？"

方俊奇冷笑道："齐暮又不是你。"

齐暮乐了，不置可否。

许小鸣抨击方俊奇："我怎么了？我凭实力去追求女孩儿，我又怎么碍你眼了？"

方俊奇懒得理他，吃了最后一口饭后道："我有事，先回去了。"

许小鸣和他赌气，不看他。

方俊奇走了，许小鸣才不痛快道："不知道又阴阳怪气个什么！你们说以前的胖哥脾气多好，什么都听我的，现在可好，人长帅了，学习成绩好了，一堆人捧着，也就看不上我了！"

齐暮劝他道："也没有啦，他可能真有事。"

"有个屁的事。"许小鸣道，"一天天的，除了做题就做题，他以后娶试卷当媳妇儿得了！"

齐暮也不好多说，当然他也知道许小鸣没真生气，就是随口发泄下。

果不其然，下一秒许小鸣就转移了注意力，又吐槽起食堂饭难吃了。

齐暮心思一动，说道："今晚来我家玩吧，让陈姨给你做水煮鱼。"许小鸣和他一样爱吃辣。

尹修竹看他，问："乔阿姨和齐叔叔不在家？"

齐暮撇嘴道："今天是什么节日？他俩能在家？"

许小鸣欢呼道："好啊好啊，我爱死陈姨了！"

齐暮笑道："你去和方俊奇说一声。"

许小鸣不乐意了，跟尹修竹说："你俩一班，你告诉他就是了。"

尹修竹应下："行。"

齐暮又道："那我去叫老魏，咱们今晚也一起过个节！"

许小鸣矜持道："如果放学前我收到了巧克力，那不好意思，只能爽你们约了。"

齐暮笑骂他："做梦吧你！"

让人万万没想到的是，许小鸣在放学前还真收到了一盒巧克力。

许小鸣一脸震惊，看着那个盒子犹如见了鬼一样问道："暮哥，我没眼花吧？"

齐暮道："那么大个盒子你都看不清的话，你不是眼花，是眼瞎。"

许小鸣鬼叫一声，道："巧克力！有人送我巧克力了！"

齐暮耳朵都快被他震聋了，道："冷静，全校师生都听到了。"

许小鸣美滋滋地捧起巧克力，拿着盒子看了又看："也不知道是谁给我的。"

齐暮也挺好奇的，不知道是哪个女孩儿被猪油蒙了心。

许小鸣快乐地打开了包装盒，试图从里面收获一封浪漫而深情的表白信——别说表白信了，连张小字条都没有！

齐暮眨眨眼问："没留姓名？"

许小鸣不信，翻了半天，就差把巧克力一块块掰开检查了，最后他失望道："什么都没有！"

许小鸣陷入了自我怀疑："这真是给我的情人节巧克力吗？不是谁随手扔这儿的吗？"

齐暮安慰他说："这么大一盒，没那么随手的。"

许小鸣完全没被安慰到，他更伤心了！

直到一起去了齐暮家，许小鸣还在埋怨："为什么？为什么你不留下你的姓名，你要是告诉我你是谁，我们现在就在浪漫唯美的西餐厅里共进晚餐了！"

魏平希看向齐暮，用眼神询问：这又发哪门子神经？

齐暮解释道："他收到了一盒巧克力，可惜不知道是谁送的。"

许小鸣难过极了："三年了，好不容易有妹子对我意思，偏又是个这么害羞的！"

魏平希道："也不一定是有意思，没准儿只是人情巧克力。"

许小鸣的心上又被插了两刀，但同时脑中灵光一闪，说道："对啊！之前我暮哥收到一封感谢信，对方就没署名。"

许小鸣找到了有力证据，心里舒坦了些，道："连信都可以不署名，那送巧克力也可以不留名！"

齐暮道："那你好好留着巧克力，以后可以和对方相认。"

许小鸣快活了些，道："对哦，我要好好留着这盒子，也算是不辜负这一片心意！"说着他又问齐暮："暮哥你那封信还留着吗？"

齐暮："……"

许小鸣还是很了解他的，诧异道："你还真留着啊？"

"没……没啊。"齐暮一心虚就会连眨几下眼睛，"都多久的事了，哪还会留着。"其实还真留着，被他放在了床底下的小箱子里。

连许小鸣都看出来了，尹修竹又哪里会察觉不到，他自己都要忘了，原来齐暮还留着。

第二天一早，齐暮在桌洞里发现了一个信封。他一愣，想起昨天他们聊起的事情。

许小鸣打着哈欠过来，看向他问道："暮哥你发什么呆？"

齐暮顿了顿，道："没事。"

他俩都是踩着铃声进教室的"专业户"，说不了几句话就开始上课了。

齐暮本来就不爱上数学课，这会儿更是如坐针毡，恨不得现在就放学回家！好不容易熬过了十分钟，他忍不住了，举手起立，申请"尿遁"。

许小鸣还挺纳闷儿，问："一大早就去打球？"精力真好啊，小鸣同学翻个身，继续睡。

冬天就是好，衣袖里能藏无数东西。齐暮揣着信出来，找了个没人的地方，把它给拆开了。他虽然隐隐猜到了，但看到那个圆不溜秋的小句号时，还是弯起了嘴角。

信封里有三张纸，写得满满当当，却又干净利落，丝毫不显拥挤。

齐暮粗略地扫了遍，没怎么看内容就把信给收了起来。

中午吃饭时，尹修竹不动声色地看了他几眼，齐暮的表现和往常别无二致，还在和许小鸣插科打诨。

晚上的时候尹修竹问他："去我家吗？"

齐暮摇头道："我爸妈过节回来了，我得回家。"

尹修竹应道："那明天见。"

齐暮冲他挥手道："明天见！"

回到家里，乔瑾给齐暮买了巧克力，齐暮立马被收买，分分钟忘了他俩是怎么抛弃他这个唯一的儿子出去过情人节的了！

吃过晚饭，通过视频电话，齐暮在尹老师的指导下写完了作业。之后，他又被许小鸣勾搭着玩了会儿游戏，临睡觉时已经十点多了。

齐暮再度拿出那封信，他认真看了一遍，内容没太记住，反倒把句号给数明白了——刚好三十个，而且一个比一个圆，一个比一个规矩，真有趣！

齐暮笑眯眯地看着信纸，居然迷迷糊糊地睡着了。

他做了个稀奇古怪的梦。起初一堆圆溜溜的小句号围着他转，像小泡泡一样，又蹦又跳的，齐整又可爱。朦胧间他看到了一个人，不知道为什么，齐暮觉得是他给他写的信。齐暮拨开一堆小句号，看到了他。

"齐暮，谢谢你，我们是一辈子的好朋友。"那人有着和尹修竹一样的嗓音，和尹修竹一样的容貌。

齐暮从梦中醒来，屋里黑漆漆的，微弱的月光根本穿不透厚重的窗帘，他索性下床开灯。

卧室瞬间亮得耀眼，齐暮视力很好，一眼就看到了那信纸上圆不溜秋的小句号。

原本他根本不在乎信上的内容，这会儿反正也睡不着，于是他盘腿坐在床上，一个字一个字地认真读了起来。

写信人的遣词用句极好，娓娓道来，让人如沐春风。慢慢地，字里行间的清俊淡雅让齐暮脑海中浮现出了尹修竹的眼睛，接着是他眼眸微垂，浅笑时的模样。

齐暮看完后仔细将信纸折好，放回了信封里。

齐暮很少失眠，仅有的几次是因为看恐怖片，但有尹修竹陪着他，怕着怕着后来不知道怎么就睡着了。今晚却翻来覆去地睡不着了。

齐暮拿枕头捂住自己的脑袋，逼着自己放空大脑。可越是想放空，越是放不空，大脑从来都有自己的主意，才不管他那脆弱如头发丝的理智。

生生熬到后半夜，齐暮终于睡着了，然后他又做梦了。

他梦到了尹修竹，梦到他站在他面前，同他诉说着这十几年的过往：童年第一次见面，幼年的携手相伴，许愿做彼此最好的朋友，他们明明不是亲兄弟，感情却不比亲兄弟淡。

他梦到尹修竹对他说了很多感谢的话，感谢他为他做了很多事，可那些事有什么好感谢的，不都是朋友间应该做的吗？

想到这里，齐暮略有些生气地说道："我不需要你的感谢！"说完他后悔了，尹修竹的性子他又不是不知道，他这样说，他只会误会……

齐暮想补救，想再解释一下，却见尹修竹垂下头，低声道："是我自作多情了。"

"不是！"齐暮急了。

尹修竹忽地离他很远，声音也变得陌生："你觉得烦的话，我以后都不会再打扰你。"

齐暮想要拉住他，但根本够不到他："我怎么会觉得——"

尹修竹打断了他的话，在最深邃的梦中，道出了齐暮内心深处最大的恐惧："等成年后，你会有更多的朋友，到时候我就不再是你最好的朋友了！"

齐暮从梦中惊醒，他整个人都蒙了。

成年后……更多的朋友……不再是最好的朋友。

一封感谢信，竟让齐暮这般心悸，他按住自己剧烈起伏的胸腔，忽然意识到：终有一日，他们会长大，而长大成人的他们，也许不会再如此亲密无间。

长大后的尹修竹，也许不再需要齐暮这个幼时的玩伴。

归根到底，就算他们再像兄弟，也不是兄弟。

第九章

我们

第二天，许小鸣有些纳闷儿地问："暮哥你昨晚干吗了？这黑眼圈重的，一宿没睡吗？"

齐暮扔下书包，趴倒说："没睡好。"

许小鸣问："咋的？做噩梦了？"

齐暮后背一紧，沉闷道："嗯，我先睡会儿，你帮我应付下老师。"

许小鸣见他精神不振，也没多说，应道："行，我给你搭个台子，保准老师发现不了。"他俩在最后一排，书一挡，老师看都看不着他们。

齐暮这一睡竟睡了三节课。

许小鸣担忧道："暮哥你还好吧？不舒服的话就请个假回去。"

齐暮不想回家，闭着眼睛说："没事，就是没睡好。"

许小鸣伸手摸了摸他的额头，问："感冒了？没发烧啊。"

齐暮道："都说了没事。"这时他手机振动了一下，齐暮低头一看，是魏平希约他打球。

齐暮回魏平希："马上。"反正在教室坐着也难受，不如去运动下。

临走前他对许小鸣说："我去打球了，中午的时候你们和尹修竹一起吃饭吧，我直接和老魏出去吃了。"体育馆离校门口近，绕到食堂还挺远的。

许小鸣愣了下才反应过来，问："你不带着尹修竹一起？"

齐暮说："他们班下课晚，我就不等他了。"

许小鸣睁大眼睛，怀疑自己耳朵聋了。

齐暮已经拎着外套出门了，许小鸣心里默默想：乖乖，老魏这是地位上升了？

魏平希打了个喷嚏，总觉得有人在骂他。

打完球，齐暮问："一起吃饭？"

魏平希应道："行啊，你去叫尹修竹吧。"

齐暮道："他不去，咱俩走吧。"

魏平希和他们也认识小一年了，尹修竹竟然不和齐暮一起去吃饭？今天太阳是从西边出来了？

"尹修竹没事吧？"魏平希试探着问了句。

齐暮心里堵得慌，不自在地道："没，他们班本来就下课晚，再跟咱们出去吃，太绕了。"

以前怎么不嫌他绕？魏平希斟酌了一下，问："你俩吵架了？"兄弟关系再好也有拌嘴的时候。

齐暮皱了皱眉，道："没啊，有什么好吵的。"

魏平希："……算了，他不擅长这种聊天儿，还是少说少错吧。

魏平希问他："吃面？"

齐暮心不在焉地答："好，就吃米线吧。"

魏平希嘴角动了动——这叫没吵架？魂儿都不知道跑到哪儿去了。

尹修竹下课后和方俊奇一起出门，却只看到了许小鸣，许小鸣对他说了齐暮直接去校外吃饭的事。

尹修竹眉心一皱，问："他和魏平希在打球？"

许小鸣道："嗯，说是去打球了。"

尹修竹道："我去看看。"

许小鸣说："他俩应该已经去吃饭了。"

尹修竹顿了下，还是说："你们先去吃，不用等我了。"

许小鸣点点头，目送尹修竹走远。

方俊奇瞅他一眼，问："齐暮怎么了？"

许小鸣也很疑惑，说道："不知道，一大早就很古怪，睡了三节课，去打球时跟我说不等尹修竹吃饭了。"

方俊奇和魏平希想到一块去了，疑惑地问："他俩吵架了？"

许小鸣反问："他俩会吵架吗？你当他们是咱俩。"

方俊奇大步走人。

许小鸣跟了上来，道："你这脾气能不能收收啊，除了我这么好性子，谁忍得了啊！"

方俊奇没好气道："忍不了就别忍了。"

许小鸣炸毛，道："方俊奇，你是越来越嚣张了啊，得寸进尺是吧，一天不吵浑身刺挠是吧？"

嗯……许小鸣说得对，就他俩这吵架频率，一般二般的人是真比不了。

尹修竹去了体育馆，发现篮球场空无一人——齐暮和魏平希先去吃饭了。

尹修竹眉心紧拧着，他拿出手机，打了一行字，刚要发出去又全删除了。也许是打球累了，直接去吃饭了吧，毕竟他们班下课晚。

尹修竹没让自己多想，可腿却很自觉地去了齐暮常去的校外那家店。他远远就看到了魏平希和齐暮，两人已经在吃饭了。

尹修竹顿了下，没过去，转头回了教室。

这一下午他都心神不宁，连饥饿都感受不到，只觉得心慌。齐暮肯定不是故意在躲着他，大概是……大概是有什么缘由。

尹修竹用了一下午的时间来平复心情，可惜效果不佳。

最后一节是自习课，下课铃一响，尹修竹就出了门，去了三班。他和齐暮成日在一起，三班的人对他也很熟悉。

尹修竹一眼就看到了在后排睡觉的齐暮。他的心仍是不静，索性走进教室，来到齐暮身边。

许小鸣正在收拾书包，见尹修竹来了便推了下齐暮："暮哥，放学啦！"

齐暮慢腾腾起身，睡眼蒙眬。

"你今晚……"尹修竹刚开口，齐暮便猛地睁大眼睛，露出了惊慌的表情。

尹修竹怔住了。

齐暮好半晌才清醒过来，他不自然地笑了下，问："怎么了？"

尹修竹看出了他的不自在，仍是问他："你今晚去我家吗？"

齐暮视线躲闪着，说道："不了，我妈让我回去吃饭。"

"哦。"尹修竹应了下来，"你怎么回家？"

齐暮道："我骑单车，你先走吧。"

"外面冷。"尹修竹说，"我让司机先送你回去。"

"不用啊。"齐暮摆手道，"我又不怕冷，骑单车还越骑越热呢。"

尹修竹顿了下，只简单说了句："那行，明天见。"

齐暮自始至终都没看他："嗯。"

其实齐暮根本没骑自行车，他昨晚将近一宿没睡，早上无精打采的，哪还会骑自行车上学？是司机送他来的。

他扯这个谎就是想躲开尹修竹，昨晚的梦对他冲击力太大了，他一时半会儿不知道该怎么面对尹修竹。

尹修竹上了车，司机刚要发动汽车，他道："等一下。"

司机应道："好的。"

不多时他看到齐家的车，看到齐暮上了车。

尹修竹垂眸，握紧了汽车门上的真皮把手。

齐暮在躲他。

为什么？齐暮为什么要躲着他？尹修竹脑袋嗡嗡作响。

是因为那封信吗？

尹修竹想起了自己劝查嬷时说的话。他说齐暮为他们打开了一扇门，接下来的路他们该独自走下去。可事实上如果齐暮远离他，不继续和他当朋友，他走不动，他连迈开步伐的力气都没有。

齐暮躲了尹修竹两天……

这两天所有人都看出他俩不对劲了，往日里叽叽喳喳的许小鸣大气不敢出一声，生怕齐暮一个不痛快，拿他练拳头。

方俊奇也察觉到了尹修竹的失态，不过短短两天工夫，他整个人却憔悴了许多，连在课堂上都无法集中注意力。

魏平希被齐暮拖着打了两天球，饶是体力贼好的老魏也有些吃不消了，问道："你是要把篮球队员给累死？"

魏平希又问他："你……到底怎么了？"

"没什么。"齐暮就是心里烦。

魏平希虽然不擅长安慰人，但显然这家伙的问题已经很严重了，不开解下怕是要出大事。他想了想说道："我觉得吧，你有什么事就去和他说明白了，闷在心里没用。"

齐暮僵住了，屈腿坐在台阶上，目光放空。

魏平希叫他："尹修竹来找你了。"

齐暮猛地抬头，看到了站在篮球场对面的尹修竹。

魏平希道："和他谈谈吧。"说罢他起身，拎着校服走了。

齐暮远远地看着尹修竹，犹豫了几秒钟才走过去。

这一走近，齐暮的心就像被针狠狠扎了一下。尹修竹面色苍白，看起来很是憔悴，垂着头，薄唇抿成了一条线。

齐暮恨死自己了。

尹修竹声音轻颤着道："我错了，你别生气了好吗？"

齐暮看着他这副模样心里很难受，尹修竹做错什么了？他根本什么都不知道！

齐暮道："不是……"

尹修竹紧紧攥着拳头，实在撑不住了："别不理我。"

"我……"齐暮难受极了，他怎么能这样对尹修竹？

"对不起。"齐暮道，"是我不好，这些天……是我不对。"

尹修竹摇头，声音很低："齐暮……"

齐暮后悔极了，自己到底在做什么？口口声声说着不想伤害他，不想让他难过，结果却让他这样。

尹修竹把他当成最好的朋友，不……是家人！他却因为害怕一个并没有发生的梦而不理他，还躲着他，尹修竹得有多难受！

齐暮眼眶通红，向他承诺道："对不起，真的对不起，以后我再也不这样了。"

尹修竹不敢问，连一个多余的字都不敢问。他怕自己一开口，拼命抓住的那根绳子就会断裂。

许小鸣心惊胆战了两天，看齐暮一下课就跑去一班后才终于松了口气。

吓死个人了！这两人不吵架则已，一吵架就天崩地裂啊！

一切恢复如初是在一个星期后。

尹修竹什么都没说，不主动问他中午去哪儿吃，也不问他晚上怎么回家，更不会问他是不是去他家写作业。

他什么都不问，神经却一直紧绷着，像拉到极限的皮筋，随时会断。他甚至恐惧着放学的到来——中午放学，他怕齐暮已经去吃饭了；下午放学，他怕齐暮已经走了。

齐暮躲了他两天，让他尝到了久违的噩梦的滋味。幸福的日子过得太多，他已经忘了没有齐暮的时候，生活是何等冰冷与残酷。

齐暮也终于想开了，不再纠结于那个莫须有的梦。

他们现在还是好朋友，未来如何谁又能知道，倘若长大后尹修竹当真不再将他当成最重要的朋友，那……

也是长大后的事。

成年的事……等成年再说吧，他不该让现在的尹修竹这么难过！

齐暮轻嘘口气，小心地把信放了起来……也把对未来的担忧藏了起来。

天气逐渐变热，高一的期末考试也快到了。

齐暮和许小鸣打赌说："我要是分数比你高，下学期我的早餐就交给你了。"

许小鸣不服道："要是我比你高呢？"

"齐霸霸"大气道："你下个游戏随便氪（充值），我包圆儿。"

许小鸣兴奋道："说话算数啊！老子要去玩那个×龙×部，砸满级石头！"

齐暮道："敞开砸，只要你能赢我。"

许小鸣干劲满满，兴奋道："比了！"

别看这会儿齐暮霸气侧漏，晚上放学，他就扯着尹修竹扮可怜道："哥你要帮我猜题，我不要输，太丢人了！"

距离他俩"冷战"已经过去了三四个月，尹修竹早就恢复如初，只偶尔还会从梦中惊醒。

尹修竹含笑道："不用猜题，好好发挥就行。"

齐暮眼巴巴地看他，问："真的？"

尹修竹点头道："嗯，你最近很努力了。"

这话不假，齐暮这几个月非常拼了，不迟到不早退不逃课，连打球时间都安排在自习课。因为他不在，魏平希觉得"虐菜"太没劲，安心上了好几节课。

齐暮还是不放心，道："许小鸣最近也挺努力的。"

尹修竹说："他没你聪明。"

齐暮沾沾自喜地说："那倒是。"

尹修竹顿了下，道："马上要高二了。"高中和初中一样，也是一年分一次班，尹修竹如果高二想和齐暮一班的话，就得离开一班。

齐暮看向他道："你要好好考啊，不许胡来。"

尹修竹垂下眼眸。

齐暮又道："你数理化那么好，还是学理科吧。"

尹修竹道："我史地政也还行。"

你有哪样不行的，尹学神！齐暮道："文科没前途。"

尹修竹笑道："其实文科更有前途。"

齐暮撇撇嘴说："那怎么理科有五个班，文科才三个班？"

尹修竹正想给他解释一番，齐暮已经交了底，道："其实我想走艺术生。"

尹修竹一愣，齐暮抓抓头发道："我真不适合学习，一个头两个大，也不想走体育生，好在遗传了大乔的一点儿天赋，还会画个画，干脆走美术了。"

尹修竹顿了下说："也行。"

齐暮看了他一眼，又小声问道："你大学不打算出国吧？"

尹修竹摇头说："不。"至少大一大二不会。

"那我也在国内。"齐暮道，"你不是清华就是北大，我正常考肯定不行，就走个美院呗。"

尹修竹心里紧张，看着他，却不敢继续问。

齐暮道："不过他们对文化课要求也不低，我还是得抓紧努力！"

尹修竹比他还紧张，道："你……肯定没问题的。"

齐暮笑道："反正努力了，以后就不会后悔。"他继续对尹修竹说："我早晚得去艺术班，你也别将就我了，好好考，我想看你考满分。"

尹修竹一颗心滚烫滚烫的，点头道："嗯，你想让我考多少我就考多少。"

"也别有压力啊。"齐暮弯着眼睛笑，"放松！要是考不好，我可就罪大恶极了。"

尹修竹跟着他笑，道："绝对不会让你失望。"

考试给不了他任何压力，尤其一想到大学他们还能在一座城市，尹修竹便充满了动力。

再远的未来他已经不敢想了，至少这段最美好的时光，他们可以相伴前行。

高一结束，尹修竹拿了个大满贯，让文科老师和理科老师差点儿打起来。

文科老师："物理化满分很常见，史地政满分就是奇迹好吗？！"

理科老师："你是在瞧不起物理化？你竟然让一个逻辑思维如此强的孩子去死记硬背？"

文科老师："你才死记硬背，你们全组都死记硬背！历史政治都是开卷考试，你背给我看看！"

然而他们再怎么吵也没用，选择权在尹修竹手里。

其实尹修竹对文科、理科没什么感觉，哪个都行，但齐暮总觉得学理科更有前途，所以尹修竹选择了理科。

方俊奇选了理科，齐暮和许小鸣都去了文科。

魏平希选了理科，齐暮对此很好奇，老魏说："文科女生多，烦。"

许小鸣一脸看神经病似的看他，天知道他就是因为文科女生多才学文科的好吗？

高二过得很快，虽然不和尹修竹一个班，但齐暮照样是一班的编外人员，运动会时还差点儿代表一班去跑接力赛……

高二寒假，齐暮跟着美术老师恶补专业课。他打小耳濡目染，对色彩特别敏感，老师对他赞不绝口。

开学时，齐暮送给尹修竹一幅画。

尹修竹一看，愣住了。

齐暮嘿嘿笑道："怎么样，还记得吗？"

尹修竹看着手中的画，眼眶生疼，他怎么可能会忘记？

这是一幅非常美的画，美得惊心动魄。

太阳西斜，在铺天盖地的晚霞中，高高的鸟笼里有只雪白的孔雀在开屏，而鸟笼外，两个小小的孩子肩并着肩蹲在那里观赏。

晚霞是极暖的橘黄色调，孔雀像雪一样白，成了这暖中的一丝凉。美妙的对比衬托了两个孩子稚嫩的脸庞，一个灿若朝阳，一个清朗如月。

这是他们第一次相遇时的场景。暮光笼罩了白孔雀，朝阳绚烂了冷月。

齐暮说："这幅画的名字叫《我们》。你可收好了啊，等我以后出名，没准儿很值钱。"

尹修竹在心里说着：它现在就是无价之宝。

是独属于他的永远的无价之宝。

高三开学第一天，许小鸣咋呼道："大消息，大消息！"

齐暮正在打球，歇下来问："嗯？怎么了？"

许小鸣道："我听说今年的高一新生中有个女生刷新了尹修竹当年的升学成绩，差四分就满分了！"当年尹修竹是差五分。

魏平希一听就一脸便秘状。

许小鸣嘿嘿一笑，重点说道："听说还是咱妹呢！"

齐暮好奇地问："咱妹？"

许小鸣冲魏平希挤眉弄眼道："老魏你这就不厚道了啊，有这么个厉害妹妹也不介绍下。"

魏平希想想都头疼，道："有什么好介绍的，等见着你就知道了。"

许小鸣眼中放光，凑上来问："咱妹叫什么呀？学习这么好是不是长得也很好呀？啥时候领出来给哥们儿认认亲呀？"

齐暮瞅他一眼道："我要是有个妹妹，打死都不让她见你一面。"

许小鸣美滋滋地来了一句："你要是有个妹妹，她早就是我老婆了！"

齐暮心想：我妹妹就是嫁给狗，也不会嫁给许小鸣！

许小鸣心里美啊，觉得自己是近水楼台先得月，脱单有望了！就老魏这模样，想必他妹妹也差不到哪儿去，没准儿是个小天仙。

"老魏啊，"许小鸣这就开始讨好未来的大舅子了，"你看咱妹刚入学，初来乍到的肯定有诸多不便，你成日里也比较忙……"

魏平希打断他，反问："我忙？"

许小鸣卡壳了，想了想，开口道："忙着打球嘛。"

齐暮和魏平希："……"

许小鸣继续道："你这么忙肯定没空照顾咱妹，我身为你最好的兄弟，当然要义不容辞地帮你照顾她了！"

魏平希问他："你真想见她？"

许小鸣眼睛亮晶晶的，狂点头道："认识下嘛！"

"行吧。"魏平希道，"中午我们一起吃顿饭，给你们介绍下她。"

许小鸣只顾着兴奋了，没看到魏平希脸上痛不欲生的表情。

齐暮下课后去找尹修竹，对他说："中午出去吃，许小鸣嚷嚷着要见魏平希的妹妹，老魏让咱们也去热闹热闹。"

尹修竹问："魏平希的妹妹？"

"对。"齐暮解释道，"刚入学，听说升学成绩还比你多一分呢！"话里话外都酸溜溜的。

尹修竹眼中带笑，道："挺厉害的。"

齐暮不乐意听了，道："你当时完全可以考满分的，是我嘴碎才让你少了五分！"

尹修竹觉得齐暮这样很有趣，他故意道："也不一定……"

"确定一定以及肯定！"齐暮愤愤道，"也不知道当年的我抽了什么风，干吗要让你少考五分！"

尹修竹心里觉得很暖，他知道齐暮当时是怕他考不到满分，故意留了余地。

齐暮道："许小鸣这个吃里扒外的，还没看着魏平希妹妹呢，就开始踩你捧她了，不就多了一分吗？她分明是比你少了四分！"

尹修竹眼睛都笑弯了。

这时方俊奇背着书包出来，齐暮喊他："中午一起吃饭。"

方俊奇道："你们去吧，我有事。"

齐暮纳闷儿道："许小鸣没提前和你说？"

"说了。"方俊奇顿了下道，"出去太耽误时间了，我吃完饭想睡会儿。"

齐暮见他面色不好，也没再勉强他。

他和尹修竹一起去了校外的饭店，一眼就看到了魏平希和他身边的女孩儿。

许小鸣想得不差，哥哥长成那样，妹妹真差不到哪儿去。

女孩儿身材高挑，穿着蓝白色的校服，衬得小脸雪白，五官和魏平希很像，但气质截然不同。

魏平希平日里懒懒散散的，一副玩世不恭的样子；妹妹却周身精英范儿，生得甜美但不苟言笑，一双黑眸丝毫没有少女气，反倒像极了教导主任。

许小鸣本来挺嘚瑟的，张口就想叫妹妹，但被魏妹妹看了一眼后，立马闭嘴。

女孩儿向他们问好，自我介绍道："大家好，我叫魏平姮。"

许小鸣眨眨眼问："姮？哪个字？"

魏平姮道："女字旁，右边是巨大的巨。"

许小鸣干笑道："还有这么个字啊。"

魏平姮勾下嘴角，礼貌中透出对文盲的鄙夷。

许小鸣顿时觉得成为魏平希妹夫的希望幻灭了。

事实上是许小鸣想太多了，但凡哪个哥哥敢把自己的妹妹领到自己兄弟面前介绍，那这妹妹注定不凡。

想想也知道啊，要是妹妹可爱乖巧又单纯，哪个哥哥会蠢到把她带到一群狼面前？

令人意外的是，开学不久后有个高一男生鼓起勇气向魏平姮表白了。

魏平姮声音清脆，说出的话却让教导主任都自愧不如："你爸妈花钱供你上学是让你来早恋的吗？你才几岁，明白喜欢是什么意思吗？你……"

噼里啪啦一大堆，把那男生说得惭愧至极，恨不得立马跑回教室抱着书拼命学习。

魏平姮最后评价道："幼稚。"

许小鸣听到这事后，身体跟着一哆嗦，心想：老魏家果然非同一般，妹妹的画风也太清奇了！

后来魏平希跟他们说："我人生的第三大磨难是有这样一个妹妹。"

许小鸣震惊道："这才是第三大磨难？"

老魏沉痛点头道："第二大是我还有一个升级版的姐姐。"

许小鸣和齐暮纷纷向他投去怜悯的目光。

然而这还不是极限，魏平希总结道："我一生最大的磨难就是既有一个这样的妹妹，又有一个这样的姐姐。"

许小鸣忽然懂了，拍他肩膀道："难怪你要学理科。"

当年老魏不学文科的原因是女生太多。许小鸣当时不理解，现在他设身处地一想：要是让他成天活在女王堆里，他也会看见女生绕道走。

高三的生活很累，从一周一天假变成了一月一次假；法定节假日小假无望，大假压缩。

齐暮的高三生活也不容易。美院对专业课和文化课要求都极高，他一天到晚也是忙到晕头转向。

反观尹修竹，好像紧张忙碌都是别人的，他只有一次比一次高的模拟考成绩。

齐暮不解地问："为什么你这么轻松就能考出那么好的成绩？"

尹修竹道："也不轻松。"

齐暮歪着脑袋看他："我怎么就没看出来？"

尹修竹笑了笑，没再说什么。

其实他能用心学习，能好好生活，原因只有一个，就是身边有齐暮这样的好朋友支持他。

如果没有遇到齐暮，他现在连安稳做题的机会大概都不会有。

美术生的专业课考试是提前进行的，齐暮紧张分分的。

尹修竹安慰他："没事，你没问题的。"

齐暮看向他，问："万一我考不好怎么办？"

尹修竹想说"你考去哪儿我就去哪儿"，但他又顿住了，这话太过了，他怕给齐暮增加更大的压力。

齐暮焦急道："我要是考不好，咱们大学就要分开了。"

尹修竹宽慰他道："不会。"

齐暮到底是心大，纠结了一阵子后也放下了，道："不管了，反正我拼尽全力，考不上也不后悔！"

尹修竹应道："对，别想太多，好好发挥。"

盲目乐观的齐大山是这样安慰儿子的，他说："没什么好怕的啊，你只要遗传你妈点儿皮毛，就够用了。"

齐暮斜他一眼，问："万一我随你呢？"

齐大山哈哈大笑道："那你就只能滚回来，继承你老子我的百亿身家了。"

齐暮："……"

齐暮对美术说不上多喜欢，但也不讨厌，毕竟是妈妈的喜好，他怎样都不会去讨厌它。

好在老乔家基因强大，从乔老爷子开始就大家频出，齐暮算是有天赋的。加上从小就闻着油彩味，跟着妈妈在画布前一坐就是半天，他又有一定的功底，所以专业课考得并不差。

过完年，齐暮就拿到了清华美院的专业课过线通知单。

他长长地松了口气，下一步就要和文化课死磕了！

许小鸣是要出国的，所以他对高考毫无感觉，不过见齐暮有望去清华了，还是羡慕得很，夸赞道："暮哥，牛！"

齐暮也觉得自己挺牛的，谦虚道："还行吧。"

许小鸣兴奋道："我们好久没聚了，一起吃顿饭呗？"

齐暮也想缓口气，大方道："好，我请客！"

许小鸣道："今天谁都可以请客，唯独你不用，我暮哥凯旋，我们给你接风洗尘。"

齐暮痛快道："行，那我今天就等着吃啦！"

他们去找魏平希时，魏平姮也在。魏平希一听出去吃饭，如蒙大赦，对他妹妹说："我有事，先走了。"

魏平姮问："齐哥考过了吗？"

齐暮道："过啦！"

魏平姮难得露出点儿笑模样，道："恭喜。"

齐暮竟觉得她这笑容比他爹笑得还慈祥，他笑笑道："我们要出去吃饭，你来不来？"

魏平姮看了看他哥，老魏很怕她这眼神，问她："一起？"别来，请一定别来！

魏平姮道："行，一起吧，吃完饭刚好一起回家。"

魏平希："……"

如今许小鸣对魏妹妹是没有任何想法了，他不仅没想法，还成了女王大人的忠实拥护者。

魏平姮也实在是巾帼不让须眉，厉害得让人心惊胆战。

从第一次月考开始，次次都是第一，甩第二名三条街不止。只是学习好也就罢了，可怕的是她全能！运动会上，她一口气破了五十米、一百米、二百米赛跑的纪录，注意——破的是男生纪录，其中一个还是她哥哥魏平希留下的。

对此魏平希的解释是："我那会儿是没认真跑。"他很少参加运动会，觉得是欺负小朋友。

许小鸣身为魏女王的迷弟……哦，是迷哥，送他一句："呵呵。"

老魏恨啊，恨自己没出息，要是小学的时候跳上一级，就可以甩开魏平姮。也不行，跳一级的话就和他姐同校了，和魏平姮比起来，他姐是没有最凶残，只有更凶残！

魏平希心里苦，还没处说。

以前魏平姮很少跟着他，对他的狐朋狗友毫无兴趣，甚至是能离多远就多远。但现在不一样了，虽然魏平姮依然瞧不上许小鸣，但对尹修竹、方俊奇，还有齐暮都很有好感。

也不怪魏女王，魏平希以往结交的人里，鲜有能让她看上眼的，如今却大大不同。

尹修竹不用说了，她现在的目标就是刷新尹修竹留下的成绩；方俊奇也不赖，要不是和尹修竹同级，他就该是被她刷新成绩的那一位学长了；齐暮嘛，魏平姮没赶上他和魏平希逃课打球的那段岁月，现在她看到的只有她哥混吃等死，而和她哥一样菜的齐暮却在另寻出路，甚至一只脚已经踏进了清华，多励志！

魏平姮是妹妹身老母亲心，恨不得拎着她哥的耳朵，让他多和齐暮学学——毕竟以她哥那脑子，学尹修竹和方俊奇是不可能了。

魏平姮十分强势，虽然长得柔弱可爱，但认真起来，女孩儿样都快消失不见了。

齐暮还挺关注她的，见面就问她月考成绩。

魏平姮一一道来，齐暮在心里算了算，不是满分，他笑眯眯地安慰她说："厉害，小姮真棒！"想刷新尹修竹的纪录？妹子你嫩了点儿！

魏平姬道："下次会争取满分。"

齐暮亲切道："别给自己太大压力，现在已经很好了。"

魏女王对自己要求很高，认真道："不该错的题就不能错。"

齐暮一脸慈祥地看着她，心里想：抱歉了，我们竹子就不一样，只有他想错而没有他不该错的题。

接着，他又问魏平姬："你大学想去哪儿？"

魏平姬说："清华。"

齐暮乐道："行，你哥是肯定去不了了，我替他照顾你！"等大学开学，他一定鼓励尹修竹拿到一切最优奖，以报魏平姬那一分之仇！

魏平姬可不知道齐暮的心思，但魏平希知道，他瞧齐暮那模样，心里嘀咕：嘚瑟吧你！

魏平希倒是一点儿都不担心自家妹妹，说实话，他活了快十八年了，完全想象不出他妹会对人类感兴趣。

最后半年，除了许小鸣和尹修竹，其他人都学得焦头烂额。

清华美院的文化课分数线很高，齐暮的成绩不稳定，一直在进与不进的边缘徘徊，也怪不得他化身拼命三郎，学得没日没夜。

尹修竹十分心疼，劝他道："那边分数高，不行就……"

齐暮摇头道："我一定要去清华！"

尹修竹也没法多说，只能熬夜陪他复习。

地狱般的一百天熬过去后，终于迎来了最后的高考。

向来对考试无所谓的"齐霸霸"，这些天紧张得几乎同手同脚。他真的想去清华，迫切地想和尹修竹在一个大学。

他不想跟尹修竹分别，也不想耽误了尹修竹，不拖他后腿的最好方式就是拼尽全力考进去！

只是最后一次摸底考试，齐暮的成绩并不乐观。

考试这件事，心态很重要，水平也许够了，可太过紧张，发挥不好，成绩就会大打折扣。

尹修竹一大早就给他打电话说："别紧张，你已经做得很好了。"

齐暮手心全是汗，好半天才回他："一起加油。"

尹修竹很担心他，道："把能拿到的分数都握紧，没问题的。"

"嗯……"齐暮低声问他，"你走了吗？"

尹修竹道："还没。"

齐暮轻嘘口气道："我们一起吧，我让司机先去你那儿接……"

他话没说完，尹修竹便道："在家等我，我去接你。"

齐暮心里慌，应下来："好。"

没过多久尹修竹就到了，齐暮同爸妈告别，上车后手脚冰凉。

"不敢让我爸送。"齐暮道，"他只会给我泄气。"

尹修竹见他手指关节泛白，便安慰道："别这么紧张，我们不一定非要去一所……"

"一定要去！"齐暮坚定道，"我一定可以考进去！"

尹修竹竟也跟着紧张了，他这是平生第一次对考场产生了畏惧心理。不是因为他自己，而是因为齐暮。

尹修竹闭上眼，在心里默默道：没问题的，他们一定可以相聚在同一所大学，度过最美好的四年。

高考三天，是无法用时间去衡量的三天。

太快了，又好像太慢了。

考生们用十几年的时间和精力去备战试卷上可能会有的题目，进入考场后，薄薄的几张纸就决定了他们以后的人生。

未来无比轻盈又无比沉重。

齐暮努力平复着心跳，认真做题。

从四岁到十八岁，从幼儿园到高中，这一次他要拼尽全力，和尹修竹走进同一所大学。

…………

终于结束了。

齐暮在家里睡了个昏天黑地，恨不得把这一年缺的觉全都补回来！

直到许小鸣上门找他："暮哥！出来狂欢吧！"

齐暮迷迷瞪瞪地道："嗯？"

许小鸣兴奋得很，说："高考结束了，成绩还没下来，现在不欢，什么时候欢？”

齐暮闷闷不乐的。

许小鸣心里咯噔一下，问：“怎么这么无精打采？”

齐暮捏了捏眉心，道：“我觉得我考砸了。”

许小鸣听他这么说，也闹腾不起来了。他知道齐暮这一年是怎么过来的，他很清楚齐暮有多拼，有多努力，有多想考出个好成绩。

本来齐暮的专业课就过得很不容易，回校后又开始死磕文化课。许小鸣白认为自己是绝对做不到的，所以他选择了出国留学这条捷径。

许小鸣心里也挺难受的，安慰道：“成绩还没下来，别丧气。”

齐暮仰躺在床上，看着天花板道：“我觉得够呛。”

许小鸣道：“你专业课分数很高了，又不是报设计，报美术的话文化课分数要少很多。”

齐暮闭上眼，说：“但对我来说也很高了。”

许小鸣不知道怎么安慰他了：“能行的……”

齐暮长嘘口气。

许小鸣很心疼他，忍不住问道：“非得去清华吗？”

齐暮被他问得一愣。

许小鸣宽慰他道：“尹修竹已经不是以前的尹修竹了，他能照顾好自己，你何必给自己这么大压力？”

清华美院很好，可如果齐暮真的想要追逐美术的更高境界，还有更多选择，比如乔瑾的母校——巴黎美术学院。

这说起来有些讽刺，申请国际学校对于普通家庭的孩子来说很难，可对于他们这种出身的孩子来说，反而比在国内考大学简单些。

所以齐暮完全没必要和文化课死磕，若真的喜欢画画，有更大的前程可以奔赴。

齐暮好半晌都说不出一句话。

他喜欢画画吗？喜欢的。那为什么要死盯着清美不放？因为尹修竹。

如果不是尹修竹，他不会有这么拼搏的两年，更不会意识到原来自己是爱颜料和画笔的。

"暮哥？"许小鸣唤他。

齐暮回过神，脸色有些难看。

许小鸣以为他还在忧心成绩的事，便又道："好啦，先别想得那么糟糕，也许你考得很好！"

齐暮迟钝地点点头："嗯。"

许小鸣见他实在兴致不高，便道："你休息会儿吧，咱们改天再聚。"

齐暮却不想自己待在屋里了，他怕自己又胡思乱想，便道："去哪儿，地方你定了吗？走吧，等出了成绩，我怕我连饭都吃不下了。"

许小鸣安慰他道："不会的，你们一定都能顺心如意的！"

齐暮起床换衣服，许小鸣正在一个个打电话通知。

想想还是怪难受的，不管成绩如何，他们这一帮人都要各奔东西了。许小鸣出国，方俊奇应该会从985院校里挑，具体去哪所还没定，魏平希毕业了直接去部队，尹修竹和他……

人总要长大，再好的朋友也不能在一起一辈子。这道理齐暮懂，可一想到分别，他心里还是会疼。

本来几个人坐一起也就是吃吃饭，谁知魏平希来了句："喝点儿酒吧？"

许小鸣道："行啊，反正毕业了，一醉方休！"

齐暮心里堵得慌，应道："好。"

尹修竹看向他，齐暮不愿让他担心，没流露出太多情绪，笑道："你也喝点儿，反正没什么事。"

尹修竹跟着他笑："嗯。"

许小鸣去拿了酒。他兴头最高，却醉得最快，没几杯就开始鬼哭狼嚎："不想毕业，不想和你们分开……暮哥啊，咱们以后再见面就只有圣诞节了啊……"

齐暮心里像腌了根苦瓜，又涩又酸，他道："行了，又不是生离死别。"

许小鸣大哭道："你们都是铁石心肠！在一起这么多年了，要分开了一点儿不难过！"

方俊奇听不下去了，道："闭嘴！"

他不说还好，一说许小鸣就炸了，道："方俊奇你这个王八蛋！老子成日对你掏心掏肺的，你却不是讽刺我，就是骂我，嫌弃我！"

方俊奇："……"

许小鸣喝了酒，胆贼大，道："我知道，你瞧不起我，觉得我一事无成，觉得我没出息！放心！老子不碍你眼了，老子要远走他乡了！"

方俊奇的脸色十分难看，握着酒杯的手青筋鼓起。

齐暮还有些理智，道："许小鸣你行了啊，不能喝就少喝，发什么酒疯！"

许小鸣眼泪直流，不知道的还以为他被人抛弃了，哭道："你们都有出息，你们都能耐，就我狗屁不是！"

魏平希道："学习不好就没出息了？急什么，没准儿你以后混得比谁都好。"

这话许小鸣爱听，拉着魏平希道："老魏，还是你懂我，要不你带我去部队吧，你看我以后能不能也混上个……"

魏平希斜了他一眼道："就你这小身板？军训都一哭二闹三上吊的。"

许小鸣蔫了，摆手道："老子去国外侦察敌情了，也算是为国争光！"

魏平希笑道："那您加油，好好祸害资本主义。"

他俩说几句话的工夫，方俊奇连干三杯。

齐暮抢他酒瓶，道："喝这么急干什么？"

方俊奇不吭声。

齐暮瞧他那样，心里忽然一阵说不清道不明的难受，他松了手道："一起，自己喝多没意思！"说着和方俊奇干了一杯。

尹修竹察觉到齐暮有些不痛快，他看过来。

齐暮却有些受不住他的视线，他给尹修竹也倒了一杯，道：

"喝！今天就来试试酒量，看咱们谁酒量最好！"

许小鸣道："肯定暮哥你好啊，大山叔千杯不倒，你也差不到哪儿。"

其实齐暮的酒量还真一般，不算太差，但要和齐大山比还是差远了。

许小鸣没怎么喝过酒，所以没敢拿红酒，又不好意思拿香槟，索性就拿了一种据说很烈的精酿啤酒。他们把这酒当普通啤酒喝，可其实这酒的度数和红酒差不多，这么个灌法，最后全醉了。

魏平希开始扯着嗓子唱大戏了，许小鸣更是拿酒瓶当保龄球，非要来个大满贯。

齐暮哈哈大笑，说："老方，那是保龄球，不是酒瓶！"

正弯腰捡许小鸣弄倒的酒瓶的方俊奇："……"

尹修竹笑道："齐暮你醉了。"

齐暮歪着脑袋看他，问："你说什么？"

尹修竹也微醺，道："我说你……"

"嗯？"齐暮凑近他。

方俊奇道："差不多了，都醉成什么熊样了，回去吧。"

清醒的也就剩下方俊奇和尹修竹了，可惜尹修竹现在被齐暮给晃得也有些迷糊。

方俊奇拿起魏平希和许小鸣的手机，给他们家里打了电话。

尹修竹也清醒了些，道："我送齐暮回家。"

齐暮一听到回家，闹腾道："不回家！我不回家！"

许小鸣跟着唱起来："不回家呀不回家，今晚我们不回家——"

魏平希也头摇得跟拨浪鼓似的，道："小妲今天在家，我回去肯定要被她骂死。"

方俊奇真想一人一棒槌，把他们给敲晕过去。

许小鸣平日里没胆，喝了酒胆子贼大，喊道："老魏啊，你爸妈咋想的，干吗给我女神起这么个名字？小妲？女巨人吗？"

魏平希道："难道她不是女巨人？"

许小鸣："……"

齐暮被逗笑了，觉得老魏"黑"他妹妹有些狠了，道："别这么说，人家是女孩子。"

魏平希简直不敢相信自己的耳朵："女孩子？说女汉子都侮辱了女汉子！"

许小鸣叹惜道："怪你爸妈，好好的姑娘，起这么个奇怪的名字，生生被你们给叫成了女巨人！"

齐暮醉得脑袋晕晕的，但还记得打圆场，说："我觉得她很可爱，谁规定了女孩儿一定要温柔乖巧？严肃点儿也很有魅力。"

魏平希摆摆手道："别提我家的女人了，我腿软！"

这时各家的司机上来了，好不容易把自家的少爷给弄走。

方俊奇问尹修竹："你没事吧？"

尹修竹瞧着还是很镇静的，道："没事。"

方俊奇道："那齐暮就交给你了。"

尹修竹点头，他再怎么醉也还保有理智，回家是没问题的。尹修竹搀着齐暮，两人一起上了车。

司机问道："先送齐少爷吗？"

齐暮立马道："我不回家！大山把大乔拐走了，我才不要回家！"

尹修竹笑得温和，道："那行，去我那儿睡。"

齐暮胡乱点头道："反正不回家。"

尹修竹对司机说："直接回家。"

回到尹宅时齐暮已经睡着了，司机问道："我来帮忙吧！"

尹修竹摇头道："不用。"说着他扶起了齐暮，慢腾腾地往屋子里挪。

齐暮睡得迷迷糊糊，嘴上还在说着："不回家……"

尹修竹笑道："嗯，不回。"

齐暮不出声了，走了两步又开始哼哼："好热。"

六月的天，晚上还是挺热的，齐暮又喝了这么多酒，身体会发热也正常。

尹修竹道："马上进屋，屋里有空调。"

齐暮点了点头，也不知道听明白没有。

　　尹修竹将他安置在沙发上，起身道："我去给你倒杯水。"可惜家里没有醒酒药，不过也无妨，这么晚了，睡一觉就好了。

　　齐暮躺在沙发里，整个人又热又渴，大脑像一团糨糊。

　　尹修竹倒好水过来，齐暮迷糊间，忽然想到：高中毕业，他们成年了，他们长大了。

　　不知为何，那个早该被遗忘的梦涌进脑海，心底的隐忧也蹿了上来。齐暮忽然道："我不要你……"

　　尹修竹怔住，紧接着他意识到齐暮在说什么，他……

　　齐暮重复着："我才不需要……"你的感谢。

　　齐暮微顿，混乱的脑子里又想起那封信上的话，那些尹修竹隐藏在字里行间的卑微和讨好。

　　他不需要尹修竹这样，他们是平等的关系，这么多年来是相互付出的。

　　要做一辈子的兄弟，就不能抱着这种自卑的心态。

　　尹修竹这么优秀，连一个小小的句号都能写得那么完美，他……应该更自信些！

　　想到这里，齐暮摇摇头说："小句……"啊不，是尹修竹，他眯着眼看向他继续道："你以后不要……再……"

　　尹修竹听到了——小姮。

　　原来齐暮不需要他，他更希望是魏平姮在这里。

　　齐暮哪里知道尹修竹想这么多，他只是按照自己的想法继续碎碎念："再写信了，我不需要你……"

　　他话没说完，面色惨白的尹修竹接过了话："你不需要我是吗？"

　　齐暮醉意更重，他根本没听清尹修竹在说什么，只感觉面前的他一直在晃。

　　齐暮想要甩开他，喃喃道："嗯嗯，你很好，我知道你以后还会有……新的朋友，但我们还是……"

　　尹修竹闭上眼："我知道了！"他忽然抬高了声音，因此没有听见齐暮的后半句话。

尹修竹几乎听不清自己的声音，也不知道自己是如何用这么冷静的语气说出的："这些年我很感激你，但你放心，我已经走出来了，以后……"

他顿了下，像是要斩断拉他出泥潭的救命稻草般，漠然道："以后我也会有更多的朋友，不会再占据你的人生，不会再给你添麻烦了。"

齐暮醒来时，半条命都快没了。他头痛欲裂，身体也像被人暴揍了一顿，连手指头都动弹不得。

齐暮记起一些，他隐约记得尹修竹好像生气了，然后面无表情地说了很决绝的话。

完了。他们到底说了什么？

齐暮越想越不安，越想越紧张，越想越后悔。

怎么办？

尹修竹走了。

原来他这个熟悉又陌生的别墅是这样空寂。当只有一个人的时候，它更是大得可怕。

齐暮睁大眼睛，心中涌上来的是惶恐和不安……

他们十多年的友情，终究是走到了尽头。

齐暮在家浑浑噩噩地过了一天，晚上乔瑾回来，大惊失色地问："这是怎么了？"

齐暮眼睛通红，唇瓣干燥，整个人的精气神都像被抽走了，憔悴得不成样子。

乔瑾几步上前，一碰到他，眉心皱得更紧了，问："发烧了？"

"妈……"齐暮颓丧了一整天，脑子都木了，可看到乔瑾后，还是难受得心都快炸开了。

他后悔，真的很后悔。

乔瑾哪见过他这副模样，用力抱住他道："怎么了？有事和妈说。"

"是因为考试吗？"乔瑾这两年很心疼他，自己的儿子她最清楚，打小没心没肺，做什么都是随心所欲，谁知高二那年忽然下定决心要考美院，她是开心的，孩子有自己的想法了，当父母的当然高兴。

可这高兴在看到齐暮有多辛苦后又全都消失了。乔瑾没那么多望子成龙的心思，她只希望孩子能快乐平顺地过一辈子，其他的都无所谓。

但想考美院是齐暮的愿望，是他为之努力的事，她也不可能去泄他的气。只是这目标太高了，在专业课方面，齐暮没什么问题，文化课这边才是最大的难题。齐暮无法适应应试教育，想考出那样高的分数对他来说太难了。

难又想做，压力势必极大。乔瑾以为他是被压垮了。

齐暮不知道该怎么解释，把头深深埋在妈妈的肩膀上。

乔瑾拍着他后背，焦心道："没事，考不好就算了，妈妈一直有帮你申请国外的学校，即便去不了清华美院，也还有其他的选择。"

齐暮怔住了。

乔瑾以为他放松了，又开解道："再说了成绩还没下来，没准儿你考得很好呢！"

去国外吗？齐暮第一反应是强烈地抗拒，可很快他又发现自己已经没了抗拒的理由。

留在国内去清华又能怎样？

尹修竹不是小时候了，不需要他的保护甚至还要分出精力照顾他。

尹修竹已经不需要他了。

他留在国内只会拖累尹修竹。

齐暮呆呆地说："妈，我想出国。"

乔瑾一愣，忽然想到了另一种可能，便问："你是不是和尹修竹吵架了？"

齐暮摇头道："没有。"

乔瑾看出不对劲，她劝他道："你别冲动，朋友吵架很正常，要沟通，别意气用事。"有多少好朋友，就因为一时赌气分道扬镳。

齐暮摇摇头，说："我有些感冒，再去睡会儿。"

乔瑾连忙道："先吃药。"

齐暮应道："嗯。"

吃了药后，齐暮睡了一觉，醒来后精神好了许多，也缓过劲儿了。乔瑾的话回荡在他的脑海中，要沟通，别意气用事。

齐暮攥紧了拳头，怎么沟通？还能说什么？

第三天，齐暮拨通了尹修竹的手机。

至少该和他说清楚，无论尹修竹怎么想，这么多年的情分不该这般……

电话响了很久，最终却无人接听。

在高考成绩公布前，齐暮几乎每天都会给尹修竹打一个电话。尹修竹从未接过，直到最后，手机直接提示对方已关机。

齐暮放下了手机，无比清晰地意识到，一切都成了过去。

他想起自己出去学专业课时画的那幅油画——暮光之下，巨大的鸟笼外，肩并肩的两个小孩子。

那时候他觉得自己将尹修竹从笼子中领了出来，可现在他又把他给推进去了。

成绩下来后，齐暮与清美擦肩而过。

乔瑾很紧张，想了一堆安慰他的话。齐暮却异常平静，他说："妈，我想出国。"

即将离开时，齐暮最后给尹修竹打了个电话，依旧是关机。

在齐暮给尹修竹发的所有信息都石沉大海后，齐暮最后给他发了一条信息："对不起。"

齐暮无法得知的是，尹修竹的手机在国内，而他的人正在国外，面前是病危的母亲。

四年后。

齐暮从宿醉中醒来，头痛欲裂，他迷迷瞪瞪地摸向响铃的手机，声音哑得不成样子："嗯？"

乔瑾的声音从听筒中传来："还没醒？这都几点了！"

齐暮嗓子生疼，唤她："妈。"

乔瑾道："又醉了？你这才回来几天，歇过吗？"

齐暮捏了捏眉心，说："好几年没回来了，哪里跑得掉。"

乔瑾顿了下，送他俩字："活该。"

齐暮笑笑，点了根烟："晚上我也不回去了，方俊奇回来了。"

乔瑾应道："和你爸一个德行！"

齐暮哄她道："明天一定回家。"

"爱回不回。"乔瑾道，"懒得看你。"

齐暮道："我也是给你和大山同志创造二人世界的机会，你可千万要好好陪他，我拐走你这么久，他生吞我的心都有了。"

这时齐大山的声音传了过来："儿子！"

齐暮哭笑不得地答："嗯。"

齐大山调笑道："别回来了啊，爸明天给你买栋新房，你也是时候净身出户了。"

不等齐暮说话，乔瑾已经给了齐大山一巴掌，嗔怪道："我看是你该净身出户了！"

齐暮就不打扰他俩了，笑眯眯地挂了电话。

这几年他在法国，爸妈也几乎在巴黎定居。乔瑾对那儿熟得很，待得惯，齐大山就不行了，倒不是习不习惯的问题，而是公司的事扔不下，总不能把总部搬到巴黎。

他们一家三口没怎么分开过，但他和国内的联系却少得可怜。

放到四年前，他无论如何都想不到自己能在外面这么多年，连一次都没回来。

齐暮光着脚下床，站到了落地窗前——外头是略显陌生的高楼大厦，车水马龙中也许有他当年熟悉的人。

齐暮皱了皱眉，掐了烟。

烟灰缸旁放着一本杂志，封面上的男人——年轻的尹氏接班人，有着超高的颜值和让人惊叹的学历。

他最终也没有去清华，而是申请了耶鲁，待在美国。

尹修竹比他早回国半年，现在已经成了响当当的名人，频频登上各大商业杂志。

这就是人和人之间的差距吗？才几年工夫，他还在准备毕业画展，而尹修竹已经拿了博士，简直不是人。

不过尹修竹一直都很优秀，没齐暮的拖累，他早不知道跳了多少级。

齐暮笑了下，又点了根烟。

没多会儿，他手机又响了。

齐暮直接按了免提，话筒那边吵吵嚷嚷的，许小鸣的声音也有些哑："暮哥，醒了？"

齐暮道："刚醒。"

许小鸣哼了一声，说道："好久没喝这么多了，头要炸了。"

齐暮问他："你还要工作？"

许小鸣哭道："有个通告……啊，我真想罢工。"

齐暮翘唇笑道："小心被你的粉丝追着打。"

许小鸣撇嘴道："打死我更好，老子早想息影了！"

齐暮笑道："那华语影坛岂不是要少了一颗星？"

许小鸣道："长江后浪推前浪，我现在就快被拍死在沙滩上了！"

齐暮和他贫了几句，许小鸣才道："晚上方博士回来了，咱们继续啊。"

齐暮说："主要靠你，我喝不动了。"

许小鸣酸不溜丢地道："人家方博士看得上我这个小演员？我怕我想陪都陪不好。"

齐暮笑了笑，过了会儿才装作不经意地问了句："晚上尹修竹来吗？"

许小鸣说："哪里请得到尹总？人家现在可是响当当的大忙人。"

"哦。"齐暮也说不清自己是个什么心情，只是觉得嘴里十分寡淡，想再点一根烟。

许小鸣又道："要不你给他打个电话呗？你开口他肯定能来。"

齐暮摇头道："算了，忙的话就别打扰了。"

许小鸣叹口气道："你说你俩以前多好，还说好一起考清华呢，怎么稀里糊涂都出国了？"

齐暮心里突然紧张起来，连手机都有些拿不稳，道："小时候的事，哪里说得准。"

"是啊。"许小鸣感慨道，"谁能想到，我暮哥成了知名画家，方胖子成了学界大咖……"

齐暮笑道："哪有你厉害？许影帝。"

许小鸣道："快别提我那野鸡奖了，不够丢人的！"

齐暮笑笑道："那又怎样？票房大卖就是实力！"

"这倒是。"许小鸣美滋滋地道，"哥就是火！"

说了一会儿后，许小鸣又道："你这趟回来待多久？老魏婚礼完事就走？"

齐暮终究还是掐了烟，他发现了，自从回国怎么抽烟都压不住嘴里的苦味，他道："不急，我打算多留一阵子。"

许小鸣乐呵呵地道："那感情好，咱哥们儿几个多久没好好玩玩了。"

是啊，太久了，齐暮都快忘了他们是怎样一起上学、一起放学、一起吃饭、一起写作业、一起逃课打球了……如果长大的意义就是抽离过去，那他宁愿不长大。

许小鸣挂电话前说道："你再睡会儿吧，我这边收工后直接去接你。"

齐暮说："不用了，我叫个司机就行。"

许小鸣道："司机能有兄弟好？等着，带你试试我最新的小跑。"

齐暮心情好了些，道："行，到时候联系。"他没国内的驾照，刚回来也没空去换，所以自己没法开车去。

齐暮想再睡会儿，却怎么都睡不着，他随手拿起酒店的铅笔，在纸上涂涂画画。

等他意识到自己画了什么之后，尹修竹青涩的面庞已经跃然纸上。

齐暮笑了一下，想撕了扔掉，可看到画中人，他又舍不得再动它分毫。

罢了……齐暮将这幅小画像连着杂志一起收进了拉杆箱。

下午许小鸣准时来接他，然而刚到楼下他就后悔了。

如今的许小鸣已今非昔比了，哪里是能随便抛头露面的？

即便这酒店的服务人员素质很高，可看到许影帝还是一个个两眼放光，恨不得辞职不干上来求个签名。

齐暮和他走在一起，耳边不断传来手机的拍照声。

齐暮看向他，问："你就不能稍微伪装下？"

许小鸣指了指自己的墨镜说："这还不够？"

齐暮觉得还不如不戴！

等出了酒店，一看停车场那人挤人，恨不得把车搬出去腾地方的架势，齐暮一个头两个大，问："怎么办？"

许小鸣言简意赅道："跑！"

齐暮骂了句法语，许小鸣又道："暮哥，说人话。"

齐暮错了，还是长大好，好歹这几年离许小鸣远远的，没受他荼毒！

他俩东躲西藏，好不容易挤进电梯，不承想和人迎面撞上。

许小鸣墨镜都掉了，他惊讶道："尹修竹？"

齐暮跑得微喘，听到这名字脑袋里先是"嗡"的一声，他猛一抬头，和尹修竹的视线撞在一起。

久别重逢，竟然是在这样一个尴尬的情况下。

尹修竹的变化很大——十八岁和二十二岁的差距，不只是身体，更是心性与气质。

看过那杂志的人大概都会评价这位尹少爷俊美无比，只是稍显疏离了些。见着本人才会明白，摄像师和修图师已经很努力地淡化这种感觉了。因为他本人要更冷一些，过分精致的容貌会加重这样的感觉。

齐暮时常画的那个尹修竹，早就不是现在的尹修竹了。

许小鸣拍了下齐暮的肩膀，齐暮飞速挪开视线，勉强笑了下：

"好久不见。"与人打招呼却不与人对视，这很没礼貌，但齐暮实在没有勇气再去看他。

尹修竹什么都没说。

电梯本就是个很压抑的空间，哪怕酒店费尽心思地将四周都做成拓展空间的镜面，却还是掩盖不了它狭小密闭且局促的本质。

齐暮甚至觉得这镜面很烦，因为反射了多个人影，将尴尬也乘以数倍，无限扩散开来。

好在时间很短，从一楼到地下的专用停车场只够打个招呼。

电梯门开了，许小鸣道："我们先走了。"

齐暮嗓子眼儿发紧，连句"再见"都说不出来，他闷头要走出电梯，身后传来了尹修竹的声音："什么时候回来的？"

齐暮整个后背僵住，声音发颤道："三天前。"

尹修竹平静地回了句："哦。"冷漠疏离，仿佛刚才那句话只是客套地问一问，根本没想到他会回答。

齐暮极轻轻地嘘了口气，说道："我还有事，先走了。"

尹修竹道："请。"

齐暮径直走出电梯，走到许小鸣旁边。

许小鸣看看尹修竹，又看看齐暮，忍不住开口道："你俩怎么……"到底不是小时候了，许小鸣这些年在娱乐圈混，什么破事都见过，稳重了不少。

齐暮道："我抽根烟。"

许小鸣说："不急，小孙一会儿才能把车开下来。"外面的停车场被粉丝堵了，只能让助理把车开到这里来了。

齐暮点头，心却始终被揪着。

电梯门关上了，尹修竹站在里面，迟迟没按下楼层。

"尹总？"停好车赶过来的助理唤回了尹修竹的思绪。

尹修竹眉心紧皱着，有些茫然地看过来。

跟了他小半年的辛鹏从没见过老板如此失神的样子，被吓了一跳，赶紧提醒他之后的行程。

尹修竹回过神，慢慢恢复成往常的模样："今天的行程都取消掉，手机给我。"

辛鹏一愣，没敢多问，只把手机递给他。

尹修竹打开手机，点开通讯录，拨了个号码。

没多一会儿电话通了，尹修竹问："回国了？"

方俊奇道："嗯，齐暮也回来了。"

尹修竹握紧了手机，又问："你们晚上一起吃饭？"

方俊奇道："嗯嗯，在雪汀。你有空过来吗？"

尹修竹道："我一会儿过去。"

方俊奇应道："那一会儿见。"

"好。"尹修竹挂了电话，手心沁出了一层薄汗。

头突然像针扎一样疼，尹修竹用力按住了太阳穴。

他又不自觉地回想起了那一年：于黛云死在他面前，尹正功怀疑那份亲子鉴定报告的真伪，还有让人作呕的兄弟相残……

等他处理好一切回来时，齐暮出国了。他一下失去了活着的意义。

手机铃声唤醒了尹修竹，他面色苍白地接起了电话。

方俊奇道："你顺道接齐暮？他就在……"

尹修竹闭了闭眼，说："他和许小鸣一起走了。"

方俊奇道："那好，一会儿见。"

齐暮和许小鸣到的时候，方俊奇已经入座了。

齐暮和方俊奇也一年多没见了，上次见还是在巴黎。

方俊奇如今哪有半点儿当年小胖子的模样，他一米八九，身材修长，因为戴了副眼镜，越发显得精英范儿十足。

许小鸣用食指钩下自己的墨镜，打趣道："方博士帅成这样，是打算出道吗？"

方俊奇看他一眼，道："白痴。"

许小鸣成了影帝，也不改当年一点就炸的臭脾气，道："我哪里比得上二十二岁的方博士？正常人都在头疼毕业，你都开始硕博连读了。"

方俊奇冷笑道："你也知道是才开始。"

许小鸣道："反正到最后肯定是方博士，我就先叫着呗。你看我也没拿个正经奖项，还不是被人叫许影帝。"

方俊奇懒得理他，对齐暮说："昨晚回来得有些晚，就没过去。"昨天许小鸣请客就叫了方俊奇，方俊奇没去。

齐暮揉揉太阳穴道："幸好没去，鸣子那些朋友太能喝了。"

方俊奇瞥了许小鸣一眼，说："何止是能喝！"

许小鸣不痛快了，道："大学者瞧不上我们娱乐圈，下次我就不请你了。"

方俊奇道："提前谢谢你。"

许小鸣又气疯了，他对齐暮说："你看看他！是不是越来越过分了？还真把自己当博士了？有本事你也和尹修竹那样，四年拿下博士啊！"

方俊奇不为所动，道："比不上你，大学都没毕业。"

眼看着这俩都二十好几了，还一言不合就能干起来，齐暮只能打圆场，道："好了好了，还把自己当小孩儿呢？"

他看了许小鸣一眼道："你好好说话，别阴阳怪气的。"又看向方俊奇说："你也少说两句，总招惹他干什么？"

方俊奇皮笑肉不笑道："他现在是名人，谁惹得起！"

许小鸣火了，道："方俊奇你没完了是吧！"

方俊奇还想说，齐暮立马道："再吵我走了啊！"

这下总算消停了。入座时许小鸣故意坐到齐暮这边，和方俊奇呈对角线，已经是一张桌子上能离得最远的距离了。

齐暮只觉得好笑——这俩幼稚鬼是一辈子都长不大了。

方俊奇和齐暮聊了几句，无非是叙叙旧，说点儿各自忙的事。

许小鸣一不懂生物学，二不懂美术，有些插不上话。

他故意挑方俊奇的刺儿，道："方硕士请客，只聊天儿不点餐？"不让叫博士，就开始叫硕士，反正要酸到底。

方俊奇道："等人齐。"

齐暮惊讶地问："老魏要来？"那家伙不得忙着婚礼的事？

方俊奇说："尹修竹要过来。"

本来轻松聊天儿的齐暮瞬间绷紧了后背。

许小鸣诧异道："早说啊，刚才我们还在华辰撞上了，一起多好。"

方俊奇没多说："应该也快到了。"

许小鸣也不咋呼了，还有些惆怅道："想当年咱们四人天天一起吃饭，现在可好……想凑一起吃顿饭比我拿影帝都难。"

方俊奇："……"

齐暮根本听不到他说了什么，满脑子都是尹修竹要过来。

齐暮起身道："我去抽根烟。"说罢就往外走。

许小鸣跟方俊奇嘀咕："暮哥这烟瘾有些大啊。"

方俊奇顿了下，没说什么。

许小鸣又道："你不懂，我们搞艺术的压力大，抽烟喝酒都是解压。"

方俊奇忍了忍，没忍住骂他道："白痴。"

许小鸣没好气道："你一天不骂我就难受是吧？"

方俊奇道："那我岂不是难受大半年了？"

许小鸣一愣……

方俊奇又冷笑一声："好在许影帝名气大，哪儿都看得到，看一眼骂一句，倒也痛快。"

许小鸣炸了，道："方胖子你别给脸不要脸啊！"

齐暮刚拿出烟，还没点上就看到了尹修竹。

尹修竹怔了下，显然没想到会在这儿看到他。

齐暮不知为什么，竟有些心虚地扔了烟，说道："来了。"

尹修竹问他："你去哪儿？"他明知道齐暮不是要走，可还是忍不住这样想。

齐暮不自然地笑了下，说："我去趟洗手间。"说完大步向前走。

尹修竹指了下他身后，道："洗手间在那边。"

齐暮心想，尴尬死算了！嘴上只好说："没来过，不太清楚。"

尹修竹道："我带你过去。"

齐暮："……"

尹修竹见他神情僵硬，心里一沉，改口道："顺着这边过去，右转就是。"

齐暮根本就不想上厕所，可他敏感地察觉到了尹修竹的情绪变化，他嘴比脑子还快，说道："还是你带我去吧。"

尹修竹："……"

齐暮说完就后悔了，想挽回一下这脑残的对话。

尹修竹已经开口说道："来这边。"说罢他率先一步向前走去。

齐暮到了嘴边的话也只能咽回去，跟在他身后，去了洗手间。

尹修竹停在了洗手间外，明显是不想上厕所的。齐暮也丝毫没有尿尿的想法，但说都说了，来都来了，只能硬着头皮进去。

等他洗好手出来，发现尹修竹还站在门外。

齐暮微怔，说道："不用等我的。"

尹修竹哪里走得了，他守在洗手间外，心里想的都是——也许齐暮已经走了。

"这家店的厕所有些绕，你没来过可能不熟。"

齐暮点点头，道："是挺绕的。"

饭店真委屈，明明四通八达的，非得被他俩硬掰扯成迷宫。

他俩一起进来时，许小鸣已经被方俊奇戳到破口大骂。

齐暮一个头两个大，不耐烦道："你俩能消停点儿吗？"

许小鸣道："这怪我吗？我脾气多好，全剧组上到制片人、导演，下到送盒饭的大叔，谁不夸我许小鸣性格好？"

齐暮想问：你们剧组都是受虐狂吗？

谁知道他的心里话就被方俊奇给说了出来："你当我也是受虐狂？"

许小鸣："……"

这要不是齐暮拉着他，许影帝当场就掀桌走人了，天底下求他吃饭的人多了去了，干吗要被这死胖子冷嘲热讽！

点餐的时候，方俊奇对齐暮说："这家的提拉米苏还不错。"他们都知道齐暮爱吃可可制品。

齐暮笑了笑，点甜品时却选了法式火焰薄饼，没有一丁点儿巧克力的影子。

尹修竹微怔。

许小鸣惊讶道："暮哥你终于把巧克力给戒了？"

齐暮口里有些干，说道："那是小时候，现在好久没吃了。"

许小鸣震惊了，道："不敢想象……"一个将巧克力视为生命的人，竟然戒了巧克力！

许小鸣感慨道："岁月真是……老魏这个糙汉子这么快要结婚了，暮哥竟然不吃巧克力了……"

齐暮脸上的笑淡了些，说："总得长大嘛。"

方俊奇插了一句："长大不意味着改变。"

一句话把桌上的人说得都一怔。是啊，长大又如何？没人规定大人不可以吃巧克力，也没人规定大人就必须端庄持重，更没人规定大人就一定得见人说人话，见鬼说鬼话。

改变与长大无关，只是自己想变了。

许小鸣正经不过一秒钟，道："还是方硕士有学问，虽然你不是桌上学问最高的人。"

方俊奇嘲讽他都是本能，道："也不是学问最低的人。"

高中文凭的许影帝："……"

这饭还让不让人吃了！他要是天天和方俊奇在一起，这辈子都不用担心体重了！

齐暮忍不住笑道："你俩啊……"数十年如一日的幼稚鬼。

尹修竹余光移了下，看着他眼角的笑容。

用过餐后，许小鸣道："走，下半场。"他喝了点儿酒，但也不会醉，只是来了兴致。

方俊奇问齐暮："再去喝点儿？"他们好久没见，也舍不得吃这么顿饭就散了。

齐暮昨晚喝的还没消化，其实有些不想喝了，但同样舍不得走，他应道："走吧，昨晚去的那个酒吧还不错。"

许小鸣兴奋道："那必须的，也不看看是谁常去的！"

方俊奇懒得看他，又问尹修竹："有空？"

尹修竹点头说："晚上没什么事。"

"那行。"方俊奇道，"我没喝酒，我来开车。"

许小鸣嘚瑟地把车钥匙给他，说："开哥的车，排场。"

方俊奇送他一个字："滚！"

许小鸣差点儿又和他打成一团。

齐暮被他俩逗得笑到肚子疼，问："你们今年加一起有三岁半吗？"

许小鸣面无表情地回答："我三岁，他半岁。"

尹修竹看着齐暮，嘴角也轻轻翘了下。时至今日，他仍是只有在他身边才能感受到快乐的滋味。

一去酒吧许小鸣就兴奋起来了。来这儿的要么是圈内人，要么是圈内人的朋友，不用担心粉丝不粉丝的问题。

方俊奇看不惯许小鸣那德行，转头和尹修竹聊天儿。

这下轮到齐暮插不上话了，不过他无所谓，能和他们坐一起就有种难以言说的舒适感。好像又回到了许久之前——他和许小鸣在疯玩，方俊奇和尹修竹在刷题。

齐暮眼眶一热，鼻尖不争气地泛着酸，他仰头喝了一杯酒，好歹把这些情绪给压了下去。

这时一个女孩儿端着酒过来，问："您……您是齐暮吗？"

齐暮一愣，道："你是？"眼前的女孩儿穿着漂亮的紧身连衣裙，性感又带着点儿青涩的甜意，但齐暮肯定自己没见过她。

她有些紧张道："我……看过您的画展，非常喜欢您的画。"

齐暮很意外，转头看她，问："你之前在巴黎？"他没在国内举办过画展。

女孩儿连连点头道："我才回来没多久，真没想到会见到您！"

齐暮笑了笑，和她聊了几句。

女孩儿也不害羞了，和他谈起了看画展时的感想，还夸了他好几幅画。

许小鸣凑过来道："Aimee，你们认识？"

Aimee解释了一下，许小鸣嘿嘿笑道："咱暮哥真行，粉丝都追到国内了。"

齐暮笑骂他道："能有你行？"

许小鸣道："好啦，不打扰你们。"说完他还向齐暮眨了眨眼睛。

齐暮弯了弯唇，有一搭没一搭地与 Aimee 聊着。

许小鸣回到自己桌上，对方俊奇说道："你瞧瞧我暮哥，随便坐那儿，女孩儿就自动送上门了！"

许小鸣用欣赏的目光看着齐暮，又说道："艺术之都真养人，我暮哥这几年气质真是大变样，也难怪那女孩儿被迷得晕头转向。"

尹修竹收回了视线，沉默地喝着酒。

方俊奇索性道："差不多了，我们回去吧。"

许小鸣眨眼睛道："急什么啊，才刚开始。"

方俊奇冷笑道："你玩，我明天还有事。"

尹修竹也起身道："我也回去了。"

他俩一站起来，坐在吧台的齐暮看到了，他对 Aimee 说了句话，就走过来。

齐暮问："要走了？"

方俊奇点头道："时候不早了。"

齐暮道："行，我也回去。"

尹修竹一愣，看向他。许小鸣问："你急什么？"

齐暮摆摆手道："昨晚喝太多了，今晚太累。"

许小鸣也没强留，便道："那我让司机送你。"

齐暮正想应下，这时 Aimee 走过来，问道："齐老师要回去了吗？"

齐暮应道："时候不早了。"

Aimee 有些不好意思地道："我能和您一起吗？"这暗示很明显了，许小鸣眨了眨眼睛。

齐暮道："我没开车。"

Aimee 小声道："我送您。"

齐暮笑了笑，眉眼温柔，道："哪能让女士辛苦？不用了。"

Aimee 有些局促，却也知道自己被拒绝了，她道："那改天再联系。"

齐暮道："好。"

Aimee 恋恋不舍地走了。

这时一直沉默的尹修竹忽然开口，对齐暮说："我送你回去。"

齐暮脑袋"嗡"的一声，立马道："不用。"他意识到自己的语气不太好。

尹修竹眼帘微垂，薄唇紧抿着，又缓缓开口道："许小鸣还不走，你何必让他的司机跑两趟？"

齐暮："……"

许小鸣也道："也对啊，反正你俩也顺路！"

第十章

朋 友

　　齐暮没办法再推辞，只能上了尹修竹的车。

　　坐进去的时候，他觉得有些不可思议。

　　时间真可怕，什么事都能逐渐淡化。

　　外面刚立春，夜里还是很凉，好在车里温度适宜，还有股极淡的香气，好像是某种薰香，能够舒缓人的精神。

　　尹修竹问他："要喝水吗？"

　　齐暮点头："好。"

　　尹修竹给他倒了杯水，放在他座椅边的杯架上。

　　齐暮喝了口热水，感觉整个人都放松了许多，他不禁问道："车里是有薰香吗？"

　　"嗯。"尹修竹反问，"不适应吗？"

　　齐暮摇头说："挺好的，一点儿也不浓。"说着他又问："是有舒缓精神的功效吧？"

　　尹修竹顿了下，说道："是有一些。"

　　齐暮心思一动，问他："工作很累吗？"连车里都布置了这样的薰香，想必是压力很大。

尹修竹轻声道："还可以。"

也许是这薰香起了作用，也许是尹修竹要主动送他，让齐暮一直绷着的心舒缓了一些，他说道："你真的很厉害！"学业有成，事业有成，这么年轻却做到了无数人一生都做不到的事。

尹修竹神色黯然，问他："你这些年，过得好吗？"

这才是许久不见的朋友该问的第一句话吧？他们却留到了现在才问。

齐暮好一会儿才道："还行。"没法说好不好，总之不是他想象中的样子。

齐暮又问他："你呢？"

尹修竹却连"还行"两个字都说不出来。

这时齐暮的手机响了起来，他对尹修竹说："我接个电话。"

尹修竹道："请。"说着他避嫌似的转头看向窗外。

是乔瑾打来的，齐暮说："我喝了酒，不回去闹你了。"

乔瑾道："我要是嫌你闹，就不把你生出来了。"

齐暮道："好啦，明天一定回去。"

乔瑾道："儿大不中留。"

齐暮哄她道："大乔听话，明天回去给你带礼物。"

乔瑾不领情道："不稀罕。"

挂了电话，齐暮对尹修竹说："对了，我不回家，麻烦送我去华辰吧。"

尹修竹问道："怎么一直住酒店？"

齐暮道："一开始是我的屋子太久没住没收拾，后来又和许小鸣喝酒，闹得太晚就不回家吵他们了。"

尹修竹点了点头，问："酒店住得惯吗？"

齐暮说："我觉得挺好，不过大乔很嫌弃，让我回家前先给自己消消毒。"

尹修竹说道："要不去我那儿住吧？"

齐暮一愣。

"我是说……"尹修竹解释道,"酒店的确是不干净,而且出行也不方便。"

齐暮笑了,他知道尹修竹的小洁癖,他道:"我没事,我无所谓的。"

尹修竹平时在会议上能把最能说会道的人给说得哑口无言,可此时却吞吞吐吐,好半晌才蹦出一句:"我搬出来了,自己住。"

齐暮应道:"搬出来也好。"那么空一栋宅子,自己住也太难受了。

尹修竹又道:"就在这附近。"

齐暮:"……"

尹修竹声音越来越小:"到了。"

电梯停下,齐暮跟在尹修竹身后。

尹修竹住的是一个复式结构的公寓,一楼是极宽敞的客厅,因为上下打通,所以显得很敞亮,丝毫没有公寓的局促感。

齐暮一进来就闻到了和车里同样的薰香味道。他挺喜欢这味道的,可隐隐又有些担忧。看来尹修竹这些年压力很大,估计睡眠质量很差。

齐暮脱了外套,换了鞋子。尹修竹问:"喝什么?"如果是以前他肯定会给他冲热可可,但现在……

齐暮道:"咖啡。"

尹修竹应道:"稍等。"

齐暮坐在沙发里,四下打量着——这屋子很新。也正常,尹修竹回来没多久。

装修的风格很暖,可不知为什么,齐暮总觉得这暖得有些刻意了,好像在故意营造一种放松的氛围,努力想让住在里面的人感到舒适。

家的温暖不是靠装修来维持的,而是靠生活的气息。偏偏这样一个温暖的"家",却缺少了主人的痕迹,沦为一个打着温馨舒适标签的样板间。

尹修竹端着咖啡出来,齐暮接过来后道:"谢谢。"

尹修竹道："不用。"接着坐到他对面的沙发上。

放在以前他们都是坐在同一侧的，不过现在哪儿还讲什么以前。

齐暮低头喝了口咖啡，可惜咖啡的味道也遮不住嘴里的苦涩，他想抽烟，又不想在尹修竹面前抽。

尹修竹忽然问他："为什么不吃巧克力了？"

一句话把齐暮给问住了，他要怎么说？

去国外后，齐暮就没再碰过巧克力，这是他最爱吃的东西，却也成了他最怕见到的东西。

因为看到巧克力，他才发现自己十多年的人生里，几乎所有的巧克力都是尹修竹给他的。

因为看到巧克力，他就不可避免地会想起尹修竹，然后想起他们糟糕的现在。

他曾尝试着吃过一块巧克力，可丝毫尝不到甜味，只有浓浓的苦，于是他再也不碰巧克力了。

齐暮轻声道："这么大个人了，吃巧克力也太幼稚了。"

尹修竹眼睛一亮，问他："所以，还是爱吃的对吗？"

齐暮："……"

尹修竹起身道："我这儿有，你要吃吗？"他问这话时小心翼翼的，怕齐暮拒绝。

齐暮哪里拒绝得了，他愣了下，说："好、好啊。"

尹修竹眼中带了些笑意，说道："等我一会儿。"

齐暮点点头，坐在沙发里却有些不知该如何安放手脚。

尹修竹很快就回来了，他端着一个盒子，放到齐暮眼前。

齐暮好久没有这种期待的感觉了，他道："我打开了？"

尹修竹道："都是你的。"

齐暮心一颤，打开了盒子。不算太大的盒子里满满当当全是巧克力，而且包装不同，种类不同，各式各样，挤在一起。

齐暮看到那几种熟悉的巧克力后，鼻尖瞬间酸透了。

尹修竹喉咙干哑，道："尝尝？"他站在冰天雪地里，冻得瑟瑟发抖，谨慎地、小心地、竭力地讨好着不肯再给他光芒的遥远的太阳。

齐暮手指酥麻，都不知道自己是怎么打开的包装纸，也不知道是怎么将巧克力放到了嘴里，可当那甜腻的味道充斥了整个口腔之后，他整个人好像都活过来了。

"好吃。"齐暮咬着唇，努力让自己别失态。

尹修竹松了口气，道："你喜欢就好。"他每年都在尽力收集着——一批又一批，最好的最新鲜的——齐暮可能会喜欢的巧克力。

如果他和齐暮今生只能这样的话，那这就是他们之间仅有的联系。

尹修竹又拿起一块，对他说："再尝尝这个。"

齐暮却吃不下去了，他眼眶滚烫，明明是笑着说话却像在哭："以前你都不肯让我连吃两块。"

尹修竹怔住了。

齐暮拿着巧克力，眼眶几乎要兜不住泪水了，他说："尹修竹……当年……"

齐暮终于忍不住了，他把憋了四年的话全说了出来："是我不好，我不该喝那么多酒，不该惹你生气……"

尹修竹回过神来了，他看着手中的巧克力，表情僵硬。

"你没有错。"尹修竹垂眸道，"那天是我不好。"

齐暮后悔死了，起因是他，是他毁掉了他们多年的友情。

尹修竹的头上又传来了针扎一样的剧痛，他轻声道："齐暮……你没有错，是我意气用事，没有分寸。"

齐暮愣住了。

尹修竹道："齐暮，对不起，我以为我们永远不会见面了……"头上的疼痛感几乎让他丧失了思考的能力。

齐暮察觉到他的异样，关切地问道："尹修竹，你怎么了？"

尹修竹用力捂着头，力气大到手背上都暴起青筋，声音听起来非常痛苦。

"我不会打扰你的生活，不会干涉你的人生，回不到从前也是我咎由自取……对不起，真的对不起。"

"别不理我……"他患病的那半年，能说明白的只有这四个字。

齐暮脑袋嗡嗡作响，他问："你说什么？尹修竹，你……没想和我绝交吗？"

眼下也没时间让他理顺了，他焦急地扶住尹修竹，问他："你怎么了？头很痛吗？"

尹修竹却没法回答齐暮，他面色苍白到了极点，唇瓣剧烈颤抖，似乎在低喃着什么，又好像只是因为疼痛引起的颤抖。

齐暮急了，唤他几声都得不到回应后，他起身想去拿手机。

尹修竹一把抓住他的衣角，声音干涩道："别……"

齐暮心疼道："尹修竹，你等我一下，我去叫人！"这情况得去医院了，他自己没办法，只能去找人帮忙。

尹修竹仍旧不肯松开他的手。

齐暮五脏六腑像被一只看不见的手搅成一团，可他也不敢耽误，只得伸长手去摸手机。许小鸣估计还在酒吧，这时候就只能找方俊奇了。

他打给了方俊奇，快速把情况说了一下。

方俊奇神色一凛，道："等我，我马上过去。"

齐暮很心急地道："我打急救电话吧，尹修竹的情况……"

"别，"方俊奇立马制止道，"他这是老毛病了，最好别让人知道。"

齐暮也是顾忌这个，尹修竹早就不是半大小孩儿了，他有问题的话，整个尹氏集团都会地震。

齐暮想问尹修竹这是怎么了，又不敢再耽误时间，急忙对方俊奇道："我先挂了，你直接联系医生吧。"

方俊奇已经上车了，嘱咐他道："你别刺激他，多和他说些好话。"

齐暮连连点头，挂了电话后对尹修竹道："好了好了，我在这儿，我哪儿也不去，我怎么会不理你？"他的声音里全是慌乱。

神奇的是，他的话起了作用，尹修竹似乎好一些了，虽然眉心依旧紧皱着，面色已经白到没有一丝血色，但显然头没那么痛了。

齐暮继续重复着刚才的话，努力安抚着他。

方俊奇来得很快，也带来了私人医生。

医生招呼他们将尹修竹扶到床上躺下，给他打了针，没多久尹修竹便沉沉睡了过去。

齐暮急得眼眶通红。

医生给尹修竹做了一些身体上的基础检查后，说："尽量别刺激他，让他好好休息。"

齐暮急声问道："他是怎么了？"

医生道："暂时不好说，还需要更系统地检查，应该是精神方面的问题。"

这医生是方俊奇带来的，不清楚尹修竹之前的病因，也不好下结论。

齐暮虽然隐隐猜到了一些，但听到医生的话后，脑袋还是嗡嗡作响。

医生道："明天带他去检查一下吧，他应该有自己的医生。"

齐暮点头道谢，方俊奇送医生出了门。

怎么会这样？尹修竹怎么会变成这样子？齐暮怎么也想不明白。

方俊奇心里也很不是滋味，他起身道："我就在外面，你有事叫我。"

齐暮点点头，说了声："谢了。"

方俊奇摇头道："没什么。"说完就出去了。

屋里只剩下齐暮和尹修竹，还有空气中飘来的安神的薰香味。

昏睡着的尹修竹突然呓语道："别不理我……齐暮，别不理我。"

齐暮忍着泪水，哽咽道："笨蛋……我怎么会不理你？我说好要罩你一辈子的……"却让你变成这个样子。

齐暮心里像被人捅了几刀，疼得都有些木了，他看着尹修竹，轻声哄着他道："我在这儿，我不会不理你的，不管发生什么，我都不会不理你。"

齐暮又待了会儿，发现尹修竹眉眼舒展后，他轻手轻脚地给他盖好被子，走了出去。

方俊奇怔怔地坐在外头的沙发里，听到动静后立马抬头问："睡了？"

齐暮笑得十分勉强，道："睡了。"

他坐到方俊奇对面，两人都没说话，气氛极为安静。

还是方俊奇打破了沉默，他问："高考那年，你们到底怎么了？"

一句话就像打开了潘多拉魔盒，将那些不愿再碰触的回忆全都翻了出来。

齐暮向后靠在沙发里，直视着刺目的水晶灯，道："我不知道。"

他真的不知道，他当时喝多了，不知道为什么尹修竹跟他说了绝交的话，但现在尹修竹跟他说，他还想和他回到从前，还想和他做朋友。

齐暮捂着眼，重复道："我真的不知道。"

他一回忆那天，想起的就是尹修竹用冰冷的眸子居高临下地看他的模样。

方俊奇见他这样也没法再问，他道："你们还是好好谈谈吧，那么多年的友情……"他有些说不下去，很讽刺的是，越是年份久的友情越是不容易说开。

齐暮轻嘘口气道："我会和他谈谈的。对了，他这毛病你知道吗？"

方俊奇道："我也不太清楚，一年前我见过他，当时他也是这样头痛欲裂，不过休息了一会儿就好了。"

齐暮忽然反应过来，问："一年前你不是在巴黎吗？"那时候他们还见过面。

方俊奇道："尹修竹也在巴黎。"

齐暮愣住了。

方俊奇道："我觉得他这毛病可能和你有关……"

齐暮说不出半句话，他有些记不清一年前的事，更不记得曾见过尹修竹。

方俊奇看了他一眼，还是说道："虽然我不知道当初你俩之间发生了什么，但我知道尹修竹一直都把你当最好的朋友。"

齐暮猛地转头，直勾勾地看向他。

见他这样，方俊奇满嘴都是苦涩，道："你还真是不相信他啊……"

说完这话，方俊奇站起身道："我先回去了，有事给我打电话。"

齐暮有些愣怔，直到方俊奇走出门了，他都没回过神来。

第二天，尹修竹醒来时感觉到了阳光的温暖。

他入睡很难，睡眠也极浅，很多时候都是天还没亮就已经醒了。所以他很久很久没有体会到阳光晒到身上的感觉了。

头虽然有些昏沉，但不痛了。他起身，坐了一会儿后忽地一惊。

昨晚的事如潮水般涌到了脑海中。

齐暮回来了……他们一起吃饭，一起回家……齐暮向他道歉，而他情绪失控，说了一堆惹人烦的话……

尹修竹眼前一黑，仓皇地下了床。

他向来做什么都一丝不苟，连睡觉都保持最规整的姿势，从未见他狼狈过。但此刻他面色苍白，穿着昨天已经满是褶皱的衣服，光着脚出了卧室。

尹修竹忐忑不安地想：齐暮肯定走了……他……

一股饭香从厨房传来，尹修竹错愕地看过去。

齐暮刚好出来，手里端着个餐盘。

尹修竹愣住了。

齐暮冲他笑道："醒了？先去洗个澡吧，早餐马上就好。"

尹修竹一动不动，怀疑自己是在做梦。

齐暮怎么可能还在这儿？齐暮怎么会给他做饭？

齐暮将餐盘放下，走过来问："要不先吃饭？"

"我不太会用你这个多士炉，"齐暮带他进厨房里，"都烤焦三片了。"

尹修竹呆呆地说："我来。"

齐暮笑道："你教教我，连个面包片都不会烤，我也太废了！"

尹修竹不知道该说什么，他怕说多了，这个梦里的齐暮会被他吓跑。

"你干吗！"齐暮瞪他，"我让你教我用多士炉，不是让你去烤手指头！"尹修竹魂不守舍，手没去调节按钮，而是直往多士炉的加热口上放。

尹修竹心一紧，垂下眼帘。

齐暮不敢让他在厨房了，推他出去道："你先去洗个澡。"

尹修竹不走，他站在门边，低声唤他："齐暮……"

齐暮本来想吃完饭再和他说，但见他这副模样，估计不说清楚是别想吃饭了。

齐暮轻嘘口气，有些紧张又有些不好意思地说道："我们回到从前吧！"回到儿时，回到最肆无忌惮的年纪，回到最美好的时候。

尹修竹直勾勾地看着他，大脑一片空白。

齐暮昨晚想了一宿，既然他们都还把彼此当最好的朋友，为什么不能重归于好呢？

他越想越觉得没错，越想心胸越开阔，越想越觉得周围一切都亮了起来。

哦，是真的亮了，因为太阳出来了！

齐暮连觉都不想睡了，他要去给尹修竹做早餐！

尹修竹一直不出声，齐暮忍不住问他："我们还是好朋友吗？"

尹修竹不敢说。

齐暮心一凉，嗓子有些干，问："不是吗？"

"是。"尹修竹干哑着嗓子，慢慢说道，"我们是最好的朋友。"

齐暮的心又立马热了，急忙道："我也是这样想的！"

尹修竹听得明明白白，看得清清楚楚，却感觉像身处镜花水月中，不敢乱动，生怕扰了这前所未有的美梦。

"总之……"齐暮还是怪不好意思的，"先吃饭吧！"

尹修竹道："我来做饭。"

齐暮道："我能搞定，你去冲凉换衣服！"

尹修竹硬是被他推出了厨房，送进了浴室。

齐暮还给他拿了浴巾和睡衣，嘱咐他说："要是累的话就泡个澡，不用着急。"泡澡也有助于舒缓紧张的情绪，虽然尹修竹昨晚睡得应该还行，但放松这种事嘛，多多益善！

齐暮转头去了厨房，继续和多士炉"斗智斗勇"。

他记得这玩意儿很简单啊，怎么就老是烤煳呢？齐暮想了半天，给许小鸣打了个电话。

许小鸣有气无力道："暮哥……"他昨晚十二点睡，今天一早起床去赶着拍广告，在保姆车上都快困死了。

齐暮问他："你会用多士炉吗？"

许小鸣觉得自己这是睡糊涂幻听了？。

齐暮道："我打算给尹修竹烤个面包片吃，怎么老烤煳啊？"

许小鸣想了想，道："你仔细找找，一般上面都有温度调节，是不是调得太高了？"

齐暮总算找到那个小按钮了，他恍然大悟道："原来如此！"

许小鸣半死不活道："陛下，您还有别的吩咐吗？"

齐暮心情大好道："没了，退下吧。"

许小鸣时常怀疑自己没拿正儿八经的影帝是因为没接到演太监的剧本！

"对了，"齐暮又说了句，"有个事儿和你说一下。"

许小鸣无精打采地道："陛下嫌弃多士炉，想宠幸别的妃子了？"

齐暮清清嗓子，给他扔了一颗重磅炸弹，道："那个，我和尹修竹和好了！"

许小鸣呆了足足十秒钟，原地爆炸，震惊道："真的吗？！"

齐暮为了专心烤面包片，开的是扬声器，被他这一声鬼叫给吓一跳，道："吵什么？"

许小鸣对助理说："打我一下。"

他助理："……"

齐暮又道："就这样，我挂了啊。"只烤面包片太少了些，可以尝试再煎个蛋。

齐暮烤好了面包片，还煎了两个乱七八糟的鸡蛋，又热了牛奶，勉强凑出一顿超简易早餐。

"怎么还没洗好？"齐暮嘟囔道，"凉了就不好吃了。"

他还是有点儿担心尹修竹，怕他又头疼，索性上楼去看他，隔着浴室门喊道："尹修竹？"

浑身湿漉漉的尹修竹回过神来。

齐暮问他："洗好了吗？早餐做好啦！"

他不出声，齐暮有些担心地问："你没事吧？"不会在浴室里晕倒了吧。

尹修竹低声道："马上。"

齐暮听到他声音便放心了，道："不着急。"大不了再重新烤。

尹修竹换好衣服走了出来。

齐暮见他下楼，招呼他道："快来尝尝，不好吃也别嫌弃。"

尹修竹看着他，轻声道："很好。"

齐暮瞅瞅自己煎的那个蛋，尴尬道："凑合吃吧。"

尹修竹坐下，拿起刀叉后还是有点儿蒙。

齐暮察觉到了，问他："头还痛吗？"

尹修竹摇头道："不痛。"

"那是没睡好？"

尹修竹昨晚睡了一个难得的好觉，以至于他以为自己现在还没醒："睡得很好。"

齐暮还在盯着他看，道："我怎么觉得你脸色很不好。"而且视线也游移着，心不在焉的。

尹修竹顿了下，勉强笑道："有些意外……第一次看你下厨。"

齐暮觉得自己挺没用的，他道："熟能生巧吧，我会多加练习的。"

尹修竹说不出别的话。

吃完饭后，齐暮越发担心尹修竹的身体。他这状态很不对，明明坐在那儿却一副恍恍惚惚的模样。

"你还好吧？"齐暮担忧地问道。

尹修竹立马说："没事。"

齐暮又道："你今天工作忙吗？"

尹修竹摇头道："不忙。"

齐暮看着他道："那我陪你去看一下医生吧！"

尹修竹愣住了。

齐暮道："昨晚我没敢惊动别人，就找方俊奇来帮忙了，他领来的私人医生不了解你的情况，建议去找常给你看病的大夫……"

他话才说一半，尹修竹的一张脸都白成纸了。

齐暮说不下去了，走过来问他："又难受了吗？我们这就去医院好不好？"

尹修竹明白了，全明白了。

这不是梦，不是幻想，而是真的。

齐暮在他眼前，给他做了早餐，是因为他的病吧！

原来昨晚方俊奇过来了，还请了医生。想必齐暮都知道了……知道他的病了……所以才安慰他。

尹修竹再度感觉到头部针扎一样地疼痛，他不想将自己这狼狈的模样展现在他面前，也不想勉强他。

齐暮不欠他的，齐暮给他的够多了，完全没必要再做这些。

尹修竹咬了咬牙，维持着平静道："不用，我不要紧。"

齐暮心急火燎地道："你脸色都这样了，哪里还不要紧？"

尹修竹紧皱着眉，嗓子像着了火，实在说不出更多了。

齐暮声音沉了下来："你觉得我是因为你生病，所以在同情你？"

尹修竹错开了视线，他额间的血管就像被压缩过的弹簧一样，疯狂弹跳着。

齐暮霍然起身，走到尹修竹面前，强迫他与自己对视，道："你觉得我是那样的人？"

尹修竹唇瓣惨白，声音极轻："你一直对我很好，一直照顾我。"甚至是当作弱者在保护着。

齐暮因为激动而破音："你也说了我一直对你很好，那你凭什么觉得我会那样伤害你！"

尹修竹微怔，一时反应不过来。

齐暮道："我和你一样，从未想过绝交。"

尹修竹呆愣着，可是视线却慢慢挪了回来。

他看到了齐暮的眼睛，刹那间，仿佛看到了他眼中燃着的火焰。

齐暮看着他，像是要看进他心里："尹修竹，这么多年来，我骗过你一次吗？"

尹修竹眸色闪烁着，道："没有……"

"那你为什么不相信我？"

"我……"尹修竹不是不相信他，而是不相信自己——他哪儿来的资格？

齐暮声音低了些，难过道："这四年来我一直在反思自己当初的所作所为，我们到底为什么会变成这样？是不是我说了什么让你误会的话？如果有，那我真的不是故意的，我甚至很怕你长大后不再拿我当朋友……"

"我们回到从前吧！"尹修竹再次想起这句话，全身战栗，甚至比之前还强烈。

"不要骗我。"尹修竹终于敢与他对视了，"齐暮，不要骗我。"

他飘忽的思绪全回来了，漆黑的眸子里释放出孤注一掷的光芒。

尹修竹不敢相信地说："好像在做梦。"

齐暮知道他说的都是真话，心疼得无以复加，道："你的梦也太没出息了！"

尹修竹愣了下，脸上露出了久违的笑容，他问："吃饱了吗？"

齐暮哪里饱得了，可自己折腾一大早，做的饭还不够吃说出来也太丢人了。

尹修竹道："我去给你煮碗面。"

齐暮小声道："我不太饿，主要看你。"

尹修竹其实感觉到饿了，他昨天就没怎么吃东西，之前神情恍惚也不觉得饿，这会儿回到人间，才感觉到胃里空荡荡的。

两片面包，一个煎蛋，一杯奶的早餐……二十来岁的大小伙子哪能吃得饱?

尹修竹道:"我想再吃点儿,你等会儿,马上好。"

齐暮连连点头道:"好!"

尹修竹前脚刚进了厨房,齐暮就后脚跟了过来。尹修竹对他说:"去外面等着就好,开火后油烟味很重的。"

齐暮怪不好意思地说:"我来学学。"

尹修竹道:"你不用做这些。"

齐暮不赞同地道:"那不行,以后你肯定准点上班,难不成还要早起做饭?"

尹修竹一愣。

"齐霸霸"雄风不减当年,想得那叫一个周到,他说:"我反正就在家画个画,早起做个饭也没什么。"

尹修竹拿着刀的手抖了下。

齐暮又道:"不只早餐,我还得多学点儿,做个晚饭什么的,等熟能生巧,还能招待你一顿大餐!"

尹修竹不置可否,他轻轻笑着道:"你出去吧,我来煮面。"

齐暮便道:"好吧,我出去等你。"

尹修竹点点头,齐暮临走时又道:"大乔说进了厨房就不能空着嘴出去,以后会没饭吃的。"

尹修竹嘴角的笑意更深了,他放下菜刀,说道:"等下。"

旁边就是冰箱,打开后有个小隔断,里面放着巧克力。很久以前,齐暮整日待在尹家时,也经常去厨房看尹修竹做饭,而每次看完,他都以进了厨房不能空嘴为由讨要巧克力。

尹修竹怕他吃多了对牙齿不好,又有点儿迷信,总怕"没饭吃"会应验,所以次次妥协,给他掰一小块巧克力。

齐暮眼巴巴地看着尹修竹拿出巧克力,只觉得嗓子眼儿都痒了。

尹修竹拿出一块给他。

齐暮道:"这么多?"

尹修竹道:"可以吃多点儿。"

说完他干脆利落地煮了两碗西红柿鸡蛋面。很家常,但做得很漂亮，火候刚刚好，面条煮得白润透亮，盛放在骨瓷碗中，引得人垂涎欲滴。

齐暮叹口气道："你真厉害！什么都做得这么好。"

尹修竹道："好看不一定好吃。"他很久没做饭了，担心味道不行。

齐暮吃了一口后，十分捧场道："好吃！"没有对比就没有伤害，跟他的棕褐色煎蛋比起来，这简直是绝世佳肴！

吃完面条后，齐暮又提起了看医生的事。

尹修竹冷静多了，已经可以坦然面对，他说："不用去看了，没事。"

齐暮不放心地说："你昨晚的样子吓坏我了。"

尹修竹心里暖乎乎的，说道："抱歉。"

齐暮皱眉道："别胡乱道歉，那又不是你的错。"

尹修竹轻嘘口气道："我现在感觉很好，去看医生也没多大意义，而且那些药也不能常用。"

齐暮紧张道："我想多了解些你的身体情况。"

尹修竹顿了下，说道："其实也没什么，就是有些抑郁障碍，现在基本康复了。"

齐暮的心咯噔了一下……

抑郁症吗？这哪是那么轻描淡写的事？齐暮的舅舅就是因为这个病，年纪轻轻就自杀了。

"是因为我吗？"齐暮声音干涩。

尹修竹不愿将一切都推到他身上，只解释道："高考结束后发生了很多事儿……"

于是他把当年的事说给齐暮听了。

他们闹掰的隔日，尹正功便将尹修竹接到了国外，因为于黛云一直喊着要见尹修竹。

尹修竹浑浑噩噩地去了国外，看到的却是个自己从未见过的于黛云。

她没有发疯，没有漠视他，而是用前所未有的温柔对待他。

尹修竹当时的精神状态很差，冷不丁看到这样的于黛云，居然体会到一丝不曾体会过的温暖。

他陪着于黛云，于黛云像个真正的母亲那样和他聊天儿，问他的学习和生活情况，以及有没有交到好朋友。

尹修竹和她说起了齐暮，说着说着心就像炸了一样，崩溃到眼泪直流。

于黛云拥住他，安慰他说："如果做错了，那就去向他道歉，他会原谅你的。"

当时的尹修竹大受触动，想立刻回国，去和齐暮道歉，无论如何都要得到他的原谅。

可是于黛云死了——就在那天晚上，在她装了一周的母亲，让所有人都放松警惕，以为她康复了之后，自杀了。

鲜血将她的床铺染成了鲜红色，尹修竹看到了苍白如鬼的女人。

她给他留了一封信，信中没有丁点儿善意，从头至尾全是恶意。

她被尹正功欺骗，成了尹正功污蔑尹正权的工具，她的一生都被尹氏兄弟毁了，她恨死了他们，同时也恨死了尹修竹。

她最后留给尹修竹的一句话是："你们不会被原谅，你们永远不配得到原谅！"

这将尹修竹好不容易建立起的心理防线砸得粉碎，他硬撑着与尹正功周旋，打消了他的疑惑，在这心力交瘁之时，齐暮出国的消息传来了。

这成了压垮骆驼的最后一根稻草。

不会被原谅。

不配得到原谅。

齐暮，他最好的朋友，不会原谅他。

绝望在心中爆发，尹修竹头痛欲裂，丧失了活着的意义。

那犹如地狱一般的日子，尹修竹仅是回忆一点儿片段都觉得有着钻心蚀骨的疼痛。

齐暮只是听到于黛云去世，已经心疼得要死了，他看到尹修竹脸色不好，立马道："不急，不用全说出来。"这对尹修竹来说太痛苦了。

尹修竹垂眸道："我以为我们再也不会联系了。"一场一场的灾难没能击垮尹修竹，但当他知道齐暮远赴巴黎时，彻底崩溃。

齐暮懊悔道："我当时以为你生我气，想和我绝交。"

尹修竹眼眶通红，道："怎么可能？"

齐暮有些难堪地说道："那天早上……你不在家里，我之后给你打电话你也不接，发短信你也没回。"

尹修竹怔住了。

齐暮怕他难受，又道："原来你去了国外，估计……估计我打电话时你在飞机上。"

尹修竹面色苍白道："我走的时候什么都没带。"连衣服都没换，手机更是不知道落在哪里了。

他当时的情况很糟糕，尹正功薄情寡义，可不会养一个废物儿子，尹修竹当真是拼到不分日夜才有了现在。

齐暮后悔极了，如果他再等等尹修竹，如果他当时就好好和他谈谈，把误会解开……

没那么多如果，当时的状况即便齐暮等到了尹修竹，他们也谈不了。因为那时候都在气头上，无法冷静的两个人，只会谈得更崩，造成的伤害或许更大。

齐暮懊悔，但他知道尹修竹也在后悔。已经过去的事，如果还沉浸其中，岂不是辜负了现在？

齐暮拍了拍他后背，道："别去想了，回头我给你买五部手机，左手一部右手一部，左脚一部右脚也不能缺，最后一部挂脖子上！"

多难受的氛围也被他这一句话给搅没了。

尹修竹知道他的意思，看着他道："不会再有这样的事儿了。"

齐暮还没开口，电话响了，他只得先接电话。

电话是魏平希打来的，齐暮回来三天了还没和他碰上头。

魏平希着急忙慌地道："老齐你有空吗？"

齐暮看看尹修竹，想说——没空！

魏平希哪知道他这边的情况，直截了当道："你反正闲着也是闲着，快给我帮忙吧，我这边快忙死了！"

他从部队回来，就给了十天假，这老魏家好说，恨不得直接在部队里结婚，但女方那边哪里能行？本来二十二岁结婚人家就挺不乐意了。

多小啊，刚过法定年龄就结婚！但魏平希这边情况比较特殊，他结了婚可以直接把媳妇儿带走，不结婚就只能分居两地。小情侣本来就异地恋一年多了，实在不想等，反正打算过一辈子，干脆到了岁数就结婚！

齐暮仔细想想，要不是老魏结婚，他指不定什么时候才能回国，要是不回国，他和尹修竹岂不是还要继续互相误会？

齐暮干脆利落道："有什么事儿你说，为兄弟两肋插刀！"

魏平希扑哧一声笑出来，道："插刀就算了，你去帮我接一下小姞，她刚回国，我这边司机都忙疯了，实在安排不出人去接她。"

齐暮立马应下："小事，交给我了。"他如果走不开，可以找大山借司机，实在不行还可以让尹修竹帮忙。

魏平希又道："也不用急，她估计下午一两点才到，一会儿我把航班号发你。"

齐暮又道："行！"

他挂了电话，对尹修竹说："我们还是去看一下医生吧，然后我下午去接小姞。"时间还早，上午看医生，下午接人也没问题。

尹修竹听到魏平姞的名字，又想起了那晚的事情，只道："我没事的。"

齐暮看他道："真的不用吗？"

尹修竹对他笑了下，说："不用。"

齐暮也跟着笑了，道："那你和我一起去接小姞吧？"

尹修竹心里挺难受的，说："我不去了，还得去公司处理些事儿。"

"这样啊，"齐暮略带失望道，"那好吧，你先去忙。"

齐暮看看时间又忍不住问："要不你现在就去公司？"

尹修竹手指微屈，道："你要是有事就去忙，不用管我。"

"我有什么好忙的，"齐暮道，"我的意思是你要不要现在就去公司把事儿做完？这样下午我们可以一起去接小妞……"

尹修竹摇头道："会议定在了下午，不好再换时间。"

齐暮只能应下，道："那好吧。"

尹修竹打起精神问他："你中午想吃什么？"

齐暮算算时间道："我估计小妞还没吃，我接上她一起吃吧。"

尹修竹顿了下，道："也好。"

齐暮又想起之前的话题，还想继续问他，谁知尹修竹竟起身道："那我先去公司了。"

齐暮到了嘴边的话只能咽回去："好，那晚上见。"

尹修竹垂眸，应道："晚上见。"

尹修竹走了，齐暮也没闲着，他去酒店把自己的行李拖回来，准备暂住尹修竹家照顾他。他又去商场给尹修竹买了个小礼物，回头一看时间还早，接着去超市买了一堆菜，想着晚上再练练厨艺。

一圈折腾完，刚好可以去接魏平妞。

航班还行，没晚点，坐了十几个小时的魏大小姐仍旧风姿不减，妥妥的教导主任范儿。

齐暮冲她打招呼，魏平妞叫他："暮哥。"乍听之下还以为接下来要训话。

齐暮也是愁，妹子性格这么硬，得嫁个什么样的男人。

两人聊了几句，齐暮问她："吃饭没？"

魏平妞答道："吃了。"

齐暮道："飞机上没什么好吃的，哥带你去吃好的。"

魏平妞道："我已经吃了炭烤羊排、焗蜗牛、半份龙虾、半杯红酒……"

齐暮都被她给说饿了，赶紧道："行行行，你吃得挺好。"

魏平妞说话腔调没有起伏，但也不是不近人情，她问齐暮："暮哥没吃饭？"

齐暮饿得肚子咕咕叫，但魏平妞坐了那么久飞机回来，再让她陪他吃饭也太折腾，他道："我没事，你回家？"先送她回去，再看能不能找尹修竹蹭顿饭。

谁知魏平姁竟道："家里太闹，我住酒店。"

齐暮："……"

这时魏平希打来电话，问齐暮："接到小姁了？"

齐暮说："接到了，她说要去住酒店。"

"我的祖宗啊！"魏平希一个头两个大，拜托齐暮，"你先把她领回你家……稍微安顿下，等明天我就给她把房间收拾好。"

齐暮一脸蒙，道："我不住家里啊。"

魏平希愣了下，问："你也住在酒店？"

齐暮道："我住尹修竹那儿。"

这下轮到准新郎魏平希蒙了，他问："你住尹修竹那儿？"

齐暮道："是啊。"

魏平希赶紧道："你别管小姁了，给她随便找个酒店扔下就行！"这俩闹死闹活的家伙终于和好了！被关在部队里的老魏都为他俩操碎了心！

齐暮眨眨眼，心想：这算哪门子哥哥，有了媳妇儿忘了妹？

齐暮只能解释说老魏忙疯了，齐暮对魏平姁说："那我把你送去华辰？"

魏平姁无所谓道："可以。"

好歹把魏妹妹给安顿好了，齐暮满头大汗地回了尹修竹家。这刚进门，大乔的电话又打过来问："今晚还不回家？"

他对乔瑾说："我在给老魏帮忙，他这边忙疯了。"

乔瑾也能体谅，便道："行，有什么需要的给你爸打电话。"

齐暮连连点头，母子俩说了几句后就挂了电话。

然后他又给尹修竹打电话，尹修竹接得很快。

齐暮问他："什么时候回来？"

尹修竹道："在车上了。"

齐暮道："老魏那边太折腾了，小姁没回家，先住在酒店了。"

尹修竹一怔，低声应道："嗯。"

齐暮又道："晚上我们一起吃饭吧？小姁好不容易回来，还回不了家，咱们总不能不管她。"

尹修竹一点儿都不想去，他向后靠在座椅中，说道："你陪她吃吧，我有些累了。"

齐暮其实也很累，他昨晚一宿没睡，今天折腾一天，脑筋都快不转了，可再怎么累，也不好这样晾着魏平姃不管。

他央求着尹修竹说："我们快点儿吃，吃完就回家。"

尹修竹讪讪地说："不太好吧。"

齐暮一愣，不明白，问："为什么？"

尹修竹小心地说道："你和曾经喜欢的人吃饭，还要带个电灯泡吗？"

齐暮呆住了。

尹修竹顿了顿，说道："祝你们用餐愉快。"

眼看着尹修竹要挂电话，齐暮立马道："等等！"

齐暮快速问道："我喜欢过小姃？"

尹修竹薄唇紧抿着，不出声。齐暮好气又好笑道："我和她几年没见面了，哪儿来的喜欢不喜欢？"

尹修竹低声说："以前。"

齐暮问："多久以前？"

齐暮放缓了声音道："我不知道你为什么会有这样的误会，但我从未喜欢过魏平姃，一直把她当成兄弟的妹妹来看待。"准确点儿说是兄弟家的教导主任，谁会喜欢教导主任？找虐吗？

尹修竹说："那天晚上你……喊了声'小姃'。"

啊？齐暮拿着手机，蒙了整整一分钟。他当年说的一堆胡话里竟然还带名字？他说什么了？

等等……齐暮突然把早就忘到脑后的一件破事给想起来了。

小姃……小句号……齐暮从沙发上蹿起，拖鞋都飞出去三米远。

尹修竹挂了电话就后悔了。何必提这些旧事？过去的都过去了……

齐暮在家回忆了半个多小时，直到闹钟响了他才记起魏平姃……

337

晚上这顿饭是吃不成了，只能对不起魏主任了！

齐暮给魏平姖打电话，很不好意思道："今晚有点儿事，不能和你一起吃饭了。"

魏平姖很无所谓地说："好的。"

齐暮又道了声歉才挂了电话。

没过多久尹修竹就回来了，他看到沙发里的齐暮，愣了下。

"还没走？"尹修竹装作不经意地问道。

齐暮道："不去了。"

齐暮想起那些旧事，也真是够丢脸的，他郑重道："不知道你记不记得，初三毕业那会儿我收到了一封信。"

尹修竹当然记得。

齐暮继续说道："高中时那人又给我写了一封……"

本来这事就够丢人了，还一五一十地说出来。"齐霸霸"也是拼了！

"那个人是你吧？"

尹修竹整个人都仿佛凝固了，结实到龙卷风来了都吹不动。

齐暮看见尹修竹的反应就明白了一切，他觉得好笑："你写的句号一直这么圆不溜秋的。"

尹修竹愣住了，不可置信地问："是句号？"

齐暮全盘托出。

"那天晚上我当时想说的是'小句号，你以后不要再写信了，我不需要你的感谢，我们是平等的关系，这么多年来是相互付出'。"齐暮说着说着觉得眼眶酸涩起来，"我害怕你长大后有了新的朋友，我们就不是最好的朋友了。没想到我们互相误会，还没长大就分开了……"

尹修竹听完久久没反应过来，他们居然就这样分开了四年！

刹那间，尹修竹面色煞白。

齐暮知道尹修竹又陷入那种自责当中了，不过这件事情他有更大的责任，索性转移话题道："我给你买了个东西。"

他在玄关处翻腾了一会儿，总算找到了。

尹修竹将视线挪到了盒子上，问："智能手表？"

齐暮打开包装盒，将手表拿了出来，道："以后你要好好戴着它！"

他说到做到，虽然没买五部手机，但有这个手表也够用了，手机可以不戴，手表总不能忘了吧！

尹修竹明白了，他温声道："好，天天戴着。"

齐暮又道："就是有点儿掉价哈。"男人的手表代表身份，像许小鸣手腕上那只表，上百万。

尹修竹道："我很喜欢。"它的意义是无价的，毕竟他们差点儿因为一部手机而反目。

齐暮心里美滋滋的，又道："还没吃饭吧？我买了很多菜，咱们做点儿吃吧。"

"好……"

两人做顿饭做了一个多小时，等饭菜上桌时，齐暮是真饿了。

吃过饭后，昨晚一宿没睡的齐暮撑不住了，他说："我去洗个澡。"

尹修竹则收拾厨房。

齐暮略微冲了冲就出来了，他见厨房灯还亮着，又穿着拖鞋过来问："还没好吗？"

尹修竹道："好了。"

齐暮打了个哈欠道："你去洗澡吧。"

尹修竹擦着手上的水说："我先给你收拾下房间。"

"费那个事儿干吗？"齐暮道，"我睡你屋不就行了？"

尹修竹："……"

齐暮笑道："我们以前不也经常这样吗？"

尹修竹道："那行，我去冲凉。"

齐暮从回国就没睡个囫囵觉，昨晚更是熬了一个通宵，今天折腾一天，心情大起大伏，整个人也是东奔西跑，亏了他体格好，换个娇弱点儿的早头晕眼花倒地了。

尹修竹出来时，看到的就是抱着枕头，睡得特别香的齐暮。

第二天齐暮醒来时，尹修竹还在睡。

齐暮看了眼时间将他喊了起来，道："得去上班了，时候不早了。"

尹修竹这一觉睡得很踏实，现在还不想起。

这家伙还没睡醒吧！齐暮笑道："去吧，我陪你。"

尹修竹顿了下，总算清醒一些，道："你别去了，公司里很无聊。"

齐暮起身说："我最不怕的就是无聊。"有支笔有张纸，他能自娱自乐一整天。

齐暮率先去了洗手间，道："我上个厕所！"

尹修竹今天的确有事，不得不去公司。

齐暮进了卫生间又道："你帮我拿一下牙刷吧，在行李箱里。"他昨天用的临时牙刷，刷得很不舒服，还是得用自己的。

尹修竹应道："好。"

尹修竹一眼看到了行李箱里的电动牙刷，刚拿起，他眼睛一瞥，看到了杂志的边角。

尹修竹轻轻一扯，杂志滑了出来，封面映入眼帘。

他微怔，而后嘴角挂了笑容。这杂志的封面是他，应该是才发行的，齐暮特意买来看吗？

他随手打开杂志，里面的小画像露了出来。

这幅画虽然是用铅笔画在酒店里的便笺纸上的，可人物却栩栩如生，眉宇间有着连尹修竹都快忘却的青涩与怯弱。

是年少的他。

齐暮画的吗？尹修竹怔怔地看着它。

齐暮等了半天也没等来牙刷，自个儿出来了，纳闷儿道："没找到吗？应该就在箱子里，不会落在酒店了吧，我这脑子真不行，走到哪儿丢……"

他停住了，看到了尹修竹手里的画像。

齐暮一个箭步上前，从他手中抽了出来。

"我，我随手画的……不代表正常实力。"好丢人！他把这茬给

340

忘了!

尹修竹看向他,问:"是我吗?"他当然知道是他,可还是想问。

齐暮道:"废话!"他低头看了看,觉得自己还是厉害的,随手一画都这么像!

尹修竹道:"跟我来。"

齐暮不明所以:"嗯?"

尹修竹带他出了卧室,走向了书房左侧的一间屋子。

齐暮纳闷儿道:"怎么?"这屋子门上特意安了指纹锁,他也没进去过。

尹修竹伸出指头扫了下,识别通过后,他推开了门。

齐暮径直看过去,整个人都呆住了。

这房间比他想象中大多了,纵深感极强,似乎将隔壁的房间都给打通了。这不是重点,重点是……这简直是个小型画廊,里面挂着许多画,全是齐暮的作品。

尹修竹从他手中拿过那幅小画像,细细地摩挲着说:"原来我也在你的画里。"

齐暮顾不得抢过那"黑历史"了,毕竟这满屋子都是他的黑历史!

他走进去,一路看着那些画,像是重温自己这几年的求学生涯……

房间的最里面,被装裱得极其精致的反倒是一幅稚嫩到让人羞愧的画——《我们》

这是齐暮送给尹修竹的第一幅画:艳丽的晚霞中,稚嫩的他们。

齐暮转头,看向尹修竹说:"原来是你……"

他想起来了,之前方俊奇提到过,一年前曾在巴黎碰到过尹修竹。

那时候他参加了一个画展,主要是因为有大乔的面子,他的画才能在那儿展览。让所有人都意外的是,他的画全被买走,连一幅都没剩下。

当时很多人都来祝贺他,说了一堆恭维的话,齐暮表面笑嘻嘻的，心里把大山给骂了个狗血淋头。

买他的画——除了大山这个冤大头，还能有谁？连乔瑾都是这么认为的，母子二人打越洋电话讨伐齐大山。

大山委屈巴巴地说："我买你妈的画已经快买破产了，再去买你的，七巧珠宝撑不住啊！"

齐暮："……"

可除了大山还能有谁？今天算是找到冤大头本头了——竟然是被尹修竹给买走了。

尹修竹道："我当时要回国了，想去看看你。"

齐暮心里五味杂陈，问道："那为什么不和我见面？"

他就在画展上给大乔当护花使者，一整天都没走。尹修竹既然去了画展，肯定看得到他的，为什么不见他一面？

尹修竹顿了下，回忆道："当时有很多人簇拥着你。"

尹修竹觉得齐暮已经有了新的生活，有那么多的朋友，已经不需要他这个朋友，也没必要再去打扰……

齐暮抓抓头发道："当时我身边的很多人也不是我的朋友，不是像你这么好的朋友。"

尹修竹被他逗笑了，道："是我当时的心态不好。"

这心态何止是不好，齐暮转头瞪他，想了想还是迁怒到了画上，说："买这些破玩意儿干吗！浪费钱！"

尹修竹道："不会，都很好看。"

齐暮道："好看我给你画不就行了？买了还让人赚差价！"

尹修竹道："我当时以为，我以后只能看这些画了。"

齐暮心酸道："以后不许买我的画了。"

尹修竹问："为什么？"

齐暮道："我都回国了，还买画干吗？"

尹修竹应道："都听你的。"

然而当天他就变卦了……

事情是这样的，他们早饭都没吃直接赶去公司。

齐暮路上问他："尹伯伯在公司吗？"

尹修竹笑容淡了些，道："他身体不好，最近都不怎么来公司了。"

齐暮打量了一下他的神色，问道："身体不好？"

尹修竹应道："我妈走了之后，他病了一场，之后公司又出了点儿事，他忙得没日没夜，累倒了。"

齐暮揪心道："这么严重？"他虽然不喜欢尹正功，但到底是尹修竹的父亲，还是很关心的。

尹修竹不太想说这些，也不愿齐暮担心，他道："放心，最近都好了，公司走上了正轨，他也有空养身体了。"

齐暮不懂这些，只是比较担心尹修竹，道："你不要太累，要劳逸结合。"

尹修竹轻声道："好。"

到公司后，齐暮被尹修竹安排在他办公室里面的休息室休息。

尹修竹道："你要是无聊了，给我打电话。"

齐暮赶他走人，说："快去忙吧，我不会无聊的！"

他背了画板出来，随便画着，一点儿都不无聊。

心情太影响作品了，其实这些年齐暮的作品都是那种看起来阳光灿烂，内里却满是压抑的。

乔瑾一眼看穿，曾旁敲侧击地问过他许多次。

齐暮哪里说得出来，只道没事。

如今不一样了，他心情开朗了，一直挂念的人近在眼前，一直想不通的事豁然开朗。

他觉得自己的手都轻快了，画笔仿佛成了他心情的延伸，随随便便就描绘出了漫天彩虹……

尹修竹看他画了整整十分钟后，齐暮才察觉到他。

"怎么又回来了？"

尹修竹道："已经十一点了。"

齐暮一愣，这才感觉到手腕僵硬，道："时间过得真快啊。"

尹修竹道："你太专注了。"

齐暮嘿嘿一笑，道："所以我才说不会无聊。"

尹修竹走过来看了看，问道："你画一幅得多久？"

齐暮想了下道："不一定，看状态吧，今天状态特别好，我觉得再有半天工夫就完事了！"

尹修竹神态凝重道："我得收回之前的那句话。"

齐暮没反应过来，问："嗯，什么话？"

尹修竹道："你的画，我一定要买。"

齐暮："……"

尹修竹道："你这么辛苦画的，我必须捧场。"

齐暮嘴角翘了翘，道："你和我爸说了一模一样的话……"

尹修竹得意道："英雄所见略同。"

齐暮笑骂道："你们两个大笨蛋！"

尹修竹说道："中午出去吃饭吧，叫上魏平姬。"

齐暮本来不想出去的，一听这话才放下笔，道："应该的。"昨天晚上就该请了，结果放了人家鸽子，今天必须补上。

齐暮又看向他道："你得请她吃一顿好的。"

刚收拾了一下，齐暮手机响了，许小鸣急巴巴道："你在哪儿？你在哪儿？你在哪儿？"

齐暮耳朵都快被他震聋了，将手机拿远了点儿，说："在尹修竹办公室。"

许小鸣愣了一会儿后，执着道："等我！"说完就挂了电话。

齐暮耸耸肩，说："是许小鸣，不知道又发什么疯。"

尹修竹说："中午叫上他一起吧。"

齐暮道："行，只是不知道许影帝有没有空了。"

许小鸣来得很快，五分钟后就出现在他们面前。

齐暮问许小鸣："中午一起吃饭？"

许小鸣眼睛一亮，道："暮哥真好！"

齐暮笑道："走吧，主要是请小姬，你作陪。"

"我问问胖子有没有空？"许小鸣秉承着好东西要一起分享的基本原则，给方俊奇打了电话。

挂了电话后，齐暮问他："怎样？"

许小鸣撇嘴道："原本说没空，一听说小姮在，又屁颠屁颠地来了。"

齐暮："……"

许小鸣嫌弃道："我早觉得这胖子看咱妹的眼神不对，他果然是有贼心吧！"

齐暮道："快别瞎说。"

"我瞎说？"许小鸣不服气道，"那怎么我请他就请不出来，一提小姮他就来了？"

齐暮默默地戳穿他道："他只是不乐意见你吧。"

扎心了老铁！

他们到了饭店后，方俊奇和魏平姮一起进来，许影帝看到后又开始阴阳怪气了，道："一起来的呢。"

齐暮道："只是刚巧碰上吧，尹修竹安排司机去接的小姮。"

许小鸣道："真巧啊。"

齐暮瞅他一眼，道："即便一起来又怎样，你酸个什么劲？"

许小鸣道："我有什么好酸？追求我的人能排队出五环！"

齐暮："……"

方俊奇和魏平姮已经走过来了，听到许小鸣的后半句话，方俊奇冷笑道："你也就那点儿人气了。"

许小鸣见到他就火大，道："也比你这个老处男强！"

方俊奇面色难看，齐暮打圆场道："好了好了，有女士在，能不能讲究点儿？"

许小鸣"喊"了一声，不和方俊奇一般见识，方俊奇也懒得理他。

偏偏只剩下俩位置，魏平姮坐在外头，方俊奇只能挨着许小鸣，两人靠在一起，谁都不看谁。

齐暮也不管他们，这俩冤家就这样，吵不过三秒钟，打小都习惯了。

这不，点完餐，他俩又一起说话了。

许小鸣瞧着齐暮和尹修竹那腻歪样，为了显示自己知道得多，赶紧道："胖子，暮哥和尹修竹和好了。"

方俊奇一怔。

许小鸣见他这表情，不禁得意道："惊讶吧，我……"

他话没说完，就听方俊奇问道："你俩终于说开了？"

尹修竹笑了下，应道："嗯。"

方俊奇松口气，由衷说道："挺好的。"

这对话让许小鸣震惊了，他扭头看向方俊奇，不可思议道："你早就知道了？"

方俊奇瞥他一眼，送他俩字："白痴。"

这家饭店的主菜中烤龙虾是招牌，齐暮既想吃香辣的又想吃蒜蓉的，点两份又怕吃不完，尹修竹便道："我点蒜蓉，一会儿一起吃。"

齐暮道："那行，香辣让他做微辣，这样你也可以吃。"

尹修竹笑道："好。"

许小鸣也想香辣和蒜蓉一起吃。

他刚想找方俊奇搭伙，方俊奇已经点了雪花牛排……许小鸣翻个白眼，点了两份主菜。

方俊奇道："许影帝不用控制身材了？"

许小鸣道："我不像某些人，喝白开水都能胖十斤！"

魏平矩好奇地看向方俊奇，问道："方师兄胖过吗？"她认识方俊奇时他已经是个帅气学霸了。

许小鸣来劲了，谈起当年的"方小胖"，绘声绘色，对他的记忆很深刻了。

按理说一般人听到这些会生气，但方俊奇不一般，他听得嘴角微扬，虽然给他一句"白痴"，但心情比刚才好多了。

齐暮也插了几句嘴，说了尹修竹小时候。

魏平矩惊讶道："竟然是这样吗？"

齐暮道："嗯，尹修竹小时候特别可爱，整天黏着我。"

在场其他人："……"

上甜点时，许小鸣看到齐暮眼前的巧克力慕斯，问道："暮哥，你不是不吃巧克力了吗？"

齐暮说得很自然："以前一吃巧克力就想起尹修竹，又见不着他，所以就不吃了。"

尹修竹把自己面前的巧克力酥饼也推到了齐暮面前。

齐暮笑眯眯的，一副计谋得逞的表情，说："现在不怕啦，巧克力都是尹修竹给的，特别好吃。"

一顿饭吃到下午两点，许小鸣撑到想罢工。

方俊奇开了车，捎上许小鸣。尹修竹给魏平姞安排的司机还在，这几天就负责接送大小姐出入了。

齐暮问尹修竹："下午还有事吗？"

尹修竹道："有点儿事，你去休息室睡个午觉？"

齐暮道："行啊！"上午的画刚好没画完。

尹修竹工作效率极高，不到五点就完事了，半点儿加班的意思都没有。

两个人晚上回家又聊了很多小时候的事情。

没过多久，魏平希的婚期到了。

老魏的婚礼非常传统，该有的风俗规矩一个不少，从迎新娘到拜堂，再到酒店宴席，一连串下来，能把人给累死。

初见魏平希媳妇儿时，齐暮道："老魏翻身农奴把歌唱啊。"

姑娘生得又软又萌，一笑还有俩小梨涡，要多可爱有多可爱，和老魏家的女人截然不同。

许小鸣道："人不可貌相。"

齐暮问："咋？"

许小鸣小声道："刚才有个桌子碍事，我看她单手拎起，毫不费力地给它换了个地方。"

齐暮："……"

许小鸣又道："黄花梨，八角桌。"

齐暮服了，道："可以的，不是一家人不进一家门。"

许小鸣已经很淡定了，软妹子力气比汉子还大算什么？

魏平希这边的伴郎团可以说是非常牛了：一个影帝（野鸡奖也是奖）、一个画家、一个博士（将来时）、一个总裁（现在时）。

重点是这四个人都年轻又帅气，伴娘们热衷的一个挑战是——谁能和他们对视超过三秒钟？最后姑娘们全部败下阵来，输得心服口服。

老魏开心得很，大喜的日子，好兄弟都在，他能不高兴吗?!

齐暮、尹修竹、许小鸣和方俊奇也都很开心。结婚对他们这个年纪来说其实还有些早了，他们总觉得步入婚姻殿堂是件挺让人紧张的事，但看到魏平希脸上无法掩藏的幸福时，他们也体会到了那种激动的心情。

遇上了对的人，一分一秒都不愿与她分开。

婚礼从凌晨五六点开始，他们再怎么开心，也累得够呛，太烦琐，太讲究了！

司仪此时喊道："不知道这捧花会花落谁家？"

齐暮一抬头，居然接到了新娘扔出来的这束代表着美满祝福的捧花。

司仪热切地说着祝贺的话，追光灯也打了过来。

齐暮笑了笑，在众目睽睽之下将手中的捧花递给尹修竹。

司仪本来在说着喜庆话，还想请齐暮上台聊两句，结果他竟然把捧花给了尹修竹。

齐暮美滋滋的，说道："真吉利！送你了！"

婚礼结束，闹洞房的环节就省了。

魏平希道："为了你们的生命安全，还是不闹了。"不是他吹，他媳妇儿一打四没问题，放倒整个伴郎团都不是事儿。

许小鸣摆摆手，道："闹不起，闹不起。"

"那行。"齐暮并不喜欢闹洞房这个风俗，他乐得如此，"老魏，新婚快乐！"

魏平希同他击掌，说："谢了。"

许小鸣酸不溜丢地道："你这种早早被婚姻绑定的男人，有什么好高兴的？"其实他好羡慕啊，他不想吃"狗粮"，想改行当"狗粮"批发商啊！

魏平希的婚礼结束后，几人的生活恢复了平静。

尹修竹每月都会来看望尹正功。

尹正功老了很多，短短四年光景，他仿佛耗尽了后半生所有的精气神。

这是于黛云临走前送给尹修竹唯一的"礼物"。她在假装清醒的日子里，连尹正功都被迷惑了，临死前她给尹正功下了药，虽然没毒死他，但也毁了他的身体，否则以尹修竹当时的情况，根本没办法应付多疑的尹正功。

于黛云和尹正功的半生纠缠，尹修竹不想给予任何评价。

他们起初是相恋的，又有着相近的家世，自然而然便走到了一起。可尹老爷子忽然病逝，尹正权的回国将一切都打乱了。

尹正功察觉到于家私底下与尹正权有接触后彻底疯了。

他用了个阴招儿，给尹正权酒里加了助兴的东西，又约于黛云过来。于黛云喝了酒，乍一看根本分不出这几乎一模一样的兄弟二人。

她主动吻了尹正权，尹正权面上是正人君子，骨子里却是风流成性。即便没有那助兴的东西，于黛云这样"投怀送抱"，他也不会错过。

等于黛云意识到这是尹正权后，已经晚了。

尹正功一直等到一切都无法挽回时才带着人冲上来，他还装出了一副震惊、绝望、遭到背叛的模样……

有了这一出事，于家和尹正权闹崩，尹正功才终于有了立足之地。

之后他心狠手辣，借着于黛云对他的愧疚，疯狂侵占于家的财力，最后更是利用于黛云，将尹正权母子二人引上了那架动过手脚的直升机，将这俩心头大患一并除去。

直到人死了，于黛云才知道自己成了帮凶，才知道自己被尹正功利用，才知道从头到尾都是尹正功设下的套。

真相太残酷了，于黛云想将一切都公之于众，想和尹正功同归于尽。

尹正功一不做二不休，将她关了起来，对外宣布她孕期反应太大，在家休养。

是的，这时候于黛云的确怀孕了，可悲的是连她自己都不知道这个孩子是谁的。

关了五六个月后，于黛云的心灵彻底扭曲，她将一切仇恨都转移到了刚诞生的孩子身上。

不管这个孩子是谁的，他都是一个孽种，都是一个流着尹家血脉的该死的畜生！

从于黛云多次勒死尹修竹未遂后，她就彻底丧失了理智，永远活在了仇恨之中。

尹正功一直留着她是因为他当时地位不稳，生怕于黛云出去乱吼乱叫，将他辛辛苦苦得来的一切都毁掉。

尹修竹一出生，尹正功就和他做了亲子鉴定，可惜当时的技术根本没办法分辨他究竟是谁的孩子。

尹正功养大了尹修竹，一方面是他觉得这可能是自己的骨肉，另一方面是他的精子活动率极低，而尹修竹大概是他唯一的继承人。

尹修竹看着苍老的尹正功，心中连一丝怜悯都没有。

一切都是他咎由自取。

尹正功抬头看他，问："你来干什么？我这儿还有什么是你没拿走的！"

尹修竹无视他眼中的恨意，轻声道："我有一个真正的比家人还好的朋友了。"

尹正功嗤之以鼻。

尹修竹并不在意，他静静地告诉他："他很好，而你不配见他。"

帮魏平希忙完婚礼，齐暮终于回家了。

乔瑾正在花房里浇花，见他回来了，便道："帮我把花剪拿来。"

齐暮赶紧奉上，谨小慎微地伺候着"太后"修剪花枝。

乔瑾瞥了他一眼道："还知道回来？"

齐暮赔笑道："这不忙嘛……老魏结婚，我也不好闲着。"对不住了老魏，你这婚礼我还真没帮什么大忙。

乔瑾哼了一声，道："当我没看见啊，婚礼那天你除了戳在那儿耍帅，还干啥了？"

齐暮："……"

乔瑾剪着花枝说道："哦，还跟踩了狗屎运一样抢到了捧花。"魏平希的婚礼，乔瑾和齐大山都参加了。

齐暮干笑道："运气是挺好的。"

乔瑾终于放了下花剪，转头看他，道："我看你和尹修竹最近关系挺好，高考那年你们怎么了？"

齐暮惊讶道："你看出来了啊？"

乔瑾道："你当我瞎啊？"

乔瑾问他："这回你们是说开了？"

齐大山在发财树后鬼鬼祟祟地偷听。齐暮有点儿不好意思说，怕他听完笑话他。

乔瑾挽住齐暮的手道："我们回屋说。"

她泡了茶，推给齐暮一杯后轻叹口气道："这些年你也不容易。"说着竟有些哽咽。

当父母的哪会不知道自家孩子的情况，只是孩子终究会长大，长大后做的决定已经不再是父母能够干涉的了。

乔瑾和齐大山从来都不像那些控制欲强的父母，所以哪怕知道齐暮状态不对，却也没有过多干涉。

路是自己走的，走向哪个方向，终究要自己决定。

好与坏，对与错，自己选择了才不会后悔。

齐暮听大乔这么一说，心立马酸透了。

人有时候真奇怪，不被人关心，不被人在意时，天大的委屈似乎都不是事儿，什么都能扛，无所畏惧。可一旦有这么个人比你自己还关心、还在意你时，那芝麻大的事儿都成了天大的委屈。

齐暮很不争气地红了眼眶。

乔瑾见他这模样，越发心疼了，道："尹修竹是我们看着长大的孩子，你跟他和好如初，我们也很开心。"

"吧嗒"一声，齐暮的眼泪落在了桌面上。

齐暮哽咽道："妈……"

乔瑾拥着他，道："别哭，那些事情都过去了，我们暮暮是好孩子，妈妈知道的。"

齐暮泣不成声："谢谢……谢谢你们。"他上辈子到底是做了什么好事，才如此幸运地成为乔瑾和齐大山的孩子。

收住眼泪后，齐暮把过往的事儿说给乔瑾听了，之后又说了尹修竹这四年的不容易……

乔瑾听得目瞪口呆，道："你俩是白痴吗？"竟然因为那么点儿事误会了这么久！

齐暮无法反驳。

齐大山不知道什么时候溜了进来，反倒是来了句人话："男人嘛，总想把事儿都自己担了。"

处处都想护着对方，时时都觉得是自己伤害了对方，内疚自责之下，可不就会这样吗？更何况十七八岁，正是逞强的年纪。

乔瑾觉得这话在理，转头对齐暮道："明天带尹修竹回家吧，一起吃饭。"

齐暮连连点头，应道："好！"

当天下午，齐暮就回了尹修竹那儿。他本以为尹修竹还在公司，想着提前准备下晚餐，结果一进屋就看到了沙发上正襟危坐的男人。

齐暮一愣。

尹修竹快速起身，眼睛一眨不眨地看着他。

齐暮鞋都没脱，先开口说道："大乔说，让咱俩明天回去吃饭。"

尹修竹低声问："他们没怪我吗？"

齐暮笑着说："怎么会？"

尹修竹愣住了。

齐暮鼻尖又有些泛酸，细细地把回家后的事说给尹修竹听了。

尹修竹听得如梦似幻。

天底下有尹正功和于黛云这样的父母，也有齐大山和乔瑾那样的父母。正是因为有后者，这个世界上才能有这样给人光明与希望的齐暮。

　　齐暮小声问："这下放心了？"

　　"嗯！"

　　第二天临到家门时，齐暮对尹修竹说："放心吧，以后你就是他们的儿子，我们是一家人！"

　　尹修竹的心跳得极快。

　　尹修竹不是第一次来这里，也不是第一次见齐大山和乔瑾，却是有生以来第一次感觉到了真正的家的温度。

　　他听到了齐暮的声音。

　　齐暮说："爸、妈，这是尹修竹。"

　　尹修竹露出了由衷的笑容，他在心里说：谢谢。

番外

密室

周六。

四人组在齐家蹭完饭，许小鸣咋咋呼呼道："暮哥，我们去玩密室逃脱吧！"

齐暮心里一惊，面上却很淡定地道："有什么好玩的。"

许小鸣："好玩！大成他们发了朋友圈，相当过瘾，我订票咱们去玩玩吧。"

齐暮眼睁睁看着这"手快鸡"麻利地包了个场。

订完，许小鸣看向他道："暮哥你可一定要去，咱们四个就你胆大！"

胆大到晚上睡不着觉的齐暮："……"

我可真是谢谢你了许小鸣！

眼看齐暮脸色不对，许小鸣紧张道："暮哥你不会也害怕吧？"

齐暮："……"

人活一口气，宁愿吓死也不能丢了这么个面儿。

齐暮看向一旁的尹修竹。

尹修竹深色的眸子里闪过极轻的笑意，不动声色地点了点头。

小竹子想玩啊……

齐暮轻吸口气，踏上贼船，说："我会怕？嗬，我会让扮鬼的NPC（游戏中非玩家角色）后悔今天来上班。"

这霸气的狠话，让许小鸣立马变身暮哥粉丝，小眼神里满是崇敬。

齐暮在去的路上甩开了许小鸣，凑近尹修竹问："你怕吗？"

尹修竹垂睫道："你呢？"

齐暮："我……我才不怕。"

尹修竹："我怕。"

齐暮睁大眼说："那你还想玩？"

他俩有着多年的默契，尹修竹一个眼神齐暮就知道他在想什么。

怕的话，怎么还想玩？

这不是自虐吗？

尹修竹："没玩过，好奇。"

齐暮恨铁不成钢地说："一会儿吓到了可别哭。"

尹修竹："你在……嗯，你们都在，我应该不会被吓到。"

齐暮："……"

这话倒是提醒了齐暮，是哦，他们四个人抱团的话，好像也没那么害怕。

再说小竹子想玩。

行吧，"齐霸霸"舍命陪"竹子"！

密室逃脱的主题叫"花之家"。

齐暮略微松口气，看起来也不是那么吓人。

密室逃脱种类繁多，也有解密类的，相对来说恐怖指数不高，许小鸣可算是干了人事……

许小鸣："恐怖指数六颗星！"

齐暮："……"

许小鸣指着海报给齐暮看，道："最低一颗星，最高六颗星，不愧是我，包了个最凶残的场。"

花之家凶不凶残不知道，此时此刻的"齐霸霸"很凶残，他想手刃"许小鸡"！

什么玩意儿。

起了个这么好听的名字，竟然恐怖指数六颗星。

老板做个人吧！

工作人员给他们讲了前情提要，嘱咐了好几遍："恐怖指数偏高，做好心理准备。"

许小鸣都抖成了筛子，死抱着方俊奇，看向齐暮道："暮哥……你行吗？"

齐暮真想打死他。

现在说不行，他齐暮不要脸啦！

齐暮咬牙切齿道："行。"

许小鸣怕得要死，偏偏还玩心重，跃跃欲试地说："那我们进去吧……"

工作人员问："谁走前面？"

说完看向了似乎很坦（胆子大）的齐暮。

齐暮："……"恨不得披个隐身斗篷。

"我能走前面吗？"

这冷冷清清的声音响起，宛若圣光之下的救世主。

齐暮看向尹修竹道："你……"

尹修竹也看向他道："你在我后面吧，身后有你，我才不怕。"

"小竹子"的怕点可真够奇特的。

齐暮忙道："行，我在你身后……保护你！"

尹修竹嘴角微翘道："好。"

于是队形确定了。

尹修竹走最前面，齐暮第二，许小鸣第三，方俊奇殿后，对此方俊奇一脸鄙视道："许小鸣你离我远点儿，热死了。"

许小鸣死也不松他胳膊："你就把我当成你暗恋的女孩，好好保护我行吗胖哥？！"

方俊奇："滚！"

在他们进到一片漆黑的密室后，可算明白了"花之家"这三个字的真正含义。

花是有的，不过全是张着血盆大口的食人花。

起初屋里一片漆黑，大家虽然有点儿紧张，但还稳得住，等一阵诡异的音乐散去，一大片食人花出现在眼前，那真是……

"啊啊啊啊啊啊啊啊！"

"啊……"

长声尖叫的是许小鸣，短促的毫无疑问是齐暮。

齐暮想都没想，一下拉住了尹修竹的衣服，尹修竹愣了下，但很快他明白过来，挡住了齐暮的视线。

齐暮小声碎碎念："死了死了死了，吓死了！"

幸亏有个比他嗓门大的许小鸣，要不这会儿齐暮早声名扫地，没法做"霸"了！

"啪"的一声，灯暗了。

许小鸣："……"

齐暮："……"

NPC 的声音响起："前方是食人花巢，想要顺利通过的话，需要分组行动分别开启两侧的机关。"

许小鸣快疯了，道："我们一共就四个人，还分什么组？"

NPC 呆板道："请一位玩家前往左侧机关。"

许小鸣摇头如拨浪鼓道："我不去我不去，我打死都不会去的，让让让……暮哥你去吧，你胆子最大。"

齐暮手心全是汗，刚想让许小鸣住口，尹修竹突然开口道："我去吧。"

他声音素来清冷，在这阴森可怖的密室中，更带了点儿阴凉气。

一束微光打在尹修竹身边。

尹修竹面色平静，肤色在黑夜中衬得如霜似雪，他黑瞳极深，墨发勾勒得脸型瘦削，鼻梁阴影明显，唇瓣带着薄红，明明在阴森可怖的密室中，他的嘴角却翘起，笑容清爽。

负责整个花之家运营的工作人员："……"

妈耶，这人艳得像鬼！

啊呸，鬼都没他艳。

也不对……

总之，看监控的几个人都愣了半天，直到尹修竹视线扫向摄像头，他们才反应过来，忙道："请这位玩家前往左侧机关。"

尹修竹垂眸，看向齐暮道："我过去看看。"

齐暮还在拉着他的衣服。

尹修竹："嗯？"

不敢松手这种话，他打死都不会说出来的好吗！

尹修竹唇边笑意更深，声音都带了点暖意："或者你和我一起过去？"

齐暮眼睛一亮。

尹修竹又道："我一个人还是有些害怕的。"

不等许小鸣鬼叫，齐暮立马道："走，我陪你。"

有尹修竹在，他才不怕，他挨着许小鸣才是真要被他的大嗓门给吓死。

尹修竹笑了下道："走吧。"

密室逃脱的 NPC 是会挑人的，谁最尿就吓谁是惯例，起初他们以为齐暮胆子大，还想放他一马，这会儿哪儿会看不出来？

这白净少年，怕得很。

另一边许小鸣尖叫连连，这一边 NPC 也冲向了齐暮。

齐暮鬼叫了吗？

齐暮咬断舌头也不会像许小鸣那么丢人现眼好吗！

况且……

他前面还有个尹修竹。

工作人员想挑软柿子捏，也得看看"硬竹子"让不让。

扮成鬼的 NPC 突然出现，尹修竹与其直视，冰冰冷冷的黑眸愣是让"鬼"心底一震。

齐暮死死拉着他的衣角，眼睛紧闭道："怎么了？"

尹修竹盯着"鬼"，薄唇微动道："让开。"

NPC："……"

不害怕也就算了，您还吓唬"鬼"是怎么回事？

将近一个小时后，齐暮这边顺利完成任务。

齐暮："没想象中那么可怕啊。"

尹修竹："嗯，还好。"

他俩是"还好"，另一边的许小鸣嗓子都喊哑了，方俊奇胳膊上全是被"鸡爪子"掐出的淤青。

顺利通关，重见天日的齐暮长长松了口气。

工作人员凑上来，问他们："要不要留一份视频？"

齐暮一惊。

许小鸣比他速度还快地回道："不要不要，这么丢人现眼的玩意儿，麻烦一键删除好吗！"这录像还有法看？

想也知道齐暮和尹修竹一脸淡定无所畏惧，方俊奇全程臭脸加嫌弃，只有他，只有他吓得够呛。

这样的黑历史，别说不要钱送他，他宁愿倒贴钱来销毁！

许小鸣不要，齐暮更不想要，能这样离开，堪称皆大欢喜。

然而谁也不知道的是，在回到家后，尹修竹拨通了密室逃脱的电话。

工作人员："您好。"

尹修竹低声道："下午第三场的视频，还留着吗？"

工作人员一愣，很快就想起那四个风格鲜明的少年回答道："有的有的，这边会保存十二个小时。"

尹修竹："这是我的微信号，麻烦发给我一份。"

工作人员："好的！"

黑白的视频。

高度模糊的画质。

留住的却是美好的少年时代。

图书在版编目（CIP）数据

日暮倚修竹 / 龙柒著 . — 北京：北京燕山出版社，
2022.2

ISBN 978-7-5402-6257-0

Ⅰ.①日… Ⅱ.①龙… Ⅲ.①长篇小说 – 中国 – 当代
Ⅳ.① I247.5

中国版本图书馆CIP数据核字（2021）第 235980 号

日暮倚修竹

作　　者：龙　柒
出 品 人：一　航
选题策划：航一文化
出版统筹：康天毅
责任编辑：涂苏婷
特约编辑：赵　婷
装帧设计：林晓青
出版发行：北京燕山出版社有限公司
地　　址：北京市丰台区东铁匠营苇子坑138号C座
邮政编码：100079
发行电话：（010）65240430
印　　刷：湖南天闻新华印务有限公司
开　　本：880mm×1230mm　1/32
印　　张：11.5
字　　数：320 千字
版　　次：2022 年 2 月第 1 版
印　　次：2022 年 2 月第 1 次印刷
书　　号：ISBN 978-7-5402-6257-0
定　　价：49.80 元